Le voile du silence

Roses mortelles

SUSAN KEARNEY

Le voile du silence

éditions Harlequin

Titre original : LULLABY AND GOODNIGHT

Traduction française de VÉRONIQUE MINDER

HARLEQUIN®
est une marque déposée par le Groupe Harlequin

BLACK ROSE®
est une marque déposée par Harlequin S.A.

Photos de couverture
Rue la nuit : © ED GIFFORD / MASTERFILE
Voile : © PHOTODISC ROUGE / ROYALTY FREE / GETTY IMAGES
Conception graphique : © VIVIANE ROCH

83/85, boulevard Vincent-Auriol 75646 PARIS CEDEX 13.
Service Lectrices — Tél. : 01 45 82 47 47

ISBN 978-2-2801-5816-9

Prologue

Elle devait se battre. Pour le bébé qui grandissait en elle.

Rhianna McCloud contint sa terreur en jetant un énième regard inquiet dans son rétroviseur. Elle roulait maintenant dans Denver, avec l'espoir que ses rues animées décourageraient les desseins criminels de son poursuivant.

Elle espérait que son radiateur, une vraie passoire, ne rendrait pas l'âme et que son pneu arrière en fin de course ne crèverait pas non plus. Elle priait aussi pour ne pas se retrouver piégée au fond d'une impasse ni tomber en panne d'essence.

La Jaguar blanche la suivait de trop loin pour qu'elle puisse distinguer son conducteur ou les numéros de sa plaque d'immatriculation.

Qui la harcelait ? Qui avait fouillé sa chambre et violé impunément son intimité ?

Cette intrusion dans sa vie privée devait cesser !

Le stress qu'elle subissait ces derniers temps était néfaste, songea-t-elle en caressant son ventre rond dans un élan de tendresse. Plus que deux semaines avant la date prévue de son accouchement…

Soudain, le bébé lui décocha un coup de pied. Ce mouvement familier redonna aussitôt le moral à Rhianna.

Elle serait forte pour son enfant.

L'enfant de Rafe Sutton.

Elle reprit son volant à deux mains, puis tenta de refouler la peur qui de nouveau l'oppressait. Elle aurait voulu accélérer, mais son vieux pick-up était loin d'être un bolide. De plus, ses réflexes étaient plus lents depuis qu'elle était enceinte.

Elle regrettait de ne pas posséder un téléphone cellulaire ou une CB pour appeler à l'aide, mais CB et cellulaire étaient un luxe inaccessible à une future mère célibataire. Elle devait donc s'en remettre à sa débrouillardise et à son intelligence pour fuir le danger.

A un feu rouge, elle consulta le plan de Denver. Elle venait rarement en ville, préférant l'air pur et le calme de ses montagnes bien-aimées ainsi que la compagnie d'amis et de voisins qu'elle connaissait depuis l'enfance.

Elle redémarra et tourna à droite, puis laissa échapper un gros soupir en apercevant un commissariat de quartier.

— Tout va bien, mon bébé, on va y arriver…

Mais elle avait parlé trop vite : au même instant, son pick-up stoppa dans un hoquet. Désespérée, Rhianna essaya de redémarrer. En vain. Panne sèche.

Elle jeta un nouveau regard dans le rétroviseur. Et là, son cœur se décrocha : la Jaguar blanche s'engageait derrière elle. La réverbération du soleil contre la vitre l'empêchait de voir son conducteur.

Elle avait beau être vulnérable et malhabile, elle lutterait jusqu'au bout, songea-t-elle. Alors elle défit sa ceinture de sécurité et ouvrit sa portière, prête à fuir pour sauver sa vie et celle de son bébé.

1

— Rafe ? Daniel McCloud te demande au téléphone. C'est urgent !

Après une brève hésitation, Rafe Sutton jeta l'étrille qu'il tenait dans un seau, s'essuya les mains et répondit à l'ouvrier agricole qui l'avait interpellé :

— O.K., dis-lui que j'arrive tout de suite.

Daniel McCloud. Le père de Rhianna…

Cela faisait huit mois et demi que Rafe s'efforçait de chasser la jeune femme de ses pensées. Et juste au moment où il pensait avoir réussi, le père de Rhianna le sollicitait.

Il n'avait pas revu les McCloud depuis une certaine fête…

Cette soirée mémorable lui revint aussitôt à la mémoire, dans ses moindres détails.

Il se revit retirer son Stetson avant d'entrer chez les McCloud. Craignant d'être hirsute et aussi échevelé qu'un chardon de Russie, il s'était recoiffé à la hâte sur le pas de la porte. Puis il était entré. Mais avant de saluer connaissances et voisins, avant même d'accepter un whisky de la main de Daniel McCloud et de se mettre ainsi dans l'ambiance, il n'avait eu de cesse de fouiller du regard le grand salon, cherchant à repérer Rhianna. Il avait survolé les visages familiers des éleveurs qui faisaient la pluie et le beau temps dans le monde de l'élevage équin, curieux de voir quelle femme était devenue l'adolescente de seize ans dont il gardait un si agréable souvenir.

Dix ans plus tôt, Rhianna et son père avaient travaillé au ranch Sutton. La jeune McCloud ne ressemblait pas aux autres filles qui tournaient autour de lui, impressionnées par le nom et la fortune des Sutton. Rhianna était vive, pétulante et aventureuse. Bien sûr, elle était tombée amoureuse de lui, mais à la différence de ses comparses, elle l'aimait plus pour ses talents d'éleveur et son amour des chevaux que pour l'argent qu'ils leur rapportaient. L'adulation de la jeune Rhianna avait flatté Rafe, alors âgé de vingt-deux ans, mais il n'avait pas flirté avec elle. Les filles trop jeunes ne l'intéressaient pas.

Dix ans plus tard, ses goûts n'avaient pas changé. Il aimait les femmes minces et sophistiquées qui voulaient s'amuser, surtout pas s'engager, et qui ne lui faisaient pas de scène quand il repartait à la conquête d'une belle.

Rafe était un conquérant dans l'âme qui aimait relever les défis de la séduction. Il ne pouvait résister aux femmes, leur beauté, leurs humeurs fantasques et leurs yeux brillants qui reflétaient le charme qu'il exerçait sur elles. Il aimait trop le beau sexe pour se fixer et se marier. Parmi les invités, il avait d'ailleurs repéré quelques jolies filles intéressantes.

Mais tout à coup, un rire de gorge sensuel l'avait enfiévré et avait attiré son regard vers la terrasse. La vue de Rhianna McCloud, qui était désormais devenue une femme, l'avait laissé bouche bée. Ses cheveux roux, autrefois rassemblés en un semblant de queue-de-cheval, ondulaient gracieusement sur ses épaules et jetaient des reflets de feu. Et sa robe verte à bustier la moulait si parfaitement qu'elle aurait aussi bien pu être nue et ne porter que quelques gouttes de parfum.

Son visage était animé, ses gestes vifs. Rafe avait croisé son regard et y avait lu une telle chaleur qu'il s'était dirigé vers elle, littéralement aimanté.

— Rafe !

Avec un cri de délice, Rhianna s'était jetée à son cou et l'avait embrassé sur la joue.

Troublé par ce corps magnifique qu'il enlaçait, enveloppé par d'enivrants effluves de jasmin, Rafe s'était dit que Rhianna était toujours aussi entière et impétueuse. Elle suivait ses impulsions, n'en faisait qu'à sa tête et se voulait libre comme l'air.

Un sourire de plaisir sur les lèvres — quel homme n'aurait été ravi par un accueil si chaleureux —, Rafe l'avait serrée plus fort contre lui et avait involontairement tourné la tête. Les lèvres de Rhianna avaient effleuré les siennes au même instant. Leur douceur, ajoutée au plaisir de l'étreinte — sa peau de soie sous ses mains le rendait fou —, l'avait électrisé.

Puis Rhianna s'était reculée. Il avait lu un mélange de surprise et de passion dans son regard vert avant qu'elle ne lève le menton de ce mouvement fier qui lui était habituel tout en lui adressant un clin d'œil mutin. Rafe s'était demandé si elle n'avait pas essayé de flirter avec lui et de le séduire.

Il ne s'était pas encore ressaisi qu'elle passait déjà son bras sous le sien.

— Suis-moi dans l'écurie et je te montrerai…

Tout ce que tu veux, ma jolie ! avait-il songé.

Puis il s'était discrètement humecté la bouche, empreinte des saveurs qu'il avait cueillies sur celle de Rhianna, goût fruité de vin blanc et celui, plus capiteux, de vanille — la fragrance de son rouge à lèvres. L'expression soudain troublée de Rhianna lui avait montré qu'il n'avait pu cacher la concupiscence de ses pensées. Mais son sourire était vite revenu sur ses lèvres, et elle avait repris la parole, taquine :

— C'est le poulain que je voudrais te montrer...

— Ça vous ennuie si je vous accompagne ? était intervenu le juge Stewart.

Son intervention avait rappelé à Rafe qu'il n'était pas seul avec Rhianna.

Il avait oublié la fête de Daniel McCloud dès qu'il avait entendu le rire ensorcelant de la jeune femme. Il avait oublié les invités, ces éleveurs du Colorado qui se nourrissaient de ragots autant que des paris sur les prochaines courses hippiques. Rafe était ennuyé d'être sorti de son rôle habituel de beau gosse décontracté et espérait que personne n'avait remarqué cette regrettable défaillance.

Le juge Stewart, qui venait de prendre la parole fort à propos, portait une chemise en velours noir plissé et, en guise de cravate, un *bola tie* avec un étain sculpté tenu par un cordon turquoise. Son Stetson noir était rehaussé par un ruban à gros-grain de soie, mais Rafe ne s'était pas laissé abuser par sa dégaine de cow-boy sur le retour, car le juge Stewart était réputé pour sa brillante intelligence et sa grande perspicacité.

Le juge l'avait observé avec une discrète sympathie et beaucoup de compréhension, preuve qu'il avait perçu son trouble lors de l'étreinte et du léger baiser de Rhianna. Mais le juge Stewart, un proche du père de Rafe — lequel assurait son deuxième mandat de sénateur du Colorado —, n'avait fait aucun commentaire sur l'embarras de Rafe et s'était contenté de lever son verre à son attention avant d'en boire une gorgée.

En revanche, l'étonnement de Janet et Hal Stone, également éleveurs de pur-sang anglais et principaux rivaux de Rafe sur le marché du cheval, n'était pas passé inaperçu. Le regard incrédule de Janet était passé de Rafe à Rhianna avec une insistance gênante.

— Je regrette de ne pas avoir assisté au mariage de votre frère Cameron, mais lors du prochain mariage Sutton, qui sait si nous ne serons pas aux Etats-Unis ? avait-elle déclaré d'une voix qui se voulait légère et spirituelle.

Les Stone avaient la passion du voyage, passion qui les conduisait en Europe, en Asie ou en Amérique du Sud. Ils avaient été absents au mariage de Cam, mais étaient en revanche toujours présents quand il y avait de bons chevaux à acheter.

Hal Stone était un rancher distingué aux cheveux gris qui était réputé pour son élégance tape-à-l'œil. Homme sans complexe, il créait et imposait son propre style vestimentaire. Ce soir-là, il portait un costume Armani avec une ceinture à boucle de diamants et des bottes griffées. Sa femme n'était pas en reste avec son chemisier noir aux manches en dentelle, un foulard ras de cou rose fuchsia coordonné à ses santiags, et un jean griffé moulant.

Hal avait serré la main de Rafe avec un hochement de tête empreint de sympathie et un regard ambigu :

— Le sénateur sait organiser les mariages ! On dirait qu'il va devoir en organiser un sous peu !

Il voulait savoir si Rafe avait l'intention d'épouser Rhianna ? Tout le monde avait donc vu ce baiser et sautait aux conclusions ?

Rafe, furieux de s'être laissé piégé, n'avait pas laissé paraître sa contrariété. Habitué à biaiser, il avait haussé les épaules :

— Qui sait ?

Puis il avait adressé un bonjour désinvolte à Janet Stone, effleurant sa joue des lèvres, certain que son audace déplairait à Hal, fou de sa magnifique jeune épouse et jaloux comme un tigre. Une situation classique que vivaient la plupart des quinquagénaires mariés à une jeune femme… Cela dit,

Janet semblait comblée. Curieusement, les Stone étaient bien assortis et semblaient heureux.

Tous les couples n'avaient pas leur chance…

Rafe s'était assombri en songeant à son père, endeuillé par la mort d'une épouse qu'il adorait, puis à son frère Cameron, anéanti par le meurtre de sa première femme.

Rafe, lui, préférait papillonner. Une façon comme une autre d'aimer sans s'engager et risquer de souffrir…

Rhianna n'avait dit mot au cours du bref échange qui venait de se dérouler, mais elle n'avait pas non plus retiré son bras de dessous le sien pour démentir les allusions des Stone. Elle le dévorait des yeux et attendait visiblement qu'il prenne l'initiative du prochain mouvement. Rafe lui avait souri alors qu'une connaissance s'approchait de leur petit groupe.

Eleveur de chevaux et millionnaire, Duncan Phillips habitait un ranch voisin de celui des McCloud. Il avait serré la main du juge, de Hal et de Rafe, puis s'était incliné devant Janet et Rhianna. Cette galanterie désuète allait bien avec son élégance de bon goût — il portait un costume sur mesure impeccable.

— Il me semble avoir entendu parler d'un poulain exceptionnel, avait-il dit.

— Ce poulain s'appelle Sweetness ! avait répliqué Rhianna d'un air de défi.

— Drôle de nom pour un futur étalon, avait froidement riposté Duncan.

— Achetez-le et donnez-lui donc un autre nom, avait suggéré le juge Stewart.

— Sweetness n'est pas à vendre ! avait riposté Rhianna d'une voix claire et nette.

Hal avait froncé les sourcils.

— Mais cette fête n'a-t-elle pas été organisée pour exciter notre intérêt envers ce poulain ?

— Et monter son prix ? avait enchaîné Janet.

— Rigoureusement exact ! avait déclaré Duncan comme s'il le possédait déjà.

Rhianna s'était raidie, mais si imperceptiblement que seul Rafe l'avait remarqué, et encore, seulement parce qu'il était sensible à sa proximité et à tous ses gestes. Il avait soudain été prêt à s'allier avec elle contre l'arrogant rancher. Et si elle voulait aussi le rendre jaloux, il l'obligerait volontiers. Il avait passé son bras autour de ses épaules, et possessif, l'avait attiré à lui.

Rhianna s'était blottie contre lui comme un chaton.

— Duncan, je crains que tu ne te trompes, avait-elle repris. Ce soir, nous fêtons simplement notre chance... Nous avons l'intention d'élever Sweetness et de l'entraîner dès qu'il aura deux ans !

Duncan avait ajusté un bouton de manchette et lancé un regard amer à Rhianna.

— « Ta chance », comme tu dis, s'appelle Destiny, du nom de l'étalon qui a remporté plus de victoires que n'importe quel autre étalon, et qui s'est échappé de sa stalle pour s'accoupler avec ta jument.

— Cette saillie n'était donc pas prévue ? était intervenue Janet, visiblement perplexe.

— C'est un heureux hasard que la jument de Rhianna ait été en chaleur le jour de sa visite ! avait-il dit d'une voix forte pour que chacun entende ses accusations.

— Les juments sont parfois imprévisibles..., avait réparti Rhianna d'une voix légère.

— Et quel heureux hasard, aussi, que Rhianna ait enfermé sa jument dans la stalle à côté de celle de Destiny, le champion du Derby du Kentucky, du Preakness et du Belmont Stakes ! avait ironisé Duncan.

— Je ne savais même pas que tu avais ramené Destiny à ton ranch ! s'était exclamée Rhianna en levant les yeux au ciel d'un air désinvolte.

Mais Rafe avait senti sa tension et sa colère croître. Rhianna à seize ans se serait jetée sur Duncan comme une furie, mais l'adolescente fougueuse avait appris à se contrôler…

Dans tous les cas, Duncan avait tort. S'il n'avait pu protéger son étalon, il n'avait pas le droit d'accuser Rhianna d'avoir volé une saillie. La nature avait tout simplement repris ses droits pour unir un étalon vigoureux et une jument en chaleur…

Rhianna fixait Duncan. Rafe la sentait trembler de rage contenue.

— Ma jument occupait la stalle qu'elle occupe toujours, quand je viens te rendre visite ! avait-elle dit. Je ne savais même pas que Destiny était plus loin ! Et puis, tu sais très bien pourquoi je venais te rendre visite ! Pour rompre !

— Et en profiter pour voler une saillie que tu n'aurais jamais eu les moyens de payer !

Exaspérée par cette nouvelle insinuation méprisante, Rhianna lui avait arraché son verre des mains et lui en avait jeté le contenu au visage. C'était bien la Rhianna fière et bravache dont Rafe se souvenait. Une femme qui refusait de se laisser insulter impunément.

Duncan avait essuyé son visage humide avec son mouchoir, rouge de colère et d'humiliation.

— Je crois que tu dois des excuses à Rhianna, mon vieux, lui avait dit Rafe en contenant un sourire.

Duncan toujours furieux ne l'avait pas écouté et avait pointé un doigt accusateur sur Rhianna.

— Je m'excuserai seulement quand elle aura payé la saillie !

Rhianna avait écarté sa main.

— Tu en es donc là Duncan ? A mendier ?

Cette fois, Rafe s'était interposé.

— Qu'est-ce qui te prend, Duncan ? lui avait-il demandé d'une voix calme. Tu as besoin d'argent ? Ou es-tu vexé de t'être fait arroser par Rhianna ?

Duncan écumait de rage :

— Elle a profité de moi !

Rhianna avait essayé de contourner Rafe, toujours entre eux, pour atteindre Duncan.

— C'est ridicule ! l'avait-elle apostrophé. Je t'ai rendu ton collier de rubis ! J'ai aussi refusé ta magnifique bague de fiançailles !

Janet avait aussitôt poussé un petit cri de surprise.

— Duncan vous avait donc demandé en mariage ?

Celui-ci avait remis son mouchoir humide dans sa poche et s'était éloigné.

— J'aurais dû me douter que Rhianna McCloud était trop folle pour se rendre compte de sa chance ! Me repousser, moi ! avait-il lancé à haute voix pour se faire bien entendre des autres invités.

Hal avait secoué la tête.

— Eh bien…

Le juge Stewart avait posé une main conciliante sur l'épaule de Rhianna.

— Allons, calmez-vous, mon petit. Et si vous nous montriez plutôt votre fameux poulain ?

Rafe avait pris Rhianna par la main, et elle avait conduit leur petit groupe vers l'écurie. Une autre femme aurait éclaté en sanglots après une scène si désagréable, mais elle avait avancé tête haute. Mais Rafe savait qu'elle bouillait de colère, car sa main brûlante broyait la sienne.

L'écurie de Daniel McCloud était impeccable. Une bonne odeur de foin frais et des hennissements les y avaient accueillis.

Rhianna avait fièrement présenté le poulain de deux semaines à Janet, Hal, au juge Stewart et à Rafe. Et pour la deuxième fois de la soirée, Rafe avait senti l'excitation monter en lui. Ce pur-sang anglais à la robe baie avait de longues jambes fines, et Rafe était prêt à parier qu'une fois adulte, sa taille atteindrait le mètre soixante-dix. Le poulain avait des épaules obliques, une tête élégante et rectiligne avec un front large et un chanfrein droit. Il avait aussi une encolure longue et arquée, une poitrine ample et des épaules longues et inclinées. Son dos au profil rectiligne se terminait par une croupe longue et horizontale. Le spectacle de cette harmonie avait donné à Rafe des visions de victoires… Sweetness se caractérisait déjà par sa distinction, son intelligence et sa noblesse.

Le poulain s'était approché de Rhianna qui l'avait gratté derrière les oreilles.

— Papa aime que les poulains aient l'habitude de nous, dès leur naissance, avait-elle déclaré, soudain radoucie. Sweetness aime être pansé. Il est doux.

Janet avait levé la main devant le poulain pour qu'il s'habitue à son odeur.

— Il est vraiment magnifique… Vous êtes certaine que vous ne voulez pas le vendre ?

Rhianna avait secoué la tête.

— Vous avez les moyens de le garder, au moins ? avait demandé Hal. Les coûts de nourriture et les frais de vétérinaire vont être exorbitants !

— Je vous jure qu'on y arrivera !

Elever un cheval de course coûtait très cher, mais ces sacrifices étaient parfois récompensés. Il faudrait certes plusieurs années avant que les McCloud fassent de Sweetness un champion et un reproducteur, mais Rafe s'était déjà vu le croiser avec ses poulinières. Toujours pensif et ébloui, il avait de nouveau examiné le poulain Il avait déjà une foulée ample. Ses oreilles étaient mobiles et bien proportionnées. Son œil vif était grand. C'était vraiment un futur gagnant.

Rhianna avait soudain posé sa main sur son épaule, l'arrachant à ses pensées. Ils étaient tous seuls. Il avait été si concentré par l'observation du poulain qu'il n'avait même pas remarqué que le juge, Hal et Janet avaient quitté l'écurie.

— Il est extraordinaire ! avait-il dit.

— Merci…, avait répondu Rhianna en passant son bras autour de sa taille.

Elle s'ajustait idéalement à lui…, s'était dit Rafe qui s'était demandé in petto pourquoi il avait toujours préféré les femmes minces et plutôt petites aux femmes plus grandes et pulpeuses ? Une question à laquelle il n'avait pas eu le temps de répondre, car Rhianna avait posé ses lèvres sur les siennes. Peu avant de s'en emparer, il avait croisé son regard vert toujours assombri par les accusations blessantes de Duncan.

Il avait cédé au désir de l'embrasser, trop surpris et ravi par son initiative, avant de la repousser doucement.

— Pourquoi Rhianna ?

Elle avait froncé les sourcils, ce qui avait rendu son regard vert plus expressif.

— Ça n'est donc pas évident ? Je ne suis plus une gamine, Rafe !

— Je comprends bien que tu as changé. Mais moi, je suis toujours le même…

Pour toute réponse, Rhianna l'avait embrassé dans le cou.

— Tu es donc toujours de ces hommes qui se servent, utilisent et jettent…

Rafe n'avait pas nié, mais il avait froncé les sourcils, frappé par la crudité de ses propos. Rhianna était devenue une femme pleine de surprises…

— Et ça ne te dérange pas ?

— Quand j'avais seize ans, j'étais amoureuse de toi. A cette époque, j'avais envie d'étrangler toutes tes petites copines si tu veux savoir !

— Mais tu n'as plus seize ans, avait protesté Rafe en plongeant ses mains dans ses boucles rousses, flamboyantes comme une aube embrasée.

Il avait caressé ses cheveux et sa nuque délicate, qu'il avait ensuite effleurés des lèvres.

— Justement, je n'ai plus seize ans ! s'était exclamée Rhianna. Et il y a beaucoup de choses que tu ne sais pas sur moi…

— Mais je ne demande pas mieux que d'apprendre… !

Rafe avait défait la fermeture de son bustier, surpris de sentir sa main trembler. Quelques années plus tôt, il voyait en Rhianna une petite sœur un peu peste. Il ne l'avait jamais considérée comme une femme avec des désirs et des besoins. A présent, il la désirait follement, avec une passion qu'il n'avait jamais éprouvée de toute sa vie. Elle sentait si bon, elle semblait faite pour lui. Le feu qu'elle avait allumé dans son corps par son seul baiser s'enflammait et le brûlait.

Il avait toujours pensé que Rhianna McCloud deviendrait une femme fascinante, impatiente et exaltée. Il n'avait pourtant pas cherché à la revoir, ces dernières années, bien que le monde des éleveurs soit petit et que son père soit l'un des meilleurs entraîneurs de la région.

A seize ans, Rhianna avait déjà du tempérament, mais pas autant d'audace : elle était réservée et prudente avec les garçons. Elle préférait s'occuper des chevaux plutôt que de rire ou flirter avec les garçons qui rôdaient autour de l'écurie des Sutton.

Soudain, Rhianna s'était pressée contre lui.

— Il y a une couverture dans le fenil. C'est parce que je vais y lire parfois..., avait-elle murmuré tout contre sa bouche.

Son invite sans ambiguïté l'avait sidéré.

— Tu veux me montrer ta... bibliothèque ?

— Et même davantage...

Cette fois, son ton suggestif, sa voix rauque avaient laissé Rafe bouche bée. Elle s'était dirigée vers l'échelle, sans cesser de parler :

— Je suis une grande fille et je sais ce que je veux !

Elle le voulait, lui.

Bien que séduit par la liberté de ses manières, Rafe avait des scrupules. Rhianna n'ignorait pas sa réputation d'homme à femmes. Tous deux se connaissaient de longue date et il ne voulait pas la blesser ni lui donner l'espoir qu'un amour éternel naîtrait de ces ébats dans le fenil. Rafe voulait seulement profiter de l'instant présent.

Passer une nuit de plaisir sans lendemain.

Il s'était approché de l'échelle, s'amusant de la voir se débarrasser de ses escarpins. Agile, elle avait grimpé les barreaux de l'échelle. Il l'avait suivie dans le fenil où il avait vu une lampe, une étagère garnie de livres, des chocolats et un bouquet de marguerites dans un pot en émail.

Elle avait disposé une couverture sur le foin et l'avait attiré à elle.

— Maintenant, il ne nous reste qu'à attendre la pluie...

— La pluie ?

— Parce que la pluie, c'est romantique. Les forces de la nature qui se déchaînent tandis que nous sommes à l'abri… De plus, j'aime le bruit de l'eau sur le toit…

Par certains côtés, elle était sophistiquée, mais elle n'en appréciait pas moins les plaisirs simples, s'était dit Rafe, décidément conquis. Rhianna adolescente l'avait charmé, Rhianna adulte l'excitait.

Il s'était laissé tomber à côté d'elle, convaincu que leur nuit ensemble serait unique. L'air semblait plus doux, comme sensible à la présence de Rhianna. Le temps virait à l'orage, selon ses vœux, s'était ensuite dit Rafe tandis qu'un éclair déchirait la nuit et que le tonnerre grondait derrière les montagnes. Peu après, une petite pluie fine avait tambouriné le toit de l'écurie, où il s'était senti enfermé comme dans un délicieux cocon.

La chevelure rousse de Rhianna, magnifique faire-valoir pour ses grands yeux verts et sombres, s'étalait sur la couverture. Rafe avait pris une grande inspiration, se souvenant que plaisir rimait aussi avec lenteur… Mais il avait eu peine à contenir son impatience et son avidité tandis qu'il contemplait son corps aux courbes exquises et se perdait dans son regard brillant de désir.

Déjà, Rhianna déboutonnait le premier bouton de sa chemise, mais il lui avait échappé pour se glisser à ses pieds. Il avait effleuré sa cheville, décidé à couvrir son corps de caresses et de baisers.

— Ça chatouille…, avait-elle soufflé.

— Tu as de jolis petits pieds…

Elle s'était redressée et l'avait regardé, soupçonneuse.

— J'essaie de savoir quelle partie de ton corps me plaît le plus…, avait-il expliqué.

— Oh…

— Je dois donc tout étudier…

— Mmm, voilà qui me plaît.

Il avait caressé sa cheville, taquiné la peau fine derrière le genou où il avait tracé de petits cercles paresseux.

— Je te préviens, mon observation peut prendre des heures…

— Des heures !

Avec cette exclamation désespérée, Rhianna lui révélait son manque d'expérience sexuelle.

Il avait tenté de l'apaiser.

— Chuttt… Tu sais bien que je n'agirai que pour ton seul plaisir…

Elle avait passé ses doigts dans les cheveux.

— Alors je veux tout…, avait-elle murmuré d'une voix pleine d'excitation.

— Je te reconnais bien là, ma Rhianna…

Il avait délaissé ses genoux pour la dévisager. Ses pupilles d'un beau vert clair et lumineux étaient ceintes de vert émeraude, qui rendait son regard plus intense.

— Tu n'as jamais eu peur de rien, mon audacieuse.

Rhianna avait soupiré alors qu'elle caressait sa nuque.

— Et moi, j'ai toujours su que tu embrassais divinement…

Il l'avait embrassé plus profondément, mais s'était soudain demandé s'il n'allait pas tout arrêter. Il avait la sensation confuse qu'il ne s'agissait pas d'une entreprise de séduction habituelle… Pour la première fois de sa vie, Rafe était victime de sentiments qui embrouillaient ses pensées et ses intentions.

Le plaisir sans inhibition de Rhianna et son abandon total le troublaient profondément. Et son propre cœur, qui battait bien trop vite, le surprenait. Leur union serait davantage qu'un plaisir partagé suivi par l'habituel apaisement des sens…

Rafe aurait pu s'excuser et partir, mais il ne le pouvait

pas. Il ne pouvait renoncer ni à elle ni à des ébats pleins de promesses.

Il allait tout oublier pour s'adonner au plaisir et à la volupté.

Il avait toute la nuit pour aimer une femme de rêve.

Et on ne tombait pas amoureux, en une nuit.

2

Et Rafe n'était pas tombé amoureux de Rhianna.

Faire l'amour avec elle avait été si exceptionnel qu'il ne voulait plus jamais recommencer.

Tout simplement pour ne pas se faire piéger.

Lui se faire piéger ? Allons donc !

Mais alors, pourquoi avait-il aussi peur de l'attrait que Rhianna exerçait sur lui ?

Il était tout de même resté à l'écart de la jeune femme pendant plus de huit mois : il ne lui avait donné aucun signe de vie et avait même ostensiblement évité Denver et ses environs.

Rafe était donc étonné que Daniel McCloud le contacte après tout ce temps. Le poulain était encore trop jeune pour courir ou pour faire des saillies. Peut-être était-il malade ? Peut-être que Daniel avait besoin de son nouveau vétérinaire ?

Rafe sortit de l'écurie et courut vers le ranch qu'il avait fait construire sur les terres Sutton. Après le meurtre de Brent, son frère aîné, son père avait réparti ses terres entre ses quatre fils. Mais avec son frère Tyler à leur tête, ils dirigeaient toujours la propriété en commun.

Chase, le cadet des Sutton, partageait son temps entre les

terres Sutton et le ranch de sa femme, à Embry. Cameron avait quant à lui installé son cabinet de médecin à Highview. Rafe s'occupait pour sa part des chevaux. Il avait fait reconstruire l'écurie qui avait pris feu, l'an dernier. Il avait un vétérinaire habilité à demeure, avait embauché un entraîneur et s'était formé à l'élevage et à la reproduction en achetant les meilleurs étalons et poulinières sur le marché. Lentement mais sûrement, il se construisait une réputation dans le Colorado. Désormais, les autres éleveurs et entraîneurs l'appelaient pour solliciter son opinion.

Rafe rentra chez lui, regrettant de n'avoir pas pris son téléphone cellulaire, qui lui aurait évité ces allers-retours fastidieux entre l'écurie et la maison. Il détestait s'interrompre dans son travail.

Avec un soupir, il pendit son Stetson sur la patère et prit le téléphone.

— Comment allez-vous Daniel ?

— Bien, merci.

— Et le poulain ?

— Je vous appelle justement à cause de lui.

A ces mots, le pouls de Rafe s'accéléra. Il y avait bien un problème… Rien ne l'affligeait plus que de détecter des défectuosités chez un poulain prometteur, des boiteries ou une croupe avalée en pupitre. Sweetness était né pour courir comme Rhianna pour aimer…

Zut, d'où lui venait cette pensée incongrue ? Rhianna était un plaisir pour les yeux mais une secousse sismique pour un cœur, même aussi bien accroché que le sien.

Pourquoi diable ne réussissait-il pas à l'oublier ?

Daniel McCloud toussa pour s'éclaircir la voix.

— Vous voulez toujours l'acheter ?

Le poulain allait donc bien. Rafe, soulagé et ravi, n'hésita pas une seconde :

— Oui, bien sûr !

Mais au fait, pourquoi McCloud voulait-il le lui vendre ? Il avait besoin d'argent ? Rafe eut aussitôt un élan de sympathie envers son voisin, obligé de vendre un si bel animal pour couvrir d'éventuelles dettes. Mais les affaires étaient les affaires… Et le malheur des uns faisait le bonheur de autres…

Quel beau fleuron à ajouter à son écurie ! Même si le poulain ne devenait pas un champion, Rafe pourrait toujours le destiner à la saillie, amortissant ainsi largement le prix de sa vente !

— Combien en voulez-vous ?

McCloud énonça un chiffre que Rafe trouva décent.

— C'est d'accord.

— Seulement, j'ai une condition, ajouta tout à coup Daniel McCloud.

Que McCloud impose les termes de la vente était inhabituel. Cela dit, le poulain était un animal exceptionnel. Daniel voulait peut-être lui demander de faire saillir une de ses juments par Sweetness dans un an ou deux. Un marché acceptable.

— Je vous le vends seulement si vous aidez Rhianna, déclara Daniel McCloud au même instant.

— Aider Rhianna ?

Pris de cours, Rafe devint nerveux.

— Ma fille a des ennuis…

— Des ennuis ? répéta de nouveau Rafe.

Il avait du mal à imaginer Rhianna empêtrée dans des soucis. Et par ailleurs, pourquoi Daniel s'adressait-il à lui ?

— Vous êtes avocat de formation, Rafe, enchaîna Daniel comme s'il avait entendu sa question.

Rafe posa ses pieds sur le bureau et s'adossa confortablement à sa chaise, une attitude nonchalante qui n'allégea cependant pas la pression dans sa poitrine.

Il avait suivi des cours de droit pour faire plaisir à son père et avoir un métier, au cas où il échouerait dans l'élevage des chevaux.

Mais si Rhianna avait des ennuis, elle devait demander les services d'un avocat confirmé, pas d'un novice.

— Je suis avocat de formation, mais je n'ai jamais exercé. Vous feriez mieux de me vendre le cheval et de recourir à...

— Non, l'interrompit Daniel McCloud.

Non ?

Rafe prit une grande inspiration et s'efforça de mettre de l'ordre dans ses pensées. Mais dès qu'il s'agissait de Rhianna, il n'était plus bon à rien... Ou plutôt, il ne se souvenait que du goût de ses baisers et de celui de sa peau sous ses lèvres. Depuis la nuit qu'ils avaient passée ensemble, il avait perdu tout intérêt envers les autres femmes.

Peut-être que s'il la revoyait il réussirait à conjurer des souvenirs sans aucun doute sublimés et tournerait la page sur cette brève aventure ?

Puis il comprit que Daniel ne lui aurait jamais proposé d'acheter Sweetness si Rhianna n'avait pas eu d'ennuis.

Or, Rhianna était une amie et il l'aiderait sans acheter le poulain en échange. Il serra le combiné plus fort dans sa main.

— Si Rhianna a besoin de moi, j'accepte de l'aider, dit-il d'une voix nette, mais je ne peux pas acheter Sweetness dans ces circonstances.

— Et moi, je ne veux pas de votre charité ! protesta Daniel d'une voix fière et sans réplique.

Rafe renonça à discuter. Le bien-être de Rhianna primait.

Pensif, il pianota sur son bureau.

— Si vous m'expliquiez exactement quels sont les ennuis de Rhianna ?

— Nous pensons qu'elle est harcelée par un psychopathe.

La pression dans la poitrine de Rafe s'accentua.

— Vous avez averti la police ?

— Le problème, c'est que la police ne peut pas assurer sa protection vingt-quatre heures sur vingt-quatre.

Rhianna avait besoin d'une protection permanente et son père voulait qu'il la protège ? D'accord, mais pourquoi *lui* ?

Rafe fronça les sourcils, de plus en plus troublé.

— Vous voulez que j'assure sa sécurité ? Pourquoi ne pas plutôt louer les services d'un garde du corps ?

— Il vaut mieux que Rhianna vous l'explique en personne…

Ces derniers mots éveillèrent la curiosité de Rafe. Il aiderait Rhianna parce qu'il était inquiet pour elle, mais aussi — et il répugnait à se l'avouer —, parce qu'il avait terriblement envie de la revoir. Et l'idée qu'un malade la harcelait lui faisait horreur. McCloud devait être à bout de ressources et vraiment se faire du souci pour sa fille pour faire appel à lui…

Les hésitations de Rafe s'envolèrent. Il consulta sa montre et fit un calcul rapide :

— Je serai à Denver en fin d'après-midi.

Rhianna scruta la rue dans les deux sens, espérant apercevoir une voiture de police. Mais la rue était calme et déserte.

En désespoir de cause, elle prit ses clés, son sac à main et le pistolet qu'elle conservait désormais dans la boîte à gants de sa voiture. Elle n'avait pas peur de menacer l'homme qui la harcelait, voire de lui tirer dessus. Elle eut une pensée reconnaissante pour sa mère qui lui avait conseillé de suivre des cours de tir et d'autodéfense. Mais la jeune femme savait qu'elle devait y réfléchir à deux fois avant d'utiliser son pistolet contre son assaillant : l'usage d'une arme à feu était toujours dangereux, d'autant qu'elle arrivait en fin de grossesse et qu'elle avait des réflexes plus lents. Si jamais elle tirait et manquait sa cible, elle pouvait mettre sa vie et celle de son bébé en danger.

Elle ne voulait plus perdre une seconde : l'homme était maintenant tout proche. Elle sortit de son pick-up et se dirigea vers le commissariat. Elle entendit son poursuivant claquer la portière de son véhicule, puis lui emboîter le pas.

Rhianna serra la crosse de son arme de toutes ses forces. Elle était incapable de courir, dans son état, mais elle s'efforça de marcher aussi vite que possible.

Soudain, les pas derrière elle se précipitèrent. Son pouls s'accéléra dangereusement.

Enfin, une main s'abattit sur son épaule.

Rhianna fit volte-face, leva son pistolet et visa.

— Ne me touchez pas ! hurla-t-elle.

— Je…

Rafe s'interrompit et la regarda, sidéré. Pas par son arme, non, par son gros ventre.

— Tu es enceinte ? balbutia-t-il.

— Oui.

Rhianna écarta son pistolet et le mit dans sa poche.

— Pourquoi me suis-tu, Rafe ?

— Tu vas avoir un bébé ?

Rafe semblait trop surpris pour être son harceleur, mais Rhianna resta toutefois sur ses gardes, sans bien comprendre pourquoi d'ailleurs. Dans le silence qui suivit, elle le contempla.

Rafe était séduisant comme jamais... C'était bien un Sutton avec sa haute taille, ses cheveux noirs épais et ses yeux gris. Mais à la différence de ses frères, Rafe se déplaçait avec une grâce naturelle que devaient lui envier bien des hommes. Il était aussi très mince, se dit Rhianna qui le trouva d'autant plus élancé qu'elle se jugeait énorme.

Elle était contrariée qu'il la voie enceinte et presque à terme. Puis elle se souvint du silence méprisant qu'il lui opposait depuis huit mois et demi. Après la nuit qu'ils avaient passée ensemble, il ne l'avait pas appelée une seule fois et n'avait pas non plus daigné lui écrire.

Il lui avait prouvé qu'il ne ressentait rien pour elle, alors qu'il aille se faire voir maintenant ! pensa Rhianna dans un élan de colère.

— Va-t'en, dit-elle simplement, décidée à ne lui montrer ni son chagrin, ni sa vulnérabilité.

Des piétons passaient et les contournaient sans remarquer sa panique.

Malgré son injonction, Rafe ne bougea pas. Il comptait sur ses doigts. Les mois sans doute. Son ventre était si gros qu'il pouvait aisément déduire qu'elle était en fin de grossesse.

Soudain, son regard se voila.

— C'est mon bébé..., déclara-t-il doucement, comme s'il redoutait qu'elle refuse de le lui confirmer.

Rhianna fut soulagée qu'il ne nie pas et ne lui fasse pas de reproches. Ils avaient utilisé un préservatif, il aurait pu donc avoir sa conscience pour lui, s'en laver les mains et l'abandonner à son sort. Ou pire, affirmer d'emblée que le bébé n'était pas de lui. Elle fut touchée qu'il ait exclu cette dernière possibilité.

Mais Rafe allait maintenant la harceler de questions et exiger des explications sur ses choix et sa conduite.

Elle soutint bravement son regard.

— Je voulais te le dire…

— Quand ? aboya-t-il d'une voix dure.

— Après la naissance…, murmura-t-elle.

— Je ne suis pas forcé de te croire !

Enervée par sa méfiance, Rhianna durcit le ton :

— Tu peux penser ce que tu veux, Rafe, ça m'est égal ! Mais je te l'aurais dit. Pas pour toi, pour notre bébé.

— Parce que tu as besoin d'argent ?

Elle l'aurait giflé si elle n'avait pas eu peur de se faire mal. Elle ignora donc l'insulte et reprit, d'une voix égale, sachant que cet effort lui coûterait une crise de larmes lorsqu'elle se retrouverait seule :

— Non. Parce qu'un enfant a le droit de savoir qui est son père !

Rafe parut aussitôt contrit :

— Je suis désolé de t'avoir soupçonné de vénalité…

Il paraissait sincère, mais Rhianna ne se sentait pas d'humeur magnanime. Ses jambes lui faisaient horriblement mal, et elle avait de nouveau envie d'aller aux toilettes — elle en avait envie toutes les dix minutes. Elle bouillonnait de colère, d'impuissance et de fatigue.

Rafe devina en tout cas qu'elle était épuisée, car il la conduisit vers un banc où elle s'assit avec reconnaissance. Ce qui ne l'empêcha pas de redouter la suite de leur conversation.

Le monde de Rhianna basculait, pourtant, tout autour d'elle, la vie continuait normalement : un écureuil dévorait un gland, la circulation bourdonnait et les mères de famille poussaient gaiement leurs poussettes.

Mais l'affrontement inévitable et tant redouté avec Rafe modifiait les couleurs de la vie.

Rhianna devait maintenant mettre des mots sur la situation, argumenter ses choix pour qu'il les comprenne bien, afin que tous deux puissent continuer de vivre comme avant. Enfin presque.

Etrangement, elle avait l'impression que Rafe s'était déjà habitué à l'idée de sa prochaine paternité et ne se tourmentait pas, mais ça restait une impression. Il était peut-être calme parce qu'il était encore sous le choc .. C'était un homme parfois indéchiffrable, qui cachait souvent ses émotions derrière une désinvolture de façade.

Il observa son ventre, avant de détourner le regard.

— Pourquoi ne m'as-tu pas appelé dès que tu as su ? demanda-t-il troublé, presque blessé.

Blessé ? Pourquoi ?

Franchement, sa question était stupide ! Comme si la réponse n'était pas évidente !

Exaspérée, elle rejeta ses cheveux sur ses épaules :

— Parce que j'espérais que tu daignerais me donner signe de vie, malgré notre dispute, le matin qui a suivi cette nuit mémorable !

Rhianna n'oublierait jamais ce matin-là. Elle s'était réveillée et avait surpris Rafe qui partait en catimini. Elle s'était aussitôt mise en colère, vexée par son attitude sournoise : comment osait-il partir comme un voleur ? Surtout, elle avait été blessée qu'il ait considéré la nuit fabuleuse qu'ils venaient de passer ensemble comme une banale passade déjà reléguée dans le passé au nom de sa sacro-sainte liberté ! Peinée, furieuse et surtout très mal réveillée, elle lui avait demandé s'il avait couché avec elle pour l'inciter à lui vendre le poulain. Rafe s'était senti insulté et était parti sans dire un mot. Rhianna n'avait plus eu de ses nouvelles jusqu'à aujourd'hui.

Elle aurait aimé avoir eu le temps de se préparer à sa confrontation avec lui, mais tant pis… Elle lui dirait la vérité, même si, malgré son désir de savoir et comprendre, il n'avait pas vraiment envie de tout entendre.

— J'avais espéré que tu reviendrais par amour pour moi, pas pour faire face à tes responsabilités, commença-t-elle.

Il tressaillit, frappé par sa franchise. Il se sentait coupable ? Eh bien tant pis pour lui !

— Quand j'ai appris que j'étais enceinte, continua-t-elle, j'ai été sous le choc, puis j'ai été heureuse… Ma première impulsion a été de te téléphoner pour te l'apprendre.

— Mais tu ne l'as pas fait !

— Pour plusieurs raisons…

— Quelles raisons ? J'avais le droit de savoir.

Sa voix, douce, était sous-tendue par une pointe de dureté. Il n'était peut-être pas d'accord avec sa façon d'agir, mais il acceptait son choix d'avoir gardé l'enfant.

Rhianna lui avait tu sa grossesse essentiellement par peur de sa réaction. Et maintenant encore, elle la redoutait.

— Je craignais que tu ne m'accuses d'avoir programmé cette grossesse pour te forcer à m'épouser.

Rafe parut sincèrement étonné.

— Nous avions utilisé des préservatifs, Rhianna, je ne pouvais te reprocher de m'avoir manipulé…

La jeune femme haussa les épaules :

— Ça n'est pas tout : je redoutais aussi que tu m'arraches mon bébé… Ma famille n'a pas les moyens d'entreprendre une action en justice pour faire valoir mes droits…

— Tu me crois capable d'une chose pareille ?

— A ton avis ?

Elle fouilla son regard. Il fut le premier à détourner le sien.

— Je n'en sais rien…

Ces paroles ambiguës ravivèrent un instant ses craintes, puis elle se reprit. Rafe n'était pas cruel au point de demander à exercer seul l'autorité parentale. La situation était déjà bien assez compliquée pour l'envenimer en saisissant le juge aux affaires familiales.

Soudain, le bébé bougea. En un geste devenu familier, Rhianna caressa son ventre.

Rafe, apparemment affolé, ouvrit de grands yeux.

— Tu as des contractions ?

— Pas encore. Je devrais accoucher dans deux semaines. C'est juste un coup de pied, j'ai l'habitude… !

Il baissa les yeux sur son ventre, puis les détourna vite, comme s'il était embarrassé qu'elle l'ait surpris à le contempler.

Sans réfléchir, elle lui prit la main et la posa sur son ventre.

Le bébé donna encore des coups. Une expression de fierté virile se peignit soudain sur le visage de Rafe, qui fit regretter son impulsion à Rhianna. Elle ne voulait pas que Rafe se forge une identité de père.

Mais c'était trop tard…, se dit-elle en voyant son regard brillant et son sourire béat.

— Elle est drôlement costaude ! s'exclama-t-il.

— *Elle ?*

— Tu la portes haut : ce sera une fille.

— Ce sont des fables de grand-mère !

— Pourquoi ces prétendues fables passent de génération en génération ? Parce qu'elles sont basées sur des faits !

Rafe tenait toujours la main de Rhianna.

— Sache que je ne prends pas mes responsabilités à la

légère, dit-il en rivant son regard au sien. Je sais ce que c'est de vivre avec un seul parent : ma mère est morte quand j'étais petit.

Il avait prononcé ces mots d'une voix inexpressive, mais c'est justement cette absence d'émotion qui révéla à Rhianna toute la souffrance qu'il avait ressentie.

— Je ne veux pas que mon enfant grandisse comme moi, continua-t-il.

— *Ton* enfant ?

La peur lui serra de nouveau le ventre comme un étau. Les Sutton étaient une famille puissante et riche. Si jamais elle devait se battre pour exercer l'autorité parentale et garder son enfant, ses parents la soutiendraient de leur mieux, mais ils étaient déjà endettés par les frais exorbitants de nourriture et de vétérinaire occasionnés pas le poulain. Ils ne pouvaient même pas faire réparer son pick-up à bout de souffle, c'est dire…

— *Notre* enfant, si tu préfères. Tu n'as plus le droit de décider seule, Rhianna.

— J'avais espéré que…

— Que quoi ?

— Que nous pourrions trouver une solution amiable…

Elle croisa ses mains sur son ventre. Malgré sa colère toujours vive contre le silence Rafe pendant ces huit derniers mois, elle devait maîtriser son impulsivité et se montrer raisonnable.

— Je n'ai jamais regretté la nuit que nous avons passée ensemble, reprit-elle. J'ai fait l'amour avec toi en connaissance de cause, sachant que tu ne désirais qu'une liaison sans lendemain.

Elle se tut. Elle avait voulu être conciliante ? Elle avait été tranchante, trop franche… Mais elle ne pouvait renier sa plus grande qualité : son honnêteté. Et tant pis, ou plutôt tant mieux, si elle avait réussi à davantage le culpabiliser !

Rhianna savait que c'était trop demander à Rafe que de réagir maintenant. Elle avait eu plusieurs mois pour réfléchir à la situation, alors que lui avait eu moins d'une heure pour digérer la nouvelle de sa grossesse et adopter une ligne de conduite.

Mais une fois qu'ils auraient trouvé un accord, qu'il la laisse ! Sa seule présence la remuait trop, et ça n'était pas bon pour son bébé.

Elle le toisa, fière.

— Que les choses soient claires, Rafe, je n'ai pas besoin de toi. Ni de ton argent ou de ton nom. Je me débrouillerai seule pour élever le bébé.

— Là n'est pas la question !

— Alors je dois avoir manqué un épisode, ironisa Rhianna. Tu ne voulais pas de moi dans ta vie, il y a huit mois et demi, j'imagine donc que tu ne veux pas davantage de cet enfant. Je l'élèverai donc seule. Va-t'en, Rafe, retourne à ton ranch et à tes chevaux. Je te jure que tout ira bien. Je suis capable d'élever un enfant ! Et puis, ma mère est ravie à l'idée de s'en occuper quand je reprendrai le travail au ranch. Papa donnera au bébé l'influence masculine dont il aura besoin pour grandir. Notre enfant recevra beaucoup d'amour, tu peux partir la conscience tranquille…

Le visage de Rafe était devenu plus dur que de la pierre.

— C'est vrai, je peux partir. Abandonner la femme qui porte mon enfant et qui n'a pas peur de mettre sa vie en danger. As-tu oublié qu'un malade te harcelait ?

Rhianna se mordit la lèvre pour contenir sa déception. L'instinct protecteur de Rafe se réveillait. Le connaissant, il ne la lâcherait plus. Il se sentirait obligé de l'aider. Présent à ses côtés à chaque instant, il se préparerait à devenir père et s'attacherait de plus en plus à son enfant. Peut-être revendiquerait-il l'autorité parentale ? Une immense angoisse envahit de nouveau Rhianna. Mais elle se contint. Elle devait rester calme.

— Comment es-tu au courant ? demanda-t-elle avec effort.

Rafe étrécit le regard.

— Ton père m'a téléphoné. Il se fait du souci pour ta sécurité, figure-toi.

— J'ai pris mes précautions.

— Vraiment ?

Elle lui montra sa poche, où elle avait placé son pistolet.

— Puisque je te dis que je me débrouillerai, Rafe. Mais pour l'instant, j'ai plus besoin de trouver des toilettes que de fuir le fou qui me harcèle !

Il l'aida à se lever, plein de sollicitude.

— Tes priorités sont étranges.

Rhianna soupira.

— Tu changerais d'avis si la tête du bébé appuyait sur ta vessie !

Il serait papa dans deux semaines…, songea Rafe.

Si Daniel McCloud ne lui avait pas téléphoné, il ne l'aurait peut-être jamais su.

Pendant que Rhianna était aux toilettes, il passa quelques coups de téléphone tout en essayant d'assimiler la nouvelle. Il pensait déjà couches et soirées passées à la maison. Il connaissait bien les joies du baby-sitting grâce à son neveu Keith, le fils de son frère Chase, et aux jumeaux de Cameron.

Il aimait les enfants, leurs sourires et leurs rires. Il aimait voir le monde à travers leurs yeux.

Il se promit que Rhianna n'aurait aucun souci d'argent. Mais avait-il le droit de fuir ses responsabilités et de la laisser élever leur enfant seule ? Il ne doutait pas qu'elle serait une excellente mère. Elle avait la tête sur les épaules et était aimante.

Elle ne lui imposait rien, alors pourquoi choisissait-il d'assumer sa paternité ? Pourquoi sa conscience le tourmentait-elle ? Mais n'était-ce pas aussi la sécurité de Rhianna qui le tourmentait ? Ah la bonne excuse ! En réalité, il était en proie à des sentiments complexes.

Conscient qu'il lui faudrait du temps pour résoudre ses dilemmes personnels, il regarda Rhianna s'approcher de leur table, et fut frappé par son teint brouillé, lui qui avait vu sa belle-sœur rayonnante lors de sa seconde grossesse. Mais Rhianna vivait dans la peur et la méfiance depuis trop longtemps... Ses cernes lui prouvaient qu'elle dormait mal, ou trop peu. Pourtant, Rafe ne l'avait jamais trouvée aussi belle, car elle portait son enfant. Une bouffée de fierté l'envahit.

Elle s'assit en face de lui.

— Tu as déjà commandé ?

— Pas encore. Tu as faim ?

— J'ai toujours faim !

Elle ouvrit le menu, souriant pour la première fois depuis leurs retrouvailles. Le cœur serré, Rafe songea à tout ce qu'elle endurait, ces derniers temps.

Rhianna humecta ses lèvres avec gourmandise en parcourant le menu. Rafe se souvenait encore du goût de sa bouche, de ses caresses sur tout son corps.

Il se figea, surpris d'être rattrapé par ces souvenirs sensuels, et surtout par son désir soudain et brutal de Rhianna. C'était incompréhensible : elle était enceinte de huit mois et demi et il la désirait comme un homme sevré de sexe, ce qui n'était pas loin de la vérité d'ailleurs… Plus aucune femme ne l'intéressait depuis Rhianna. Voilà, il payait maintenant le prix de sa vie monacale de ces derniers mois.

— Commande ce qui te fait plaisir…

Elle sourit de nouveau.

— Tu ne devrais pas me dire ça !

La serveuse s'approcha. Rhianna passa commande.

— Nous allons commencer par des gaufres avec de la crème fouettée et des framboises, deux œufs au plat, et deux tranches de bacon frit et bien croustillant, s'il vous plaît. Ah je vais prendre aussi deux muffins anglais légèrement grillés, plus un grand verre de jus d'orange ! Et puis un verre de lait aussi !

— C'est parti ! dit la serveuse en s'éloignant.

Rhianna la rappela :

— Mademoiselle ?

— Oui ?

— Vous avez oublié de demander à mon compagnon ce qu'il désirait !

— Désolée, madame, mais je pensais que vous commandiez pour deux.

Rhianna caressa son ventre.

— C'est vrai : j'ai commandé pour moi et pour mon bébé.

Rafe commanda à son tour, puis il observa Rhianna.

— Maintenant, parle-moi de ton mystérieux poursuivant.

Elle lui adressa une moue dépitée.

— Alors toi, tu sais comment gâcher le plaisir d'un bon repas ! Qu'est-ce que papa t'a raconté, au juste ?

— Rien. Il préférait que tu m'en parles toi-même.

— Alors tu es venu parce que…

Rafe hésita :

— Parce que je me fais du souci pour toi, oui !

D'autant que maintenant, il savait que si Rhianna était en danger, son enfant l'était aussi.

Or, les Sutton protégeaient les leurs.

La serveuse revint avec le jus d'orange et les muffins. L'attention de Rhianna fut un instant distraite : elle tartina ses muffins de beurre et de confiture. Témoin de son appétit, Rafe fut sidéré qu'elle n'ait pas pris plus de kilos ! Seul son ventre était gros, sa silhouette avait gardé son harmonie. Entre les gorgées de jus de fruit et les bouchées de muffin, elle lui expliqua ses ennuis :

— Tout a commencé par une voiture qui me suivait dans Denver… mais toujours de loin, ce qui m'empêchait de déchiffrer la plaque d'immatriculation ou de voir le conducteur… D'ailleurs, quand j'ai vu ta voiture dans mon rétroviseur, tout à l'heure, je me rendais au commissariat. Au fait, pourquoi me suivais-tu ?

— Pour voir si on te suivait, justement… Si j'avais su que tu me prendrais pour ton harceleur. .

Rafe s'interrompit, frappé par une pensée :

— Mais pourquoi t'es-tu garée aussi loin du commissariat ?

Rhianna haussa les épaules, gênée.

— Panne sèche…

— Bon, continue.

— J'ai signalé à la police qu'on me traquait. Mais selon la police, je me fais des idées parce que je suis enceinte… Pourtant, je sais ce que j'ai vu !

— La voiture ne s'est jamais approchée assez près de toi ?

— Non.

— De quelle couleur est-elle ?

— Ça n'est jamais la même voiture.

Perplexe, Rafe se demanda si la police n'avait pas raison en attribuant le récit de Rhianna à des affabulations de femme enceinte. D'un autre côté, il connaissait bien la jeune femme, et savait qu'elle n'était ni mythomane ni paranoïaque. Elle avait la tête sur les épaules et n'était pas du genre à s'affoler. Rafe se souvenait même l'avoir vue maîtriser un cheval piqué par une guêpe et fou de douleur.

— Continue.

— Il y a six mois, on a crevé mes quatre pneus. J'ai pensé que c'était un gamin…

La serveuse revint avec le reste des plats.

— Je garde vos gaufres pour le dessert, mon petit, dit-elle à Rhianna, sinon elles seront froides.

— Merci !

Rhianna lui tendit son verre vide.

— J'aimerais un autre verre de lait, s'il vous plaît.

Rafe se demanda de nouveau où elle mettait tout ce qu'elle mangeait, mais il ne se risqua pas à le lui demander. Il avait beau être célibataire, il savait qu'il valait mieux ne pas commenter les fringales des femmes enceintes.

— Quand as-tu commencé à porter une arme ?

Rhianna s'arrêta de manger, le regard soudain hanté d'ombres.

— Ma chambre est au fond de la maison… J'ai ma propre entrée. En mon absence, quelqu'un y est entré et a tout fouillé.

— On n'a rien pris ?

Elle secoua la tête.

— Et tu es sûre qu'on a fouillé ta chambre ?

— Archisûre !

Elle lécha un morceau de beurre tombé sur son pouce.

Sensuelle..., se dit-il, un instant distrait par des pensées languides. Puis il se ressaisit : l'heure n'était pas aux fantasmes !

— Mes sous-vêtements étaient étalés sur le lit, marquant ma silhouette, comme si j'avais été allongée...

Sa voix resta en suspens. Rafe comprit alors que le pire était à venir.

— Continue, Rhianna.

— Il y avait un couteau planté sur l'oreiller en sang.

— Du sang ?

— La police a dit que c'était du sang de poulet.

Un frisson parcourut Rafe. C'était sans conteste l'œuvre d'un malade...

— Je suis désolé... Est-ce que la police... ?

— ... a recherché des empreintes ?

Rhianna s'arrêta de nouveau de manger.

— Les policiers ont inspecté ma chambre de fond en comble, mais le criminel portait des gants. Et la serrure n'avait même pas été forcée...

— La police ne t'a pas crue ?

— Non, elle a pensé que j'avais organisé cela pour attirer l'attention sur moi... Mais qui a envie d'attirer l'attention avec une mise en scène aussi macabre ?

— As-tu donné la clé de ta chambre à quelqu'un ? demanda Rafe à contrecœur.

Rhianna soupira et se remit à manger.

— Non, jamais ! Ma clé est la même que celle de la porte d'entrée, mais seule ma chambre a été fouillée...

Fouillée ? Plutôt violée, pensa-t-il, encore sous le choc de l'affreux spectacle qu'elle lui avait décrit. Elle avait dû être terrifiée. Une autre femme l'aurait appelé à l'aide, mais pas Rhianna. Bizarrement, Rafe le regretta.

Elle finissait son bacon quand la serveuse revint avec ses

gaufres et son lait. Rafe avait l'estomac tellement noué qu'il ne pouvait plus rien avaler.

— Depuis, je porte une arme. Je sais tirer.

— Tu serais capable de tirer sur quelqu'un ? lui demanda-t-il gentiment.

Rhianna ne répondit pas. Elle se leva et se dirigea vers les toilettes.

— Excuse-moi, je reviens.

Rafe n'avait jamais eu conscience des petits inconvénients liés à une grossesse. Par ailleurs, le stress subi par Rhianna l'inquiétait : il pouvait avoir des conséquences sur le bon développement de son enfant.

Daniel McCloud l'avait appelé à la rescousse parce que Rafe avait un intérêt personnel dans la sécurité de sa fille. Rhianna, dont il connaissait l'obstination, avait sans doute caché aux siens l'identité du père de son enfant, mais ses parents et ses proches avaient sans doute vite fait le rapprochement entre la soirée où tous deux s'étaient éclipsés et sa grossesse.

Rhianna avait vécu cette grossesse seule. Du moins, sans lui. Rafe se jura d'être désormais à ses côtés. Il les protégerait de son mieux, elle et son bébé. Et il arriverait bien à la convaincre qu'elle avait besoin de lui.

Il paya l'addition et regarda autour de lui avec anxiété. Tout à l'heure, Rhianna était revenue très vite des toilettes, mais cette fois, son absence durait. Il attendit encore, puis se dirigea vers les toilettes des femmes. Il frappa doucement à la porte. Comme Rhianna ne répondait pas, il l'ouvrit.

— Rhianna ? Tout va bien ?

Personne ne répondit.

Troublé et inquiet à l'idée qu'elle ait eu un malaise, il entra. Mais la jeune femme avait disparu.

3

La peur paralysa instantanément Rafe. Où était passée Rhianna ? L'inconnu qui la harcelait les aurait-il suivis dans le restaurant ? Occupés à parler de leurs problèmes personnels, ils n'avaient peut-être pas remarqué une éventuelle présence suspecte ?

Rhianna n'avait pu fuir par le vasistas des toilettes, trop étroit, même pour un enfant. Et elle n'aurait pu sortir par devant sans qu'il la remarque. Il ouvrit une porte qui donnait sur un bureau. Vide.

Il s'arracha à son immobilité, et toujours paniqué, remonta un étroit couloir jusqu'à une porte qui donnait sur une allée. Une fois dehors, il regarda autour de lui.

Et respira mieux : Rhianna était adossée au mur. Seule.

Il s'approcha, et se demanda aussitôt si son soulagement n'était pas prématuré, car la jeune femme était très pâle.

Elle ne bougeait pas, inconsciente de sa présence, comme si, perdue dans un monde inaccessible, elle ne voyait et n'entendait rien.

Rafe la prit doucement par le coude pour ne pas l'effrayer.

— Rhianna ? Qu'est-ce qui ne va pas ?

— J'avais besoin d'air…, dit-elle d'une voix lointaine, presque sans timbre.

— Tu as mal ?

— Non… je suis juste un peu étourdie…

De peur qu'elle ne s'évanouisse, Rafe passa son bras autour de sa taille.

— Appuie-toi contre moi. Respire calmement. Tu n'aurais pas dû sortir seule. C'est imprudent dans ton état !

— Arrête ça tout de suite, prononça-t-elle d'une voix faible mais déterminée.

— Pardon ? demanda Rafe, surpris d'être rabroué.

Qu'avait-il dit ou fait pour la contrarier ? N'avait-il pas été gentil et compréhensif ?

— Ne me dis pas ce que j'ai à faire ! reprit Rhianna.

Elle ferma les yeux, épuisée.

— Donne-moi juste une minute, tu veux bien ?

— Bien sûr…

Il était prêt à lui donner tout ce qu'elle voulait. Mais même épuisée et au bord de l'évanouissement, Rhianna était trop fière pour accepter un soutien. Surtout le sien. C'était sa faute…, se dit Rafe, conscient de l'avoir blessée par son silence de ces derniers mois. Et elle ne le lui pardonnerait pas de sitôt…

— Je n'ai pas besoin que tu me maternes, Rafe. Je souffre de vertiges depuis des mois. Rien d'inquiétant, rassure-toi. J'ai parfois des baisses de tension.

Elle fit quelques exercices de respiration, et son visage reprit un peu de couleur. Enfin, elle ouvrit les yeux.

— Je sais quoi faire en cas de vertiges, tu vois ? Cela dit, je suis désolée de t'avoir répondu avec agressivité. Mais j'en ai parfois assez… tout le monde m'accable de conseils ou me demande si je vais accoucher dès que je pâlis. Je suis enceinte, pas malade ! Et puis j'ai toujours eu du mal à contrôler mon impulsivité, même quand je n'étais pas en plein chamboulement hormonal ! Pardonne-moi d'avoir été désagréable.

— La prochaine fois, j'éviterai de te materner…, déclara Rafe d'une voix prudente. Mais quand je ne t'ai pas vue revenir des toilettes, j'ai eu peur que ton poursuivant…

Rhianna le regarda et perçut son inquiétude.

— Je suis désolée…, dit-elle d'une voix radoucie.

Puis elle esquissa un geste vague.

— Je ne voulais vraiment pas…

— Je sais, Rhianna.

Il prit sa main et fut conscient qu'elle la lui laissait à contrecœur. Tant pis, il avait trop besoin de la toucher, il avait trop besoin de lui montrer qu'il tenait à elle et prenait sa sécurité à cœur.

Ils se dirigèrent ensuite vers leurs voitures.

— Au fait, la réparation de ton pick-up sera terminée demain.

— Mais quand as-tu eu le temps de téléphoner à un garage ?

— Pendant que tu étais aux toilettes. J'ai aussi réservé deux chambres d'hôtel pour la nuit.

Elle retira sa main de la sienne, apparemment mécontente.

— Primo, je n'ai pas les moyens de payer les réparations de mon pick-up. Secundo, je vais rentrer dormir chez mes parents. Je ne passerai pas la nuit avec toi dans des chambres séparées mais sans doute reliées par une porte de communication !

Encore mal remis de ses peurs, Rafe fut contrarié par sa résistance. Pourquoi était-il sensible à tout ce que lui disait Rhianna ? Parce qu'elle portait son enfant ? Possible, mais d'un autre côté, elle avait toujours eu le don de déclencher en lui des émotions extrêmes.

Il s'intima à la patience, ignora ses derniers mots et disciplina sa colère.

— C'est moi qui paierai les réparations de ton pick-up.

Rhianna replaça une mèche rebelle derrière son oreille, un geste vif qui dénotait son agacement.

— Pas question ! Nous avons peut-être eu des dépenses de vétérinaire imprévues ces derniers mois, mais nous payons toujours nos factures !

Il croisa les bras, décidé à lui tenir tête au moins sur ce point.

— Et moi, je ne veux pas que tu mettes la vie de mon enfant en danger en roulant dans ce vieux pick-up tout déglingué !

Elle planta ses poings sur ses hanches et le toisa :

— Les McCloud ne veulent pas de la charité des Sutton !

— Je ne te fais pas la charité, j'assume mes responsabilités ! Ça n'est que justice non ? Depuis huit mois et demi, c'est quand même toi qui assumes seule les dépenses médicales dues à ta grossesse !

Elle allait protester, mais Rafe poursuivit d'autorité, sans se soucier de la contrarier cette fois. Elle avait beau être enceinte et vulnérable, il avait quand même voix au chapitre.

— Je refuse que tu rentres chez tes parents ou dans un endroit où ton poursuivant pourrait te retrouver. Et je resterai seulement si tu as besoin de moi !

A l'air qu'afficha Rhianna, il comprit que ça n'arriverait pas avant longtemps.

Elle serra les poings, puis tout à coup, inexplicablement, se détendit :

— Je ne peux pas rester à Denver, même si je voulais : papa a besoin de moi pour le poulain.

— Il se débrouillera !

— De plus, je termine un cycle de formation sur les techniques d'élevage du cheval, et je vais bientôt passer mon diplôme.

— Tu rattraperas tes cours.

— J'ai aussi besoin de vêtements !

— On en achètera.

— De quel droit prends-tu ma vie en main ?

La réponse était si évidente qu'il ne se donna pas la peine de la lui fournir.

— Et ne parle plus d'argent avec moi, dit-il d'une voix nette. Je veux subvenir aux besoin de notre enfant. C'est une question d'honneur !

A son plus grand soulagement, Rhianna éclata de rire :

— On ne t'a jamais dit que tu étais têtu comme une mule ?

— Moi ? Moi qui suis le plus facile à vivre de tous les Sutton ? C'est mon frère Cameron qui bat tous les records d'obstination.

Toujours amusée, Rhianna secoua la tête tandis que Rafe lui ouvrait la portière passager de sa voiture.

— Tu es facile à vivre tant que les choses vont comme tu veux…

Il acquiesça, préférant ses sourires à ses bouderies, même si chacun d'eux le frappait chaque fois en plein cœur.

Il refermait la portière passager quand un vendeur de crèmes glacées en triporteur s'approcha à grand renfort de sonnettes. Une lueur de gourmandise s'alluma aussitôt dans le regard de Rhianna. Rafe sourit, amusé par son appétit insatiable.

Il sortit son portefeuille.

— Chocolat, framboise ou vanille ?

— Une glace napolitaine !

Il aurait dû se douter qu'elle voudrait les trois saveurs réunies. Il paya sa glace, et s'engagea dans la circulation tandis qu'elle la dégustait.

Rafe connaissait et aimait Denver, ses musées, ses bâtiments historiques qui s'élevaient dans les quartiers résidentiels, et les Bed and Breakfast plutôt agréables qui s'harmonisaient avec le passé haut en couleur de la ville.

Quand Rhianna eut terminé sa glace et soigneusement plié le papier d'argent qui l'entourait en un minuscule carré, elle s'adossa contre le siège. Pour se reposer..., se dit Rafe qui se ravisa en la voyant soudain, les sens en alerte, fixer le rétroviseur.

— Un problème ?

— Non, juste une habitude...

— Tu ne vois vraiment pas qui pourrait te harceler ? Ou quelle serait la raison de ce harcèlement ?

— J'en ai aucune idée... C'est justement ce qui m'exaspère le plus.

Elle poussa un gros soupir.

— Même la police dit que les agissements de ce malade n'ont aucun sens. Il ne s'approche jamais d'assez près pour me parler, il me menace toujours à distance... Pourquoi ?

En route, Rafe réussit à convaincre Rhianna de séjourner quelque temps à l'hôtel, où l'homme qui la harcelait ne la retrouverait pas et où elle serait donc plus en sécurité.

Il avait réservé une suite qui comprenait deux chambres, un salon de style méditerranéen dans les tons de terracotta et de bleu, ainsi qu'une kitchenette. Un magnifique bouquet de roses blanches s'épanouissait dans un vase de cristal disposé sur le manteau de la cheminée. Leur senteur discrète se mêlait à celle, plus entêtante, d'un pot pourri. De nombreux journaux étaient étalés sur la table, à côté d'une corbeille de fruits.

Rhianna dédaigna les journaux mais prit une pomme. Elle la lustra sur sa manche et croqua dedans avec satisfaction. Elle avait déjà prévenu son père des dispositions que Rafe avaient prises pour assurer sa sécurité. Ce dernier, soulagé, lui avait dit qu'un peu de repos lui ferait du bien. Maintenant qu'elle y repensait, son père avait paru un peu trop content que Rafe Sutton l'ait prise sous son aile…

Mais elle oublia vite son père, pour se concentrer sur Rafe, qui suscitait en elle des émotions aussi puissantes que contradictoires. Elle ne voulait pas qu'il la protège par obligation — pour assumer ses responsabilités ou parce qu'il culpabilisait de l'avoir ignorée — mais seulement parce qu'il le *voulait*.

Elle observa son visage déterminé, son regard gris ardent, ses lèvres qui l'avaient, quelques mois plus tôt, couverte de baisers… Puis elle détailla son torse, et ses hanches minces…

Voilà, elle s'égarait !

Rafe Sutton ne voulait pas d'elle : il était venu à Denver sur les instances de son père… En homme responsable, il se sentait obligé de l'aider. Pourquoi ne lui fichait-il pas plutôt la paix ?

Il aurait été étonné de savoir combien sa présence lui était pénible… Mais plutôt mourir que de le lui avouer !

Huit mois et demi plus tôt, elle lui avait donné son cœur, son âme et son corps. C'était la première et la dernière fois qu'elle faisait ce don à un homme. Elle avait eu envie de faire l'amour avec lui depuis si longtemps qu'elle n'avait pas voulu laisser passer sa chance.

Et cette nuit-là, Rafe avait répondu à toutes ses attentes.

Les jours suivants, elle avait espéré qu'il lui téléphonerait pour lui proposer de la revoir, et pourquoi pas, s'engager plus durablement, mais il était resté silencieux et invisible… Alors elle en avait pris son parti et tenté de le chasser de son esprit. Après tout, elle savait qu'il tenait à sa liberté…

Puis elle avait découvert qu'elle était enceinte. Mais jamais elle n'aurait utilisé sa grossesse comme prétexte pour le forcer à la revoir et à l'épouser.

Avec le temps, Rhianna avait espéré que le souvenir de Rafe la ferait moins souffrir, hélas non…

Elle était triste et en colère de le revoir, parce qu'elle l'aimait et qu'il ne l'aimait pas. Elle s'en voulait d'être aussi sensible à un homme qui ne voulait pas d'elle.

Par ailleurs, elle était furieuse contre Rafe. Pourquoi avait-il refusé de leur donner une chance ? Elle pensait sans cesse à ce qui aurait pu se passer entre eux si… et elle se faisait mal pour rien. Elle n'avait besoin ni de cette souffrance ni de Rafe, surtout en ce moment.

Elle finit sa pomme et se demanda si elle n'allait pas le mettre à la porte, mais ç'aurait été injuste après ce qu'il venait de faire pour elle…

D'accord, mais de quel droit prenait-il sa vie en main ?

Rafe lui fit signe de s'asseoir, puis il prit un bloc et un stylo :

— Maintenant, il nous faut un plan.

— Pourquoi ?

— Pour nous distraire.

Elle le regarda sans comprendre.

— C'était une blague pour te détendre, avoua-t-il avec gêne.

— Je m'étrangle de rire.

— Très drôle.

Rafe lui tendit le bloc et le stylo. Elle fixa ses mains, les revoyant explorer son corps si intimement qu'elle fut embrasée par le plaisir.

— A toi de faire cette liste, insista-t-il.

— Quelle liste ?

Elle n'osa poser sa pomme de peur qu'il ne remarque le tremblement de ses mains, alors elle fit passer le fruit dans sa main gauche pour prendre le stylo.

— Dresse la liste des gens que tu as fréquentés ces cinq dernières années, expliqua Rafe. Des gens qui pourraient t'en vouloir… Quelqu'un que ton père aurait licencié, par exemple. Des cousins. Enfin, tu vois ce que je veux dire…

Mais Rhianna ne voulait pas énumérer les hommes qu'elle avait fréquentés et autoriser Rafe à fouiller dans sa vie.

— Je l'ai déjà fait avec la police, dit-elle pour justifier son refus implicite.

Le regard gris de Rafe devint dur comme de l'acier et les paillettes noires, au fond de ses pupilles, étincelèrent.

— Tu ne devrais donc avoir aucun mal à recommencer.

Il ne céderait pas, apparemment. Il était toujours aussi entier, sans compromis et autoritaire. Comme lors de la nuit où ils avaient conçu leur enfant…

Sans se soucier de sa répugnance, il lui prit le stylo des mains.

— Bon, alors c'est moi qui vais faire cette liste. Donne-moi les noms.

Il commença à écrire :

— J'imagine que Duncan Phillips est le premier de nos suspects ?

— Duncan ?

— Il t'a pardonné d'avoir repoussé sa demande en mariage ?

— Non, mais…

— Il t'a pardonnée la saillie de son étalon ?

— Non, mais…

— Duncan pourrait parfaitement te harceler. De plus, il vit à Denver.

— Mais Duncan n'est pas fou. Il est plutôt… excentrique.

— C'est ça, oui, dit Rafe, condescendant.

Après tout, son avis sur Duncan était peut-être plus partial que le sien, se dit Rhianna.

Elle avait gardé quelques beaux souvenirs de son histoire avec Duncan : sa passion des chevaux, sa courtoisie et son respect, du moins jusqu'au jour où elle avait refusé de l'épouser. Alors pris d'une rage incoercible, il était devenu odieux. Mais il n'avait jamais été violent ou menaçant.

— Qui d'autre ? continua Rafe. J'ai besoin de ta coopération, Rhianna, je n'y arriverai pas tout seul !

Il pouvait toujours insister, même gentiment, elle ne dirait rien. Pas question qu'il se mêle de sa vie.

— Ton père a travaillé dans la plupart des ranches de la région, insista Rafe. Des ouvriers agricoles t'ont fait des avances que tu as repoussées ?

— Quelques-uns, oui, avoua Rhianna avec une grimace. Mais de là à les mettre sur ta liste…

— *Notre* liste. De plus, je ne peux pas reprocher à un homme de…

— … vouloir ce que tu as obtenu ? acheva-t-elle froidement.

Il la dévisagea sans gêne ni culpabilité.

— Tu es si belle…

— D'où les magnifiques lettres d'amour dont tu m'as submergées ces derniers mois…

Il cilla.

— Tu ne peux pas tirer un trait sur le passé ?

— Impossible.

Elle termina sa pomme, en jeta le trognon dans la poubelle puis croisa les bras, feignant la dureté pour mieux lui cacher son chagrin.

— Tu veux que je te raconte ma vie, Rafe ? C'est non ! Elle n'est peut-être pas très amusante, mais c'est *ma* vie.

— Ton intimité est donc plus importante que ta sécurité ?

Elle resta silencieuse.

— Que la sécurité du bébé ? insista Rafe.

Il avait raison, et cela la mit en colère.

— Ça n'est pas avec ta maudite liste que mon bébé et moi serons plus en sécurité !

Rafe jeta le stylo, s'assit à califourchon sur sa chaise et commença à se balancer tant et si bien que Rhianna s'énerva.

— Alors qu'attends-tu de moi ? demanda-t-il.

— Rien du tout !

— Tu es en colère contre moi parce que je ne t'ai pas donné signe de vie pendant huit mois et demi ?

— Rigoureusement exact !

— Mais tu savais dès le début que cette liaison ne durerait qu'une nuit !

— Je le savais, en revanche, je ne savais pas que tu serais aussi méprisant et lâche.

— Tout cela appartient au passé, Rhianna. A présent, nous devons penser à l'enfant. Si nous ne découvrons pas l'identité de ce malade, il n'y a qu'une façon d'assurer ta sécurité et celle du bébé.

— Vas-y, j'écoute.

— Tu pourrais venir vivre chez moi…

Et le voir tous les jours ? Pour avoir un aperçu de ce qu'aurait pu être leur vie ensemble ? Et après, rentrer benoîtement chez ses parents avec des regrets et assez de frustration pour tout le reste de sa vie ? Certainement pas !

— Ai-je bien entendu ? demanda-t-elle. Tu me proposes de venir vivre chez toi ?

— C'est une excellente idée : le ranch est isolé. Nos employés pourront surveiller la route et les inconnus qui passent ; tu seras en sécurité.

— C'est non.

— Non ?

Rafe noua ses mains derrière sa nuque, continuant de se balancer avec une telle énergie qu'elle eut peur qu'il ne tombe. Jamais elle ne l'avait trouvé aussi sexy..., constata-t-elle, affligée que ses pensées lui échappent.

Mais elle se ressaisit vite :

— Je ne te dois aucune explication. D'ailleurs, je ne te dois rien.

— Tu as choisi de garder notre enfant, tu lui dois donc la sécurité, non ?

Rhianna ne trouva rien à répondre à cela. Il était vrai qu'elle avait choisi de garder cet enfant et elle ne le regretterait jamais. Elle le protégerait donc envers et contre tout, fut-ce au péril de sa vie.

— D'accord : je resterai au ranch jusqu'à sa naissance.

Au ranch Sutton, son bébé serait en sécurité. Mais que de sacrifices en contrepartie... Son gynécologue obstétricien ne l'accoucherait pas. Sa mère ne serait pas non plus présente à ses côtés lors de l'accouchement. Son père non plus. Elle sacrifiait son confort et ses joies à la sécurité de son enfant...

Cet afflux de pensée la fatigua soudain, et elle se mit à bâiller. Rafe se leva.

— Tu as besoin de te reposer. Allonge-toi un moment.

Trop fatiguée pour discuter, elle se leva. Tandis qu'elle se rendait dans sa chambre et se laissait tomber sur son lit, Rafe ferma les rideaux et les volets. Puis il la recouvrit d'une couverture.

Ses gestes étaient tendus mais sa voix très calme.

— Dors bien et ne te fais pas de souci, lui dit-il. Nous trouverons une solution.

Une fois Rhianna couchée, Rafe téléphona à son père pour solliciter son aide. C'était bien utile d'avoir un père sénateur ! Quand il lui eut décrit la situation, son père lui promit d'appeler le recteur de l'université, un ami, qui obtiendrait à Rhianna un délai supplémentaire pour terminer sa formation. Il lui communiqua également le nom de la meilleure agence de détectives privés de Denver, que Rafe contacta sans attendre. A peine se fut-il présenté comme le fils du sénateur Sutton que son interlocuteur lui accorda toute son attention.

Il téléphona ensuite à une boutique de vêtements pour femmes enceintes : il passa commande et demanda une livraison express à leur hôtel. Il avait en effet décidé que Rhianna ne rentrerait pas chez ses parents tant que le danger subsisterait. Il envoya aussi l'un de ses palefreniers chez le père de Rhianna pour suppléer à l'absence de la jeune femme. Il s'entretint avec Rhea McCloud, la mère de Rhianna, et lui proposa de venir chez lui pour assister la jeune femme le jour de son accouchement. Cette dernière donna son assentiment et Rafe en fut soulagé.

Ces détails réglés, il téléphona à son frère, le docteur Cameron Sutton.

— Est-ce que l'hôpital de Highview est bien équipé pour les accouchements ?

— Oui. S'agit-il d'une grossesse à risque ?

— Je ne l'ai pas demandé à Rhianna. Tout ce que je peux dire, c'est qu'elle ne mange pas, elle dévore !

— Bien. Dans l'état actuel des choses, voici mon principal conseil : le stress peut déclencher des contractions, alors fais en sorte qu'elle reste calme.

— Tu te souviens du caractère de Rhianna ?

— J'étais en fac de médecine quand Daniel travaillait au ranch… mais je me souviens encore de l'adolescente à la crinière de feu qui te suivait en te regardant comme si tu pouvais lui décrocher la lune !

C'était une description si conforme à Rhianna que Rafe ne put s'empêcher de sourire.

— C'est Rhianna tout craché, et elle n'est jamais calme.

— Ne te fais pas trop de souci. Rhianna est presque à terme, et même si le bébé naissait plus tôt, il ne devrait pas y avoir de complications.

— Je pense que…

— Il me semble au contraire que tu ne penses pas…

Rafe entendit le sourire dans la voix de son frère.

— Tu devrais l'épouser, Rafe.

— Je ne…

— Les bébés ont besoin de leur père et de leur mère.

— Mais le père et la mère ne sont pas toujours compatibles…

— Pourquoi ? demanda Cam.

Rafe pensait que son frère le taquinait, mais celui-ci insista avec le plus grand sérieux :

— Trop de compatibilité égal ennui assuré… Tu as peut-être besoin de pimenter ta vie ?

— Je t'ai appelé pour avoir un avis médical, pas un conseil conjugal ! Si Rhianna vit au ranch et qu'elle commence à accoucher, aurons-nous assez de temps pour arriver à l'hôpital ?

— Un premier accouchement dure souvent longtemps. Mais dans tous les cas, tu pourras la faire transporter à l'hôpital par hélicoptère.

— Merci, Cam.

Alors que Rafe raccrochait, on frappa à la porte. Il ouvrit et vit un homme trapu, entre deux âges et aux cheveux blonds bouclés, sur le seuil.

— Joe Brown, de l'agence de détectives Lyle. Il paraît que vous avez besoin de nos services toutes affaires cessantes, monsieur Sutton ?

Rafe le fit entrer en espérant que Rhianna dormirait jusqu'à la fin de leur conversation.

Elle n'apprécierait pas qu'un détective enquête sur ses amis, sa famille et ses connaissances, mais tant pis… Il plaçait désormais sa sécurité avant ses désirs d'intimité.

Rafe expliqua tout de suite la situation à Joe Brown. Il avait confiance en son intégrité, car le sénateur le lui avait chaudement recommandé.

— Qu'attendez-vous de nous ? demanda le détective. Vous pouvez engager des gardes du corps pour protéger madame McCloud vingt-quatre heures sur vingt-quatre, mais seulement si elle accepte de collaborer. Et si j'ai bien compris, elle veut préserver son intimité. Je vous avoue que la plupart de mes clients détestent la surveillance permanente. Cela dit, je peux aussi faire une enquête de fond. Qui sait si nous ne découvrirons pas quelque chose de suspect ?

— Une enquête ? Sur qui ? intervint soudain Rhianna en entrant dans le salon, pieds nus.

Malgré sa sieste, son visage restait marqué par la fatigue.

A croire qu'elle n'avait pas récupéré du tout... A moins qu'elle n'ait concentré son énergie dans son regard, qui étincelait de colère...

Rafe s'empressa de prendre la parole pour désamorcer la crise qui s'annonçait :

— Rhianna, je te présente Joe Brown, de l'agence de détectives Lyle, dit-il, aussi conciliant que possible.

Cam lui avait conseillé de ne pas l'énerver, mais c'était impossible : elle bouillonnait...

— Tu as engagé un détective sans me consulter ? demanda-t-elle en haussant la voix.

— Je ne voulais pas te réveiller, protesta Rafe d'une voix toujours calme et égale.

Il vit bien qu'elle ne le croyait pas.

— Nous sommes en train d'étudier les différentes options qui se présentent à nous, ajouta-t-il.

— Je vois.

— Je ne crois pas, madame McCloud, intervint Joe Brown avec la plus grande courtoisie. Quelqu'un vous surveille et vous harcèle, et à mon avis, ce quelqu'un ne va plus tarder à agir...

— Merci ! Je me sens beaucoup mieux après ces paroles réconfortantes ! déclara Rhianna d'un ton sarcastique.

Mais Rafe avait perçu la peur dans son regard et il eut une bouffée de tendresse pour son courage bravache. Il n'avait qu'un seul désir, calmer ses inquiétudes, mais encore fallait-il qu'elle accepte son aide.

Joe lança un regard à Rafe :

— Si madame McCloud ne veut pas...

— Evitez de parler comme si je n'étais pas là, s'il vous plaît..., le coupa Rhianna. J'ai beau être en colère contre Rafe qui décide de ma vie sans me consulter, je ne vais pas laisser mes sentiments interférer avec la sécurité de mon bébé.

Elle était enfin devenue raisonnable…, se dit Rafe soulagé mais conscient qu'elle cédait seulement pour le bien de leur enfant.

— Parfait, déclara Joe en ouvrant sa serviette. Je vous propose de commencer par une enquête de fond sur vos amis, collègues, associés et parents. Tant que Rafe restera à vos côtés, vous n'aurez pas de protection vingt-quatre heures sur vingt-quatre.

— Alors ? Qu'est-ce que tu en penses ? demanda Rafe à Rhianna.

Elle allait répondre quand on frappa de nouveau. Elle tressaillit, surprise. Rafe se leva.

— Ah oui… j'ai pris la liberté de t'acheter quelques vêtements parce que tu ne vas pas rentrer chez toi avant quelque temps, dit-il d'un air naturel en espérant qu'elle ne ferait pas un nouvel esclandre.

Puis il ouvrit à un groom chargé de sacs qu'il déposa dans l'entrée. Il était en train de chercher de la monnaie dans sa poche pour lui laisser un bon pourboire quand le groom sortit un écrin de velours blanc de sa poche.

— J'allais oublier… Un coursier l'a déposé tout à l'heure pour Rhianna McCloud.

Etonné, Rafe ne dit mot. La voix de Rhianna s'éleva soudain :

— Tu perds ton temps, Rafe, je ne t'épouserai pas ! Tu peux renvoyer cet écrin à la bijouterie !

L'écrin portait en effet la griffe de la plus célèbre bijouterie de Denver : Biddle and Baines, mais Rafe n'y était pour rien. Il n'aimait pas les bagues de fiançailles, symbole de mariage et d'engagement, — tout ce qu'il rejetait.

— Je n'ai jamais commandé ce bijou ! protesta-t-il.

— Oh vraiment ? fit Rhianna qui s'empourpra, maintenant gênée. Quand Duncan a demandé ma main, sa bague de fiançailles venait de chez Biddle and Baines…

— Laissez-moi regarder, intervint Joe.

Il prit l'écrin, l'observa et le palpa avec soin. Puis il le porta à l'oreille et le secoua.

— Pas de tic tac…

Rhianna se pencha pour mieux voir, mais Rafe la retint, par prudence. Il avait un mauvais pressentiment.

Joe posa l'écrin sur la table de salle à manger et l'ouvrit avec précaution.

4

Une odeur de brûlé s'éleva aussitôt de l'écrin.

Rhianna comprit tout de suite que l'homme qui la harcelait avait retrouvé sa trace, en dépit des précautions prises par Rafe.

Il les avait filés sans se faire remarquer. Et son message était clair : elle ne pourrait jamais fuir assez loin, ni assez bien se cacher pour lui échapper…

Elle frissonna en regardant la fumée noire qui s'élevait du bel écrin de velours blanc. Rafe l'enlaça, mais la chaleur de son étreinte ne parvint pas à dissiper le froid qui la glaçait.

Cependant, pour la première fois depuis leurs retrouvailles, elle était contente que Rafe soit à ses côtés pour la protéger et la rassurer. Elle n'avait désormais plus la force de faire face, seule… Et qui mieux que le père de son enfant pouvait la défendre des périls qui la guettaient ?

Joe fouilla les cendres de la pointe de son stylo.

— Rien de dangereux. Seulement des cendres.

— Pourquoi envoyer un message si… macabre ? demanda Rhianna.

Il jouait avec ses nerfs

Elle connaissait la réponse mais n'osait y croire…

Elle n'était pas un jouet ! se dit-elle, soudain prise d'une violente colère qui eut le mérite de reléguer sa panique au second plan.

— Il veut te faire peur..., murmura Rafe.

— Mais pourquoi ? insista Rhianna.

Il la serra dans ses bras.

— C'est un malade. Il veut te faire comprendre qu'il sait tout de toi... qu'aucun de tes agissements ne lui échappe.

Joe fit la grimace.

— Je vais essayer de retrouver des empreintes sur cet écrin de velours, mais je doute du résultat...

Il soupira.

— Je parie qu'on ne retrouvera jamais le coursier qui a déposé cet écrin à l'hôtel... Il ne doit même pas travailler pour une agence ! En tout cas, l'écrin Biddle and Baines nous donne une première piste pour commencer l'enquête. Du moins, si vous acceptez mes services...

Rafe observa Rhianna qui approuva d'un signe de tête. Il chercha alors le numéro de la bijouterie dans l'annuaire et téléphona sans attendre :

— Bonjour, je suis le fils du sénateur Sutton, non, non, pas Cameron, ni Chase, mais Rafe. J'aimerais avoir un rendez-vous dans l'heure avec le directeur de la bijouterie, s'il vous plaît.

Rhianna avait toujours été consciente du prestige des Sutton et savait que leur nom leur ouvrait de nombreuses portes, mais c'était la première fois qu'elle bénéficiait de leur influence.

En général, elle méprisait les gens qui utilisaient leur nom pour obtenir un traitement de faveur, mais en ce moment, elle était éperdue de reconnaissance... et prête à accueillir toute aide bienveillante qui la tirerait de son horrible cauchemar.

La bijouterie se trouvait non loin de leur hôtel. Ainsi,

une demi-heure plus tard, son directeur, Paul Biddle, faisait entrer Rhianna, Rafe et Joe dans son bureau.

D'épais tapis étouffaient le bruit de leurs pas. La pièce était lambrissée d'acajou. Un secrétaire visiblement coûteux et une desserte chargée de flacons de cristal donnaient au cadre une touche élégante et un peu surannée. L'assistante personnelle de Paul Biddle, en strict tailleur noir, leur servit du café et de délicieux biscuits à la cannelle.

Rhianna déclina le café, mais accepta les biscuits. Puis elle observa le directeur. Avec ses traits impassibles et son regard impénétrable, Paul Biddle avait les qualités requises pour vendre des bijoux de luxe à une clientèle huppée et très exigeante.

Il entra tout de suite dans le vif du sujet :

— Que puis-je faire pour vous ?

— Nous avons besoin de votre aide pour retrouver la personne qui harcèle Rhianna McCloud, commença Rafe.

Paul Biddle but une gorgée de café avant de répondre :

— Je crains que ça ne dépasse mes compétences…

Mais Joe posa l'écrin sur son bureau.

— Peut-être que non…

— On me l'a fait parvenir tout à l'heure, expliqua Rhianna. A l'intérieur, il y a des cendres…

— Des cendres ? répéta Paul Biddle, visiblement étonné. L'homme qui vous poursuit a utilisé l'un de nos écrins pour vous menacer ?

Le problème dépassait certes les compétence de Paul Biddle, mais il avait tout de suite compris et résumé la situation.

— L'un de mes anciens prétendants, Duncan Phillips, a acheté une bague de fiançailles dans votre bijouterie, continua Rhianna.

— Vous a-t-il a rapporté cette bague ? intervint Rafe.

— Même s'il l'avait rapportée, il a pu garder l'écrin, remarqua le directeur de la bijouterie.

— Mais c'est quand même une piste, fit Rafe, surtout s'il a gardé la bague…

Le regard de Paul Biddle passa de Rafe à Rhianna.

— D'ordinaire, nous n'ouvrons pas nos registres au public, mais vu les circonstances, j'accepte de vous rendre ce service.

La jeune femme se demanda s'il aurait été si empressé de l'aider si elle était venue le voir seule. Aurait-elle franchi le barrage du bureau de son assistante personnelle ? Pas sûr… Elle fut de nouveau reconnaissante à Rafe de son aide efficace.

Paul Biddle pressa une touche sur l'Interphone posé sur son bureau.

— Sylvia, pouvez-vous m'apporter le dossier de Duncan Phillips ? J'aimerais aussi que vous m'apportiez la liste des clients qui ont acheté une bague ces deux dernières années.

— Merci, dit Rafe. Nous apprécions vraiment ce que vous faites pour nous.

— Puis-je vous demander pourquoi vous voulez aussi consulter le listing de ces deux dernières années ? intervint Joe avec intérêt.

— Parce que nous modifions le design de nos écrins tous les deux ans, expliqua Paul Biddle. Sur le vôtre, le fermoir est caché. Sur les écrins plus anciens, il ne l'est pas.

— Quelle chance ! dit Joe.

Rhianna pensait le contraire. Les délicieux biscuits à la cannelle pesaient sur son estomac et le bébé lui décochait une série de coups de pied. Rafe remarqua son malaise et passa une main apaisante sur sa nuque.

— Nous allons trouver, tu verras…

Epuisée et découragée, Rhianna lâcha définitivement prise et s'en remit totalement à lui. Elle traversait cette épreuve seule depuis si longtemps qu'elle n'avait qu'un désir : s'en décharger. Mais son soulagement ne lui retira pas sa lucidité : Rafe ne l'aidait que pour le bébé. Il ne l'aimait pas, et après la naissance, il sortirait même de sa vie…

— A votre avis, un employé aurait-il pu voler cet écrin ? reprit Rafe.

Paul Biddle secoua la tête.

— Impossible, nous l'aurions remarqué ! Nos inventaires sont toujours très minutieux.

Son assistante revint avec un dossier et un listing que Rafe tendit à Rhianna.

— Regarde si tu reconnais des noms.

Cette liste ne comprenait pas seulement les noms des clients, mais aussi les bijoux qu'ils avaient achetés et surtout, leur prix…, constata Rhianna, sidérée. Il existait donc des gens qui avaient les moyens de s'offrir des bijoux dont le prix équivalait à dix fois le salaire d'un employé de son ranch ! Chase et Cameron avaient acheté les alliances de leurs épouses dans cette bijouterie. Pas étonnant que Paul Biddle fasse une faveur à Rafe en lui ouvrant ses registres : les Sutton comptait parmi ses meilleurs clients.

Rhianna oubliait souvent que ses voisins étaient très riches parce qu'ils menaient une vie simple et sans ostentation, tout entière vouée au bétail et aux chevaux.

— Je constate que Duncan Phillips n'a pas rapporté la bague de fiançailles, leur annonça Paul Biddle après vérification.

Rhianna laissa échapper un petit cri. Rafe lui serra la main, rassurant, mais sa peur persista.

Les noms se brouillèrent devant ses yeux, mais elle fit un effort pour se ressaisir et reprit :

— Janet Stone a acheté une bague, le juge Stewart aussi. Pendant que Joe continue son enquête et avant que nous ne trouvions une autre cachette, nous devrions rendre visite aux personnes que je viens de mentionner…

Rafe connaissait Duncan Phillips depuis des années, mais il ne lui avait jamais rendu visite à Denver, son lieu de résidence. Il avait entendu dire que Duncan avait fait fortune quand sa société, de privée, était devenue publique et que ses actions en bourse avaient grimpé. Duncan s'était ensuite retiré du monde des hautes technologies pour devenir éleveur de chevaux. Il aimait les femmes et les courses, et pariait de fortes sommes d'argent.

L'opulence de sa propriété étonna Rafe. La richesse des Sutton résidait dans son bétail, ses chevaux et ses terres — des hectares de terrain qu'un homme mettait deux jours à couvrir à cheval — mais la fortune de Duncan était ostentatoire. Sa maison rappelait un château du Moyen Age avec ses tourelles, ses épais murs de pierre et sa ferronnerie d'ornement de style victorien. Les parterres luxuriants étaient parfaitement entretenus et la propriété était protégée par une armada de caméras de surveillance.

Duncan était donc déjà averti de leur visite quand un majordome stylé leur ouvrit et les conduisit dans son bureau. Duncan, en jodhpur impeccable, bottes de cheval étincelantes et badine à la main, salua Rhianna non sans avoir fixé son ventre rond d'un air supérieur.

Il était peut-être immensément riche, mais il manquait de politesse et de courtoisie, songea Rafe. Il prit ensuite plaisir à baiser la main gauche de Rhianna, insistant sur son annulaire nu pour mettre en évidence son état de future mère célibataire.

Mais Rhianna afficha une dignité qui lui fit honneur.

— Désolée de faire irruption sans prévenir, Duncan, dit-elle.

— Cette fois, au moins, tu n'es pas venue avec une jument en chaleur…, répliqua-t-il avec un sourire hautain. Que me vaut le plaisir… ?

Les murs de son bureau s'ornaient de trophées de chasse : têtes d'élan, de tigre, de sanglier, même celle d'un rhinocéros, une espèce protégée si les souvenirs de Rhianna étaient bons. Elle frissonna imperceptiblement et évita de les regarder.

Rafe ne la quittait pas des yeux. Elle semblait déjà remise du choc que lui avait causé le présent macabre de son poursuivant. Et bien que Duncan ait voulu l'humilier, elle paraissait prête à l'affronter sans colère ni haine. Son regard vert était serein, et son visage détendu.

Duncan et Rhianna n'étaient vraiment pas faits l'un pour l'autre…, pensa Rafe. Rhianna était lumineuse et chaleureuse, alors que Duncan était glacial. Sa luxueuse demeure était destinée à faire valoir sa richesse et la position sociale où il s'était hissé. Rafe imaginait mal un jeune enfant jouer dans son bureau, avec ces bibelots de prix à portée de main et ces trophées de chasse dont les regards fixes et brillants étaient du dernier ridicule.

Rhianna aurait fait une erreur en acceptant de se fiancer à lui. Mais comment Duncan avait-il réagi à leur rupture ? L'homme était habitué à gagner… A priori, le refus de Rhianna avait donc plus blessé sa fierté que ses sentiments.

Mais une blessure d'amour-propre suffisait-elle à faire basculer un homme dans la folie ?

Rhianna s'assit sur le bord de son fauteuil, comme si

elle voulait montrer à Duncan que leur visite serait la plus brève possible.

— Je voudrais te poser une question sur la bague de fiançailles que tu m'as offerte.

Duncan ouvrit sa boîte à cigares, les sourcils froncés.

— Pourquoi un tel intérêt maintenant ?

— J'aimerais que tu évites de fumer…, lui dit-elle poliment, refusant d'être prise dans le jeu plein de sous-entendus de Duncan.

— Autrefois, la fumée ne te dérangeait pas…

Rafe restait silencieux. Il admirait la dignité de Rhianna, et espérait que leur enfant en hériterait.

— La fumée est néfaste pour mon bébé et moi, expliqua-t-elle d'une voix calme.

Mais Rafe vit un éclair de colère passer dans son regard.

Duncan prit son briquet, indifférent à sa demande.

— Je suis ici chez moi.

— Certes, mais ne te plains pas si je vomis sur tes précieux tapis d'Orient.

Duncan reposa aussitôt son briquet et campa son cigare éteint entre ses lèvres. Rafe se pinça les lèvres pour ne pas rire.

— J'aimerais voir la bague que tu m'avais achetée, reprit Rhianna d'une voix claire.

Rafe la félicita en silence de sa présence d'esprit : elle ne lui avait pas demandé d'emblée s'il l'avait rapportée à la bijouterie. Il se carra dans sa chaise, observant Duncan, toujours silencieux, décidé à laisser Rhianna mener l'entretien.

Duncan resta impassible.

— Pourquoi veux-tu voir ce bijou ?

— On m'a remis un écrin de Biddle and Baines tout à

l'heure, mais il ne contenait pas une bague, seulement des cendres…

Duncan la regarda plus attentivement.

— Tu insinues que je t'aurais envoyé un écrin rempli de cendres ?

— Je n'insinue rien du tout, je veux seulement te rayer de la liste des suspects…

Elle agita une main désinvolte.

— Si tu veux savoir, c'est pour le rapport que je dois faire à la police.

— Un rapport ?

— Eh oui… Le sénateur Sutton s'intéresse de très près à cette affaire, poursuivit Rhianna avec aplomb. Et il insiste pour que le rapport soit précis, au cas où les journalistes mettraient le nez dans cette histoire plutôt désagréable.

Duncan lui lança aussitôt un regard horrifié.

— Le sénateur ? Les journalistes ? Je ne veux pas que mon nom soit lié à une histoire sordide à laquelle je ne comprends rien !

— Alors puis-je voir la bague ?

Duncan tapa son cigare sur le bureau.

— Quand tu as refusé de m'épouser, je l'ai rapportée à la bijouterie.

Rafe se décida enfin à intervenir.

— Tu mens, Duncan. Nous savons que tu ne l'as pas rapportée.

Duncan, pris en flagrant délit de mensonge, ne se troubla pas pour autant. Il observa son briquet, remit son cigare dans sa boîte, se leva et se servit un verre.

— J'espérais que Rhianna changerait d'avis et qu'elle accepterait finalement de devenir ma femme…

— Tu as donc toujours la bague ! s'exclama la jeune femme, tout excitée. Où est-elle ?

Duncan hocha la tête.

— Quand tu as refusé de m'épouser, je me suis mis en colère et j'ai détruit l'écrin. Je l'ai jeté…

— Tu as jeté une bague de ce prix ?

— Non, j'ai toujours la bague, j'ai juste jeté l'écrin.

Duncan semblait sincère, mais un instant plus tôt, il avait menti. Pourquoi n'avait-il pas reconnu d'emblée qu'il avait espéré un revirement de Rhianna et donc refusé de retourner la bague dans cet espoir ? Si Rafe comprenait les motifs qui avaient fait agir Duncan, il n'excusait pas son mensonge. Mentait-il encore pour expliquer la disparition de l'écrin ? Son explication était en tout cas si peu crédible que Rafe le considéra comme leur suspect numéro un.

— On t'a vu détruire cet écrin ? insista Rhianna.

Duncan secoua la tête.

— Je ne comprends rien à votre histoire. Ça n'est tout de même pas ma faute si on t'a envoyé un écrin rempli de cendres. Et pourquoi est-ce que la police et le sénateur s'y intéressent ?

— Quelqu'un harcèle Rhianna, intervint Rafe. Et lorsque nous aurons découvert son identité, il ira en prison.

— Si quelqu'un doit aller en prison, c'est Rhianna ! s'exclama Duncan en posant si brusquement son verre sur son bureau que son whisky en gicla. Elle a volé la saillie de mon étalon !

Rhianna se leva, sans réfuter l'accusation de Duncan et sans lui répondre non plus.

— Rafe ? On y va.

Rhianna ne cessa de réfléchir pendant leur trajet jusque chez le juge Stewart. Elle n'aurait su dire si Duncan avait menti.

Un fait toutefois la frappait et l'intriguait : trois des personnes présentes à la fête de son père, huit mois plus tôt, avaient acheté une bague chez Biddle and Baines. Cela dit, les éleveurs de chevaux étaient riches, et la bijouterie Biddle and Baines réputée pour ses designs innovants.

Les millionnaires faisaient peut-être tous leurs achats dans les mêmes magasins, mais ils ne se ressemblaient pas pour autant.

Quand Rhianna avait vu Duncan et Rafe ensemble, tout à l'heure, elle s'était félicitée d'avoir repoussé les avances de Duncan. Il la laissait froide alors qu'elle percevait les moindres faits et gestes de Rafe, jusqu'à ses changements d'humeur. Rafe semblait avoir besoin de respirer le même air qu'elle, et elle ressentait sans cesse l'impérieuse nécessité de le regarder et de l'écouter.

Et c'est justement à cause de cette extraordinaire complicité qu'elle avait du mal à accepter son retour dans sa vie. Chaque fois qu'il lui manifestait sa sollicitude, chaque fois que tous deux partageaient un avis, échangeaient un regard, elle se souvenait qu'il ne voulait pas d'elle, en dépit de cette connivence dont il n'avait même pas conscience…

Chaque fois qu'elle se souvenait que Rafe était présent seulement pour leur enfant, la colère la saisissait. Elle ne voulait pas de sa sollicitude, ni des vêtements qu'il lui avait achetés. Elle refusait de se réfugier dans son ranch et de subir ce supplice : le côtoyer chaque jour en lui taisant son amour.

Elle avait du mal à se distancier de ses sentiments et voulait se protéger de Rafe pour ne pas souffrir de nouveau à cause de lui. C'en était au point qu'elle s'interdisait même d'espérer un revirement de sa part : elle ne voulait pas se nourrir d'illusions pour ne pas être ensuite déçue.

Rafe était toujours égal à lui-même… Soit parce qu'il ne voulait pas changer, soit parce qu'il ne le pouvait pas.

Cet afflux de pensées épuisa vite Rhianna. Elle s'assoupit et n'ouvrit les yeux que lorsqu'ils arrivèrent devant le palais de justice.

Le secrétaire du juge Stewart les introduisit dans son bureau. Le juge portait un costume dont l'élégance attirait tant et si bien l'œil qu'on oubliait sa calvitie mal masquée par une longue mèche soigneusement rabattue sur son crâne nu. A leur entrée, il retira les pieds de son bureau, mais Rhianna eut le temps de voir un pistolet glissé dans un holster à sa jambe.

— Menaces de mort…, expliqua le juge qui avait surpris son regard.

Puis il hocha la tête à l'adresse de Rafe :

— Chaque jugement a un vainqueur et un vaincu… Les perdants vous menacent souvent… Mais où sont donc passées mes bonnes manières ! Je vous en prie, asseyez-vous ! Que puis-je vous offrir ? Un soda ? De l'eau ?

Rhianna se laissa tomber dans une bergère.

— Rien, merci.

Le juge regarda Rafe et Rhianna avec un chaleureux sourire.

— Vous êtes venus me demander de vous établir un contrat de mariage ?

Le juge avait déjà marié l'un des frères de Rafe. De plus, le juge et le sénateur Sutton se connaissaient de longue date, d'où la familiarité bon enfant du juge envers Rafe.

Rhianna tourna les yeux vers ce dernier, curieuse de voir sa réaction. Mais il secoua simplement la tête.

— J'ai peur de vous décevoir… En fait, Rhianna est harcelée.

— Si l'un de mes anciens condamnés récidive, je serai ravi de le remettre derrière les barreaux !

Le juge sautait vite aux conclusions, mais c'était son métier, après tout…

— Le problème, c'est que nous ne connaissons pas l'identité de cet homme…, précisa Rafe.

— Alors en quoi puis-je vous aider ?

Rhianna l'observa plus attentivement, essayant de déchiffrer son regard insondable.

— Nous aimerions vous interroger sur la bague que vous avez achetée chez Biddle and Baines.

La plus profonde confusion se peignit sur le visage du juge.

— Quel est le lien entre un cadeau d'anniversaire destiné à ma femme et le harcèlement dont vous êtes victime ?

— L'homme qui s'est donné pour mission de terroriser Rhianna lui a envoyé un écrin rempli de cendres. Paul Biddle a été assez compréhensif pour nous montrer la liste des clients ayant récemment acheté une bague, et nous avons l'intention d'interroger ceux que Rhianna connaît.

Le juge hocha la tête.

— Logique.

— Votre femme possède toujours l'écrin de sa bague ? demanda Rafe avec un respect destiné à désamorcer la brutalité de sa question.

Le juge haussa les épaules :

— Demandez-le-lui. Elle ne me parle plus : nous avons divorcé l'année dernière…

Il eut un sourire amer.

— Elle a gardé la maison, la bague et le portefeuille d'actions.

— Je suis désolée…, commenta Rhianna, compatissante.

Le juge riva son regard à celui de Rafe :

— Quand Karen m'a préféré à votre père, j'ai cru que ce mariage durerait toujours…

Rafe se troubla.

— Je ne comprends pas.

— C'était le bon vieux temps… Highview avait deux équipes de football rivales. Votre père jouait comme quarterback. Il a battu notre équipe, nous empêchant d'aller en finale du championnat du Colorado. C'est là que tout a commencé…, raconta le juge, philosophe. Après, j'ai perdu les élections municipales contre votre père, puis les élections sénatoriales… Mais j'ai toujours pensé que j'étais un homme heureux parce que j'avais Karen…

Il écrivit une adresse sur un morceau de papier :

— Excusez-moi… Vous n'avez pas besoin d'entendre un vieil homme radoter… Voici l'adresse de Karen et son numéro de téléphone. Elle s'est remariée avec un chirurgien plasticien.

Karen Prescott leur proposa de passer chez elle après le dîner, au grand dam de Rhianna qui avait espéré que Rafe l'interrogerait simplement par téléphone. Ces déplacements incessants l'épuisaient. D'un autre côté, elle avait besoin de voir ce fameux écrin de ses propres yeux.

Rafe se gara entre une Rolls Royce et une Viper. Karen Prescott leur ouvrit aussitôt. Rhianna eut peine à croire qu'elle avait été mariée pendant trente ans avec le juge Stewart : elle paraissait beaucoup plus jeune que son âge. Elle avait de beaux cheveux blond platine et une peau crémeuse sans rides.

A côté de cette créature superbe, Rhianna se sentit laide

et grosse comme une mongolfière. Karen Prescott tendit à Rafe un écrin de velours blanc sans le laisser la saluer.

— C'est ce que vous vouliez voir ? lui demanda-t-elle. Je suis désolée de vous presser, mais je dois me rendre à un gala de bienfaisance où mon mari est invité d'honneur.

— C'est l'écrin qui contenait la bague que votre ex-mari vous a offerte pour votre anniversaire ? interrogea Rafe.

— Oui. Le juge a beaucoup de défauts, mais il n'a jamais été pingre… Il m'a aussi offert un bracelet et des boucles d'oreilles, pour aller avec la bague. Bien entendu, chacun avait son écrin.

— Merci beaucoup, madame Prescott. Nous n'allons pas vous retenir plus longtemps.

Karen Prescott était en train de reprendre son écrin quand Rhianna remarqua qu'elle portait deux autres bagues à ses doigts : une aigue-marine et un saphir.

— Une dernière question…, dit-elle à la hâte. Est-ce que le juge vous a offert d'autres bagues, ces deux dernières années ?

Karen Prescott haussa imperceptiblement les sourcils, mais elle se ressaisit très vite, sans doute de peur que l'expression de son étonnement n'altère la parfaite symétrie de son visage.

— Il m'en offrait parfois pour mon anniversaire et pour Noël. Pourquoi ?

— Ces bagues étaient toutes dans des écrins de velours blanc ? insista Rhianna, ignorant ses crampes d'estomac, signe qu'elle mourait de faim.

— Bien sûr.

— Vous les avez toujours ?

— Dans mon coffre-fort.

Karen Prescott fermait déjà sa porte, soudain plus nerveuse. Avait-elle peur de son ex-mari ? se demanda Rhianna.

— Vous en êtes certaine ?

— Tout à fait ! J'ai d'ailleurs dû les ouvrir pour trouver cette bague. Je prends le plus grand soin de mes bijoux.

— Merci, madame Prescott.

Rhianna essaya de masquer sa déception.

— Vous avez été…

— Je suis désolée, mais je dois vraiment y aller, dit-elle en refermant la porte en un claquement sec.

La piste du juge ne donnait donc rien… Logique. Rhianna le connaissait à peine, alors pourquoi l'aurait-il harcelée ? Ça leur faisait un suspect de moins…

— On dirait que nous sommes de nouveau bredouilles, dit-elle à Rafe.

— Hal et Janet habitent à Highview, répondit celui-ci. Nous irons les voir demain.

— Je connais à peine les Stone, voyons ! Pour quelle raison me harcèleraient-ils ?

Rhianna était fatiguée à force de réfléchir et de se poser des questions sans réponses. L'écrin avait pu être volé ou ramassé dans une poubelle… Il y avait tant de possibilités… Mais cet objet était pour l'instant leur seule piste, alors ils devaient la suivre…

En tout cas, si Rafe insistait pour qu'elle se réfugie chez lui quelque temps, elle ne savait pas où elle trouverait la force de lutter contre lui.

— Espérons que le détective a trouvé quelque chose de son côté…

— Je doute que les Stone soient coupables, mais nous ne devons négliger aucune piste…

Rafe la regarda soudain avec compassion.

— Nous téléphonerons à Joe, après le dîner. J'ai l'impression que tu meurs de faim.

Rhianna sourit.

— Toi, tu sais parler aux femmes !

Au restaurant, ils se détendraient et analyseraient la situation au calme.

Mais des phares, dans le rétroviseur, attirèrent soudain l'attention de Rhianna. Elle saisit la main de Rafe.

— Cette voiture nous suit depuis que nous avons quitté la maison de Karen Prescott !

Rafe vérifia dans le rétroviseur.

— Quelle voiture ?

— La Pontiac grise avec des vitres fumées.

— Je la vois ! dit Rafe qui effectua un demi-tour rapide mais parfaitement contrôlé. Crois-moi, je vais aller dire deux mots à son conducteur !

5

Rhianna posa les mains sur son ventre.

— Tu veux affronter ce malade ? demanda-t-elle. Franchement, ça n'est pas une bonne idée.

Rafe n'accéléra pas, pour la tranquilliser sans doute, mais il s'engagea tout de même derrière la Pontiac grise qui venait de s'arrêter sur le parking d'un restaurant.

Il coupa le moteur, défit sa ceinture de sécurité et ouvrit sa portière.

— Ne bouge pas ! ordonna-t-il.

Rhianna ne discuta pas, mais en son for intérieur, elle avait déjà décidé qu'elle ne le laisserait pas affronter son poursuivant seul et sans arme.

Elle plongea la main dans sa poche, réconfortée de sentir la crosse de son pistolet. Pendant que Rafe s'approchait de la Pontiac, elle descendit à son tour de voiture, sans bruit. Elle ne voulait pas qu'il l'entende ou la voit pointer son arme sur les vitres fumées de la voiture.

Mais averti par un sixième sens, il fit volte-face.

— Ça t'arrive de penser que tu portes un bébé ?

Rhianna soupesa son pistolet.

— Un bébé qui a besoin de son père autant que de sa mère !

Rafe poussa un soupir exaspéré :

— Moi, j'aimerais que ce bébé vienne au monde entier !

— Je te jure que je suis prudente.

Rhianna ne distinguait rien à travers les vitres fumées de la Pontiac. Mais soudain, elle resserra les doigts autour de son arme, alarmée par un léger bourdonnement — le dispositif servant à actionner le système de vitres coulissantes.

Le visage de Joe Brown apparut. Le détective leur adressa un timide bonsoir.

— Vous avez remarqué que je vous filais ? demanda-t-il ensuite.

— C'était vous ! s'exclama Rhianna.

Rassurée, elle engagea le cran de sûreté de son arme, et était en train de la remettre dans sa poche quand elle surprit le regard que Rafe lui lançait.

— Tu n'en fais vraiment qu'à ta tête…

— Non, je n'écoute que les sages conseils ! jeta Rhianna avec provocation. Filer un inconnu qui me veut du mal n'est pas ta meilleure initiative.

Rafe haussa les épaules et se tourna vers Joe.

— Pourquoi nous suiviez-vous ?

— Je pensais prendre le poursuivant de madame McCloud en flagrant délit…

Les néons du restaurant se reflétaient dans les lunettes du détective.

— Je n'ai rien constaté de suspect. En revanche, j'ai effectué des recherches et fait des découvertes plutôt intéressantes.

Rhianna sentit son estomac gronder.

— Et si on en parlait tout en mangeant ?

Sa proposition présentait trois avantages : se restaurer, bien sûr, écouter les révélations de Joe, mais surtout, éviter un tête-à-tête trop intime avec Rafe. Joe étant présent, la conversation serait essentiellement axée sur l'enquête. Rhianna réussirait sans peine à maintenir la distance émotionnelle qui lui permettait de garder la tête froide.

Une fois qu'ils furent attablés et qu'ils eurent passé commande, Joe sortit un dossier de sa serviette.

— Duncan Phillips a gagné un joli paquet d'argent sur le marché des changes.

— On le sait déjà. Autre chose ?

A bout de patience, Rhianna se déchaussa sous la table. Ses pieds la faisaient atrocement souffrir. La faim lui donnait des crampes d'estomac, et la journée avait été un vrai gâchis. Elle n'avait pas travaillé au ranch, n'avait pas assisté à ses cours et n'avait pas non plus aidé son père à s'occuper de Sweetness. Et tout ça pour quoi ? Pour rien ! Pour jouer les détectives amateurs avec Rafe ! Pour avoir le cœur brisé à cause de lui !

— Duncan a la réputation d'être un requin, reprit Joe. Il nage en eaux troubles et s'en sort toujours, mais son ancien associé est maintenant à l'ombre dans un pénitencier fédéral. Il prétend qu'il paierait pour voir Duncan Phillips se faire arrêter…

— Mais qu'ont-ils fait ? interrogea Rafe avec calme, posant l'un des pieds de Rhianna sur ses cuisses.

Il le lui massa sous la table et soulagea sa douleur. La jeune femme eut du mal à retenir un soupir de bien-être.

— Affairisme politique…

— Qu'est-ce que c'est… ? demanda-t-elle.

— Des activités criminelles au sein des entreprises ou au niveau de l'Etat, déclara Rafe. Autre chose, Joe ?

— Duncan avait une petite amie à l'université : elle a été violée et assassinée. Mais Duncan a été innocenté, continua Joe.

— J'étais au courant, Duncan m'en avait parlé, intervint Rhianna. Qu'avez-vous trouvé d'autre ?

Elle était si apaisée par le massage de Rafe qu'elle en aurait ronronné de plaisir.

Quelles mains extraordinaires il avait ! Lentes. Aimantes... Furieuse à l'idée de faiblir, Rhianna retira son pied et le reposa par terre. Mais Rafe lui prit l'autre et le massa à son tour.

Pensif, Joe fronçait les sourcils.

— Je n'aime pas les histoires de meurtre qui se terminent en queue de poisson : la police n'a jamais retrouvé le coupable.

Rafe la massait toujours, imperturbable.

— J'imagine que la police a interrogé Duncan Phillips ?

— Duncan n'avait pas d'alibi, mais la police n'avait pas non plus assez de preuves pour l'arrêter.

— Ça, il ne me l'a pas dit ! déclara Rhianna, qui but une gorgée de lait en réfléchissant.

Elle savait Duncan emporté et impatient, mais pas violent. Elle repensa tout de même à la fois où sa monture avait refusé de franchir un obstacle : il lui avait enfoncé les talons dans les flancs et avait juré copieusement. Une autre fois, sa monture l'avait désarçonné, et Duncan, furieux, l'avait cravachée avec sa badine. Mais ça ne faisait pas de lui un meurtrier pour autant...

— Rien d'autre sur Duncan Phillips..., conclut Joe en ouvrant un autre dossier.

La serveuse vint leur apporter leur commande, et Rafe s'excusa et se leva pour aller se laver les mains.

— Comment avez-vous trouvé ces informations sur Duncan ? demanda Rhianna à Joe.

— J'ai appelé son colocataire à l'université et un associé en affaires, c'est tout. Après, j'ai vérifié auprès de la police.

— Je suis impressionnée par votre rapidité et votre efficacité ! le félicita-t-elle. Sans compter que vous avez trouvé le temps de nous filer !

— Attendez, ce n'est pas tout.

Quand Rafe revint s'asseoir, Rhianna avait dévoré la moitié de son steak et garnissait sa patate douce d'une noisette de beurre.

— Qu'avez-vous encore trouvé ?

— Le juge Stewart est en contact avec de nombreux criminels. Il aurait pu payer quelqu'un pour harceler Rhianna.

Rafe posa sa serviette sur ses genoux.

— Mais pour quelle raison ?

— Je n'en sais rien... Mais un magistrat a prononcé un ordre de restriction lui interdisant d'approcher son ex-femme, Karen, à moins de cent mètres ou de tenter d'entrer en contact avec elle. Karen a prétendu qu'il la harcelait.

Rhianna cessa de manger, sidérée de découvrir que les apparences étaient finalement bien trompeuses.

Elle pensait connaître Duncan. Bien qu'il lui ait parlé de sa tragique liaison, il ne lui avait jamais dit que la police l'avait interrogé sur le meurtre de sa petite amie. Et qui aurait pensé que Karen Prescott redoutait son ex-mari ?

On ne connaissait jamais vraiment personne..., conclut-elle. Et elle repensa à la nuit qu'elle avait passée avec Rafe, et à ses espoirs d'alors : lui et elle ensemble, pour la vie...

Mais au fait, que savait-elle de Rafe ? Que cachait ce visage si séduisant ? Avait-il éprouvé une peine de cœur tellement douloureuse qu'il avait décidé de fermer son cœur à l'amour ? A moins qu'il ne soit incapable d'aimer ?

Mais dans ce cas, pourquoi était-il revenu déranger le cours de sa vie ? Elle n'avait ni le temps ni l'envie de penser qu'ils auraient pu être heureux, tous les deux.

Rafe Sutton ne voulait pas d'elle, elle devait donc passer à autre chose, point.

— Est-ce que tout le monde a ses petits secrets ? s'étonna-t-elle.

Rafe lui adressa un regard facétieux.

— Et toi, Rhianna, as-tu des secrets ?

Elle savait qu'il la taquinait, mais ne put s'empêcher de s'empourprer, contrariée de sentir son cœur battre plus fort… elle avait toujours été sensible à l'humour et au mystère de Rafe.

Elle ignora sa question et jeta un regard au troisième dossier.

— Et les Stone ? Qu'avez-vous découvert sur eux ?

— Rien en particulier.

— Vous semblez déçu ou je me trompe ? demanda-t-elle.

— C'est un couple qui s'adore, répondit Joe avec un sourire. Un homme riche d'un certain âge et sa jeune épouse qui l'aime éperdument.

— Il me semble entendre une note sarcastique dans votre voix…

Joe haussa les épaules.

— Disons que je suis toujours méfiant quand l'homme est riche et que la femme est belle. Mais si vous voulez savoir si j'ai des arguments solides, non, je n'en ai pas…

Rafe hocha la tête.

— Hal et Janet Stone vivent non loin de Highview. Nous allons leur rendre une petite visite.

Comme l'inconnu qui poursuivait Rhianna avait découvert qu'ils logeaient à l'hôtel, Rafe exclut la possibilité d'y passer la nuit. Tout en réfléchissant, il démarra et mit le chauffage, car la nuit était fraîche.

— Nous ne retournons pas à l'hôtel, annonça-t-il.

— J'imagine qu'il n'est pas non plus question que je rentre à la maison ? demanda Rhianna, résignée.

Elle caressa son ventre avec douceur.

— De toute façon, mes parents sont d'accord avec toi : la sécurité du bébé passe avant tout…

Soulagé qu'elle ne discute plus ses décisions, Rafe posa sa main sur la sienne.

— Si nous prenons l'avion privé de mon père, nous serons à Highview dans une heure.

Mais Rhianna secoua la tête.

— Ça ne serait pas raisonnable : je ne dois pas prendre l'avion jusqu'à l'accouchement… Et puis, mon poursuivant a déjà dû prévoir que nous prendrions l'avion du sénateur…

— Alors nous irons à Highview en voiture.

Soudain, Rhianna posa la main de Rafe sur son ventre, pour qu'il sente les coups de son bébé. De nouveau, il s'émerveilla du miracle de la vie : *son* enfant grandissait dans le ventre de Rhianna. Un sentiment de protection très fort l'envahit, suivi par une soudaine colère. Qui voulait faire du mal à Rhianna et à son enfant ? Et pourquoi ?

Rhianna appuya sa nuque contre l'appuie-tête.

— De toute façon, ce malade sait maintenant que je suis avec toi, et il doit se douter que nous allons nous réfugier au ranch Sutton…

— Possible, mais je peux te protéger dans mon ranch mieux que n'importe où ailleurs. Ton père passera chercher ton pick-up et je vais demander à l'hôtel de nous faire envoyer tes vêtements par courrier. Les inconnus ne passent pas inaperçus, à Highview, et le shérif Noel Demory est un bon ami de la famille. Nous demanderons aux ouvriers agricoles de patrouiller.

Rhianna poussa un long soupir.

— Je ne sais plus, Rafe, je suis tellement fatiguée… Fais pour le mieux.

Sous l'éclairage urbain, son regard était immense et son visage très pâle. Elle se ressaisit et reprit d'une voix plus ferme :

— Mais si ce harcèlement persiste, je ne te promets pas de rester cachée pendant que tout le monde s'efforcera d'assurer ma protection.

Comme si elle avait le choix…, se dit Rafe en contenant un sourire. Maintenant que le sénateur et ses trois frères savaient que Rhianna portait son bébé, elle ne serait plus jamais en danger. L'enfant était un Sutton, et les Sutton protégeaient farouchement les leurs.

Mais il le lui expliquerait plus tard. Pour l'instant, il était trop content qu'elle accepte de se réfugier chez lui sans discuter.

— Tu peux dormir en voiture ?

— Somnoler, c'est tout… parce que j'ai envie d'aller aux toilettes toutes les demi-heures. Nous devrons donc faire de fréquentes pauses…

— Ne te fais pas de souci, déclara Rafe. Prends mon cellulaire pour appeler tes parents : je ne veux pas qu'ils s'inquiètent.

Pendant que Rhianna appelait sa famille, Rafe prit la route, vérifiant si on les filait. Il changea de direction à plusieurs reprises avant de s'engager sur l'autoroute. Il n'avait rien remarqué d'anormal, mais avait néanmoins l'impression d'être épié.

Il espéra que cette sensation s'estomperait une fois qu'il serait arrivé au ranch. Il décida donc de faire la route d'une traite et de ne s'arrêter qu'à la demande de Rhianna. La tension le tiendrait éveillé, en alerte, et prêt à agir en cas d'imprévu.

Rhianna ferma les yeux et s'assoupit, mais son sommeil fut léger et tourmenté, car elle se réveilla à plusieurs reprises. Tourmentée par les multiples bobos de sa fin de grossesse et épuisée nerveusement par le harcèlement dont elle était victime, c'était déjà une chance qu'elle puisse somnoler…, songea Rafe.

Sur l'autoroute, il adopta une conduite souple, sans cesser de jeter de fréquents coups d'œil dans le rétroviseur. Ils roulaient depuis quelques kilomètres quand Rhianna lui tapota le bras.

— Je suis désolée, mais j'aimerais que tu t'arrêtes à la prochaine station-service…

— D'accord, lui promit-il. Et pas la peine de t'excuser.

— Merci.

Le silence s'installa entre eux, d'abord agréable et intime, puis soudain tendu et gêné. Pour une fois, ils ne se disputaient pas, mais la nuit qui les enveloppait recélait des dangers invisibles. A cause de la politesse gênée qu'ils se manifestaient ? Décidément, Rafe préférait encore quand ils se chamaillaient…

Il mit la radio, et un air de blues s'éleva dans l'habitacle. Il chercha un sujet de conversation neutre :

— Tu as déjà trouvé un prénom pour le bébé ?

— Non, mais il s'appellera McCloud !

Cette réponse déclencha aussitôt la colère de Rafe. *Son* enfant porterait le nom de Sutton, comme ses cousins, et il aurait aussi le même prénom que son grand-père ! Dans son emportement, Rafe regretta d'avoir abordé un sujet finalement brûlant.

Convaincu que Rhianna allait bondir s'il lui révélait ses

intentions, il jugea plus sage de se taire, mais il continua de bouillonner.

Rhianna n'attendait pas qu'il reconnaisse leur enfant. Comme elle voulait l'élever seule, ce serait plus facile si le bébé s'appelait McCloud. Rafe suivait bien son raisonnement, mais chaque fibre de son être se révoltait.

Il n'avait pas prévu cet enfant et n'avait jamais eu envie de fonder une famille, mais il ne pouvait ignorer la situation et continuer à vivre comme si de rien n'était.

S'il demandait à Rhianna de l'épouser, elle refuserait. La preuve : sa réaction ce matin à la vue de l'écrin. Elle s'était méprise sur son origine et avait pensé qu'il lui demandait sa main.

Mais s'ils ne se mariaient pas, quelle solution trouveraient-ils pour élever leur enfant ? Une garde alternée ? Mais était-ce dans l'intérêt de l'enfant ? Deux familles, deux maisons et deux univers… Comme pour les enfants de couples divorcés… Non, pas question.

Rafe avait perdu sa mère quand il était encore petit, et avait toujours souffert de son absence et ressenti un terrible sentiment d'abandon. Il voulait donc être présent dans la vie de son enfant.

Il avait déjà établi un lien avec ce bébé en le sentant vivre sous sa main, dans le ventre de Rhianna. Ce lien se renforcerait après la naissance…

Et si Rhianna s'installait à Highview, sur ses terres, dans une maison proche de la sienne ? Il pourrait ainsi obtenir un droit de visite… Elle ne travaillerait pas, car il subviendrait à ses besoins, et il lui rendrait régulièrement visite sans déranger la vie de leur enfant.

Pour faire de lui la cible des moqueries des autres enfants, souvent cruels entre eux ?

Rafe cherchait toujours une solution lorsqu'il sortit de

l'autoroute et se dirigea vers une station-service. Il vérifia de nouveau si on les suivait, mais ne remarqua rien…

Il se gara et descendit de voiture pour ouvrir à Rhianna. Voyant son visage fermé, il pensa qu'elle ruminait sa colère en silence. Il jugea de nouveau plus raisonnable d'attendre avant de parler de résidence alternée ou monoparentale, puis il hésita. En ce moment, Rhianna avait en effet besoin de certitudes, et de sa promesse que jamais il ne lui disputerait la garde de leur enfant. Il allait ouvrir la bouche quand Rhianna prit son sac et regarda autour d'elle, cherchant les toilettes des yeux.

Elle paraissait si perdue qu'il eut envie de la prendre dans ses bras, mais n'en fit rien, intimidé par sa froideur et son silence tendu.

L'air de rien, elle se détourna.

— Je ne serai pas longue. Tu veux que je te rapporte quelque chose à boire ?

— Non, merci, je t'accompagne.

Il avait besoin de prendre l'air pour s'éclaircir les idées.

En effet, il ne voulait pas faire de promesses en l'air. Il s'était toujours contenté de liaisons simples et éphémères, mais le bébé remettait en question son mode de vie et de pensée. Désormais, il ne pouvait plus vivre au jour le jour…

Rhianna entra dans les toilettes des femmes. Il lui acheta un sandwich et une boisson. Dix minutes passèrent. Il lui en donna encore cinq, certain qu'il ne pourrait attendre jusque-là.

Si elle mettait si longtemps à revenir, c'est qu'elle avait besoin d'air, comme ce matin, se dit-il. Mais si elle avait eu un malaise, des contractions ? Si elle avait besoin d'aide ? Ces dernières heures, elle semblait à bout… Etaient-ce les premiers signes de l'accouchement ? Rafe se souvenait avoir vu sa belle-sœur laver sa maison du sol au plafond avant d'accoucher de son deuxième enfant. Son frère Chase avait été furieux de la voir dépenser une énergie indispensable à l'accouchement. Mais tout s'était bien passé quand même…

Rafe avait beau se rassurer, sa panique grandissait tandis qu'il couvrait les quelques mètres qui le séparaient des toilettes. Il fouilla le couloir du regard, mais ne la vit pas. L'aurait-il manquée quand elle était sortie des toilettes ? Il regarda tout autour de lui. Pas de Rhianna. A bout de nerfs, il frappa à la porte des toilettes pour femmes.

Une jolie blonde en sortit, l'air contrarié, mais elle sourit aussitôt à sa vue.

— Puis-je vous aider ?

— Je cherche une femme…

— Qui ne cherche pas une femme ? l'interrompit-elle.

Rafe contint son impatience. Il n'avait pas envie de flirter, mais utilisa l'intérêt que la blonde lui manifestait sans le moindre scrupule :

— Je cherche une jeune femme rousse.

La jolie blonde resserra sa queue-de-cheval.

— Les blondes sont plus intéressantes…

— Elle est enceinte de huit mois et demi, poursuivit Rafe.

— Pourquoi est-ce que tous les hommes séduisants sont-ils déjà pris ?

— Elle est peut-être en train d'accoucher, continua Rafe, imperturbable. Vous pourriez regarder dans les toilettes et me dire si elle va bien ?

— Pas de problème !

La blonde entra de nouveau dans les toilettes. Rafe, impatient, tapa du pied et compta jusqu'à dix.

La blonde revint avant qu'il ait atteint le chiffre cinq.

— Elle n'est pas là… Peut-être que…

Mais Rafe se ruait déjà dans les toilettes.

— Rhianna ?

Il bouscula une mère avec son enfant qui poussa un cri d'épouvante. Indifférent à ses clameurs, il vérifia les toilettes. Elles étaient toutes vides.

Il chercha une issue de secours et la trouva enfin, juste sur sa gauche.

Il espérait que Rhianna serait adossée au mur, respirant dans la nuit. Elle le taquinerait de s'être de nouveau fait du souci. Il avait hâte qu'elle se moque de lui, qu'elle lui reproche de la couver comme une mère poule et qu'elle lui demande de lui lâcher les baskets.

Il ouvrit la porte de secours. L'odeur des poubelles exposées toute la journée au soleil le fit reculer. Rhianna ne pouvait être là.

Mais il l'appela quand même. Il entendit un feulement, qui évoquait la plainte d'un animal blessé. Il se précipita à l'extérieur, mais ne vit qu'un chat qui bondit et s'enfuit. Rhianna restant invisible, sa panique grandit. Et si son consentement à vivre au ranch Sutton avait été une ruse ? Et si elle avait profité de la première occasion pour s'enfuir et faire du stop ? Les routards ne manquaient pas sur ce parking.

A moins qu'elle n'ait été… enlevée ? songea Rafe, soudain envahi par un mauvais pressentiment. Il retourna dans la supérette de la station-service, puis à sa voiture. Pas de Rhianna. Et personne ne l'avait vue…

Il était soulagé de penser qu'elle était armée, tout en s'inquiétant tout de même. Le port d'une arme était toujours dangereux…

Que faire maintenant ? Appeler la police ? Mais la police ne signalerait la disparition de Rhianna qu'au bout de vingt-quatre heures. De plus, Rafe redoutait aussi que la police ne lui pose des questions auxquelles il ne pourrait répondre. Il y avait sans doute une autre solution, mais laquelle ?

Il alla chercher une lampe de poche dans sa voiture et fouilla les bois situés derrière la station-service. Il avait l'intuition que Rhianna n'était plus sur les lieux depuis longtemps, mais il ne voulait rien laisser au hasard et passa l'aire de repos au peigne fin. Une bonne demi-heure plus tard, il revint à sa voiture, découragé et de plus en plus inquiet.

De loin, il vit un papier sur son pare-brise. Il courut. Rhianna lui aurait-elle laissé un mot ?

Il éclaira la feuille pour en déchiffrer le contenu. Et découvrit que le message ne venait pas de Rhianna, mais de son ravisseur… Tous ses espoirs s'écroulèrent d'un coup.

On l'avait donc bien enlevée… La fureur et la colère qui l'envahirent firent trembler ses mains et brouillèrent son regard.

Il se ressaisit pour lire le message, gagné par une horreur sans nom :

Si vous suivez ces instructions à la lettre, Rhianna et votre enfant vivront. N'appelez pas les autorités. Allez au ranch Sutton et rassemblez la rançon. Après cela, attendez d'être contacté.

Rafe cilla en voyant l'énormité de la somme exigée par le ravisseur. Les Sutton n'avaient guère de liquidités, car leur richesse résidait essentiellement dans leurs terres, leur bétail et leurs chevaux.

En proie à la nausée, il monta dans sa voiture et prit son cellulaire. Pas question de tergiverser. La vie de Rhianna et de leur enfant était en jeu.

Le message ne lui interdisait pas de contacter sa famille. Et pour rassembler la rançon, il avait besoin de l'aide des siens.

*
* *

Rhianna était allongée à l'arrière d'une camionnette — elle avait reconnu le bruit du moteur —, pieds et mains liés, bâillonnée et aveuglée par un bandeau. Elle refoula ses larmes pour économiser tant son oxygène que son énergie : elle devait s'appliquer à bien respirer et à contenir sa terreur.

Elle sortait des toilettes quand on avait pressé le canon d'un pistolet contre sa tempe. Simultanément, on lui avait mis une cagoule. Elle n'avait eu le temps ni de crier ni de fuir. Elle avait été capturée aussi facilement qu'un poulain au lasso. Elle s'en voulait de son imprudence…

Elle n'aurait jamais dû laisser Rafe décider de tout. Leurs agissements avaient été prévisibles pour son poursuivant, mais elle avait été trop perturbée et trop fatiguée pour lutter contre les décisions de Rafe.

Ces retrouvailles avaient été un choc dont elle ne se remettait pas… Si elle y avait été préparée, peut-être aurait-elle été plus forte… Mais Rafe Sutton était revenu dans sa vie sans prévenir… c'était trop pour une femme enceinte arrivée à terme…

Ses pensées étaient confuses, et elle avait un mal fou à se concentrer.

Mais elle devait se ressaisir. Par chance, son ravisseur n'avait pas trouvé son arme, mais comme elle était ligotée, elle ne pouvait pas non plus l'atteindre. Sa bouche sèche frottait douloureusement contre le bâillon. Elle ne savait pas quelle heure il était, mais plus le temps passait, plus les chances de la retrouver vite s'amenuisaient.

Quand Rafe aurait remarqué sa disparition, elle serait déjà loin… Le camion roulait vers le sud, du moins si le bandeau n'avait pas altéré son sens de l'orientation. Elle essaya de se concentrer sur les détails de son enlèvement pour conjurer sa terreur. Elle n'avait pas vu le visage de son kidnappeur, et se disait que c'était de bon augure : s'il ne voulait pas qu'elle l'identifie, c'est parce qu'il avait l'intention de la libérer.

Elle ne chercha pas à retirer son bandeau. Et elle avait depuis longtemps renoncé à détacher ses liens.

Il ne lui restait qu'à attendre. Rester calme. Garder la tête froide.

C'est sûr, Rafe remuerait ciel et terre pour la retrouver. C'était rassurant de savoir qu'il ne renoncerait pas, quel que soit le danger ou le prix à payer. Rhianna s'accrocha de toutes ses forces à cette pensée pour ne pas sombrer dans la panique totale.

Son ravisseur l'avait traitée avec égards : il ne l'avait ni poussée, ni brusquée. Elle était même allongée sur un matelas. On ne voulait donc pas la tuer.

Une crampe l'obligea soudain à se coucher sur le flanc. Elle regretta de ne pouvoir se masser le ventre pour atténuer la douleur. Mais la crampe passa et le cours de ses pensées reprit. Elle songea à Rafe. A l'émerveillement, la fierté et l'amour qu'elle avait lus dans son regard quand il avait senti le bébé bouger sous sa main.

Mais soudain, une nouvelle douleur l'arracha à ses pensées.

Pourvu que…

Elle respira profondément, pour se détendre.

Puis elle attendit que la douleur passe. En vain.

Elle dut donc se rendre à l'évidence : elle était en train d'accoucher.

6

La famille Sutton au grand complet s'était réunie dans la bibliothèque du sénateur. Rafe lisait l'inquiétude sur les visages de ses frères. La solidarité familiale le réconfortait.

Les quatre frères Sutton se ressemblaient beaucoup avec leurs cheveux noirs et leurs yeux gris, mais ils étaient aussi très différents.

Tyler, l'aîné, qui gérait l'immense ranch Sutton, boitait et marchait à l'aide d'une canne. Cameron, le cadet, était médecin. Impressionnant par sa taille, c'était le plus gentil et le plus généreux de la fratrie. Chase avait quant à lui la peau tannée et le contour des yeux plissé de petites rides, comme tout rancher qui se respecte. Rafe était le plus mince de tous. Il était aussi grand que Cameron, mais aussi plus sec.

Le clan Sutton était uni, et toujours solidaire dans l'adversité. Les tragédies n'avaient fait que renforcer ses liens. Ses belles-sœurs, Laura et Alexa, étaient également des femmes fortes. Toutes deux avaient surmonté bien des épreuves, mais elles étaient restées douces et généreuses.

Laura berçait son bébé endormi tandis que son fils aîné Keith, et les jumeaux de trois ans de Cameron, Flynn et Jason, jouaient à des jeux vidéo dans un coin. Si jamais les jumeaux réussissaient à rester calme plus de dix minutes, ils auraient gagné un nouveau record de sagesse ! songea Rafe, un instant distrait. Ces deux-là avaient le don de se mettre dans les ennuis jusqu'au cou comme de s'en dépatouiller !

Le sénateur finit de servir les boissons et s'installa devant la cheminée.

— Pour commencer, Rafe, je n'ai pas de liquidités…

— Nous, on les a ! coupa Jason.

Il posa son jeu vidéo et s'approcha des adultes. Flynn le suivit comme son ombre. Pour une fois, les jumeaux semblaient d'accord. De plus, ils agissaient sans forfanterie : une vraie fortune les attendait à leur majorité, un cadeau d'un arrière-grand-père.

Flynn appuya les mots de son frère par un hochement de tête solennel.

— On te donne tous nos sous, oncle Rafe.

— Je ne peux pas prendre votre héritage, les garçons, mais je vous remercie quand même…

Rafe serra les jumeaux contre lui, ému par leur générosité. Les petits garçons avaient un cœur d'or !

Cameron contempla ses fils avec fierté.

— Bravo les gars !

— On voulait aider…, déclara simplement Flynn.

— Et vous avez réussi, enchaîna Rafe.

Flynn fronça les sourcils :

— Ah ? Comment ?

— En me remontant le moral. En me rappelant que je ne suis pas seul…

— Nous ne pouvons pas utiliser l'héritage des garçons, même comme caution pour emprunter à la banque, intervint Alexa, la femme de Cameron. J'ai vérifié avec les curateurs, et ils refusent de nous laisser prendre un tel risque.

Le sénateur prit les jumeaux sur ses genoux. Keith s'assit à ses pieds.

— Comme je le disais, reprit le sénateur, nous n'avons pas de liquidités, mais nous possédons de bonnes terres. Je me suis entretenu avec notre banquier. Si nous sommes tous d'accord, nous devrions pouvoir emprunter sur nos terres.

Rafe fit les cent pas, en proie à la plus vive agitation. Depuis qu'il avait reçu les instructions du ravisseur, il n'avait ni mangé, ni dormi, ni même retrouvé un semblant de calme. Les derniers mots de son père le mettaient très mal à l'aise, car le sénateur avait récemment divisé ses terres en quatre parts égales entre ses fils. Tous devaient donc accepter l'hypothèque des terres, avec les risques que cela comportait : leur perte en cas d'impossibilité de remboursement.

Chase et Laura accepteraient, il en était certain : en cas de ruine, ils hériteraient de toute façon du ranch des parents de Laura. Cameron aussi, parce qu'il était médecin et que les terres ne l'intéressaient guère. Rafe pourrait toujours se reconvertir en avocat, mais restait Tyler… Il était très attaché à son domaine. Certes, son frère pourrait travailler comme contremaître dans n'importe quel autre ranch, mais ça n'était pas la même chose que d'être propriétaire de terres qui étaient passées de père en fils. Des terres où les Sutton venaient se ressourcer et se réfugier. Où le clan se rassemblait, aimait et prospérait…

Rafe ne voulait pas que ses frères et leurs familles perdent leur héritage à cause de lui. Une fois le crédit hypothécaire réalisé, les remboursements atteindraient des sommes astronomiques… Ils pouvaient tout perdre.

— Je ne pourrai jamais vous rembourser…, annonça-t-il aux siens.

Chase prit Laura par la main. Elle acquiesça pour donner son accord tandis que Chase parlait en son nom :

— Tu ferais la même chose pour nous, Rafe.

— Je ne sais pas quoi dire…

— Il n’y a rien à dire.

Tyler posa sa canne et leva son verre devant lui.

— Rhianna et ton enfant sont en danger, et leurs vies sont plus précieuses que le bétail et la terre.

Chase souleva Keith dans ses bras.

— Papa a déjà réglé des dettes. On y arrivera bien encore une fois !

Tyler regarda par la fenêtre et continua :

— Je vais organiser des enchères pour le bétail. Nous allons le rassembler plus tôt que prévu, voilà tout.

A cet instant, le téléphone sonna. Le sénateur consulta son identificateur d’appel :

— C’est un numéro privé.

Les sourcils froncés, il décrocha.

— Oui ?

Rafe sentit la tension dans la voix de son père. Ses frères aussi. Un silence tomba dans la pièce. On aurait pu entendre une mouche voler. Voyant le sénateur pâlir, Rafe prit la parole :

— C’est Rhianna ?

Son père lui répondit après avoir raccroché.

— Non, son ravisseur. Rhianna est en train d’accoucher.

Conscient de la présence des enfants, Rafe se retint de jurer.

— Mais Rhianna devait accoucher dans deux semaines ! Qu’est-ce qu’ils ont dit d’autre ? Elle va bien ? Ils vont la relâcher ?

— Dès que nous aurons rassemblé le montant de la rançon, nous devrons l’annoncer par la radio du ranch.

Tous les ouvriers agricoles du ranch Sutton avaient une radio branchée sur la même fréquence. On pouvait donc les joindre à tout moment. Ce qui signifiait que le ravisseur n'était pas loin, à portée de ses ondes… Et s'ils pouvaient le retrouver avant que… Non ! Rafe ne voulait pas risquer deux vies en jouant les héros.

Le sénateur appela aussitôt son banquier. Quelques minutes plus tard, il raccrochait, le visage grave.

— La banque veut une estimation actualisée de tous nos biens.

Rafe serra les dents.

— Ça va nous prendre des semaines !

— La banque exige aussi un bilan et un compte de pertes et profits effectué par un expert-comptable. Après, la direction de la banque votera sa décision…

Cameron se gratta la tête.

— Un premier accouchement est toujours long, mais Rhianna ne mettra pas si longtemps…

Rhianna se concentrait sur sa respiration : elle eut une contraction très douloureuse tandis que son ravisseur libérait ses chevilles et la faisait sortir de la camionnette. Elle n'était pas certaine que ce soit un homme, car il ne parlait pas et se contentait de lui presser le canon de son arme dans le dos.

Elle n'entendait aucun bruit de circulation, mais une odeur vivifiante de pin lui parvint. Puis son ravisseur la fit entrer dans une pièce qui sentait le renfermé, où il délia ses mains. Ses poignets étaient tellement engourdis qu'elle ne put prendre son pistolet dans sa poche. Enfin, la porte claqua, signe que son ravisseur l'abandonnait à son triste sort. Peu après, elle entendit un bruit de marteau. Puis de nouveau, ce fut le silence. Quand elle eut retrouvé la sensation de ses mains et qu'elle eut retiré bâillon et bandeau, elle s'aperçut qu'elle était seule, dans une obscurité totale.

Elle attendit qu'une autre contraction soit passée pour explorer son nouvel environnement à tâtons. Toutes les fenêtres étaient fermées par des planches. Elle trouva une petite salle de bains qu'elle utilisa. Elle se lava les mains et se rinça la bouche, puis explora de nouveau sa prison.

La porte d'entrée était fermée à clé. Elle eut envie de tirer dans la serrure pour l'ouvrir, mais elle se ravisa, craignant de se blesser ou de blesser son bébé… Par ailleurs, elle ignorait si quelqu'un se trouvait dehors, à monter la garde…

Elle trébucha contre un lit de camp, placé à côté d'un réfrigérateur. Dans celui-ci, elle trouva des sandwichs et des boissons, mais une seule gorgée d'eau fraîche suffit à lui donner la nausée. Elle se remit à tâtonner le long du mur, à la recherche d'interrupteurs.

Une nouvelle contraction la força à s'interrompre. Elle se laissa tomber sur le lit. Haletant, elle se massa les reins jusqu'à ce que la contraction passe, puis se leva de nouveau.

Sa cellule faisait un peu plus de trois mètres sur trois. Et si elle essayait de s'enfuir ? songea-t-elle. Elle n'irait pas loin… Pas avec des contractions qui survenaient toutes les dix à quinze minutes et duraient environ trente secondes.

La pensée d'accoucher seule l'emplit de terreur. Mais au fait, comment pouvait-elle avoir si froid et chaud à la fois ?

Pour économiser ses forces, elle s'allongea de nouveau. Elle sortit son arme pour se donner du courage, mais la cacha sous la couverture. Elle ne savait si son ravisseur reviendrait, et encore moins si elle aurait la force de viser et de tirer à ce moment-là.

Elle espérait surtout pouvoir se détendre pour bien aborder son accouchement.

Au même instant, une contraction plus longue, douloureuse et pénible, la plia en deux. Rhianna s'était attendu à la souffrance, mais pas à ce déchirement : elle avait l'impression qu'un pic à glace lui transperçait les reins. La contraction lui parut durer une éternité… Elle aurait tout donné pour avoir sa mère, son gynécologue et Rafe à ses côtés.

Elle ne voulait pas accoucher seule dans cette cabane infecte. Elle ne voulait pas être courageuse. Elle voulait accoucher dans un hôpital moderne avec toutes les ressources nécessaires pour soulager ses souffrances. Elle voulait la sécurité.

La contraction cessa brusquement et la douleur disparut. Mais elle reviendrait… Avec quelle intensité ? Rhianna roula sur le flanc et chercha un peu de repos, sans se rendre compte qu'elle pleurait amèrement.

Rhianna était en train d'accoucher, alors qu'elle était prise en otage par un fou.

Une violente colère submergea Rafe. Il aurait voulu étrangler l'homme qui osait lui faire subir un tel supplice, mais il fit un effort surhumain pour se maîtriser et rester calme.

— Nous n'avons pas le temps de traiter avec la banque, dit-il.

Le sénateur acquiesça, le visage grave.

— Alors nous allons devoir recourir au plan B…

— Appeler la police ? intervint Tyler.

Rafe secoua la tête et arpenta la bibliothèque.

— Tu ne veux tout de même pas que l'on bluffe et que l'on fasse comme si nous avions l'argent ? demanda-t-il à son père. Je ne veux prendre aucun risque !

Le sénateur plaça sa pipe entre ses lèvres, sans l'allumer.

— Nous allons nous adresser au juge Stewart.

— Il peut nous aider ? demanda Rafe, étonné.

— Il cherche toujours à investir dans la terre et dans la pierre…

— Et il va accepter de nous prêter une somme pareille ?

Le sénateur étrécit le regard.

— Il y a plusieurs années, les cours du bœuf se sont effondrés, et nous étions étranglés. Le juge m'a proposé d'acheter la moitié de nos terres ou de nous faire un prêt. Laisse-moi voir ce que je peux faire…

Toute la famille sortit pour laisser le sénateur téléphoner au juge. Pendant ce temps, Rafe appela Joe Brown pour l'informer de l'enlèvement de Rhianna.

— Essayez d'exiger une rencontre pour échanger la rançon contre Rhianna, lui conseilla celui-ci.

— On ne me donnera peut-être pas le choix…, déclara Rafe.

— Dans tous les cas, placez l'argent dans deux sacs de jute de l'armée que je vais vous faire parvenir, continua le détective. Demandez au sénateur de faire marquer les billets. Nous placerons une balise dans les sacs, pour que nous puissions filer le ravisseur une fois l'échange effectué.

— Dans combien de temps pouvez-vous nous faire parvenir ces sacs ?

— Plus vite que vous n'aurez les billets marqués !

Rafe raccrocha alors que son père le rejoignait et levait le pouce en signe de victoire.

— Stewart est d'accord. Son notaire va dresser l'acte de constitution d'hypothèque qui sera prêt dans une heure.

— Dans combien de temps aurons-nous l'argent ? demanda Rafe, impatient.

En effet, chaque minute comptait.

— Une banque de Denver va faire le nécessaire. Il faudra deux ou trois heures avant que tout ne soit réglé.

Sans cesser d'arpenter la pièce, Rafe demanda à son père de faire marquer les billets. Mais son souci principal restait Rhianna.

— Et si les ravisseurs ne la libèrent pas ? Et si elle accouche toute seule ?

Le sénateur hocha la tête. Il n'avait pas le pouvoir de répondre à toutes ces questions.

— Le juge Stewart viendra avec l'argent, accompagné de vigiles, dit-il en guise de conclusion.

Les trois heures qui suivirent parurent durer une éternité. Le juge arriva enfin avec la rançon. Conformément à leurs instructions, Rafe annonça par radio aux ravisseurs que la rançon avait été rassemblée. Il plaça ensuite les liasses de billets dans les sacs de l'armée pendant que le sénateur et le juge signaient l'acte notarié qui mentionnait les données du crédit et la constitution de l'hypothèque.

Tendu, Rafe attendit les instructions du ou des ravisseurs, téléphone en main. Le juge et son père scellaient l'affaire en se serrant la main quand celui-ci sonna.

Une voix métallique s'éleva :

— Prenez l'argent et allez jusqu'à Highview. Seul.

Rafe souleva les sacs, aussitôt sur le départ.

— Je dois me rendre à Highview, annonça-t-il à son père et au juge.

— Vous êtes armé ? lui demanda ce dernier.

Rafe acquiesça.

— Bien, dit le juge.

Son père hocha la tête, également approbateur.

— Contente-toi de suivre les instructions et ne joue surtout pas les héros.

— C'est bien mon intention…

Rafe espérait surtout que Rhianna irait bien lorsqu'il la retrouverait.

Cameron l'accompagna jusqu'à sa voiture et posa un sac à dos sur le siège passager.

— Rhianna accouche. Elle doit avoir peur, ce qui intensifie certainement ses douleurs. La plupart des femmes sont hors d'elles, à ce moment-là. Alors ne panique pas, tout ira bien. Conduis-la aussi vite que possible à l'hôpital.

— Qu'est-ce que tu as mis dans son sac ? interrogea Rafe.

— Des bricoles dont tu pourrais avoir besoin, déclara Cameron en lui donnant une grande claque dans le dos. Souviens-toi que je ne suis pas loin : à portée de cellulaire !

Rafe partit aussitôt. Il arrivait à Highview quand son cellulaire sonna de nouveau.

La même voix mécanique s'éleva :

— Prenez le prochain train au départ.

On raccrocha avant que Rafe n'ait le temps de demander à parler à Rhianna. Arrivé à la gare, il acheta un billet. Il monta dans le prochain train au départ avec le sac à dos de Cameron et les deux lourds sacs de l'armée.

Presque aussitôt, le train s'ébranla et quitta Highview. Rafe était inquiet. Il arriverait à la prochaine gare dans une heure et demi… Rhianna était en train d'accoucher seule depuis déjà plusieurs heures. Combien de temps pourrait-elle encore tenir ?

Rhianna essuya la sueur qui coulait sur son front du revers de la main. La dernière contraction avait été pire que toutes les autres… Elle avait cessé d'espérer une aide providentielle. Elle avait également cessé de se demander combien de temps encore dureraient ses douleurs. Elle cédait à la nature, impérieuse et exigeante, et aux contractions qui se succédaient, plus douloureuses et plus rapides les unes que les autres.

Elle continuait à faire ses exercices de respiration pour conjurer la douleur. Ses lèvres étaient sèches, ses pieds glacés, mais son corps était en sueur.

Par chance, le bébé se présentait par la tête. Au cours de ses dernières visites médicales, son gynécologue l'en avait informée.

La naissance était maintenant imminente et Rhianna avait hâte d'en avoir fini pour enfin cesser de souffrir. Pour autant, elle ne ressentait pas la nécessité de pousser, alors elle ne poussa pas. Elle avait vu assez de juments mettre bas pour savoir que son corps lui donnerait le signal, une fois le moment venu.

La tête vide, elle humecta ses lèvres avec un peu d'eau et gémit alors qu'une nouvelle contraction survenait.

Le front en sueur, Rafe porta les lourds sacs militaires jusqu'au wagon de queue, dont il ouvrit la porte pour parvenir sur une plate-forme, comme on le lui avait ordonné.

Une camionnette à benne sans plaque d'immatriculation et conduite par un chauffeur masqué roulait à côté du train. Rafe devait jeter les sacs dans la benne. Seulement après, on lui indiquerait où était Rhianna.

Il n'aimait pas la tournure que prenaient les événements : le ravisseur n'avait aucune raison de relâcher Rhianna une fois qu'il aurait la rançon… Mais il obéirait quand même aux instructions…

Il jeta donc les sacs dans la benne de la camionnette. Le conducteur accéléra et disparut aussitôt après. Rafe, tétanisé par l'angoisse, se demanda de nouveau si le ravisseur allait remplir la dernière partie de son contrat.

Rhianna vivait-elle encore ? L'incertitude le tenaillait. Une seule fois dans sa vie il avait ressenti une panique égale à celle qui l'étreignait maintenant : le jour où sa mère était morte. Elle n'était pas plus âgée que Rhianna quand elle s'était effondrée sur le carrelage de la cuisine, laissant ses fils orphelins.

Rafe avait la bouche si sèche qu'il ne pouvait déglutir. Il fixa son cellulaire, priant pour qu'il sonne. Dix minutes passèrent avant que son vœu ne se réalise. Tremblant, il rentra dans le wagon pour mieux entendre.

La voix mécanique qu'il haïssait parla :

— Rhianna est enfermée dans le vieux chalet de Hal et Janet Stone.

Rafe fut soulagé que le ravisseur ait tenu sa promesse, mais ce soulagement fut fugitif et vite remplacé par une nouvelle inquiétude. Parviendrait-il à secourir Rhianna à temps ? Hal et Janet étaient toujours à Denver, ils ne pouvaient donc le précéder sur les lieux… Le sénateur, Cameron ou la police mettraient quant à eux une bonne heure pour atteindre le ranch des Stone par les routes en lacets des montagnes.

S'il attendait la prochaine gare, il devrait louer une voiture et revenir en arrière. En tout, il perdrait une heure et demie, voire deux.

Mais le train allait bientôt passer devant le ranch des Stone, et s'il sautait, il pourrait rejoindre Rhianna en quelques minutes.

Debout sur la plate-forme du wagon de queue, les cheveux ébouriffés par le vent, Rafe attendait que le train entame un flanc de montagne et ralentisse. Il prit plusieurs grandes inspirations tandis qu'il fouillait le paysage du regard, cherchant un endroit sans arbres ni rochers.

Enfin, il sauta. Il amortit l'impact de sa chute en retombant sur un pied, mais perdit vite son équilibre. Il se laissa rouler, emporté par la vitesse, soulagé que le sac à dos de Cam protège sa colonne vertébrale.

Il dégringola ainsi jusqu'en bas de la pente. Il heurta une pierre de l'épaule et la violence du choc lui coupa le souffle. Il attendit d'être immobile avant de bouger bras et jambes avec précaution. Rien de cassé. Il n'avait que des écorchures et quelques hématomes. Rassuré, il se releva.

Il monta le sentier qui conduisait à la propriété des Stone. Les ravisseurs avaient sans doute quitté les lieux depuis longtemps, mais Rafe n'en resta pas moins sur ses gardes. Cependant, tout paraissait calme autour de lui ; il ne vit qu'un daim à queue blanche, des vaches et un aigle qui tournoyait haut dans le ciel. D'un regard, il calcula que la nuit tomberait dans une heure ou deux.

Comme convenu, il appela son père pour lui indiquer le lieu où Rhianna était séquestrée. Les secours arriveraient sur place dans une bonne heure…

Par chance, Rafe était déjà venu chez les Stone et savait comment trouver le chalet où Rhianna était retenue prisonnière. Il passa devant la maison principale et l'écurie des Stone avant de se diriger vers la vieille bâtisse, qui était autrefois la garçonnière de Hal.

Il franchit les derniers mètres en courant et arriva hors d'haleine et mort d'inquiétude. Les portes et les fenêtres étaient fermées par des planches clouées sur les rondins de la façade.

Le cœur battant, Rafe ouvrit la porte d'entrée, se servant

d'une planche pour faire levier. Il la défonça ensuite d'un coup d'épaule et entra.

— Rhianna ?

— Allez-vous-en ! hurla-t-elle.

Son cri se perdit dans un gémissement.

Elle souffrait le martyre, et était à bout de forces…, se dit Rafe, soudain en proie à la panique. Il voyait mal dans la pénombre, et était forcé d'attendre que ses yeux s'accoutument à l'obscurité.

— C'est moi, Rafe… Tu vas bien ?

Elle gémit de nouveau et il se précipita auprès d'elle. Dans son élan, il trébucha contre une chaise et jura, mais fut bientôt auprès de Rhianna qui haletait avec régularité.

Rafe n'y voyait toujours rien. Il ne voulait pas s'éloigner d'elle, mais il ne pouvait pas non plus l'aider, dans l'obscurité.

— Attends, je reviens ! lui cria-t-il.

Il retira deux des planches qui obstruaient les fenêtres, puis revint auprès d'elle. Elle était allongée sur le flanc, et semblait plus calme que quelques instants auparavant.

Il s'agenouilla et dégagea son front en sueur.

— Ça n'est pas encore fini…, haleta-t-elle. Les contractions sont…

Elle s'interrompit pour gémir. Elle lui prit la main et la serra si fort qu'il eut la sensation qu'elle allait lui broyer les os, mais il tint bon.

De sa main libre, il sortit son cellulaire et appela Cameron. Son frère décrocha à la première sonnerie.

— Quel est l'écart entre les contractions ? lui demanda-t-il calmement quand Rafe lui eut exposé la situation.

— Une minute, pas davantage.

— Elle a perdu les eaux ?

— Je ne sais pas…

Rhianna laissa échapper un autre gémissement. Rafe frissonna : il aurait tout donné pour qu'elle ne souffre plus. Il coinça son téléphone entre son épaule et son cou, retira le sac à dos de sa main libre et défit la fermeture Eclair.

— Il y a quelque chose contre la douleur dans le sac ?

— Oui, mais je préfère que tu attendes avant de le lui donner, sauf si c'est indispensable, bien entendu… Un sédatif peut ralentir le travail, et ça n'est bon ni pour le bébé ni pour la mère.

Les battements du cœur de Rafe résonnaient jusque dans ses oreilles, au rythme de la respiration de Rhianna.

— Alors qu'est-ce que je peux faire ?

— Calme-la. Encourage-la.

— Sinon ?

— Tu dois absolument la calmer.

— Facile à dire !

— La plupart des bébés n'ont besoin de personne pour venir au monde. L'important, c'est que Rhianna soit dans un environnement calme et paisible.

Au même instant, la jeune femme laissa échapper un hurlement.

Rafe lui serra la main et lui parla à voix basse.

— Ça va aller…

— Non ! haleta Rhianna, épuisée.

La voix de Cameron parvint de nouveau à Rafe. Il lui donnait des instructions.

— Prends les journaux que j'ai mis dans le sac à dos, et dispose-les sous Rhianna. Mets-en aussi par terre. Sors tout ce qu'il y a dans le sac.

Rafe obéit et sortit des couvertures, des lingettes, des serviettes, un peignoir et divers autres objets.

— Et maintenant, qu'est-ce que je fais ?

— Je veux pousser… Je peux ? hurla Rhianna assez fort pour que Cameron entende.

— Pas encore, dis-le-lui, Rafe ! Maintenant, lave-toi les mains avec de l'alcool à 90° et enfile des gants chirurgicaux. Tu vois la tête du bébé ?

— Attends ! Je ne peux pas tout faire à la fois ! Je vais mettre mon portable à l'oreille de Rhianna. Parle-lui, toi.

Rafe ne sut pas ce que son frère dit à la jeune femme, mais elle lui parut soudain plus calme. Pendant ce temps, il fit comme Cameron lui avait dit.

Il revint auprès de Rhianna.

— Le bébé est presque là…

— Pas possible ! haleta Rhianna qui lui donna un coup sans le vouloir tout en se contorsionnant de douleur.

Rafe reprit son cellulaire.

— Je vois la tête du bébé, Cam !

— Alors dis à Rhianna de pousser à la prochaine contraction…

— Pousse, Rhianna !

Elle cria. Son visage se crispa sous l'effort. Rafe se plaça entre ses jambes.

— Super, mon cœur, le bébé arrive. Pousse !

— Je n'en peux plus…

— Allons, chérie, encore une fois, l'encouragea-t-il.

— Je ne peux pas…

— Si ! Tu y es presque.

— Essaie de prendre la tête du bébé, Rafe, lui intima son frère. Doucement. Ne force surtout pas !

Rhianna se cabra. Rafe la maintint, et songea avec reconnaissance à l'expérience qu'il avait acquise en mettant bas des juments ou des vaches, et qui lui permettait de garder un semblant de calme. Pour autant, son cœur battait comme s'il allait exploser.

— Chérie, le bébé a besoin de toi… Je sais que tu es fatiguée, mais tu le tiendras bientôt contre toi. Pousse !

Rhianna poussa. Le bébé glissa dans les mains de Rafe et poussa son premier cri.

— Je l'ai !

— Essuie son nez et sa bouche, lui ordonna Cam, toujours avec calme. N'essaie pas de couper le cordon ombilical. Noue-le.

Rafe obéit, les mains tremblantes à l'idée du miracle qu'il venait de vivre…

Les larmes lui montèrent aux yeux. Il essuya doucement le nourrisson et l'enveloppa dans une serviette, puis il le plaça sur le ventre de Rhianna.

— Tu as réussi, chérie. Nous avons une belle petite fille.

7

Deux jours plus tard, Rhianna avait repris assez de force pour se lever et faire quelques pas dans la chambre qu'elle occupait chez Rafe, mais ce dernier insista pour qu'elle garde le lit. Il n'avait pourtant plus aucune inquiétude à se faire sur sa santé. Le gynécologue les avait tous deux félicités de leurs efforts conjugués pour mettre Allison Joanne au monde.

Rhianna sourit à sa fille et forma le vœu impossible de la garder dans ses bras jusqu'à ce qu'elle ait l'âge d'aller au jardin d'enfants. Elle aimait l'odeur de talc et de shampoing pour bébé. Elle était émerveillée par ses joues roses, rondes et satinées, ses yeux bleus aux longs cils.

Nichée contre Rhianna, Allison suçait son pouce. Elle regardait sa mère avec curiosité et contentement. Elle était venue au monde dans des circonstances dramatiques, mais ne semblait pas en garder souvenir. C'était un bébé calme.

Rhianna ressentait un amour absolu envers sa fille, qu'elle était prête à protéger au péril de sa vie. Elle avait toujours su qu'elle aimerait son enfant, mais c'est seulement maintenant qu'elle mesurait l'intensité de ce lien filial, unique et inexprimable.

Rafe entra dans sa chambre. Son regard s'emplit de fierté quand il se posa sur sa fille.

— Laura nous donne encore des affaires pour bébé !

On leur avait déjà donné un berceau, une chaise haute, une poussette, un siège auto, un parc à jouets et une table à changer. Leurs deux familles les avaient décidément comblés. La chambre était tellement encombrée par les jouets et le mobilier pour bébé que Rafe dut se frayer un chemin jusqu'au lit.

— Je ne peux pas en accepter davantage ! protesta la jeune femme.

— Mais si !

Rafe embrassa Rhianna, puis Allison.

— Notre fille est une vraie beauté... Je peux la prendre ?

— Seulement si tu me dis la vérité sur la situation actuelle.

— Que veux-tu dire ?

Il avait très bien compris, mais refusait toujours de lui parler de son enlèvement et des conditions de sa libération.

Il serra Allison contre lui avec une aisance qui troubla Rhianna. Pourquoi ne faisait-il pas partie de ces hommes qui étaient gauches avec les bébés ? Pourquoi son regard et sa voix s'adoucissaient autant chaque fois qu'il berçait la petite fille ?

— La police a-t-elle retrouvé les ravisseurs ? insista-t-elle.

Depuis la naissance de sa fille, elle était impatiente de tourner la page et de retourner chez ses parents. De plus, en deux jours, Rafe s'était déjà beaucoup attaché à sa fille, et cela l'inquiétait. Allison semblait également sensible à son père, qui ne pouvait rester plus d'une heure sans la voir...

— Bonne petite ! dit-il. Ton oncle Cam dit que c'est un bon exercice de sucer ton pouce.

— Mais elle va avoir les dents de travers !

— Elle n'a pas encore de dents !

Rhianna lui tendit la tétine.

— Tu crois qu'elle va l'accepter ? Moi, je n'ai pas eu de chance…

Allison tourna la tête.

— Aussi têtue que sa mère ! s'exclama Rafe.

— Elle évite ce qui l'ennuie, comme son père, renchérit Rhianna. Ecoute-moi, Rafe, ça n'est pas parce que je viens d'accoucher que mon cerveau s'est ramolli. Est-ce qu'on a trouvé des indices ?

— Pas encore… Le shérif Demory aimerait t'interroger, au cas où tu te souviendrais d'un détail que tu aurais oublié de mentionner…

Rhianna soupira, frustrée.

— Je n'ai rien vu. Personne ne m'a parlé…

— Je te jure que nous retrouverons ton ravisseur quand même.

Oui, mais quand ?

— Et la rançon ? continua Rhianna. J'ai entendu les jumeaux dire que tu avais placé une balise dans des sacs pour pouvoir traquer les méchants, comme ils les appellent.

— On a retrouvé les sacs vides non loin de la voie de chemin de fer. Nouvelle impasse…

— Et Janet et Hal Stone… ? J'ai tout de même été séquestrée dans leur chalet, sur leurs terres ! Et ils ont aussi acheté une bague chez Biddle and Baines. Ça fait trop de coïncidences…

Rafe prit la brosse pour bébé sur la commode et coiffa les courts cheveux roux d'Allison.

— Les Stone ont un alibi : ils étaient à Denver au moment de ton enlèvement, et ils ont des témoins à la réputation irréprochable.

— Mais ils ont peut-être payé quelqu'un pour faire le sale boulot ? insista Rhianna.

— Possible. Mais quel serait leur mobile ?

— La rançon ? L'argent ?

— Les Stone sont immensément riches ! Au fait, j'ai interrogé Janet sur l'écrin de Biddle and Baines.

— Conclusions ?

— Elle prétend qu'elle ne les garde jamais.

Malgré son chaud peignoir et ses couvertures, Rhianna se sentit parcourue par un long frisson.

— Si je comprends bien, nous n'avons toujours aucune piste…

— Ne te fais pas de souci, ici au moins, tu seras en sécurité.

Rafe contempla sa fille. Rhianna surprit une lueur d'inquiétude dans son regard.

— Les ouvriers agricoles surveillent les pourtours du ranch. Le shérif est sur le qui-vive et Joe Brown enquête toujours.

C'était la vérité, et Rhianna passa à un autre sujet.

— Laura m'a aussi raconté que la famille avait été obligée d'hypothéquer les terres du ranch pour payer la rançon. C'est vrai ?

Rafe soupira.

— J'aime la discrétion dont fait preuve ma belle-sœur.

Rhianna ne comprenait pas pourquoi Rafe voulait autant la protéger. Elle préférait avoir une vision d'ensemble de la situation, si sombre soit-elle, plutôt que de rester dans l'ignorance.

Mais elle ne lui fit aucun reproche, parce qu'il avait tant fait pour elle… Il l'avait aidée à mettre leur enfant au monde… Sans sa présence providentielle, sans ses paroles d'encouragement, elle aurait vécu la fin de son accouchement dans une terreur sans nom. Depuis que tout était fini, Rafe était aimant avec elle, mais elle se faisait sans doute des illusions…

Il avait agi pour le bien de leur fille, elle ne devait surtout pas l'oublier et se monter la tête…

— Les jumeaux sont adorables, reprit-elle pour changer de conversation. Et tellement intelligents ! Rappelle-moi de les remercier d'avoir assemblé le tricycle que Tyler a acheté pour Allison.

— Qui a donné des outils à mes garçons ? demanda Cam en entrant au même instant.

Il sourit à Rhianna.

— Et toi, comment te sens-tu, ma belle ?

— Je vais bien, mais Rafe insiste pour que je garde le lit, dit-elle doucement.

Elle aimait beaucoup le frère de Rafe, qui avait réussi à la calmer au moment le plus difficile de son accouchement. Le docteur Cameron Sutton était rassurant. Elle aurait aimé avoir un frère comme lui.

— Le tricycle et les outils étaient ensemble, intervint Tyler qui entra en claudiquant.

Rhianna sourit au frère aîné de Rafe, homme digne et généreux qu'elle aimait également beaucoup.

— Ils ont rendu le marteau et le tournevis ? demanda Cam, sourcils froncés.

Sa question troubla Tyler.

— Mais je ne vois pas ce qu'ils peuvent… ?

— Ne te fais donc pas de souci ! dit Rafe à Cam en souriant, mon bureau est fermé à clé. Mon ordinateur ne risque rien !

Un craquement dans les escaliers, suivi par la voix forte de Chase, les firent tout à coup sursauter. Apparemment, ce dernier faisait la leçon aux jumeaux

— Mais vous êtes en train de forcer la serrure ou je rêve ?

— On te jure qu'on va la réparer, oncle Chase, répondirent les jumeaux en chœur. Oncle Rafe avait fermé son bureau à clé et on voulait prouver qu'on pouvait y entrer !

Cam quitta la chambre, imperturbable.

— Il vaut mieux que j'aille constater les dégâts par moi-même.

— Super, Cam, je t'enverrai la facture des réparations, déclara Rafe.

Là-dessus, Tyler tendit les bras vers Allison, que Rafe lui céda à contrecœur. Rhianna sourit. Elle avait confiance en Tyler. Bien que célibataire, il avait l'habitude des enfants, grâce à ses neveux, et aimait vraiment les tout-petits. Il retira doucement le pouce d'Allison de sa bouche et y introduisit la tétine.

— Enfin une petite fille dans la famille Sutton…

Au même instant, Allison recracha la tétine. Surpris, Tyler recula tandis que le bébé se remettait à sucer son pouce.

Rhianna et Rafe éclatèrent de rire. Sur ces entrefaites, le sénateur entra dans la chambre en costume cravate, l'air grave, comme s'il sortait d'une importante réunion.

Sitôt que Tyler et Rafe remarquèrent l'expression solennelle de leur père, ils cessèrent de rire.

— Que se passe-t-il, papa ? demanda Rafe à la hâte.

Tyler rendit Allison à Rhianna. Sa fille la regarda avec une telle confiance que Rhianna l'aurait serrée dans ses bras dans un ardent élan de tendresse maternelle sans l'inquiétude que lui causait la mine du sénateur. Depuis sa libération, les Sutton avaient évité de l'ennuyer avec leurs soucis, mais le sénateur voulait manifestement la tenir avisée d'un fait nouveau, et à l'évidence, sérieux.

Elle se redressa et s'adossa à ses oreillers.

— Inutile de m'épargner les mauvaises nouvelles, je vous jure que je vais bien. Si je suis encore au lit, c'est à cause de Rafe qui me gâte trop…

Le sénateur lui prit la main, tout en regardant sa petite-fille avec une infinie tendresse.

— Tu mérites bien d'être chouchoutée, Rhianna, après les épreuves que tu as traversées.

Visiblement, le père de Rafe tergiversait : il cherchait à savoir si Rhianna était assez solide pour entendre les dernières nouvelles.

Rafe s'assit au chevet de la jeune femme.

— Rhianna est en forme.

— En vérité, ça n'est pas pour Rhianna que je me fais du souci…, dit le sénateur, qui lança un regard appuyé à son fils.

Il s'inquiétait pour Rafe ? Pourquoi ?

— Rhianna a un visiteur, en bas…

La jeune femme fronça les sourcils. Elle avait eu la visite de ses parents la veille, et leur avait téléphoné quelques heures plus tôt. Aux dernières nouvelles, tout allait bien au ranch McCloud.

Quant à ses amis, ils ne savaient même pas qu'elle se trouvait chez les Sutton. Qui avait retrouvé sa piste ? Et pourquoi le sénateur, d'habitude imperturbable, était-il aussi soucieux ?

Rafe se tendit, comme pour accuser le choc, puis une lueur métallique durcit son regard. Les épaules raides, il se leva.

— Qui est-ce ?

— Duncan Phillips…

Tyler, impressionné, siffla.

— Voulez-vous que je vous en débarrasse ?

— Mais comment a-t-il découvert que j'étais ici ? demanda Rhianna, étonnée.

Elle regarda Rafe qui n'eut pas le temps de lui dérober son inquiétude.

— Duncan est un homme plein de ressources. Tu veux le recevoir ?

— Pas vraiment, non…

Rafe et le sénateur échangèrent un regard. Rafe détourna le sien, incapable de répondre aux questions qu'il lisait dans celui de son père.

— La dernière fois que j'ai vu Duncan, j'avais été claire : je n'avais plus rien à lui dire, précisa Rhianna.

— Les hommes comme Duncan ne renoncent jamais, déclara le sénateur avec un calme qui contrastait avec son visage toujours inquiet.

Rafe haussa les épaules, comme si le problème était déjà résolu.

— Je vais le chasser de cette maison !

Mais Rhianna le retint.

— Et si je le recevais ?

— Pourquoi ?

— Et si c'était Duncan mon ravisseur ? S'il laissait échapper quelque chose qui nous aide à le coincer ?

— Je ne te laisserai pas seule avec lui ! protesta Rafe avec une énergie qui la réconforta. Et puis tu pourras l'affronter plus tard, lorsque tu seras prête…

Mais elle était prête ! Et bien décidée à tourner la page sur cette histoire. Elle avait besoin d'avancer, elle voulait enfin la sécurité et la tranquillité pour elle et sa fille.

Le sénateur et Tyler sortirent de la chambre. Un instant plus tard, Duncan entra. Il s'approcha du lit, emprunté, et posa un bouquet de roses blanches sur sa table de nuit. Rhianna berçait sa fille, rassurée par la présence de Rafe. Elle ne disait mot. A Duncan de prendre la parole le premier.

Quand il s'adressa d'abord à Rafe, elle n'en fut pas surprise. Un autre l'aurait interrogée sur le bébé ou l'aurait félicitée, mais Duncan ne s'encombrait pas de ce genre de politesses.

— Puis-je parler à Rhianna en privé ? demanda-t-il.

Rafe croisa les bras.

— Je crains que ça ne soit pas possible.

En homme d'affaires aguerri, Duncan savait évaluer ses adversaires, et il comprit qu'il ne convaincrait pas Rafe de quitter la chambre.

Il se résigna donc et essaya plutôt de tirer parti de la situation.

— Bien sûr, je comprends…

Il tourna le dos à Rafe et continua à l'adresse de Rhianna :

— Je suis désolé que nous nous soyons disputés…

— Nous ne nous sommes pas seulement disputés, Duncan, tu m'as humiliée en me traitant de voleuse devant ma famille et tous mes amis.

— J'étais en colère. Le soir de cette fête, tu m'as ignorée : tu n'avais d'yeux que pour Rafe !

Avait-elle été si transparente, ce soir-là ? Duncan l'avait-il provoquée et accusée par jalousie ? Leur histoire était déjà finie depuis belle lurette, à cette époque !

Mais Duncan était peut-être de ces hommes qui ne renoncent jamais…, se dit-elle, se souvenant soudain des paroles du sénateur. Peut-être avait-il cru qu'elle le manipulait ? Habitué à la réussite, avait-il été humilié de son refus de l'épouser ? N'avait-il pas compris que son refus était définitif ?

Tout à coup, il s'agenouilla devant elle. Il sortit de sa poche un écrin de chez Biddle and Baines, l'ouvrit, et le gros diamant qu'il lui avait proposé la première fois qu'il l'avait demandée en mariage étincela devant ses yeux.

— Epouse-moi, Rhianna. Je t'aime.

— Je suis désolée, Duncan, déclara la jeune femme en regardant Allison, mais j'ai une fille maintenant.

— Je l'adopterai. Nous lui trouverons une nourrice. Nous l'enverrons dans les meilleurs pensionnats ! Nous n'avons pas besoin d'elle pour être heureux !

— Tu oublies que tu parles de ma fille, intervint Rafe d'une voix dure.

— J'offre à Rhianna plus que tu ne pourras jamais lui offrir, reprit Duncan d'un ton étonnamment mesuré. Je l'épouserai, je reconnaîtrai l'enfant. Je lui donnerai aussi mon nom…

— Impossible : elle s'appelle déjà Sutton ! coupa Rafe. Allison Joanna Sutton.

— *Sutton !* s'exclama Rhianna, surprise.

C'est Rafe qui avait déclaré la naissance, pendant que le médecin l'examinait à l'hôpital. Il avait donc pris la liberté de l'appeler Sutton ? Il savait pourtant qu'elle voulait l'appeler Allison Joanna *McCloud.*

— Comment as-tu osé agir à l'encontre de mes désirs, Rafe ? s'exclama-t-elle, soudain prise de colère.

— C'est *ma* fille ! objecta Rafe d'un ton de défi.

— Mais…

— Peu importe, reprit Duncan, ce bébé pourra porter un autre nom.

Comment ça, « ce bébé » ? Sa condescendance déplut à Rhianna autant que l'impudence de Rafe.

Ah, les hommes ! Elle était furieuse contre eux deux.

Mais elle n'eut pas le temps de riposter que déjà, Duncan se levait et reprenait à l'adresse de Rafe :

— Le juge Stewart m'a appris que vous aviez hypothéqué

vos terres. Si vous ne pouvez le rembourser, et payer les échéances, vous allez perdre tout ce que vous possédez.

— Nous paierons, martela Rafe avec fermeté.

— Possible, mais pourquoi lutter ? Si Rhianna accepte de m'épouser, je paierais toutes vos dettes. Disons que ce sera sa dot…

— Les Sutton paient toujours leurs dettes, déclara Rafe d'une voix fière.

Cette fois, Duncan l'ignora et tourna les yeux sur Rhianna.

— Tu veux que les Sutton perdent leurs terres à cause de toi ? Epouse-moi et leur cauchemar sera fini.

Rhianna n'appréciait pas les menaces voilées de Duncan. Elle n'aimait pas non plus son attitude doucereuse mais dangereuse. Elle découvrait là une facette de sa personnalité qu'elle n'avait jamais remarquée jusqu'à présent. Duncan arrivait avec un diamant et des roses, et il la demandait de nouveau en mariage contre la promesse d'éponger les dettes des Sutton. Pourquoi ? Duncan ne l'aimait pas. Ou plutôt, il n'aimait pas perdre, se dit-elle, soudain glacée. Un homme aussi calculateur était incapable d'aimer.

Elle ne l'épouserait pas ! Mais… ne lui avait-il pas révélé que les Sutton ne pourraient rembourser l'hypothèque ? Son refus signifiait donc la ruine définitive des Sutton…

Duncan prit sa main. Rhianna la lui abandonna, impavide.

— Je te donne un mois pour réfléchir, Rhianna.

Elle ne répondit pas, elle ne pouvait pas parler. Sa gorge était étranglée par la colère et l'impuissance.

Rafe s'approcha. Il referma l'écrin et le mit dans la poche de la veste de Duncan.

— Ta visite se prolonge de façon indécente. Si tu me disais plutôt d'où vient cet écrin ?

— J'en ai commandé un pour remplacer celui que j'ai détruit.

Duncan ouvrit la porte. Avant de sortir, il se retourna.

— A bientôt, Rhianna…

Deux semaines plus tard, Rhianna était entièrement rétablie de son accouchement et avait même presque retrouvé sa ligne. Certes, ses chemises étaient encore un peu trop étroites et son ventre encore rond et moins ferme qu'avant, mais elle s'en moquait. Son bonheur, c'était sa fille…

Allison reconnaissait la voix de son père : elle tournait la tête en l'entendant. Elle observait son entourage avec curiosité. Et ses yeux bleus semblaient virer au gris : c'était bien une Sutton !

Rhianna aimait se promener avec elle dans un porte-bébé, sans jamais trop s'éloigner de la maison de Rafe. Elle n'allait jamais plus loin que l'écurie, par simple prudence.

Lors de sa visite, Duncan ne l'avait pas menacée, mais elle ne lui faisait pas confiance pour autant. Il lui avait fait du chantage en lui offrant d'éponger les dettes des Sutton contre leur mariage. Mais elle n'appartenait à personne et refusait d'être l'enjeu d'un marché aussi trivial.

Elle était reconnaissante à Rafe de n'avoir plus reparlé de la proposition de Duncan. Et pourtant, il se faisait du souci pour le remboursement de l'hypothèque. Elle l'avait entendu en parler avec Tyler, et savait qu'ils projetaient de faire le grand rassemblement du bétail plus tôt que prévu. Ils avaient également évoqué le prix du bœuf et la vente d'une collection de tableaux.

Rhianna culpabilisait parce que les Sutton faisaient face

à de graves difficultés financières à cause d'elle, et qu'ils pouvaient perdre leurs terres et tous leurs biens.

Les frères de Rafe et leurs épouses l'avaient acceptée dans le clan parce qu'elle était la mère de la fille de Rafe. Qu'ils ne soient pas mariés semblait sans importance. Rhianna leur était reconnaissante de leur générosité et les admirait. Elle aurait voulu les aider. Mais comment ?

Elle berça Allison tout en se dirigeant vers l'écurie.

Elle entra, humant avec plaisir la bonne odeur de foin frais, du grain et de la paille. L'écurie des McCloud était si sombre que Rhianna devait toujours attendre avant que ses yeux s'habituent à la pénombre, mais celle des Sutton laissait entrer le soleil à flot grâce à ses hautes fenêtres. Non loin de là, elle vit Rafe qui s'entretenait avec un couple.

Rhianna s'approcha, flattant des chevaux qui levaient un museau curieux sur son passage. Elle admira un bel alezan, une jument à la robe acajou qui venait d'être étrillée. Un magnifique cheval gris avec une tache blanche sur le front nicha sa tête contre son épaule quand elle le caressa. Elle le gratta entre les oreilles, puis se dirigea vers Rafe.

Allison leva la tête en entendant la voix de son père. Rafe prétendait qu'elle souriait dès qu'elle le voyait, mais Rhianna se moquait de lui.

Rafe s'entretenait avec Janet et Hal Stone. Toujours élégante, Janet portait un jean griffé et une veste rouge écarlate qui s'harmonisait avec ses santiags en crocodile. Hal était habillé plus simplement, d'une chemise noire à frange argentée et d'un jean sombre.

Janet sourit largement à Rhianna et Allison.

— Regardez-moi cette belle petite fille ! s'exclama-t-elle. Puis-je la tenir ?

Rhianna la regarda, perplexe.

— Je viens de lui donner le biberon, elle peut régurgiter…

Janet prit Allison :

— Tant pis, j'adore les bébés ! roucoula-t-elle.

Hal leva les yeux au ciel et Rafe sourit fièrement.

— Je lui cherche un poney…, avoua-t-il.

— Elle n'est même pas encore capable de s'asseoir ! protesta Rhianna.

— Mais elle aime les chevaux ! objecta Rafe. Tu as vu comme elle regarde ce cheval pie ?

— Elle regarde tout ce qui bouge ! expliqua Rhianna, qui refusait d'admettre que sa fille avait déjà des affinités avec les chevaux.

Les deux couples longèrent les box des yearlings, les premiers chevaux que Rafe avait élevés pour établir la réputation des Sutton. Un poulain noir aux yeux intelligents et aux longues jambes fines allongea la tête.

Hal s'arrêta et posa le pied sur le rail pour le contempler.

— Voilà un beau poulain. Qu'en penses-tu, Janet ?

Rhianna adressa un regard troublé à Rafe, puis à Hal. Ce dernier parlait comme s'il voulait acheter, et Rafe ne protestait pas. Elle savait pourtant que Rafe n'envisageait pas de vendre ses poulains. Pourquoi n'interrogeait-il pas plutôt Hal et Janet sur son enlèvement et sa séquestration dans leur chalet ? Que se passait-il ?

— Je pense surtout que nous avons besoin d'un bébé comme Allison, objecta Janet sans un regard pour le poulain.

Elle sourit à Allison. Le bébé, fasciné par sa crinière blonde, tendit ses menottes pour l'empoigner.

— Allons, Janet, un peu de sérieux ! insista Hal. Regarde-moi ce poulain noir. Toi, tu as l'œil pour les chevaux !

Puis il sourit à Rafe.

— C'est votre faute, Sutton ! Rhianna et le bébé distraient ma femme !

Mais Rafe paraissait ravi.

— Allison, c'est ma botte secrète ! Avec ses cheveux roux, elle sera aussi belle que sa mère.

Rhianna rougit du compliment, mais elle comprit vite que Rafe voulait surtout détourner son attention de l'affaire qui se concluait en ce moment.

— Tu vas vendre ce poulain noir ? lui demanda-t-elle.

— Si Hal veut l'acheter, oui, dit Rafe qui, du regard, la supplia de pas discuter.

Alors seulement elle comprit. Vendre des chevaux et des tableaux permettraient aux Sutton de payer la première mensualité de l'hypothèque.

Habituée à la richesse de Rafe, elle n'avait pas compris qu'il devait trouver de l'argent pour assurer les échéances. C'était à cause d'elle qu'il devait vendre…

Mais ses chevaux étaient la prunelle de ses yeux ! Ce magnifique poulain noir représentait tous ses efforts et des heures de travail. Malgré tout, Rafe en négociait le prix avec calme, comme s'il s'agissait d'une banale transaction.

Des larmes lui montèrent aux yeux alors qu'elle prenait pleinement conscience de la situation. Le montant des mensualités devait être exorbitant… De la fenêtre de sa chambre, elle avait vu Tyler embaucher des ouvriers agricoles en prévision du grand rassemblement de bétail. Bétail et chevaux seraient vendus pour rembourser l'hypothèque. Les Sutton avaient besoin de liquidités. Tout ça, parce que Rafe avait payé sa rançon…

Une fois la vente du poulain conclue et les Stone partis, Rhianna revint à la maison avec Rafe. Il perçut sa tristesse et l'enlaça.

— Ça va aller, Rhianna… J'allais vendre ce poulain, de toute façon. C'est arrivé plus tôt que prévu, c'est tout…

— Je suis désolée…

— Ça n'est pas ta faute.

— Mais…

— Ça ira. Hal peut m'en acheter encore un ou deux…

Rhianna soupira, émue par son courage.

— Tes problèmes profitent aux Stone…

— Ce sont les affaires…

— Tu crois ? demanda Rhianna, malade de culpabilité.

Si Rafe devait vendre ses chevaux pour payer les mensualités, les McCloud devaient l'aider. L'idée de vendre Sweetness brisait le cœur de Rhianna, mais elle décida d'en toucher deux mots à son père.

8

Allison avait maintenant six semaines et les Sutton avaient versé leur première mensualité au juge Stewart grâce à la vente du poulain de Rafe.

Celui-ci avait plutôt bien supporté cette vente obligée, soutenu par la présence lumineuse de Rhianna et d'Allison, toujours chez lui.

Rhianna n'était qu'amour quand elle contemplait sa fille. Rafe aurait aimé qu'elle lui adresse un tel regard, mais leurs relations étaient devenues polies et courtoises. Ils se comportaient en parfaits étrangers. A croire qu'ils n'avaient jamais été amants… Rafe n'avait pas encore trouvé le courage de délaisser les conversations banales pour une vraie discussion parce qu'il redoutait une dispute, ou pire, le départ précipité de Rhianna et d'Allison.

Certes, tôt ou tard, Rhianna finirait par rentrer chez ses parents, mais il n'aimait pas y penser. En tout cas, pour l'instant, elle semblait être heureuse chez lui. Il s'en réjouissait, mais répugnait à aborder l'avenir de leurs relations.

Rhianna était ouverte, spontanée et chaleureuse avec tous les autres membres de la famille, mais avec lui, elle cherchait ses mots et maîtrisait sa spontanéité et sa nature excessive.

Elle était désormais complètement remise de son accouchement. Rafe aurait volontiers affirmé que la vie était redevenue comme avant, mais la naissance de sa fille l'avait profondément remué et cet afflux d'émotions l'angoissait.

Parfois, il pensait à la famille qu'ils pourraient former, tous les trois. Son attachement pour Rhianna, né de la nuit où ils avaient conçu Allison, se renforçait au fil des jours. La naissance de la petite fille avait cimenté ce lien. Un lien que le mariage, finalement, légaliserait…

Pendant que Rhianna marchait à ses côtés, le bébé niché contre elle, Rafe pensait que les relations humaines étaient sans cesse en devenir : elles se faisaient, se défaisaient ou fusionnaient… Et s'il ne prenait pas les décisions qui s'imposaient pour eux deux, il perdrait Rhianna et Allison. Il aurait tellement aimé les serrer dans ses bras, leur dire ce qu'il ressentait, mais il ne trouvait pas les mots pour exprimer ses sentiments… Il était trop agité pour réfléchir.

Il avait l'intuition que Rhianna attendait qu'il évoque leur avenir. Mais il en était incapable : fonder une famille avec elle lui causait une peur aussi irrationnelle qu'inexplicable. Il avait toujours eu la certitude qu'il resterait célibataire, pas parce qu'il redoutait de s'engager, mais parce qu'il ne l'avait jamais envisagé.

Dans l'état actuel des choses, l'idée de partager sa vie avec Rhianna et Allison lui plaisait, mais sa vie libre et sans attaches lui plaisait aussi…

Rhianna semblait pour l'instant se satisfaire de ce statu quo, mais ça ne durerait pas. Quand tout danger serait écarté, elle partirait avec Allison et il ne pourrait pas l'en empêcher…

Le temps était donc venu de lui parler, de lui faire certains aveux, mais il ne savait par où commencer…

Une fois à l'écurie, il sella les chevaux et demanda au

cuisinier de préparer un panier de pique-nique. Une fois qu'ils partiraient en balade à cheval, il aurait le déclic et laisserait enfin parler son cœur.

Rhianna avait deviné qu'il était préoccupé, car elle lui adressa plusieurs regards pensifs, sans toutefois l'interroger. Rafe lui fit la courte échelle pour l'aider à monter à cheval. Elle se hissa sur sa selle sans effort et même avec élégance. Allison suçait son pouce et regardait autour d'elle depuis son porte-bébé.

— Les étriers sont bien réglés ? demanda ensuite Rafe.

Rhianna testa leur longueur et opina du chef.

— Comme c'est bon d'être de nouveau à cheval !

Rafe photographia Rhianna et Allison. Cet hiver, quand il en aurait le temps, il classerait ces souvenirs dans un album…

— La première photo d'Allison lors de sa première sortie à cheval !

— Et avec son premier sourire…

— Tiens, tu disais que c'était les gaz !

Rhianna enroula une boucle de ses cheveux autour de son index. Un bref sourire étira ses lèvres.

— Je me suis peut-être trompée, qui sait ?

Quand ils sortirent de l'écurie, les cheveux de Rhianna prirent une belle teinte rouge cuivrée. Elle ajusta le chapeau d'Allison pour bien la protéger du soleil, et offrit quant à elle son visage à la chaleur et à la lumière.

— Je ne suis pas assez sortie, ces dernières semaines…

Rafe pouvait la laisser parler de ce beau printemps, sujet sans risque, ou il pouvait orienter la conversation vers un thème plus délicat. Après avoir parcouru les verts pâturages où paissait le bétail, il chercha la meilleure façon d'amorcer une discussion qu'il souhaitait et redoutait tout à la fois. Il hésitait encore : il craignait que ses aveux ne détruisent la confiance que Rhianna commençait à lui accorder.

Elle lui lança soudain un regard en biais.

— Alors ?

— Alors quoi ?

— Quelque chose te turlupine. Je le vois bien.

— Tu lis dans mes pensées maintenant ?

— Arrête de tourner autour du pot, et jette-toi à l'eau ! insista-t-elle. Ma vie n'est plus en danger, alors si tu as hâte de te débarrasser de nous, dis-le et nous rentrerons chez mes parents. Alors ? Veux-tu que nous partions, oui ou non ?

Il secoua la tête, se demandant d'où lui était venue une idée pareille.

— Je crains surtout que tu ne partes quand je t'aurais parlé.

— Tu veux donc que nous restions au ranch ?

— Bien sûr !

Rafe se demandait pourquoi elle semblait tellement persuadée du contraire. Peut-être avait-il été distant ou trop froid avec elle ?

— Rafe ? Tu vas parler oui ou non ?

— Ce que j'ai à te dire va te déplaire…

Elle haussa les épaules.

— La vie est loin d'être parfaite…

— Tu te souviens du jour de la fête ? commença-t-il avec hésitation.

— Comment pourrais-je l'oublier ? murmura Rhianna en regardant tendrement Allison.

— Nous avons passé la nuit ensemble, puis nous nous sommes séparés.

— Par ta faute : tu ne m'as pas téléphoné une seule fois…

— C'est parce que nous étions trop bien ensemble, confessa Rafe tout à trac.

Rhianna acquiesça, mais resta silencieuse, comme si elle soupesait l'importance de son aveu. Puis elle arrêta sa monture.

— Tu ne voulais pas t'engager…

Il évita son regard, descendit de sa monture et l'aida à descendre de la sienne.

— En effet. Je voulais t'oublier, Rhianna…

— Et ça n'a pas été facile ?

Cette fois, il ne put éviter son regard intrigué.

— Ce fut impossible…

— Pourtant, tu ne m'as ni téléphoné ni rendu visite…

— Parce que je pensais que j'arriverais à t'oublier…

— Vraiment ? demanda-t-elle, visiblement perplexe.

Il se jeta bravement à l'eau :

— Huit mois et demi plus tard, Daniel m'a téléphoné…

— Et tu es venu à Denver pour m'aider.

— Ce que tu ne sais pas, c'est que ton père a proposé de me vendre Sweetness en échange de mon aide.

La réaction de Rhianna ne se fit pas attendre.

— Quoi ?

Rafe savait que Sweetness concentrait tous les espoirs de prospérité et d'indépendance financière des McCloud. Ils rêvaient d'ouvrir leur propre écurie qui serait soutenue par ce magnifique poulain.

— Je n'ai pas accepté ! la rassura Rafe.

— J'entends un « mais »…, dit-elle en serrant son bébé dans ses bras, comme pour le protéger de son propre père.

— Mais… Daniel pense que je lui ai donné mon accord pour acheter Sweetness…

Rhianna le dévisagea bouche bée, troublée et en colère.

— Sans doute parce que telle est ton intention !

— Ton père a sa fierté, Rhianna. Il ne voulait pas me demander mon aide sans offrir quelque chose en contrepartie, confia-t-il, honteux de l'avoir blessée et regrettant de n'avoir pu lui épargner cette conversation.

Conscient de la tension entre ses parents, Allison se mit à pleurer. Rafe allait prendre le bébé quand Rhianna recula.

— Laisse-nous !

— Daniel n'aurait jamais accepté que je t'aide si je ne lui avais pas laissé l'illusion que j'achèterais le poulain ! plaida de nouveau Rafe, certain que son excuse ne valait rien aux yeux de Rhianna.

— Sais-tu ce que ce poulain signifie pour lui ?

Elle ne le laissa pas répondre et reprit vivement :

— Toute sa vie, mon père a élevé de bons reproducteurs, se levant parfois à 3 heures du matin pour soigner les chevaux malades, les entraînant par les hivers glacials. Souvent, l'écurie était plus chaude que notre propre maison, c'est dire ! Et puis un jour, j'ai gagné une jument dans un rodéo. Je voulais la vendre, mais papa a insisté pour que nous l'utilisions pour la reproduction. Ce fut un coup de chance incroyable qu'elle ait été en chaleur le jour où je me suis rendue chez Duncan Phillips ! Mon père n'aurait jamais pu s'offrir une saillie de l'étalon champion de Duncan, mais nous ne sommes pas non plus des voleurs ! Nous ne sommes pas riches, mais nous ne volons pas. Et nous n'exigeons rien de nos amis quand ils sont dans la détresse !

Rafe en avait assez entendu. Il n'était pas fier d'avoir abusé Daniel, mais il n'était pas non plus seul responsable de la situation.

— Ecoute-moi bien, Rhianna, je ne suis pas parfait, mais je n'accable jamais un ami en difficulté ! Dans mon esprit, ma décision était prise dès que j'ai su que tu avais des problèmes.

— C'est ce que tu prétends !

— Le poulain n'est jamais entré en ligne de compte ! Tu portais mon enfant, je devais t'aider !

— Tu m'as aidée *par obligation* !

Elle avait prononcé ces mots avec un mépris visible.

— Au début, oui..., convint-il, déconcerté. Je pensais que je te le devais...

— Mais tu as payé le ravisseur... Ta dette envers moi est donc annulée..., reprit-elle, soudain calmée. Débrouille-toi avec papa, pour Sweetness. Inutile de culpabiliser, Rafe. Je surmonterai... Je te pardonne.

Rhianna ne se laissait jamais aveugler par la colère. C'était l'une de ses plus grandes qualités.

— Ça n'est pas fini..., reprit Rafe. Quand ton père est venu voir Allison, nous avons conclu un arrangement.

— Ah ? Bizarre, il ne m'en a pas soufflé mot.

— Parce que je le lui ai demandé.

— Alors ?

— Nous sommes partenaires pour Sweetness.

— Vraiment ?

— Ton père pense que ce partenariat est un arrangement honnête puisque notre famille a hypothéqué ses terres pour payer ta rançon. Tes parents vont venir vivre ici. Sweetness restera au ranch Sutton. Nous l'entraînerons ensemble. Nous le ferons courir ensemble...

Rhianna blêmit.

— C'est génial, Rafe. Parfait..., prononça-t-elle d'une voix blanche.

Elle n'était donc pas contente de ce nouvel arrangement ? Pourquoi ? Aurait-il fait une nouvelle gaffe ? Mais quand ? Comment ?

Rhianna s'approcha des chevaux, sans toucher au pique-nique. Rafe la vit essuyer rageusement quelques larmes.

Elle berça ensuite Allison en regardant la ligne d'horizon, droit devant elle.

— Rhianna… ? Je me suis peut-être mal expliqué ?

— Oh non, pas du tout. Je ne suis pas en colère.

Pourtant, quelque chose n'allait pas… Rafe ne comprenait pas pourquoi sa colère s'était muée en cette froide réserve. Et puis pourquoi pleurait-elle ?

— Ce partenariat va permettre à ton père de respirer un peu sur le plan financier, insista-t-il.

— C'est un fait.

— Et quand Sweetness gagnera le derby, la moitié des gains suffira à Daniel pour…

Il s'interrompit à la vue de son visage toujours fermé.

— Ça n'est pas Sweetness qui te met dans cet état, n'est-ce pas Rhianna ? Dis-moi ce qui ne va pas.

— C'est notre première vraie conversation depuis la naissance d'Allison… Et maintenant, je me demande si tu envisages de partager Allison comme tu partages les chevaux.

— Nous trouverons une solution !

Le regard de Rhianna étincela de colère.

— Comme le jour où tu as donné ton nom à Allison ?

Elle lui en tenait donc toujours rancune ! Rafe, enfin éclairé, hésita avant de répondre et de me mettre le feu aux poudres. Mais il se jeta quand même à l'eau.

— Allison est *ma* fille !

— Mais tu n'avais pas le droit de lui donner ton nom sans me consulter !

De distante, Rhianna devint glaciale et se confina dans un silence hostile. Rafe ne savait comment briser le mur qu'elle avait érigé entre eux.

Elle s'occupa ensuite d'Allison et l'ignora. Ce pique-nique était décidément un désastre…

Le beuglement des vaches attira soudain l'attention de Rafe. Soulagé de cette diversion qui l'éloignait de Rhianna, il alla vérifier que tout allait bien. Parfois, en effet, des vaches se piégeaient au fond d'un ravin ou dans un trou, ou se cassaient une patte et avaient besoin de secours. Mais il ne constata rien d'anormal. Les vaches semblaient tout simplement nerveuses…

Toujours perplexe, il revint auprès de Rhianna et du bébé. Les vaches s'effrayaient parfois de la présence d'un simple criquet, mais elles percevaient aussi ce que les hommes ne pouvaient voir.

— Sois prudente, Rhianna.

— Qu'est-ce qu'il y a encore ? demanda-t-elle avec lassitude.

Mais elle serra plus fort Allison dans ses bras.

— Je ne sais pas, justement.

Soudain, il surprit un éclat de lumière venant d'un bosquet situé non loin de là. Une observation plus précise lui permit d'apercevoir une silhouette, mais le bouquet d'arbres l'empêchait de bien voir.

— Attends-moi ici !

Il remonta à cheval, éperonna sa monture et galopa jusqu'au bosquet avant que l'individu n'ait le temps de filer. Mais à sa vue, l'homme baissa simplement ses jumelles sans chercher à fuir, ou à cacher le fait qu'il les épiait. Il ne parut pas non plus surpris que Rafe l'ait repéré. Il attendit qu'il soit descendu de sa monture pour toucher son chapeau et le saluer.

Rafe connaissait tous les ouvriers agricoles du ranch Sutton, mais celui-là avait dû être embauché pour le grand rassemblement de bétail organisé par Tyler.

Il s'approcha, la main tendue.

— Je ne crois pas que nous nous connaissons…

— Danny Bitmeyer, dit l'homme en lui serrant la main.

— Je me trompe ou vous nous épiez ? attaqua Rafe.

Danny ne put soutenir son regard.

— Non, monsieur, je rassemble le bétail égaré.

Certain qu'il mentait, Rafe regarda autour de lui. Il ne vit pas de vaches, en revanche, il remarqua la marque au fer sur le cheval de l'homme : celle du juge Stewart.

Bien qu'il vive la plupart du temps à Denver, le juge Stewart possédait un petit ranch à l'est de Highview. Danny avait peut-être acheté son cheval au juge et ensuite été embauché par les Sutton, mais Rafe trouvait étrange qu'il se cache dans un bosquet au lieu de parcourir les terres à découvert.

Il avait renoncé à compter le juge parmi les suspects depuis que le ravisseur lui avait transmis ses instructions en sa présence. Mais le juge avait peut-être eu un complice. Danny Bitmeyer ?

L'esprit occupé par ses déductions, Rafe revint auprès de Rhianna.

— Nous allons rendre une petite visite au juge Stewart…

Rhianna était distraite. Ses pensées revenaient sans cesse à la conversation consternante qu'elle venait d'avoir avec Rafe. Elle avait espéré un rapprochement au cours de ces dernières semaines, d'autant que Rafe était fou de sa fille.

Mais il la traitait avec respect et égards, sans jamais lui reprocher sa grossesse, son enlèvement ou la dette exorbitante qui pesait désormais sur sa famille par sa faute. Parfois, quand leurs regards se croisaient et qu'ils se souriaient, émus par leur fille, elle avait l'espoir que… mais non, très vite, Rafe se ressaisissait et se fermait.

Il menait une vie monacale ; il ne sortait jamais le soir faire la fête. Aucune femme ne l'appelait au ranch. La tension sexuelle qui avait autrefois sous-tendu leurs rapports avait complètement disparu, remplacée par un vide sidéral.

Rafe évitait de la toucher, de l'enlacer et ne l'embrassait jamais. Cette réserve lui portait sur les nerfs, mais d'un autre côté, elle était trop fière pour se jeter dans ses bras et mendier des miettes de sa tendresse.

Le côtoyer chaque jour, c'était comme subir le supplice de Tantale : mourir de soif à côté d'une source merveilleuse mais inaccessible. Plus Rafe était distant, plus Rhianna était avide de le toucher, le caresser et l'embrasser à en perdre haleine.

Elle se disputait souvent avec lui, mais ne restait jamais longtemps en colère : elle l'aimait trop pour le bouder.

Pourtant, elle ne se laisserait pas égarer par son amour pour lui… Si Rafe voulait qu'elle fasse partie de sa vie avec Allison, il devrait le lui dire franchement, sans agir par allusions — donner son nom à sa fille par exemple. Rhianna avait besoin qu'il mette des mots sur leur situation. Sa gentillesse ne lui suffisait pas.

Leur visite au juge était donc une distraction qui arrivait à point nommé pour dénouer la tension qui était revenue s'installer entre eux. Rhianna avait confié Allison à Laura, la belle-sœur de Rafe. Tandis que ce dernier franchissait l'imposant portail du juge, elle contempla la magnifique pelouse s'étalant devant la demeure haute de trois étages, de style colonial et dotée d'une entrée monumentale.

Elle admira aussi la fontaine de marbre, la statue qui surplombait les massifs d'arbres à la française et la dentelle de ferronnerie des balcons.

— On dirait la maison d'un gouverneur…

— Il y a plusieurs années, le juge a voulu devenir gouverneur et il a perdu contre mon père… Il en a plaisanté, disant qu'il n'avait peut-être pas gagné les élections mais qu'il vivait dans un endroit destiné à un gouverneur !

Rafe se gara et un majordome leur ouvrit.

— Monsieur, le juge vous recevra dans sa bibliothèque.

Rhianna s'attendait à voir une pièce remplie de livres, comme chez le sénateur, mais la bibliothèque du juge était en fait vide, garnie de grandes fenêtres qui donnaient sur les jardins à la française. Pas de tapis, seulement un carrelage froid. Sur le papier mural gris vert s'exhibaient des œuvres d'art contemporain.

— Entrez ! dit le juge en se levant à leur entrée. Puis-je vous offrir quelque chose à boire ?

Rafe lui serra la main.

— Non, merci. Nous ne resterons pas longtemps.

Le juge observa Rhianna.

— J'imagine que vous vous êtes remise de votre enlèvement, et le bébé aussi… ?

— Oui, merci, dit-elle doucement.

— C'est terrible… Vous ne pouvez imaginer les affaires que je juge chaque jour… Les criminels sont de plus en plus jeunes, et les crimes de plus en plus violents… Je suis content que vous soyez saine et sauve !

Rafe resta debout, les mains croisées derrière le dos. Rhianna et le juge prirent place devant le feu.

— Que me vaut votre visite ? reprit le juge. Vous voulez payer la mensualité plus tôt que prévu ?

— Vous l'aurez le jour dû, répondit Rafe en faisant tout à coup volte-face. Connaissez-vous un certain Danny Bitmeyer ?

Le juge croisa ses mains sur ses genoux avant de répondre.

— Peut-être, oui. Pourquoi ?

— Il possède un cheval avec votre marque. Mon frère l'a embauché pour le grand rassemblement du bétail.

— Oui et alors ?

— Je l'ai surpris en train de nous épier cet après-midi.

Le juge étrécit le regard.

— *Epier* ? Vous n'exagérez pas un peu ?

— Ce Danny travaille-t-il pour vous ? intervint Rhianna, qui se demandait si cet incident avait quelque chose à voir avec son ravisseur.

Mais peut-être avait-elle trop d'imagination…

— Je trouve sage de surveiller mes investissements, avoua le juge comme à regret.

Danny surveillait donc le bétail et les activités du ranch Sutton pour le compte du juge, tout en se faisant payer par les Sutton !

— J'ai besoin de l'argent que vous me devez pour ma campagne de réélection. Quand j'investis dans le marché boursier, je vérifie ses fluctuations avec mon agent de change tous les jours. Si j'investis dans la pierre, je veux être certain que mes locataires paient. Je trouve donc logique de surveiller le rassemblement du ranch Sutton. Si vous ne pouvez payer la prochaine mensualité, je me verrai obligé d'entreprendre une procédure.

— Rien dans l'acte de constitution d'hypothèque ne vous autorise à nous épier.

Le juge leva les mains, comme un innocent.

— Si mes habitudes en affaires vous mettent mal à l'aise, remboursez l'hypothèque et chacun ira son chemin.

Rafe croisa les bras.

— Il paraît que vous avez proposé à mon père de racheter le ranch, autrefois ?

— C'est vrai, reconnut le juge. J'ai d'ailleurs voulu racheter presque tous les gros ranchs de la région, ces vingt dernières années. Et alors ?

— Même le ranch des Stone ? demanda Rafe.

— Hal ne vendra jamais ! Il dit que Janet demanderait le divorce s'il vendait le ranch de son père.

Le juge n'avait pas directement répondu à la question de Rafe, mais il avait dû évoquer ses projets à Hal. Il avait peut-être même visité la propriété, et était donc au courant de l'existence du chalet.

Le juge avait-il organisé l'enlèvement de Rhianna, puis prêté l'argent de la rançon aux Sutton, en espérant qu'ils ne puissent jamais le rembourser, auquel cas le ranch Sutton lui reviendrait ? Il avait jugé assez d'affaires scabreuses pour élaborer un plan aussi machiavélique…

En était-il vraiment capable ?

9

Rafe et Rhianna firent une autre balade à cheval, plus agréable cette fois.

Certes, Rhianna n'avait plus reparlé de l'acte de naissance de sa fille, mais Rafe se sentait coupable d'avoir agi contre sa volonté.

Ils étaient parents dans les faits mais incapables de statuer sur leur rôle, et l'avenir était incertain… En contrepartie, Rafe s'efforçait de rendre le séjour de Rhianna et d'Allison au ranch agréable, mais malgré ses efforts, il sentait la jeune femme énervée et à bout de patience.

Il descendait de sa monture quand un journalier lui remit un message. Il aida Rhianna, qui tenait le bébé endormi, à descendre de la sienne et prit connaissance du message.

— Que se passe-t-il ? demanda Rhianna, inquiète.

— Karen, l'ex-femme du juge Stewart, a téléphoné.

— Et ?

Rafe ne voulait plus rien cacher à Rhianna, aussi parla-t-il sans hésiter :

— Elle veut que je la rappelle. Il paraît que c'est urgent.

Une fois que Rhianna eut couché Allison, Rafe appela

Karen. Il brancha le haut-parleur afin que Rhianna puisse suivre leur conversation.

— Vous m'avez demandé si l'un des mes écrins manquait, vous vous en souvenez ? demanda-t-elle d'une voix si basse que Rafe dut augmenter le volume.

L'un de ses écrins aurait donc disparu ? Une montée d'adrénaline fit battre le cœur de Rafe plus vite. Il commençait en effet à sérieusement soupçonner le juge d'être à l'origine de tous leurs problèmes, sans pour autant exclure Duncan, qui faisait également un suspect idéal.

Le juge Stewart, comme Duncan, avait été présent à la fête des McCloud, et il n'avait pu ignorer l'intérêt que Rafe portait à Rhianna. En homme perspicace, le juge avait sans doute vite compris que Rhianna était enceinte de Rafe. Il avait pu harceler la jeune femme dans le seul but qu'elle appelle le père de son enfant à la rescousse. Une fois ce but atteint, le juge avait pu organiser l'enlèvement, puis prêter l'argent de la rançon aux Sutton. La question était de savoir pourquoi. Pour faire main basse sur les terres Sutton ? Si tel était le cas, il ne réussirait pas : les Sutton effectueraient leurs remboursements mensuels jusqu'au dernier. Si jamais l'écrin de Karen avait disparu, les soupçons pèseraient davantage sur le juge.

— Je ne sais pas si ce détail est important, poursuivit Karen, mais on a échangé l'un de mes écrins.

— Echangé ? demanda Rafe sans comprendre.

Il regarda Rhianna qui secoua la tête, perplexe tout comme lui.

Elle se pencha et posa sa main sur son épaule pour mieux entendre ce que disait Karen. C'était la première fois qu'elle le touchait depuis qu'il lui avait confessé le marché qu'il avait passé avec Daniel. Lui avait-elle enfin pardonné ?

— Je suis allée à la banque et j'ai fait l'inventaire de mes bijoux, continua Karen. Chaque bague a son écrin, mais l'une d'entre elles se trouvait dans un écrin de conception plus ancienne.

— Vous en êtes certaine ?

— Absolument ! Je suis très méticuleuse en ce qui concerne mes bijoux, et je sais exactement ce que je possède. Les bijoux ont toujours été à mon nom : c'est mon bien propre et inaliénable, ma seule issue de secours en cas de problème conjugal. Le juge répugnait à m'acheter des bijoux, mais il aimait montrer qu'il était riche. Les hommes de son importance doivent être prodigues et couvrir leurs femmes de bijoux coûteux.

— Je comprends, dit Rafe.

Puis une pensée lui vint :

— Quand le juge a-t-il eu accès au coffre pour la dernière fois ?

— Il n'y a jamais eu accès ! L'échange d'écrin a sans doute eu lieu le jour où je portais cette bague.

— Vous souvenez-vous quand vous l'avez portée ?

— Non, hélas. Je n'avais rien remarqué jusqu'à ce que vous m'interrogiez… Je ne sais si cette découverte vous aide ?

— Je n'en sais encore rien… Mais j'apprécie que vous nous ayez avisé de ce détail. Merci.

Rafe raccrocha, découragé. Duncan, les Stone ou le juge pouvaient avoir envoyé l'écrin rempli de cendres à Rhianna. Duncan Phillips prétendait avoir détruit celui en sa possession et l'avoir remplacé avec un autre, flambant neuf, ce que la bijouterie avait confirmé. Janet ne gardait jamais les siens. Et l'ex-femme du juge affirmait qu'il lui en manquait un.

Qui avait organisé le harcèlement et le rapt de Rhianna ? Le juge Stewart, afin de s'approprier les terres des Sutton ? Duncan, pour obliger Rhianna à l'épouser ? Les Stone, pour mettre Rafe dans une situation financière précaire et le forcer à vendre des poulains qu'il n'aurait jamais vendus en d'autres circonstances ?

— J'ai l'impression que nous tournons en rond, soupira Rhianna. Je me demande si nous saurons un jour la vérité sur mon enlèvement...

Sans la crainte qu'elle le rejette, Rafe l'aurait serrée dans ses bras pour la rassurer.

— Le FBI n'a toujours aucune piste..., dit-il en contenant sa frustration. Au moins, les ravisseurs ont eu ce qu'ils voulaient : l'argent. Allison et toi, vous êtes en sécurité désormais.

Rhianna se massa les bras, tout en frissonnant.

— Alors pourquoi est-ce que je me sens en danger ? Pourquoi ai-je l'impression d'être sans cesse épiée ?

Rafe, vaincu par la détresse qu'il lisait dans son regard, se risqua à prendre sa main. Il la conduisit vers le sofa, mais Rhianna préféra se poster à la fenêtre où elle resta silencieuse. Ses épaules raides, son menton obstiné montraient qu'elle refusait de lâcher prise.

Combien de temps encore tiendrait-elle sans craquer ? Elle avait toujours été forte, mais se faisait désormais du souci pour deux : pour elle et son bébé. La sensation du danger qui planait sur elle l'éprouvait. Chaque fois qu'ils allaient en ville, elle regardait autour d'elle avec méfiance et angoisse. Rafe se demanda si elle retrouverait sa sérénité un jour. Soudain une idée lui vint.

— Si tu en as besoin, il y a un bon psychiatre à Highview.

Rhianna fit volte-face. La colère et la surprise se peignaient sur ses traits.

— Tu penses que je suis folle ? Dérangée ?

— Mais non ! Je suis certain que tes peurs sont fondées. Je parie que Danny Bitmeyer nous espionnait.

Comme elle le fixait toujours, sceptique, il s'approcha avec prudence.

— Je pensais seulement que tu te sentirais mieux si tu pouvais parler à un spécialiste…

— Je ne veux pas de psy, s'exclama-t-elle, furieuse, je veux…

Un coup violent frappé à la porte l'interrompit. Rhianna gagna aussitôt l'étage. Rafe l'aurait bien suivie sans la nécessité d'ouvrir à l'importun.

— Quoi encore ?

— Quel accueil ! Bonjour !

Son frère Chase entra et lui lança un regard entendu.

— Tu t'es disputé avec Rhianna ?

Rafe laissa échapper un soupir et tenta de se ressaisir.

— Comment le sais-tu ?

— Je connais ça !

Chase lui tapota l'épaule.

— N'oublie pas que je suis marié…

Répugnant à évoquer ses problèmes personnels, Rafe changea de sujet :

— Que se passe-t-il de si grave pour que tu défonces presque la porte ?

— Que se passe-t-il de si grave pour que tu sois aussi agité ? répondit Chase du tac au tac.

Vaincu, Rafe se laissa tomber sur une chaise.

— Je ne sais pas…

— Mon œil !

— Rhianna est en colère contre moi…

— Ça je l'avais déjà compris. La question est de savoir pourquoi.

— Je te dis que je n'en sais rien… !

Chase se dirigea vers la cave à liqueur et leur servit un verre de whisky.

— Tu dois bien avoir une petite idée…

— Non, justement ! dit Rafe en vidant son verre d'une traite.

— Prenons le problème autrement : quand as-tu dit à Rhianna pour la dernière fois que tu l'aimais ?

— Je ne le lui ai jamais dit…, grommela Rafe.

— Jamais ! s'exclama Chase qui posa son verre de whisky sans y avoir touché. Mon pauvre ami ! Les femmes ont besoin d'entendre des déclarations d'amour ! Faire l'amour ne suffit pas. Tu dois sans cesse lui dire que tu l'aimes !

Mais Rafe ne se risqua pas à dire à son frère qu'il n'avait fait l'amour qu'une fois avec Rhianna. Il prit le verre de Chase et but son whisky, espérant que l'alcool apaiserait son désarroi.

Chase secoua la tête.

— Tu as entendu ce que je viens de te dire ?

— Si je lui avoue mes sentiments, elle va penser que je veux l'épouser…

Cette fois, Chase le regarda bouche bée.

— Où est le problème ?

— Je ne veux pas me marier !

Rafe regarda son frère. Il se sentait complètement idiot.

— Et le pire, c'est que je ne sais même pas pourquoi…

— Alors cherche… Et tu as intérêt à faire vite ! Rhianna est jolie. Elle est trop intelligente pour attendre que tu aies compris ce qui te tracasse. Une femme comme elle ne t'attendra pas toute la vie.

Chase attendit que Rafe réponde, puis face à son silence, il laissa échapper un soupir.

— Au fait, je suis venu te dire que Tyler a viré l'espion du juge Stewart. Cela dit, nous manquons de main-d'œuvre et nous avons besoin de toi. Tu sais encore monter à cheval j'espère ?

*
* *

La colère qui avait propulsé Rhianna à l'étage se calma aussitôt qu'elle entra dans la chambre d'Allison. Rafe était têtu, mais tous deux n'avanceraient pas si elle restait campée sur ses positions. Elle devait se montrer plus affectueuse, plus proche de lui si elle voulait lui faire comprendre qu'ils pourraient être heureux ensemble.

Ils ne pouvaient continuer à vivre sous le même toit comme des étrangers en évitant de parler de l'avenir de leur fille. Tandis qu'elle changeait Allison, elle décida de briser le mur que Rafe avait érigé autour de son cœur. Elle lui donnerait une dernière chance de comprendre que le bonheur était à portée de main.

Quand Rafe rentra, beaucoup plus tard, Rhianna avait affiné sa stratégie. Elle espérait que sa résistance serait affaiblie par la fatigue causée par sa longue journée de travail. Elle allait agir, tout mettre en œuvre pour lui ouvrir les yeux…

Après son harassante journée à cheval, Rafe rêvait d'un bon bain dans la baignoire montée sur pieds de griffon qu'il avait fait installer dans la salle de bains de sa chambre.

Il avait rassemblé le bétail à cheval, dans une poussière suffocante. Chase ayant rapporté leur conversation à ses frères, il avait en plus dû subir les questions de Tyler et de Cameron sur ses relations avec Rhianna et entendre des conseils qu'il n'avait pas sollicités.

Certain que Rhianna était déjà couchée, à cette heure, il monta les escaliers d'un pas lent en massant ses épaules courbaturées. Rassembler le bétail n'était pas une partie de plaisir, et franchement, il ne comprenait pas l'intérêt de

Tyler et de Chase pour des vaches aussi stupides que têtues. Aussi loin qu'il s'en souvienne, il avait toujours préféré les chevaux. Une passion héritée de sa mère, aimait à dire le sénateur.

Rafe était encore petit quand elle était morte, mais il se souvenait encore bien d'elle. Dans ses rêves surgissaient parfois des pans entiers de ce passé heureux et révolu. Il se souvenait de la douceur de ses mains sur son front, et de son odeur — sa mère portait un parfum floral, léger et discret. Rafe se souvenait surtout qu'elle lui répétait sans cesse de devenir grand et fort comme ses frères.

Rafe était plus grand que Tyler, Chase et Cameron réunis, mais il se sentait tellement moins fort qu'eux… Il soupira et lança son Stetson sur la patère, retira ses bottes et croisa son reflet dans le miroir. Une fine poussière recouvrait ses cils et ses sourcils, et craquelait le pourtour de ses lèvres.

Pour commencer, il allait se servir un grand verre d'eau, et ensuite, il prendrait une bonne douche. Enfin, pour se délasser, le bain brûlant dont il rêvait…

Il se servit son verre d'eau en utilisant le distributeur de glaçons du miniréfrigérateur installé dans sa chambre. Il se dévêtit et entra dans la douche, accueillant avec plaisir l'eau tiède sur son corps fatigué et poussiéreux. Après, il faillit renoncer à son bain, mais il se força à le faire couler : il devait détendre ses muscles courbaturés en prévision de la journée du lendemain, qu'il passerait de nouveau à cheval.

Il entra dans l'eau brûlante avec un soupir d'aise et posa son verre sur le rebord de la baignoire. Il ferma les yeux, et comme d'habitude, vit le visage de Rhianna. Ils devaient parler, mais il ne savait pas quoi dire…

Au même instant, elle entra dans la salle de bains. Rafe ouvrit un œil.

— Si c'est un rêve, je ne veux surtout pas me réveiller…, murmura-t-il.

Elle portait un peignoir émeraude, et vu la façon dont le satin épousait ses seins épanouis, il comprit qu'elle ne portait rien en dessous. Sa fatigue fut aussitôt supplantée par l'excitation. Il ne fit d'ailleurs rien pour la lui cacher. Si elle voyait qu'il avait envie d'elle, tous les espoirs étaient permis.…

Rhianna sourit.

— Tu sembles épuisé…

— Je pensais que tu étais déjà couchée.

Elle haussa les épaules et s'assit sur le rebord de la baignoire. Puis elle prit un gant de toilette humide et entreprit de le savonner.

— Je me sens coupable de te voir travailler si dur pour payer les mensualités…

— Oh tu sais, nous rassemblons le bétail tous les ans…

— Mais cette année, vous devrez beaucoup vendre. Il vous faudra une bonne dizaine d'années pour vous refaire une santé financière…

Là-dessus, elle passa le gant de toilette sur ses épaules.

Rafe laissa échapper un gémissement.

— Tyler et Chase adorent relever des défis… Ce sont de vrais gosses ! Je ne les ai pas vus aussi contents depuis des années…

— Penche-toi que je te frotte le dos.

Il se retint de lui demander si elle avait l'intention de passer le gant ailleurs, pour ne pas troubler la fragile intimité de cet instant. De tels moments étaient trop rares pour qu'il prenne le risque d'en troubler la magie. Il avait l'intention de profiter des tendres soins de Rhianna et se considérait déjà comme le plus heureux des hommes.

Il se mit à genoux dans la baignoire pendant qu'elle plongeait le gant de toilette dans le bain et lui frottait la nuque, les épaules et les bras.

Rhianna ne parlait pas. Concentrée, elle prenait tout son temps pour masser ses muscles endoloris avec son gant de toilette. Rafe contint son envie de l'attirer dans le bain, l'embrasser et lui faire l'amour : il la respectait trop pour la brusquer.

Pourtant, elle voyait bien qu'il la désirait, mais à elle de prendre l'initiative, dût-il attendre…

Alors que les mains de Rhianna exploraient ses reins, il laissa échapper un profond soupir de plaisir.

— Je fonds…

— Tiens, tiens, on lâche prise ?

Bien sûr, elle posait la question pour la forme, mais il entra dans le jeu avec plaisir.

— J'essaie…

Il prit sa main et la plaça sur son cœur battant :

— Tu sens ?

— Oui.

— C'est l'effet de ton seul sourire sur moi. Ou dès que je te vois…

Rhianna effleura sa nuque de ses lèvres.

— Je fais donc battre ton cœur… Quoi d'autre ?

— J'ai une conscience aiguë de ta présence…

Elle taquina le lobe de son oreille.

— Tu as donc peur de moi ?

— Mais non, bien sûr ! murmura-t-il d'une voix rauque. Je remarque tout de toi : la façon dont tes yeux reflètent ton humeur par exemple. Ils sont verts comme la forêt quand tu réfléchis, piquetés d'émeraude quand tu ris, et glacés quand ton fichu caractère prend le dessus !

— Mais je n'ai pas un fichu caractère ! répliqua-t-elle avec un petit rire qui le fit frissonner de plaisir.

— Alors aimerais-tu partager ce bain avec moi ?

Rafe s'intima de nouveau à la patience pour ne pas l'attirer à lui. Mais la sensation de ses mains légères et taquines, de sa bouche tentatrice sur sa nuque et ses épaules décuplait son excitation. Sa patience atteignait ses limites.

Malgré tout il attendit encore…

Rhianna entra soudain dans le bain avec son impétuosité habituelle. Elle poussa un soupir de bonheur.

— J'ai toujours voulu être sirène !

— Tu as de trop jolies jambes, mais tu n'en es pas moins une ensorceleuse !

Il enserra ses fesses et lui adressa son sourire le plus irrésistible.

Il mourait d'envie de lui retirer son peignoir dont le satin mouillé était plaqué contre ses seins. Mais il savoura encore le plaisir de l'attente et lui caressa le buste à travers le fin tissu. Les senteurs d'agrume de ses cheveux, mêlées à celles du talc d'Allison et à une fine odeur musquée, très féminine, lui parvinrent.

Dans un accès de plaisir, Rhianna rejeta la tête en arrière et ferma les yeux, offrant sa gorge à ses mains. De la pointe des dents, Rafe lui retira son peignoir, prenant tout son temps pour explorer la douceur de sa peau et savourer cet instant de volupté.

Ses seins dardés se découvrirent enfin à sa vue. Rafe explora leurs pointes roses dressées qui sollicitaient toute son attention. Ses seins magnifiques étaient épanouis, ce qui rendit leur exploration encore plus sensuelle.

Attends ! s'intima-t-il encore. Il voulait donner du plaisir à Rhianna. Et puis, l'attente n'accroissait-elle pas le plaisir ?

— Ferme les yeux…, chuchota-t-il, la voix rauque de désir.

Elle frissonna et obéit, sa gorge se soulevant par à-coups.

Rafe prit un glaçon dans son verre. Dans la vapeur qui s'élevait de la baignoire, il taquina son visage brûlant avec le glaçon qui fondit aussitôt à son contact.

Une goutte d'eau froide effleura les lèvres de Rhianna. Elle entrouvrit la bouche, et la recueillit de la pointe de la langue. Rafe dut se contenir pour ne pas l'embrasser derechef. Il passa un autre glaçon le long de son cou et le regarda fondre.

— Tu as des seins magnifiques, murmura-t-il. Pleins et si sensibles… qui ne demandent qu'à être caressés…

— Oui…

— Mais ils attendront…

Elle soupira.

— Je n'aime pas attendre.

— N'ouvre pas les yeux surtout. Lève-toi !

Rafe lâcha son glaçon, l'aida à se lever, puis lui retira son peignoir. Enfin, il lui écarta doucement les jambes et prit un autre glaçon. La vapeur s'élevait du corps brûlant de Rhianna. Il fit glisser le glaçon sur son front, son nez, ses lèvres. Elle essaya de le recueillir dans sa bouche, mais il avait d'autres plans en tête…

— Tu as froid ? demanda-t-il.

Comment pouvaient-ils si bien s'entendre sur le plan physique alors qu'ils avaient tant de mal à communiquer par ailleurs ?

— Et je brûle tout à la fois… Je te veux, répondit-elle.

— Moi aussi, je te veux, lui dit-il, encerclant la pointe de son sein avec son glaçon, puis l'autre.

Il explora son nombril, son ventre, ses hanches et continua vers ses jambes.

Lentement, il introduisit le petit cube glacé entre ses

cuisses et aima la voir trembler de plaisir. Quand elle eut enfin compris la destination finale du glaçon, elle ne referma pas ses cuisses ouvertes mais s'offrit davantage, frissonnant d'impatience. Mais il la surprit en embrassant la pointe d'un sein.

— Rafe... Je n'en peux plus... Ce feu et cette glace...

— A tes ordres.

Et il embrassa son autre sein.

— Mais ça n'est pas ce que je voulais..., protesta-t-elle à mi-voix.

Ses mots trahissaient sa frustration et son désir. Rafe embrassa de nouveau ses seins, si parfaitement ronds, crémeux et avec des pointes qui durcissaient sous sa langue.

— Tu es si délicieuse...

Un faible gémissement jaillit des lèvres de Rhianna. Il délaissa ses seins à contrecœur, même s'il savait que d'autres plaisirs délectables l'attendaient. Quand il s'agenouilla entre ses cuisses, les mains de Rhianna se perdirent dans ses cheveux. Ses hanches se cambrèrent.

Les mains posées sur ses fesses, il immobilisa ses hanches, embrassa sa féminité et crut avoir atteint le paradis. Rhianna sentait le sucre et avait le goût du miel. Il aurait aimé la garder à la lisière du plaisir pendant des heures, mais il la sentait grelotter au contact de la nuit fraîche.

De plus, il bouillonnait du désir de la posséder. Il se leva, la prit dans ses bras et ils sortirent de la baignoire.

Il la porta dans la douche où il la réchauffa en faisant couler de l'eau chaude sur son corps frissonnant. Mais Rhianna s'agrippa vite à ses épaules, noua ses jambes autour de ses reins et le prit en elle.

— Hey ! s'exclama Rafe, surpris.

— On se plaint ? dit-elle en riant alors qu'elle oscillait des hanches, ravie d'avoir pris l'initiative.

Impossible de se plaindre alors qu'elle était si belle… Rafe adossa Rhianna contre le carrelage mural, et elle posa ses pieds sur le mur opposé. Ensuite seulement, il oscilla des hanches. Mais insatiable, Rhianna accéléra le mouvement.

Sa bouche s'arrima ensuite à la sienne, et ses hanches bougèrent plus vite. Alors la pression grandit dans le ventre de Rafe. Il aurait voulu ralentir, mais soudain, Rhianna se serra contre lui dans un spasme de plaisir qui déclencha aussitôt sa propre jouissance.

Tandis que les plus incroyables sensations se succédaient en lui, Rhianna laissa échapper un long cri. Il la serra contre lui plus fort. Leurs cœurs battaient au même rythme…

Les doigts tremblants, Rafe dégagea le front de Rhianna et la regarda droit dans les yeux. Elle le fixait avec une intensité qui l'exalta, puis soudain, le paniqua.

Il poussa un gros soupir, conscient que la douche n'était pas l'endroit propice pour répondre aux interrogations qu'il lisait dans son regard avide. Il la reposa à terre, puis ajourna la conversation tant redoutée en s'adonnant à un autre plaisir dont il rêvait depuis des semaines : lui laver les cheveux pour plonger ses mains dans sa longue chevelure rousse.

Epuisée et silencieuse, Rhianna se laissa faire. Après le shampoing, Rafe se savonna les mains et les passa sur tout son corps pour toucher sa peau si soyeuse.

Enfin, il l'enveloppa dans une grande serviette de toilette, puis en noua une autre, plus petite, autour de sa tête.

— Et zut ! s'exclama-t-il, se souvenant tout à coup d'un détail important.

Il était sidéré par sa stupidité. Il se serait giflé.

Rhianna lui adressa un regard empreint de curiosité.

— Nous avons transformé la salle de bains en piscine ?

— Non ! J'ai oublié d'utiliser un préservatif !

C'était la première fois : très prudent, Rafe n'oubliait

jamais de se protéger. Comment avait-il pu être aussi stupide avec la femme qu'il aimait ?

— Ça n'est pas un problème, lui dit-elle doucement.

— Bien sûr que si ! La dernière fois, tu es tombée enceinte et nous avions utilisé un préservatif !

— J'étais protégée ce soir.

— Tu prends la pilule ?

Rhianna lui lança un regard exaspéré.

— Non, j'ai un diaphragme.

Le soulagement envahit Rafe qui se laissa tomber sur une chaise. Au moins l'un des deux avait la tête sur les épaules. Mais aussitôt après, une autre pensée l'effleura : Rhianna avait donc prévu de faire l'amour avec lui, ce soir… D'où ce peignoir de soie et rien dessous…

Une fois de plus, elle avait réussi à le surprendre… Plus il apprenait à la connaître, plus il la trouvait fascinante. Elle était tellement femme. Tendre et dure. Piquante et douce. Feu et glace. Ses contradictions l'intriguaient, et il se demanda si un jour il la comprendrait.

Il s'éclaircit la voix.

— Je suis content que tu sois venue me retrouver…

— Moi aussi…

Elle s'assit sur ses genoux et posa la tête sur son épaule.

— On est si bien ensemble…

— Toi et moi, c'est davantage que ça ! C'est… volcanique ! Je n'arrive plus à penser quand je suis auprès de toi…

Elle fronça les sourcils.

— Vraiment ?

— Je n'ai jamais voulu te faire de mal, Rhianna…

— Je sais.

— Mais je ne suis pas certain de pouvoir te donner ce que tu mérites…

Rafe la regardait droit dans les yeux, à présent. Il ne comprenait toujours pas la raison de ses réticences à se marier, mais il avait intérêt à vite trouver s'il ne voulait pas la perdre.

— Si tu veux bien me donner du temps, je ferai de gros efforts…

Elle posa un doigt sur ses lèvres pour le réduire au silence.

— Une relation entre un homme et une femme n'est pas censée reposer sur « de gros efforts », Rafe. Si tu es obligé de te forcer, ça signifie que nous ne sommes pas faits l'un pour l'autre…

Rafe perçut la douleur dans sa voix et se mit en colère contre lui-même. Qu'est-ce qui ne tournait pas rond dans sa tête ? Il avait été animé par les meilleures intentions, mais il avait seulement réussi à tout gâcher…

10

Rhianna s'accablait de reproches. Quand se mettrait-elle une bonne fois pour toutes dans la tête que Rafe ne l'aimait pas ? Il était gentil et empressé, généreux et aimant avec Allison, mais il ne voulait pas qu'elle devienne sa femme.

Il avait été clair à ce propos.

Elle avait toujours su qu'il aimait sa vie de célibataire, il ne le lui avait jamais caché. Et elle, la sotte, elle avait eu la prétention de penser que l'intensité de son amour pour lui et leur complicité sexuelle le feraient changer d'avis.

Elle regrettait d'être venue dans sa chambre, vêtue de cet audacieux peignoir de soie. Jamais elle n'aurait dû s'offrir à lui. Humiliée, elle fit appel à toute sa volonté pour se lever. Honteuse, elle n'osa le regarder.

Après l'avoir possédée avec passion, il lui parlait maintenant d'efforts ! Il l'aimait, mais pas autant qu'elle… Or, Rhianna voulait son amour sinon rien.

Le temps était venu pour elle de quitter le ranch… La gorge serrée par une douleur difficile à contenir, elle se dirigea vers la porte, la tête haute. Elle retenait ses larmes. Non elle ne pleurerait pas ! Pas devant lui.

— Rhianna ?

Elle n'aurait jamais détourné la tête si elle n'avait perçu

une telle tension dans sa voix. Elle oublia un instant sa propre détresse pour lui porter secours.

Mais Rafe la regardait avec ardeur. La serviette autour de ses hanches minces mettait en valeur son torse viril et ses muscles déliés. Il s'approcha d'elle et posa les mains sur ses épaules.

— Je ne te laisserai pas partir comme ça !

Il avait donc compris qu'elle partait pour de bon ? Ou plus simplement qu'elle regagnait sa chambre ? Elle lui en voulait d'être si séduisant alors qu'il venait de lui faire tant de mal…

Se sachant incapable de contrôler le tremblement de sa voix, elle garda le silence. Et attendit, immobile et muette, toujours déçue, qu'il reprenne la parole.

— Je t'aime…, avoua soudain Rafe.

Elle entendait des voix, maintenant… ?

— Rhianna ? Je t'aime !

Son regard brûlait. Et une ombre de sourire incurvait ses lèvres.

— Tu veux que je te le répète encore ? Je t'aime !

Elle avait donc bien entendu ! Même dans ses rêves les plus fous, elle n'aurait pu imaginer pareil scénario. Cela lui causa un tel choc qu'elle se sentit proche de l'évanouissement. Elle avait besoin d'air, mais elle n'osait pas bouger, de peur que la fragile beauté de l'instant ne s'évanouisse et que la réalité ne reprenne ses droits… Lui avait-il vraiment dit, et par trois fois même, qu'il l'aimait ?

Rafe posa son doigt sur sa gorge, là où son pouls battait de plus en plus vite. Doucement, il embrassa son menton, le bout de son nez, puis il la souleva dans ses bras.

Elle posa la tête sur son épaule : sa chaleur, la tendresse de son regard et le bonheur tout neuf de se savoir aimée de lui s'insinuèrent en elle. Elle aurait voulu danser de joie, mais elle était trop bien dans les bras de Rafe… Elle aurait voulu qu'il lui répète sans cesse qu'il l'aimait, enregistrer ces mots pour les réécouter, le jour où elle douterait.

Il l'allongea sur le lit et se coucha à côté d'elle. Elle s'accouda et le contempla.

— Je t'aime, mais j'ai lutté avant de l'admettre…

Son aveu était à la fois simple et complexe. Pourquoi l'amour était-il si compliqué ?

— M'aimer est donc si terrible ?

— J'espère que non.

— Je ne sais pas quoi dire…, répondit Rhianna, très troublée.

— J'ai toujours pensé que je ne voulais pas me marier…

La félicité de Rhianna tomba subitement. Elle aurait dû s'en douter… Mais de se savoir aimée de Rafe lui permit de répondre sans amertume :

— Si je comprends bien, tu ne veux toujours pas te marier ?

Rafe soupira.

— J'aimerais que nous ayons d'autres enfants, que nous fondions une famille, que nous élevions des chevaux…

— Mais il y a un « mais »…

Il fit la grimace.

— Mais je ne sais pas comment faire…

— Facile : examen médical prénuptial et cartons d'invitations. Plus un pasteur, un notaire et…

— Je n'ai pas été assez clair, je crois.

— Ah ? fit Rhianna, sarcastique malgré elle.

Rafe semblait aussi déconcerté qu'elle par ses doutes.

— Je n'y comprends rien, Rafe…, reprit-elle.

— Le pire, c'est que moi non plus… Mais j'ai l'intuition

que plus tu seras proche de moi, plus ce sera dangereux pour toi…

— Tu penses donc que le ravisseur va se remettre à nous harceler ? Mais il doit être loin maintenant, à dépenser la rançon, pas à faire des plans funestes contre nous…

— Tu as raison, la menace qui pesait sur toi n'existe plus, désormais, mais je ne peux m'empêcher de penser que…

— Penser quoi ? insista-t-elle. Que ma vie est toujours en danger ?

Elle n'avait pas hésité à prononcer ces mots. Rafe répugnait à l'épouser de peur de mettre sa vie en danger ? Elle le convaincrait du contraire !

Les Sutton avaient traversé de nombreuses épreuves, ces dernières années. Le frère de Rafe, Brent, avait été assassiné et Laura avait été accusée de son meurtre. Chase avait ensuite retrouvé la trace de Laura, tous deux avaient prouvé son innocence et les coupables avaient été jugés. La première femme de Cameron avait été tuée à Boston et son meurtrier aussi avait été capturé. Il semblait peu probable que ces événements soient liés les uns aux autres, et pourtant… les grandes et riches familles semblaient attirer la tragédie.

Mais Rafe lui avait dit qu'il l'aimait. L'aveu de son amour ferait son bonheur et lui donnerait la patience d'attendre que ses peurs se calment. Il lui avait donné des espoirs et elle l'attendrait, parce que ça en valait vraiment la peine.

— Je n'ai jamais voulu que ma présence soit un poids pour toi, lui confia Rhianna.

— Mais je te veux tout près de moi…

Sa réponse la fit rougir de joie. Oui, Rafe l'aimait. Elle ne pouvait croire à son bonheur… Oui, avec un peu de patience, ils formeraient bientôt une vraie famille.

Elle lui sourit.

— Je vis dans ta maison… Je suis dans ton lit. Me veux-tu encore plus proche ?

— Je vais te montrer ce que je veux !

Il retira sa serviette de bain et elle roula dans ses bras.

Rafe lui avait fait l'amour toute la nuit. Au petit matin, elle lui avait préparé un café. Il était ensuite parti, épuisé mais heureux après lui avoir donné un long baiser.

Peu après, Rhianna sella son cheval et se rendit vers le wagon-cantine avec Allison, guidée par la fumée du feu de camp qui s'élevait au loin. Une heure plus tard, elle entrait dans le camp improvisé. Elle aurait juré que sa fille avait repéré la voix de son père, car elle tourna la tête dans sa direction avec curiosité.

Rafe s'entretenait avec Tyler. L'heure paraissait grave.

— Les délais sont serrés…, dit Rafe.

— Nous pouvons…

Tyler s'interrompit en voyant Rhianna. Rafe se détourna, et la salua d'un sourire épuisé. En dépit de ses cernes, il était très sexy dans son pantalon de cow-boy en cuir.

— Il y a un problème ? lui demanda aussitôt Rafe.

— Tu disais que tu me voulais auprès de toi, alors me voilà…, confia Rhianna.

Ils échangèrent un sourire complice par-dessus la tête d'Allison.

— Il y a encore du café ? demanda-t-elle ensuite.

Main dans la main, ils se dirigèrent vers le wagon-cantine et croisèrent des cow-boys à cheval qui travaillaient déjà depuis plusieurs heures. Ils adressèrent un sourire craquelé de poussière à Allison et touchèrent leur Stetson à l'intention de Rhianna.

La jeune femme aimait cet instant de la journée qui précède le lever du soleil. L'herbe était parsemée de rosée et les étoiles plus pâles annonçaient une journée remplie de promesses. Le ciel sombre n'allait pas tarder à être percé par les embrasements de l'aube rougeoyante. On voyait, au-delà de la plaine sans fin, les chaînes montagneuses. Rhianna était heureuse de marcher aux côtés de l'homme de sa vie, son bébé dans les bras.

Rafe lui prit Allison pendant que le cuisinier préparait des œufs au bacon à Rhianna et lui tendait une tasse de café. Il la conduisit ensuite vers le feu de camp où Tyler et Chase s'entretenaient. Les deux frères saluèrent Rhianna et charmèrent Allison, qui les remercia de leurs attentions par de grands sourires. Rafe semblait fier de sa fille.

Rhianna s'installa sur une couverture, mangea ses œufs et but son café, bien fort, comme elle l'aimait. La caféine lui redonna de l'énergie et raviva le souvenir des bribes de conversation qu'elle avait surprise à son arrivée.

— De quoi parliez-vous tout à l'heure ?

— Rien d'inquiétant..., lui dit Tyler en touchant le bord de son chapeau avec galanterie.

Puis il se leva.

— Je vous laisse. Je dois vérifier les pâturages sud.

Chase s'accroupit devant le feu.

— J'arrive.

Rafe, Rhianna et Chase restèrent silencieux jusqu'à ce que Tyler se soit éloigné.

— Excuse les manières de notre frère aîné, dit alors Chase. Il pense que les femmes ont besoin d'être protégées et qu'on doit leur épargner les duretés de la vie. Mais Laura m'a appris que les femmes savaient faire face à l'adversité, d'autant mieux qu'on ne les mettait pas à l'écart.

— Laura a raison, dit Rhianna en buvant une gorgée de café.

Elle aimait la façon dont Chase expliquait sa façon de penser sans critiquer celle de Tyler.

— Alors ? Que se passe-t-il ?

Rafe s'allongea, coucha Allison sur son torse et contempla le ciel.

— Le rassemblement du bétail va prendre plus de temps que prévu.

— Pourquoi ?

Chase leva ses mains au-dessus du feu pour se réchauffer.

— Les vaches sont disséminées d'est en ouest...

— Et il faut deux jours à cheval pour couvrir ces deux extrémités, précisa Rafe.

— Et puis, quelques vaches sont parties au-delà du défilé, enchaîna Chase. Il est si étroit que nous devons les faire passer en file indienne.

— Et si ce rassemblement vous prend plus de temps, vous devrez payer plus d'hommes ?

— Pas seulement, expliqua Chase d'une voix calme. Le problème, c'est que le rassemblement ne sera pas terminé avant le versement de la prochaine mensualité au juge...

— Je vendrai un autre poulain, déclara Rafe d'une voix plus fatiguée qu'inquiète.

Le pauvre, il avait travaillé comme un fou, hier, et elle l'avait distrait toute la nuit... Il méritait un peu de repos, pas une dure journée à cheval, songea Rhianna.

Chase secoua la tête.

— Pas question, Rafe, tu as déjà vendu ton plus beau poulain. Je ne veux pas que tu sois obligé de vendre tes futurs reproducteurs.

— Alors quelle est la solution ? demanda Rhianna, qui

appréciait que Chase la fasse participer à la conversation. Un emprunt à la banque ?

Rafe secoua la tête.

— Non, la banque veut des garanties…

— Pourquoi ne pas hypothéquer sur le bétail, cette fois ? proposa Rhianna.

— Impossible à cause du risque de liquidité, déclara Rafe.

— En clair, la banque a refusé, traduisit Chase.

Rafe caressait le dos d'Allison qui s'assoupissait.

— C'est comme si nous avions atteint notre maximum en terme de crédit, poursuivit Rafe d'une voix endormie.

Rhianna repensa à l'offre de Duncan : il paierait la dette des Sutton si elle consentait à l'épouser. Mais après la déclaration d'amour que lui avait faite Rafe et la nuit qu'ils avaient passée ensemble, elle ne pouvait accepter. Elle devait trouver une autre solution pour aider les Sutton.

— Nous devons vendre Sweetness, proposa-t-elle soudain d'une voix douce. Papa y répugnera, mais les Sutton ne peuvent tout perdre alors que nous, nous gardons notre poulain.

Rhianna s'attendait à des protestations de la part de Rafe et elle fut surprise par son silence. Il s'était tout simplement endormi.

Chase posa la main sur l'épaule de Rhianna.

— Non, Rhianna. Vendre ce poulain, ce serait comme vendre un membre de notre famille. Nous avons d'autres recours.

— Lesquels ? demanda la jeune femme, qui n'aimait pas du tout le ton sinistre qu'avait employé Chase.

Celui-ci lui prouvait en effet que la situation financière des Sutton était grave.

— Nous devons tenir un mois, jusqu'à ce que nous ayons terminé le rassemblement du bétail.

— Pourquoi ne pas vendre les vaches au fur et à mesure du rassemblement ?

Rafe se mit à ronfler légèrement. Allison dormait aussi, maintenant.

Chase posa une couverture sur eux.

— Parce que nous vendrons à perte. Mais nous avons d'autres biens à vendre.

— Quoi ? demanda Rhianna avec curiosité. A moins que je ne me mêle de ce qui ne me regarde pas ?

— C'est une affaire de famille et tu fais partie de la famille ! la rassura Chase.

Cette reconnaissance lui fit chaud au cœur, même si elle savait qu'elle n'en ferait vraiment partie qu'une fois mariée à Rafe…

— Que pouvez-vous vendre ?

— La collection de tableaux de notre mère. Nous avons contacté une maison d'enchères de New York pour la vendre.

— Oh non, Chase ! Je ne veux pas que vous vendiez la collection de votre mère ! s'exclama Rhianna, affreusement gênée.

Que les Sutton aient conservé ces tableaux jusqu'à maintenant prouvait leur attachement à cette collection…

— Ne te fais pas de souci, reprit Chase, nous détestons ces tableaux ! Papa les a confiés au musée d'art de Denver parce nous n'en voulons pas. Il nous propose sans cesse de les reprendre, mais nous n'aimons pas la peinture de Rovell, pas même la femme de Cam, Alexa, notre experte en art !

— Vraiment ? Tu ne cherches pas à me déculpabiliser ?

— C'est ce que je ferais si c'était nécessaire, reconnut Chase, mais ça n'est pas le cas. Je te jure que nous n'aimons pas ces tableaux ! Je pense que nous n'avons pas de goût, parce que Rovell est très coté sur le marché de l'art ! Et la maison d'enchères nous a promis une vente rapide. Tout ce qu'il nous reste à faire, c'est envoyer les tableaux à New York pour recevoir un gros chèque en échange !

Chase jeta un regard à son frère et à sa nièce endormis.

— Notre père pense que Rafe et toi pourriez les acheminer jusqu'à New York. Comme tu peux le constater, Rafe ne nous est pas d'une grande utilité ici !

Chase se mit à rire et Rhianna rougit. Elle avait la certitude que le frère de Rafe avait deviné qu'ils avaient fait l'amour toute la nuit.

— Il a besoin de repos…, reconnut-elle, alors laissons-le se reposer.

Elle tira la couverture sur Rafe, puis se leva, prête à agir. En digne fille de rancher, Rhianna savait y faire avec les chevaux et les vaches. Elle n'était peut-être pas aussi aguerrie que Laura, la femme de Chase, mais elle se débrouillait bien.

Elle regarda Chase droit dans les yeux.

— Que puis-je faire pour vous aider ?

Rafe se réveilla avec Allison toujours assoupie sur sa poitrine. Il la serra contre lui et se rendit vite compte qu'il avait dormi longtemps. Pendant qu'il changeait la couche d'Allison et se demandait où était passée Rhianna, sa fille regardait autour d'elle avec curiosité.

Les cow-boys rassemblaient toujours les vaches, les comptaient, puis les séparaient. Tyler avait embauché des ranchers et des cow-boys à des kilomètres à la ronde pour se faire aider, et ils galopaient dans tous les sens pour faire leur travail. Tyler avait constitué de petits groupes et chacun avait sa mission.

Les cow-boys avaient plus d'une fois échangé leurs

montures épuisées contre des montures reposées, rassemblées dans un paddock non loin du wagon-cantine. Ils revenaient maintenant déjeuner. Cet après-midi, ils compteraient les vaches déjà présentes, et les sélectionneraient selon leurs marques. Les bêtes malades ou trop faibles seraient mises à l'écart et un vétérinaire les examinerait. Les veaux seraient quant à eux marqués.

Plus important, il faudrait choisir les vaches destinées au marché aux bestiaux. Cette tâche était impartie à Tyler. Parfois, les vaches refusaient d'être séparées du reste du troupeau. Et les veaux n'aimaient pas l'être de leur mère. Il fallait des hommes expérimentés pour les attraper au lasso et les marquer.

Ce travail devait être terminé au plus vite afin de vendre le bétail.

Rafe se leva, Allison dans ses bras, et chercha Rhianna du regard, certain de vite la repérer grâce à son abondante chevelure rousse. Il la vit enfin qui parlait avec Chase et Tyler.

Ses yeux verts brillaient d'énergie. Elle l'aperçut et vint à sa rencontre en de longues enjambées décidées qui révélaient ses jambes bien galbées. Elle lui prit Allison des bras.

— Tu avais besoin de dormir ! lui expliqua-t-elle sans lui laisser le temps de se justifier.

Rafe s'attendait à ce que Chase et Tyler se moquent de lui parce qu'il avait dormi au lieu de travailler, mais ses frères n'étaient visiblement pas d'humeur à plaisanter.

— Nous avons un nouveau problème..., commença Tyler.

Chase avait son visage des mauvais jours. Il passa un bras autour des épaules de Rhianna, prêt à entendre de mauvaises nouvelles.

— Il manque du bétail ?

— Je ne sais pas encore, déclara Tyler avec son calme habituel. Mais Rhianna est allée à Silver Pass : le défilé est fermé.

Depuis un siècle, cet étroit passage conduisait à une mine, qui avait été fermée depuis longtemps. Les Sutton l'utilisaient pour faire descendre le bétail des alpages.

— Si je me souviens bien, des hommes sont là-haut pour rassembler le bétail, dit Rafe, troublé et se demandant si son somme n'avait pas altéré ses facultés intellectuelles.

— Un éboulis a fermé le défilé après leur passage, expliqua Chase avec un soupir. Les hommes sont bloqués là-haut avec le bétail…

Rafe se tourna vers Rhianna.

— On ne peut pas le dégager ?

Elle secoua la tête.

— Impossible pour l'instant… Les hommes peuvent y passer à cheval, mais de là à y faire passer le bétail, c'est une autre histoire…

Une vague de découragement envahit alors Rafe.

Ces dernières semaines, il avait pensé que la vie reprenait son cours normal. Son principal souci était désormais le remboursement de l'hypothèque au juge Stewart.

Mais de nouveau les obstacles surgissaient… Avait-on voulu saboter leurs efforts ? se demanda-t-il. Sa déclaration d'amour à Rhianna aurait-elle déclenché ce nouveau coup du sort ? Absurde ! Et pourtant, Rafe avait la certitude que plus il se rapprochait de Rhianna, plus le danger se précisait.

Il était convaincu qu'épouser Rhianna mettrait la vie de la jeune femme en danger. Etait-ce une mauvaise excuse pour se dérober ? Non, car Rafe avait aussi l'intuition qu'on cherchait à détruire sa famille. Le sort s'était trop souvent acharné sur les siens pour que l'on puisse parler de coïncidence.

Et ses ennuis actuels, il en était sûr, étaient liés aux événements tragiques qui avaient autrefois accablé ses frères.

Qu'on ait volontairement obstrué le défilé pour freiner le rassemblement et la vente du bétail, et pour empêcher les Sutton de payer leur mensualité au juge, renforçait son intuition.

— Quelqu'un a dû faire sauter la roche, déclara Rhianna. Je ne suis pas une spécialiste, mais je pense qu'il faudra un équipement pour tout déblayer.

— Le bétail ne sera jamais à temps au marché aux bestiaux, conclut Tyler, la mine soucieuse. Nous allons devoir vendre au détail.

— On ferait mieux de vendre la collection de tableaux ! déclara Rafe.

— La maison d'enchères a besoin de temps pour en faire l'expertise, expliqua Tyler. Il faut aussi faire imprimer un catalogue et fixer une date…

— Peut-être que la maison d'enchères pourra vous faire une avance, intervint Rhianna, ou effectuer des enchères sur internet ?

— Bonne idée ! s'exclama Rafe.

Tyler parut perplexe, puis il adressa soudain un regard décidé à Rafe.

— Ce serait bien si tu t'occupais d'acheminer les tableaux du musée de Denver à New York.

— On s'en occupe tout de suite fit Rhianna.

Rafe passa quelques coups de fil depuis son cellulaire pour prévenir le musée de ses intentions. Il appela aussi une compagnie aérienne pour réserver des billets et organiser le transport des tableaux. Une fois rentré au ranch, il prit Rhianna dans ses bras et l'embrassa.

— Je serai de retour dans quelques jours.

— *Nous* serons de retour dans quelques jours ! corrigea-t-elle.

En proie à des émotions contradictoires, Rafe garda le silence. Il aurait voulu que Rhianna l'accompagne. L'idée de séjourner quelques jours avec elle à New York le séduisait, mais il savait aussi qu'elle serait plus en sécurité au ranch.

Incapable d'énoncer tant ses désirs que ses craintes, Rafe serra Rhianna et Allison dans ses bras et aborda le problème sous un autre angle :

— Allison est trop jeune pour prendre l'avion.

— Elle est sevrée. Et puis Chase et Laura se sont proposés pour la garder !

A cet instant, le bébé protesta parce que Rafe les serrait trop fort, toutes les deux. Il libéra les deux femmes de sa vie à regret. Rhianna essuya la poussière sur le visage de sa fille.

— Elle a besoin d'un bon bain !

— Toi aussi, rétorqua Rafe qui lui prit le bébé des bras, tout en cherchant un moyen de la convaincre de rester au ranch.

Mais le sujet était désormais clos. Il ne savait comment Rhianna avait réussi à imposer ses vues.

Elle avait toujours le dernier mot, quoi qu'il fasse. Il ne savait pas comment elle s'y prenait, mais tant pis… Il espérait pouvoir la protéger, au cas où…

Ils firent leurs bagages en un temps record. Une bonne demi-heure leur fut encore nécessaire pour préparer les affaires d'Allison. Au moment du départ, Rhianna ne put retenir ses larmes quand elle confia sa fille à Laura.

— Nous nous occuperons bien d'elle, n'est-ce pas, Keith ? déclara Laura, compatissante.

Le neveu de Rafe, qui était le portrait craché de Chase, serra la main de Rhianna, solennel.

— Je suis un super bon baby-sitter, tu sais !

Rafe ne pressait pas Rhianna, bien que leur temps soit compté : il espérait qu'elle change d'avis et décide de rester avec Allison. Mais la jeune femme essuya finalement ses larmes et monta dans la voiture. Elle se moucha et renifla.

Rafe fit une ultime tentative :

— Ecoute, pourquoi ne…

— Ne me dis pas ce que je dois faire !

— Mais si tu es malheureuse de laisser Allison…

— Alors je serai malheureuse, point ! répliqua-t-elle fièrement entre deux sanglots.

— Mais…

— Plus un mot ! Ça ira mieux une fois que j'aurai cessé de pleurer. C'est la première fois que je laisse Allison pour la nuit ! Mais Laura est une excellente mère et je sais que notre fille sera bien avec elle.

Essayait-elle de le convaincre ou de s'en convaincre ? se demanda Rafe. Résigné, il se garda de tout commentaire. Il conduisit lentement, avec le sentiment que chaque kilomètre les éloignait de leur havre de paix et de sécurité et les faisait pénétrer dans un monde imprévisible et dangereux. Il redoutait de mettre Rhianna en danger…

Il ne cessa de regarder dans le rétroviseur jusqu'à l'aéroport. Une fois qu'ils eurent décollés pour Denver, il chercha de nouveau un signe suspect. Il ne vit rien, mais sentait toujours le danger planer sur eux.

11

Pendant qu'ils roulaient dans les rues de Denver, Rhianna se demandait si elle n'avait pas commis une erreur en confiant sa fille à Laura Sutton. Elle savait que la belle-sœur de Rafe s'en occuperait bien, mais cette première séparation la rendait très anxieuse. Un bébé n'était bien qu'avec sa mère : elle seule savait quand Allison avait faim ou sommeil... Elle seule connaissait ses besoins.

Mais en dépit de ses scrupules à laisser sa fille, Rhianna n'avait d'autre choix que d'accompagner Rafe. Elle était peinée que les Sutton soient obligés de vendre leur collection de tableaux pour payer leur prochaine mensualité au juge. Cette famille lui avait sauvé la vie et maintenant leurs biens étaient en péril. Si seulement la police réussissait à retrouver le ravisseur et la rançon... Mais les billets marqués ne circulaient pas et n'avaient donc pas été repérés.

Rhianna s'arracha à ses pensées quand Rafe se gara devant le musée d'art de Denver. Le grand immeuble à colonnades en imposait dans l'avenue toujours encombrée par la circulation.

Rhianna se jugea trop simplement habillée, avec sa petite jupe toute simple et son pull noir. Les visiteurs et mécènes qui entraient et sortaient du musée semblaient en effet sortir d'un magazine de mode.

— Ça va ? lui demanda Rafe en lui prenant le coude pour monter les escaliers.

— J'aurais préféré que nous n'ayons pas à vendre…

— Cesse de te faire du souci pour ces tableaux ! dit-il en lui serrant la main. Nous voulions de toute façon en faire une donation au musée et obtenir une déduction fiscale… Aucune de ces toiles n'était destinée à finir sur les murs du ranch Sutton, crois-moi !

Rhianna savait que Rafe disait la vérité : ces tableaux n'avaient aucune valeur à ses yeux, même sentimentale. Sans doute n'attachait-on pas grande importance aux souvenirs et bibelots, quand on grandissait dans l'opulence…, se dit-elle. Les parents de Rhianna n'étaient pas assez riches pour collectionner des œuvres d'art, mais sa mère possédait deux chandeliers qui avaient appartenu à son arrière arrière-grand-mère. Rhianna voulait un jour qu'ils reviennent à Allison. Elle ne pouvait s'imaginer que des inconnus héritent de souvenirs de famille…

Dans le musée s'élevaient les murmures des visiteurs. Rhianna admira l'imposant lustre de cristal qui illuminait l'entrée, les panneaux vitrés qui dispensaient une lumière limpide sur le carrelage et l'élégant ascenseur de laiton ouvragé surveillé par un agent de la sécurité.

Rafe les dirigea vers un bureau où la conservatrice, une jeune femme frêle aux traits fins, les accueillit.

— Bonjour, monsieur Sutton. Je suis Marie Valencia, nous vous attendions.

Nous ? La conservatrice était pourtant seule dans son bureau, remarqua Rhianna tandis que Rafe serrait la main de la jeune femme et faisait les présentations.

— Nous sommes désolés de vous retirer la collection dans la précipitation, déclara-t-il ensuite.

— C'est pour cette raison que j'ai demandé à un couple de mécènes d'assister à ce rendez-vous, dit la conservatrice en regardant Rafe par-dessus ses lunettes. Nous pouvons peut-être trouver un arrangement ?

Au même instant, Hal et Janet Stone entrèrent dans le bureau. Rhianna, surprise, serra la main de Rafe. Celui-ci se raidit, contrarié.

— Hal. Janet, dit-il.

Puis il reprit à l'intention de Marie :

— Nous prenons un avion pour New York à 19 heures. Les tableaux ont-ils été emballés et mis en caisse selon mes instructions ?

Marie fit un geste pour inviter ses visiteurs à s'asseoir :

— J'espère que ça ne sera pas nécessaire…

Rafe resta debout, les bras croisés, tendu et obstiné.

Rhianna comprit qu'il s'attendait au pire. Comme elle… Et si la conservatrice leur confiait qu'un récent incendie avait endommagé les tableaux ? Et si elle avait découvert que les Rovell étaient en fait des faux ?

— Votre père nous avait dit qu'il ferait don de la collection de votre mère au musée, commença Marie. Votre famille a été très généreuse envers notre fondation et votre père est libre de réclamer ces œuvres, mais je suis obligée de préciser que nous avons dû faire face à des dépenses.

— Quelles dépenses ? demanda Rafe.

Il avait laissé Marie Valencia parler sans l'interrompre malgré sa tension et sa nervosité. Sa patience fit grandir le respect que Rhianna éprouvait déjà pour lui. Elle, elle n'aurait pu se contenir…

— Rien de trop coûteux, rassurez-vous, reprit Marie avec un geste désinvolte. Nous avons fait imprimer des brochures et notre service de presse a envoyé des dossiers. De plus, nous avons décoré la pièce Rovell pour que les murs soient en conformité avec le style des tableaux.

Rafe consulta sa montre avec discrétion. Rhianna savait qu'il devait voir les œuvres emballées, mises en caisse et chargées, puis conduites à l'aéroport. Il ne voulait pas effectuer ce travail délicat dans la précipitation.

A cet instant, Janet Stone se leva et tira sur sa jupe, attirant l'attention sur ses jambes parfaites. Rhianna contint un sourire de satisfaction en voyant que Rafe l'ignorait.

En vérité, Rafe était complètement insensible à la présence du couple Stone. Hal et Janet étaient peut-être des mécènes, mais leur présence à ce rendez-vous était superflue. La situation des Sutton ne les regardait pas. Et puis Rhianna se demandait toujours s'ils avaient participé à son enlèvement : n'avait-elle pas été séquestrée dans leur chalet ?

— Nous sommes désolés de vos ennuis actuels, Rafe, dit Janet avec un sourire trop éblouissant qui contredisait ses paroles, mais nous envisageons d'acheter la collection Rovell pour en faire une donation au musée. Ainsi, la collection restera à Denver.

Rafe observa les Stone, mais il masqua ses sentiments derrière un masque de froideur. Pourquoi voulaient-ils acheter ce que les Sutton étaient obligés de vendre ? s'étonna Rhianna.

La conservatrice parut soudain mal à l'aise :

— La vente sera au bénéfice du musée et vous aidera à…

— C'est trop tard, déclara Rafe sans attendre le montant de l'offre.

Il restait impassible, mais Rhianna devinait sa contrariété. Ses voisins s'immisçaient un peu trop dans sa vie privée.

— Nous avons déjà signé un contrat avec une maison d'enchères de New York, expliqua-t-il froidement.

— Comme c'est dommage ! s'exclama Janet d'un air tragique.

Hal secoua la tête pour appuyer les paroles de sa femme.

— Vous pouvez toujours enchérir à New York, proposa Rhianna d'une voix doucereuse.

Elle croisa le regard de Rafe, dans lequel elle vit passer une lueur amusée.

Janet joua avec l'une de ses boucles d'oreille en diamant.

— C'est dommage de se rendre à New York pour acheter les Rovell et les ramener à Denver…

Hal haussa les épaules.

— Rafe a signé un contrat, Janet. Il ne peut revenir sur sa parole.

— Je suis désolé de vous presser, reprit Rafe à l'adresse de Marie, mais nous avons un avion pour New York en fin d'après-midi. Pouvez-vous nous montrer les Rovell et demander au personnel du musée de les emballer et de les mettre en caisse ?

Tous, même les Stone, suivirent Marie dans la salle où était exposée la collection. La conservatrice fit fermer la salle au public, et venir le personnel du musée pour décrocher, emballer et mettre les tableaux en caisse.

Janet prit Rhianna à part.

— Comment va le bébé ? Je suis surprise que vous l'ayez laissé.

Elle avait parlé assez fort pour que Rafe et Hal entendent ses paroles faussement enjouées. Bien que la question de Janet n'ait été ni menaçante ni insinuante, Rhianna se tendit.

— Allison va bien. Elle est en sécurité au ranch.

— Je l'espère de tout cœur, commenta Janet.

Elle se rapprocha de Rhianna pour lui parler à l'oreille, mais son murmure se répandit dans toute la salle et fit tressaillir Hal.

— J'ai toujours voulu un bébé, mais c'est la seule chose que mon mari me refuse.

— J'en suis désolée, déclara Rhianna poliment, en se demandant pourquoi Janet lui faisait cette révélation.

Mais elle ne l'écouta bientôt plus, trop intéressée par la conversation de Rafe et Hal.

— Je pensais que mon offre d'achat vous aiderait à surmonter vos difficultés..., déclara Hal en contemplant l'un des tableaux.

— J'apprécie l'attention, fit Rafe sans émotion.

— Vous pourrez payer le juge, ce mois-ci ? continua Hal. Il paraît qu'un éboulis obstrue Silver Pass.

Décidément, les nouvelles allaient vite ! Pourquoi Hal manifestait-il un tel intérêt pour le défilé ? Se renseignait-il, en voisin ? Sa présence et celle de Janet au musée éveillait les soupçons de Rhianna. Les Stone étaient curieux, mais peut-être étaient-ils moins inoffensifs qu'ils ne le paraissaient ?

Méfiant et prudent, Rafe fit une réponse banale à Hal. Pour conclure, il aligna plusieurs caisses devant la porte.

— Nous nous débrouillerons...

Rafe semblait si confiant que Rhianna eut envie de le croire.

Rafe et Rhianna atterrirent à l'aéroport de Newark, New Jersey, avec une bonne demi-heure de retard. Pendant que Rhianna téléphonait à Laura pour vérifier qu'Allison allait bien, Rafe supervisait le chargement des Rovell dans le camion spécialisé qui devait se rendre à la maison d'enchères, restée ouverte tard à sa demande. Après, ils convoyèrent le véhicule jusqu'à la maison d'enchères. Une fois son contenu déchargé, tout fut terminé.

Rafe se détendit et avoua son impatience à être enfin à l'hôtel. De son côté, Rhianna rêvait d'une douche bien chaude, peut-être d'un service d'étage et d'une soirée très romantique avec Rafe. Une fois qu'ils furent dans le hall de l'hôtel, Rafe lui glissa ces mots à l'oreille :

— Tu te rends compte que c'est la première nuit que nous allons passer seuls depuis presque un an ?

— Est-ce qu'Allison t'empêche d'être libre ? tenta de plaisanter Rhianna pour conjurer son émotion.

— J'ai appris à m'organiser en fonction de notre fille, reconnut Rafe en souriant.

Son regard était sincère, et plus sensuel aussi. L'émotion de Rhianna s'accrut.

— Mais je suis aussi impatient de t'avoir pour moi tout seul…, confia-t-il.

Rhianna ne désirait rien tant que ces quelques heures de liberté absolue avec Rafe. Ils avaient passé si peu de temps ensemble, en amoureux…

Leur histoire avait commencé par la fin : ils ne s'étaient jamais fréquentés, mais avaient déjà un enfant. Ils avaient déjà traversé une crise, mais n'étaient même pas mariés. Ils n'avaient jamais eu le temps d'apprendre à se connaître…

Ce soir, Rhianna avait envie d'oublier que les Sutton couraient peut-être à la ruine et que son ravisseur était toujours en liberté. Elle voulait passer une vraie soirée romantique avec l'homme de sa vie.

Dans une ambiance propice aux confidences, Rafe lui avouerait peut-être la raison de ses réticences à se marier ? Elle ne doutait pas de son amour pour elle et pour leur fille, et elle ne formait qu'un vœu : qu'ils forment enfin une vraie famille. Patience…, s'intima-t-elle sagement. Rafe avait déjà fait un grand pas en lui déclarant son amour. Elle n'avait pas le droit de le mettre davantage sous pression. Elle lui donnerait tout le temps nécessaire. Et si sa patience s'épuisait, alors… Non, elle ne voulait pas y penser !

Rien ne gâcherait leur soirée ! Avec un sourire, elle pensa au déshabillé de dentelle émeraude qui rehaussait le vert de ses yeux. Elle avait hâte de découvrir la réaction de Rafe quand il la verrait dans cet accoutrement coquin.

Celui-ci ouvrit la porte de leur chambre et Rhianna retint un cri d'émerveillement. Elle avait souvent voyagé avec sa famille, mais résidait le plus souvent dans de petits hôtels sans prétention. Elle n'avait jamais vu une si belle chambre de sa vie : elle comportait une cheminée, un bureau décoré d'un énorme bouquet de fleurs, un ordinateur, un fax, un téléphone et un lit immense recouvert de draps blancs.

Rhianna s'assit sur le lit avec abandon.

— Nous pouvons nous l'offrir, au moins ?

— Une nuit, ça ne va pas nous ruiner…

Avec un sourire béat, Rafe s'assit à côté d'elle. Il retira ses chaussures et s'allongea, les mains nouées derrière la nuque.

— Un de ces jours, nous y passerons une semaine…

Que Rafe fasse ce projet était de bon présage, songea Rhianna, pleine d'espoir. Il évoquait si rarement la possibilité de leur avenir commun… Elle enferma cette promesse dans son cœur, pour se la remémorer, les jours de doute. Mais ce soir, pour une fois, le présent suffisait à son bonheur…

Elle s'allongea à côté de Rafe et lui déboutonna sa chemise. Mais tout à coup le téléphone sonna, et elle pensa aussitôt à Allison. S'il lui était arrivé quelque chose…

— Allison ! s'écria-t-elle.

Rafe décrocha et lui montra le second poste. Elle se précipita pour décrocher, cherchant à se calmer : elle avait parlé avec Laura, une heure plus tôt, et son bébé allait bien. Mais la fièvre pouvait rapidement monter chez les nourrissons…

Mais même si Allison était malade, Cameron était bon médecin… Quand cesserait-elle de se sentir coupable d'avoir laissé sa fille ?

Rhianna serra le combiné contre son oreille, prête à entendre la voix inquiète de Laura, mais une voix d'homme, inconnue, lui parvint.

— Monsieur Sutton ?

— Lui-même.

— McPherson de Weston Action House.

Un tel soulagement envahit Rhianna qu'elle en eut les jambes coupées. Elle se laissa tomber dans le fauteuil le plus proche alors que l'homme continuait :

— Nous avons un problème, monsieur Sutton…

Seigneur, les œuvres d'art auraient-elles été endommagées pendant le voyage ? Rhianna regarda Rafe. Il restait stoïque, mais elle vit une lueur de désespoir traverser son regard.

La vente des Rovell était leur dernière chance de rembourser le juge ce mois-ci.

— Quel genre de problème ? demanda Rafe.

McPherson fut bref et efficace.

— Je préfère vous en parler de vive voix. Dans une heure dans le salon des ventes ?

— Ecoutez, nous avons eu une dure journée : vol de Highview à Denver, emballage et transport des caisses, puis vol de Denver à New York. Nous sommes fatigués. Ne pouvons-nous pas plutôt nous entretenir par téléphone ?

— Comme vous voulez, monsieur Sutton. Les Rovell ne sont pas là.

Rafe se frotta le front, perplexe.

— Que voulez-vous dire ? Nous les avons vus quand on les a déchargés. J'ai même un reçu signé de votre main.

La malchance, décidément, les poursuivait.

— On les a volés ? s'exclama Rhianna, horrifiée.

— Nous avons déballé des caisses garnies de poster, expliqua McPherson.

— Des posters ? répéta Rafe, sidéré.

— Quelqu'un a fait l'échange. Je vous suggère d'avertir la police.

Avant de raccrocher, McPherson leur transmit un numéro où il serait joignable toute la soirée.

Rhianna raccrocha, en état de choc. Rafe prenait déjà des notes. Quelle présence d'esprit, quel sang-froid…

Elle posa la main sur son épaule, consciente que leur soirée romantique tombait à l'eau.

— Que fais-tu ?

— Une liste. Nous avons vu le personnel du musée de Denver emballer et mettre les œuvres en caisse, nous avons suivi le camion jusqu'à l'aéroport de Denver où nous avons vu les manutentionnaires les charger dans l'avion. Ensuite, nous avons été présents pendant le déchargement, à l'aéroport de Newark. Enfin, nous avons convoyé le camion jusqu'à la maison des enchères. Où et quand la substitution a-t-elle été faite ?

— Peut-être à la maison des enchères ?

Rafe écrivit sa suggestion sur son bloc.

— C'est possible, mais j'en doute… Je suis certain que les mesures de sécurité sont maximum.

— Mais nous n'avons pas quitté les caisses des yeux de tout le voyage !

— Pas tout à fait, déclara Rafe. Nous n'étions pas dans le camion ou dans la soute.

— Personne n'a pu effectuer l'échange durant le vol jusqu'à New York puisque la soute n'est pas pressurisée !

— Alors concentrons-nous sur les deux véhicules de transport. A Denver, nous avons vu de nos propres yeux le chargement des caisses.

— Ensuite, nous avons pris la voiture, enchaîna Rhianna. Il nous a fallu environ deux minutes pour rattraper le camion.

— Cinq à dix minutes, corrigea Rafe. C'est trop peu pour décharger le camion et faire la substitution.

Rhianna avait les idées plus claires au fur et à mesure que l'adrénaline montait en elle.

— Imagine que ce soit les camions qui aient été échangés ?

Rafe la regarda avec étonnement. Puis il l'embrassa avec élan.

— Tu es géniale !

Elle lui rendit son baiser, ravie et fière.

— Et si nous appelions la police ?

— Je vais aussi téléphoner à mon père pour qu'il demande aux autorités de Denver d'ouvrir une enquête !

Il se leva et lui tendit la main.

— Désolé, mais nous devons rentrer tout de suite à la maison…

— Je comprends.

Le regret assombrit le regard de Rafe.

— Je n'envisageais pas du tout de passer la soirée de cette façon…

— Il y en aura d'autres…, dit-elle, espérant que les Rovell seraient retrouvés avant leur retour à Denver.

*
* *

Dès que l'avion eut atterri sur le tarmac de l'aéroport de Denver, Rafe alluma son cellulaire et téléphona au sénateur.

— Des nouvelles ?

Rhianna défaisait sa ceinture de sécurité et se levait. La voix du sénateur lui parvint :

— Les Rovell n'ont toujours pas été retrouvés, mais je pense que tu devrais passer voir Duncan Phillips.

— Pourquoi ?

Témoin de l'étonnement de Rhianna, Rafe se pencha vers elle et décolla le téléphone de son oreille pour qu'elle puisse entendre la réponse de son père.

— Tu as émis l'hypothèse que le camion qui transportait les tableaux du musée à l'aéroport de Denver ait été échangé contre un autre. Sais-tu qui possède la compagnie de transport routier choisie par le musée ?

— Duncan ? répondit Rafe.

Juste au moment où ses soupçons s'orientaient plutôt sur le juge Stewart et le couple Stone…

Mais depuis le soir de la fête, Duncan était jaloux de l'intérêt que lui portait Rhianna. Qui sait si, par jalousie, il n'avait pas harcelé Rhianna pour qu'elle lui revienne ? Il avait ensuite enlevé la jeune femme, et forcé les Sutton à payer la rançon avec cette seule idée diabolique en tête : obliger Rhianna à l'épouser contre le remboursement de la dette contractée par les Sutton.

Duncan Phillips avait les moyens et les mobiles… C'était un mégalomane. Rafe regretta que Rhianna soit présente, car il aurait préféré se confronter seul à Duncan.

Alors qu'ils sortaient de l'avion, Rhianna, troublée, prit la parole :

— Je ne savais pas que Duncan possédait une compagnie de transport routier…

— Manifestement, il y a beaucoup de choses que nous ne savons pas sur lui, grinça Rafe.

— Mais qui, au musée, a choisi la compagnie de Duncan pour transporter les Rovell ? demanda Rhianna.

— Bonne question !

Penser que Duncan avait harcelé, enlevé puis séquestré la femme de sa vie mettait Rafe hors de lui. Penser aussi qu'il avait osé voler les Rovell pour empêcher les Sutton de payer leur mensualité décuplait sa colère. Mais il se maîtrisa, car il devait se concentrer. De plus, il n'avait aucune preuve de la culpabilité de Duncan, seulement des présomptions.

Rhianna avait une vision plus lucide de la situation et lui proposa de procéder par élimination. Sur ses instances, Rafe appela le musée de Denver. La conservatrice du musée étant absente, son assistante lui donna son numéro personnel.

La voix endormie de Marie lui parvint peu après :

— Oui ?

— Rafe Sutton à l'appareil. Désolée de vous réveiller, mais les Rovell ont disparu lors de leur transport entre le musée et l'aéroport de Denver. C'est vous qui avez choisi la compagnie de transport ?

— C'est bien moi. On me l'a recommandée.

Rafe s'efforça de réfléchir, malgré la fatigue.

— Vous ne travaillez pas avec une compagnie en particulier ?

— Nous ne louons pas souvent de camions. Vous possédez une collection exceptionnellement importante, déclara Marie.

— Mais qui vous a recommandé cette compagnie ? insista Rafe.

— Hal Stone. Il m'a dit que c'était la meilleure de la région, répondit Marie, qui semblait soudain sur la défensive bien que mal réveillée. Et je n'ai aucune raison de douter de la probité de monsieur Stone !

— Merci pour votre collaboration, madame Valencia.

Rafe prit Rhianna par la main et la conduisit à leur voiture.

— C'est Hal qui a recommandé la compagnie de Duncan au musée.

— Hal aime rendre service, commenta la jeune femme.

Elle s'interrompit, soudain intriguée par l'air sceptique de Rafe.

— Quoi ? Tu penses que Hal et Duncan seraient de mèche ?

— Je n'en sais rien…

Rafe ouvrit la portière.

— Je suis fatigué… Si ça se trouve, Hal ne savait même pas que la compagnie appartenait à Duncan…

Rhianna mit sa ceinture de sécurité et se frotta les yeux tandis que Rafe démarrait.

— Où allons-nous maintenant ?

— Parler à Duncan.

— A 6 heures du matin ?

Quand Rafe se gara devant chez Duncan, il était presque 7 heures. Le déranger si tôt l'indifférait. Il voulait des explications.

Duncan leur ouvrit, impeccable dans son costume cravate. Rafe entra sans attendre son invitation. Rhianna adressa un regard entendu à son ex-prétendant.

— Tu ne sembles pas surpris de notre visite ?

— Je t'attendais…, déclara Duncan avec un sourire en coin.

Puis, montrant Rafe du pouce, il ajouta :

— Mais je ne savais pas qu'il viendrait aussi…

— Et pourquoi ? demanda Rafe, provocateur.

Rhianna s'interposa.

— Duncan, nous sommes venus parce que tu possèdes une compagnie qui a transporté des tableaux…

— Qui appartiennent aux Sutton, précisa Rafe.

— … du musée de Denver à l'aéroport, continua Rhianna. Seulement, ces tableaux ne sont jamais arrivés à l'aéroport de Newark. Il y a eu un échange de véhicule… Les caisses contenaient des posters, pas les tableaux originaux.

— Tu peux le prouver ? demanda Duncan.

Rafe hésita. Duncan hocha la tête et croisa les bras.

— Si je comprends bien, vous me soupçonnez ?

— Ce n'est pas ce que nous avons dit.

Rhianna fixait Duncan sans ciller. Rafe la félicita en silence de lui tenir tête.

— Attention à ne pas porter des accusations non fondées ! dit Duncan, soudain menaçant.

Rafe se contint pour ne pas lui envoyer un uppercut. Il jugea plus efficace d'attaquer autrement :

— J'attends un chèque pour couvrir la disparition de mes tableaux.

Duncan hocha la tête.

— Adressez-vous à ma compagnie d'assurance.

Phillips Insurance.

Cet homme possédait donc tout Denver ? Rafe prit Rhianna par la main, conscient que ce geste complice irriterait Duncan.

— Très bien. Je suis certain que le montant du chèque comblera nos attentes.

— Ça n'est pas aussi simple, contra Duncan.

— Que veux-tu dire ? demanda Rhianna.

— Ma compagnie d'assurance n'effectue aucun versement tant que l'enquête de la police n'est pas terminée. Et vous le savez comme moi, la police est surmenée, mal payée. L'enquête va prendre des mois…

Duncan exultait.

Rafe resta de marbre, bien que profondément affecté par ces paroles. Ils ne pouvaient attendre. Ils devaient verser la prochaine mensualité dans quelques jours.

12

S'introduire chez les Stone en leur absence…

Rhianna n'arrivait décidément pas à se faire à cette idée…

Rafe avait insisté pour qu'elle reste au ranch avec Allison, mais elle avait refusé de le laisser prendre un tel risque seul. Après tout, elle avait aussi sa part de responsabilité dans les difficultés que traversait actuellement le clan Sutton. Si la famille de Rafe n'avait pas payé de rançon pour la libérer, elle n'en serait pas là. Rhianna avait donc décidé d'accompagner Rafe chez les Stone, même si, selon elle, il avait tort d'y pénétrer en leur absence…

Hal et Janet étaient à New York, dans l'espoir d'acheter les Rovell. Selon Rafe, l'occasion était trop belle pour ne pas en profiter pour aller fureter chez eux.

Rhianna contempla les montagnes par le pare-brise. Qui s'occuperait d'Allison si la brillante idée de Rafe les envoyait tous deux en prison… Mais elle cacha son inquiétude à Rafe, qui avait déjà son lot de soucis…

Il conduisait lentement, comme tous les natifs du Colorado habitués aux mauvaises routes de montagne, mais son regard gris brûlait d'une détermination et d'une énergie sans faille.

Rhianna observa les arbres battus par le vent qui s'agitaient sous un ciel chargé de nuages. Elle soupira. Elle aimait la beauté des montagnes du Colorado et cet air pur toujours très frais, même en été.

— Nous allons cacher la voiture et continuer à pied ? demanda-t-elle.

Rafe secoua la tête.

— Non, il va pleuvoir : je préfère qu'on roule jusqu'à l'entrée.

— Personne ne garde la maison, en l'absence des Stone ?

— Je ne pense pas. Ils ont un majordome et un palefrenier à demeure, mais ils logent à l'autre bout du domaine.

Rhianna essaya de se souvenir du plan de la propriété, mais elle ne revit que sa geôle dans le chalet et les heures difficiles de son accouchement. Elle crut toutefois se souvenir que le chalet était très à l'écart de l'habitation principale. Personne ne l'aurait entendue si elle avait appelé à l'aide. Elle n'avait jamais vu l'écurie, mais la propriété des Stone était immense, et totalisait près de 400 hectares. Ils y avaient élevé une résidence secondaire et venaient skier ou profiter des beaux étés du Colorado.

— Et si on nous voyait ? demanda Rhianna.

Mais il y avait peu de chance que cela se produise. Avec une pluie pareille, chacun restait chez soi, devant un bon feu de cheminée.

— Je demanderai qu'on me fasse entrer dans le bureau de Hal, répondit Rafe.

— Hal saura donc que nous sommes venus ?

— Et alors ? Je dirai simplement que mon cellulaire était en panne et que nous devions téléphoner. Détends-toi !

— Et si personne ne nous voit ?

Rafe lui adressa un demi-sourire.

— Alors nous n'aurons à expliquer notre présence à personne…

Oui, bien sûr…

Rafe ne semblait avoir aucun scrupule à fouiller les affaires personnelles des Stone. Il avait décidément des nerfs en acier.

— Au fait, que cherchons-nous exactement ? demanda Rhianna, haussant la voix pour se faire entendre par-dessus la pluie battante. Tu ne penses tout de même pas trouver la rançon sous le bureau de Hal ?

— Ce serait un coup de chance ! convint Rafe en tournant dans la voie privée ombragée par des grands pins. J'espère trouver un calendrier, des notes, voire une liste de numéros de téléphone qui nous mettrait en contact avec les voleurs des Rovell…

Rhianna répugnait à l'idée de lire les notes personnelles des Stone et elle espérait ne pas en être réduite à de telles extrémités. Mal à l'aise, elle s'agita sur son siège et essaya de se changer les idées en contemplant, par la vitre embuée, l'immense maison aux murs de cèdre et ses baies vitrées qui reflétaient la chaîne de montagnes. Pas d'aboiements. Aucune voiture en vue. La maison et ses alentours semblaient déserts… Toutefois, alors que Rafe se garait, Rhianna eut l'impression qu'on les épiait. Pourtant, les rideaux n'avaient même pas frémi et l'on n'entendait que le bruit de la pluie.

— Et maintenant ?

Rafe leva un sourcil.

— On va frapper.

Rhianna était folle d'angoisse. Elle avait une telle nausée qu'elle se félicita de n'avoir rien avalé, ce matin. Elle était sûre que son visage reflétait sa panique. Décidément, elle ferait un piètre cambrioleur… Mais Rafe ne sembla pas remarquer son agitation.

Tous deux coururent s'abriter sous l'auvent de l'entrée. Puis Rafe sonna. Ils attendirent. Glacée par les gouttes d'eau qui lui coulaient dans sa nuque, Rhianna se balançait d'un pied sur l'autre, sans savoir si elle espérait qu'on ouvre.

— On dirait qu'il n'y a personne…, dit enfin Rafe.

Rhianna hocha la tête, la bouche trop sèche pour parler.

Rafe plongea la main dans sa poche et en sortit une clé qu'il introduisit dans la serrure. Elle le dévisagea, bouche bée.

— Mais où… ?

— Hal me l'a donnée.

Rafe souriait. Rhianna lui en voulut de l'avoir laissée penser qu'ils entreraient chez les Stone comme des voleurs.

— Pourquoi te l'a-t-il donnée ? Quand ?

Elle en bégayait de soulagement.

Si Hal avait donné ses clés à Rafe, la police ne pouvait les accuser d'avoir violé sa propriété ! Ils agissaient légalement. Enfin, presque…

Rafe souriait toujours.

— Après ton enlèvement, quand Hal et Janet ont acheté mon premier poulain, je leur ai dit que le FBI pourrait avoir besoin d'accéder de nouveau à leur propriété pour chercher d'éventuels indices dans le chalet. Hal m'a confié un jeu de clés, en me demandant de fermer derrière le FBI…

— Hal n'agit pas comme un coupable…, commenta Rhianna.

Après avoir été soulagée d'entrer par la porte, elle était de nouveau tendue à l'idée de fouiller l'espace intime des Stone.

Rafe ouvrit et la fit entrer.

— Hal est le garçon le plus brillant que je connaisse. Mais je n'ai jamais compris ce qu'il trouvait à Janet.

— Pourquoi ? Elle semble inoffensive.

Le sol était en ardoise. Un magnifique nu de Janet Stone décorait le mur.

— Hal l'a peinte pendant leur lune de miel, lui dit Rafe.

Sur la toile, Janet avait les poings plantés sur les hanches. Un sourire mutin ourlait ses lèvres, et ses longs cheveux flottaient au vent. Elle était radieuse et avait un air angélique.

— Elle est vraiment belle…

Rafe regarda à peine le tableau.

— Mais Janet n'a rien dans la tête. Je n'ai jamais compris comment un homme aussi intelligent que Hal pouvait en être aussi amoureux, même après toutes ces années.

— Il lui a sans doute trouvé d'autres qualités…

— Sans doute, dit Rafe qui prit le couloir de gauche.

Rhianna le suivit, charmée par ce bref échange. Elle se savait séduisante, mais ne voulait pas être aimée pour ses seuls attraits physiques. Elle avait toujours su que Rafe l'estimait autant pour sa beauté que pour son intelligence, et en avait toujours été fière.

Elle n'avait jamais voulu entrer dans la catégorie des femmes qui s'imposaient des régimes draconiens, se coloraient les cheveux ou hantaient les instituts de beauté pour attirer et retenir l'attention d'un homme.

Rafe semblait ravi de leurs rapports, un peu trop peut-être puisqu'il s'en contentait…

Rhianna s'était promis d'être patiente, mais l'attente était bien longue… Tant d'incertitudes jalonnaient leur existence et elle avait hâte d'être enfin fixée…

Rafe la conduisit dans un bureau sombre. Il n'alluma pas les lumières et tira les rideaux, lui dévoilant la vue des montagnes. En dépit de la pluie, des daims s'attroupaient autour d'un pain de sel et des oiseaux volaient de branche en branche parmi les sapins qui jalonnaient une cascade.

Rhianna regarda par la fenêtre, mais Rafe feuilletait déjà les papiers posés sur le grand bureau. Elle se désintéressa bientôt du paysage et erra dans la pièce, répugnant à fouiller. Elle contempla les peintures de maître accrochées aux murs.

— Je suis surprise que les Stone n'aient pas d'alarme, avec ces tableaux, dit-elle à Rafe.

— Parce que ce sont des copies, répondit-il, même Hal ne peut s'offrir les originaux !

Rhianna s'approcha d'un bar de bois de cerisier avec des miroirs fumés, et d'un petit bureau. Etait-ce celui de Janet ? Elle vit une photo de mariage de Janet et Hal posée contre un élégant flacon de parfum en cristal, un stylo avec une plume rouge et du papier lavande personnalisé. Sur un coin, une liste de valeurs, et des ordres d'achat et de vente étaient soigneusement empilés.

— Rafe ?

— Oui ?

— C'est le bureau de Janet ?

— Sans doute. Elle aime s'occuper à ne rien faire quand Hal travaille.

— Tu te trompes : j'ai sous les yeux des ordres d'achat et de vente de titres qui s'élèvent à plusieurs millions de dollars !

Rafe continua de fouiller une boîte remplie de papiers.

— Janet ne s'intéresse pas au bétail, voyons.

— Je ne te parle pas de bétail, je te parle d'indice Dow Jones Industrial Average et de fonds mutuels !

— Janet ? Qui aurait cru qu'elle était au courant de ce genre de choses ? Et pourquoi joue-t-elle les ravissantes idiotes si elle est aussi intelligente ?

Rafe s'approcha et fronça les sourcils à la vue des papiers que Rhianna lui tendait.

— Elle achète et vend des contrats !

Il lui montra un papier.

— Regarde ces appels de marge : Janet a réglé ses dettes dès que nous avons payé la rançon !

Rafe était incrédule. Il avait peine à croire que Janet Stone s'intéresse à l'achat et à la vente d'actions, et aux contrats à terme ! Rhianna aussi. Tout en parcourant les appels de marge, elle se demanda si Janet n'avait pas un problème avec le jeu. Si tel était le cas, son mari était-il au courant ?

— Tu penses qu'elle a pu payer les appels de marge avec la rançon ? demanda-t-elle.

Rafe réfléchit à la question de Rhianna sur la route du retour. L'orage était passé et laissait derrière lui une telle humidité qu'il avait dû mettre l'air conditionné.

— Les appels de marge sont payés par chèque ou par virement bancaire. Janet a pu déposer le liquide avant de payer les factures. Mais selon le FBI, aucun des billets marqués n'était en circulation…

Rhianna s'adossa à son siège et ferma les yeux.

— Et maintenant, que faisons-nous ?

Elle avait tenté de parler avec calme, mais Rafe savait qu'elle désirait retrouver Allison et se détendre. Il aurait aimer lui accorder ce repos, mais s'ils ne découvraient pas dans les vingt-quatre heures qui avait encaissé la rançon, les Sutton perdraient tout ce qu'ils possédaient.

Rafe avait l'intuition que la vérité était proche. Pourtant, il n'avait aucune piste sérieuse. Il devait récapituler les récits des suspects de sa liste, et procéder par élimination pour trouver l'inévitable erreur que commettait toujours le criminel.

Mais ses efforts obstinés pour découvrir la vérité culpabilisaient Rhianna. Il avait beau la rassurer, elle continuait de s'en vouloir. Il lui avait dit qu'il l'aimait pour calmer ses angoisses, mais elle s'accusait encore et toujours. Plus ils approchaient du ravisseur, plus Rhianna lui échappait… Elle l'assistait dans son enquête, mais elle avait perdu tout enthousiasme et semblait découragée.

Il était désespéré et ne savait plus quoi faire…

Mais tant qu'il en aurait la force, il se battrait pour conserver les terres des Sutton.

— Le juge Stewart a un bureau à Highview, déclara-t-il soudain. Je pense que nous devrions aussi l'explorer.

Rhianna ouvrit de grands yeux.

— Mais je pensais qu'il habitait à Denver !

— Maintenant, oui, mais il a grandi à Highview et il y a toujours un petit bureau. Il n'est pas loin de notre ranch.

— Le juge et le sénateur sont-ils amis ou rivaux ?

Son besoin de comprendre les relations des deux hommes fit sourire Rafe. Il aimait la curiosité de Rhianna et son avidité en toute chose. Elle savait voir au-delà des apparences et comprendre les complexités des rapports humains.

— Je n'en sais rien. Highview est une petite ville. Il n'y a pas beaucoup de notables de l'âge de mon père avec son statut social et politique. Les hommes puissants jouent au golf et aux cartes ensemble, ils sont parfois rivaux pendant les élections et se battent pour une même femme…

— Ils se sont battus pour une autre que Karen ? interrogea Rhianna avec curiosité.

— Pour autant que je sache, Karen est la seule.

— Le juge en veut à ton père ?

Rafe haussa les épaules.

— Comme le juge a épousé Karen, je ne vois pas de quoi il tiendrait rancune à mon père.

Rhianna réfléchit pendant que Rafe s'engageait sur l'autoroute.

— Ce que je veux dire, c'est que le juge pourrait haïr ton père parce qu'il l'a battu aux élections sénatoriales.

— Il y a plusieurs années, le juge a aussi été battu par mon père pour devenir gouverneur. C'est du passé, et je ne vois pas pourquoi il voudrait se venger maintenant… Je doute que cette rivalité aux élections ait été aussi âpre qu'on le prétend. De plus, le juge est riche, il n'a pas besoin d'argent. Je ne crois pas qu'il soit ton ravisseur.

— A moins que l'argent ne soit pas le mobile… ? insista Rhianna. Il veut peut-être les terres et le ranch…

— Effectivement, déclara Rafe à contrecœur.

Il pleuvait de nouveau. Il actionna les essuie-glaces.

— Ton harceleur de Denver n'a peut-être rien à voir avec ton ravisseur, murmura-t-il. Ce sont peut-être deux individus différents. Et si ton ravisseur était un inconnu ? Et si c'était un professionnel qui t'avait enlevée pour toucher le pactole ?

— Mais tu en doutes quand même…, insista Rhianna.

Comme elle le connaissait bien ! Parfois, quand il la regardait au fond des yeux, il aurait pu jurer qu'elle lisait dans son esprit. Mais si vraiment elle avait eu ce don, elle aurait vu que son désir le plus cher était d'avoir un avenir avec elle, de former une vraie famille. Elle aurait compris qu'il tentait de bannir ses réticences à se marier.

De la condensation se forma et une fine buée couvrit le pare-brise. Rafe mit en route le dégivrage.

— Ma famille a eu beaucoup de problèmes, ces dernières années. Supposons que quelqu'un soit derrière tout cela et paie ou manipule des gens pour accabler les miens ? hasarda-t-il.

Rhianna tressaillit et ouvrit grand les yeux.

— C'est ce que tu penses ?

— C'est une hypothèse…

— C'est à cause d'une… espèce de malédiction que tu ne veux pas te marier ?

Elle le lui avait dit sans détours ni amertume, plutôt avec compréhension et intérêt.

— Tu penses que si tu m'épousais, il pourrait m'arriver malheur ? insista-t-elle.

— Mon frère aîné a été assassiné…

— Mais son meurtrier a été arrêté et jugé.

— La première femme de Cam a également été assassinée.

— … et moi j'ai été kidnappée. Mais je ne suis pas une Sutton, puisque nous ne sommes pas mariés. Ta théorie est fausse.

— Mais tu portais mon enfant. Nous avons donc un lien. Et quelqu'un l'a compris.

Elle réfléchit, puis reprit, soudain triste :

— Ça ne finira donc jamais… Tu éprouveras toujours ce sentiment de danger. C'est injuste… Je déteste ce sentiment d'impuissance. Je déteste vivre dans la terreur, l'attente du pire…

Rafe se gara, coupa le moteur et serra Rhianna contre lui.

— Nous retrouverons celui qui est à l'origine de tous nos ennuis…

Rhianna s'arracha à lui, à la fois furieuse et triste.

— Et si nous ne le retrouvons jamais ? Et si nous n'élucidons jamais cette histoire ? Tu t'entêteras dans ton refus de m'épouser ?

Rafe aurait voulu lui donner les réponses qu'elle attendait, mais il ne le pouvait pas : il restait convaincu que leur mariage mettrait la vie de Rhianna en danger.

— Ta théorie, c'est du vent ! s'écria-t-elle. Notre fille posera bientôt des questions. Et quand elle s'étonnera de voir que ses parents ne sont pas mariés, que vas-tu lui répondre ?

— Je ne veux pas mettre ta vie en danger, répéta Rafe, conscient qu'elle lui demandait plus qu'il ne pouvait lui donner.

Il agrippa le volant et essaya de réfléchir. De nouveau, rien ne vint. Il avait la tête vide.

Un éclair de colère traversa le regard de Rhianna.

— Ça n'est pas *toi* qui met ma vie en danger ! C'est un fou ! Un malade ! Qui que ce soit, il est peut-être déjà loin maintenant... Ou il peut aussi s'acharner sur nous !

— Conclusions ?

— Nous ne devons laisser personne transformer nos vies en cauchemar ! Imagine que nous ne sachions jamais la vérité ? Que se passera-t-il ?

— Nous perdons notre temps...

— *Perdre notre temps !* s'exclama Rhianna, irritée.

Il crut l'entendre marmonner quelques mots sur les hommes obstinés qui décidaient pour les femmes au lieu de décider avec elles, mais il ne se risqua pas à lui demander de les lui répéter.

Bon, il aurait mieux fait de se taire. Comme d'habitude.

Sa seule réponse, sa seule solution, c'était découvrir le ravisseur. Après, il pourrait avancer dans sa relation avec Rhianna.

Une heure et demie plus tard, il pénétrait dans le bureau du juge Stewart avec une Rhianna désormais mutique. Il affirma à sa secrétaire qu'il avait convenu d'un rendez-vous de dernière minute avec le juge et qu'ils arrivaient en avance.

Il n'eut aucun mal à la convaincre, car il la connaissait de longue date.

Rhianna était détachée. Distante tout à l'heure, elle était devenue à présent indifférente. Elle se laissa tomber sur une chaise sans s'intéresser à rien de ce qui l'entourait.

Tant pis. Il chercherait seul.

Rafe ouvrit et referma plusieurs tiroirs du bureau sans succès. Il vérifia le calendrier des rendez-vous du juge, mais fit également chou blanc. Il ouvrit ensuite des classeurs et feuilleta les relevés de compte.

Rhianna se décida enfin à s'intéresser à ce qu'il faisait.

— Qu'est-ce que tu regardes ?

— Les relevés bancaires de ces derniers mois…

Il les lui tendit.

— Regarde s'il n'y a pas eu un dépôt important correspondant à la date de la remise de la rançon.

Rhianna laissa échapper un long soupir, mais elle prit le dossier et l'étudia. Sa soudaine efficacité prouva à Rafe qu'elle avait besoin d'agir pour échapper au pénible sentiment que lui causaient leurs disputes. Elle les détestait autant que lui et n'était pas femme à se morfondre.

Toujours prête à s'investir, à proposer, Rhianna forçait son admiration et son respect. Il l'aimait. Alors pourquoi avaient-ils tant de mal à communiquer ?

Exaspéré par le cours que prenaient ses pensées et par ses recherches qui ne donnaient toujours rien, Rafe ouvrit un nouveau classeur contenant des notes et des mémos. Incapable de renoncer en dépit de l'échec, il ouvrit un dernier tiroir. Un épais dossier marqué Sutton attira aussitôt son attention. Il le prit.

Rhianna rangea les relevés de la banque.

— Rien de particulier. Et toi ? Tu as trouvé quelque chose ?

Rafe hocha la tête :

— Voici les copies de l'acte constitutif d'hypothèque établi par le notaire. Mon père en a aussi une copie.

Soudain, quelques feuillets s'échappèrent de la pile.

Rafe les ramassa. Il allait les remettre dans le dossier quand une lettre de la main du juge Stewart adressée à son notaire attira son attention. La lettre révélait les termes de l'acte constitutif d'hypothèque.

Rien de particulier. Sauf les dates.

— Voilà exactement ce qu'il nous fallait ! s'exclama-t-il.

Il vérifia de nouveau la date du courrier, tremblant d'excitation.

— Nous le tenons !

— Qui ?

Rhianna regarda vers la porte fermée, puis lança un regard d'avertissement à Rafe.

— Le juge Stewart !

Rafe alluma la photocopieuse du bureau.

— Dans cette lettre, le juge donne des instructions à son notaire pour établir l'acte constitutif d'hypothèque.

— Oui, et alors ? demanda Rhianna avec impatience.

Incapable de modérer son excitation, Rafe éleva la voix.

— Cette lettre date de deux jours avant ton enlèvement !

L'expression de Rhianna passa du trouble au ravissement.

— Si le juge savait que ta famille avait besoin de faire un emprunt avant qu'on ne m'enlève, c'est un escroc !

— Exact !

Avec une immense satisfaction, Rafe fit une copie de la lettre.

— Ce sera une preuve suffisante pour que le shérif obtienne un mandat de perquisition.

— Un mandat de perquisition ?

— Pour chercher les Rovell ou la rançon ! Le juge a dû cacher l'argent et les tableaux dans un endroit sûr. Voilà pourquoi personne n'a vu trace des billets marqués !

Rafe exultait. Ils avaient enfin trouvé le fauteur de trouble à l'origine de tous leurs problèmes. Le plus dur était passé. Maintenant, la police allait intervenir : l'arrestation du juge n'était plus qu'une question de temps.

Quelques heures plus tard, Rafe et Rhianna étaient réunis dans la salle à manger du sénateur avec celui-ci et le shérif Demory. Rhianna donnait son biberon à Allison. Epuisée certes, mais plus belle que jamais aux yeux de Rafe. Leurs ennuis étant terminés, il s'attendait à voir l'espoir renaître dans ses yeux, mais il n'y lisait que de la tristesse. Oublierait-elle un jour les épreuves qu'elle avait traversées ? A moins qu'elle ne pense à leur avenir encore incertain ? Quand elle surprit son regard, elle leva le menton et carra les épaules, puis lui adressa un petit signe qui lui donna envie de tout mettre en œuvre pour construire leur bonheur.

Le shérif secoua la tête en lisant la photocopie que Rafe venait de lui remettre.

— Ça ne suffit pas pour obtenir un mandat de perquisition, Rafe.

Rhianna releva la tête, surprise.

— Que voulez-vous dire, shérif ?

— Nous sommes face à deux problèmes, expliqua le shérif. D'abord, il y a un an ou deux, j'ai nommé Rafe adjoint pour qu'il puisse légalement poursuivre les criminels.

Rhianna haussa les sourcils, sidérée.

— Je ne comprends pas.

— Rafe a agi contre la loi. Une preuve obtenue illégalement est irrecevable et rend un procès inéquitable.

Rafe secoua la tête, incrédule.

— Mais je pensais être votre adjoint temporairement !

— Mais même si nous passions sur ce petit détail…

Le shérif leva la main pour empêcher Rafe de l'interrompre.

— J'ai téléphoné au juge Stewart et je me suis entretenu avec lui…

— Et j'imagine qu'il a une bonne excuse ? marmonna Rhianna.

Le shérif lui tapota la main.

— Stewart prétend qu'il s'est trompé en écrivant la date…

Le sang de Rafe ne fit qu'un tour, mais il lutta pour maîtriser sa colère.

— C'est ridicule ! Il ment !

Il se tourna vers son père.

— Et le FBI ? Il ne peut rien faire ?

Le sénateur le soutint, comme Rafe s'y attendait.

— Tu as ma parole que je vais faire tout mon possible, Rafe, mais n'oublie pas que le juge Stewart est un homme puissant avec des amis bien placés dans le système judiciaire. Il sera protégé, l'enquête sera ralentie, et semée d'embûches.

Le shérif haussa les épaules.

— Sans autre preuve, je crains que nous n'allions très loin…

— J'ai une idée ! intervint tout à coup Rhianna. Livrez donc toute cette histoire aux médias.

Le regard du sénateur brilla.

— Bonne idée ! Si nous ruinons la réputation de Stewart, plus personne ne voudra le soutenir !

Rafe reprit la photocopie.

— Ce serait quand même mieux si nous avions davantage de preuves…

Rhianna laissa échapper un long soupir et donna le mot de la fin :

— Je pense que nous devrions revoir son ex-femme. Je suis certaine qu'elle peut nous aider.

13

La pluie qui tombait toujours était en harmonie avec l'humeur morose de Rhianna.

Elle avait de nouveau confié Allison à Laura pour accompagner Rafe à Denver. Elle avait fini par détester ces déplacements incessants. Ç'avait certes été son idée de revoir l'ex-femme du juge, mais au fond, elle doutait de l'utilité de la démarche. Maintenant que le shérif avait parlé de la lettre antidatée au juge Stewart, ce dernier avait dû s'entourer de toutes les précautions pour se protéger. Depuis le début, l'homme se montrait d'une redoutable intelligence.

Rhianna avait pensé qu'ils seraient enfin en sécurité et que les Sutton ne risquaient plus rien, une fois l'identité du ravisseur dévoilée, mais elle s'était trompée... L'ennemi des Sutton était connu, mais la preuve de sa culpabilité n'était pas encore établie... Peut-être même ne la prouverait-on jamais...

Le pire était que Rafe persistait dans cette interprétation des faits : s'unir à lui, un Sutton, la mettrait en danger aussi longtemps que le juge resterait en liberté.

Rhianna avait cessé de le croire...

La veille au soir, elle lui avait démontré qu'elle était déjà liée aux Sutton et qu'elle constituait donc une cible de choix.

Elle avait espéré que Rafe la rassurerait, lui jurerait qu'elle ne serait pas plus en danger mariée à lui qu'elle ne l'était maintenant. Mais il n'avait rien dit et son silence avait été explicite…

Rhianna aurait aimé connaître la véritable raison de son blocage. Peut-être ne l'aimait-il pas assez ? Peut-être n'en savait-il rien lui-même ? Quoi qu'il en soit, elle ne l'attendrait pas éternellement. Elle devait vivre sa vie et penser à l'avenir de sa fille.

Songer que les Sutton pourraient ne jamais prouver la culpabilité du juge Stewart la décourageait. Et l'idée de perdre Rafe creusait en elle un tel abîme de souffrance qu'elle refusait d'y penser. Mais elle devait aller de l'avant désormais… Elle ne pouvait vivre plus longtemps cette existence incertaine et jouer les détectives amateurs… Et puis Rafe ne reconnaîtrait peut-être jamais qu'il prétextait les intentions criminelles du juge Stewart pour éviter de l'épouser.

Tandis qu'ils se garaient devant chez Karen Prescott, Rhianna s'arracha à ses pensées pour le contempler. Dans sa veste bleu marine, sa chemise bleue et son jean, il incarnait le cow-boy de légende. Il avait une élégance naturelle, était intelligent, et si sexy que son obstination passait au second plan. Et pourtant… Rafe ne changerait pas d'avis sur le mariage, même si la police arrêtait et emprisonnait le juge Stewart, se dit-elle, découragée.

Et sauf coup de théâtre dans les prochaines heures, les Sutton allaient perdre leurs terres… Ils devaient payer avant demain. L'assurance de Duncan Phillips n'avait encore versé aucune indemnité, car l'enquête était toujours en cours. Le défilé avait été déblayé, mais la vente du bétail avait de toute façon été compromise. Rhianna n'avait plus aucun espoir, mais peut-être que ce dernier rendez-vous lui donnerait une idée…

Karen Prescott leur ouvrit la porte.

— Entrez, je vous prie.

Elle les conduisit dans un salon pastel abondamment décoré de fleurs et leur offrit à boire — ce qu'ils refusèrent. Ils s'assirent et Rafe lui fit part de ses soupçons sur le juge. Pendant qu'il faisait son récit, Rhianna observa Karen avec attention. Plusieurs émotions se succédèrent sur ce visage pourtant figé par les liftings, mais la surprise n'en faisait pas partie.

— Je ne suis pas certaine de pouvoir vous aider…, leur confia-t-elle nerveusement quand Rafe eut terminé.

— Nous ne divulguerons vos confidences à personne, déclara Rafe d'une voix douce mais persuasive.

Comme Rhianna, il avait remarqué que Karen répugnait à parler de son ex-mari, mais il avait une façon bien à lui de mettre les gens en confiance et de provoquer leurs confidences. Charmant, sensible et gentil, il ne tempêtait ni n'exigeait. Ses paroles étaient mesurées et son attitude engageante : penché vers Karen, il lui manifestait tout son intérêt et lui montrait ainsi la gravité de la situation. Rafe aurait fait un brillant avocat, mais Rhianna préférait qu'il ait décidé d'élever des chevaux. Les Sutton avaient eu assez maille à partir avec les criminels…

— Je ne connais pas les activités actuelles de mon ex-mari, dit Karen. C'est un homme très secret.

— A-t-il déjà été critique envers mon père ? demanda Rafe.

— Il en a toujours été jaloux, c'en était maladif !

— Que voulez-vous dire ? intervint Rhianna.

— Le juge considérait le sénateur Sutton comme son ennemi juré. Cette rivalité date du lycée.

Rafe parut surpris.

— Du lycée ?

— Votre père était quarterback et a battu l'équipe de mon ex-mari. John s'en est toujours voulu d'avoir commis une maladresse qui aurait pu faire marquer un essai à son équipe et l'aurait ainsi menée au championnat.

Rhianna et Rafe échangèrent un long regard, mais ni l'un ni l'autre n'interrompit Karen.

— Leur rivalité est devenue impitoyable, au cours de leur carrière politique. Comme vous le savez, le sénateur a gagné les élections contre mon mari pour devenir maire, gouverneur et enfin sénateur… La seule fois où votre père a perdu, c'est à cause de moi…

Karen se tut.

— Mais je me suis trompée d'homme… J'étais jeune et insouciante, à l'époque.

Rhianna ne trouva rien à dire, mais comme d'habitude, Rafe trouva les mots justes :

— Je suis certain que le juge était un excellent parti, alors… Il était brillant, ambitieux… Un mélange que les femmes trouvent toujours irrésistible… Vous n'avez rien à vous reprocher, Karen.

— J'aurais dû me méfier de son charme, et voir quel genre d'homme c'était, confia Karen. Mais j'ai été abusée… Quand nous avons divorcé, John a rejeté la responsabilité de cet échec sur le sénateur Sutton.

— Pourquoi ? interrogea Rafe.

— Mon mari a toujours eu l'art de rejeter ses échecs sur autrui ! Il prétendait que le sénateur avait menti aux électeurs pour gagner leurs voix. Selon lui, s'il avait été élu sénateur, nous serions encore mariés. Voyez un peu quel esprit tordu il a !

— Il vous a parlé en ces termes ? interrogea Rhianna, qui trouvait cette version difficile à accepter.

— Vous savez, j'aurais divorcé même s'il était devenu

président des Etats-Unis ! Il est possible que notre divorce l'ait poussé à des extrémités. Pas parce qu'il m'aimait, non, mais parce que je symbolisais sa seule et unique victoire sur le sénateur... N'avais-je pas accepté de l'épouser ? Après notre divorce, toute la jalousie et l'amertume qu'il avait contenue pendant des années a resurgi.

— Vous en êtes certaine ? insista Rafe, poussant Karen à d'autres aveux tout en douceur.

— Je n'ai aucune preuve, mais j'ai vécu avec lui pendant trente-trois ans et je me flatte de bien le connaître. Trop bien même... Certains hommes veulent réussir par défi, par vengeance, pour prouver quelque chose, et mon ex-mari voulait vaincre le sénateur Sutton. Mais celui-ci a toujours battu mon mari. Il a eu cinq fils, possède un ranch immense, est riche et a du prestige... John, jaloux, est devenu obsédé par son désir de battre le sénateur. Vous vous souvenez de la baby-sitter qui a assassiné la première femme de votre frère, Cameron ?

— Que vient-elle faire dans cette histoire ?

— J'ai entendu le juge chaudement la recommander. Pourtant, il connaissait son passé instable... et savait qu'elle causerait des ennuis à Cameron et sa femme...

— Le juge était aussi associé à l'avocat qui a causé des ennuis à Chase et à Laura..., déclara Rafe d'une voix lente pendant que peu à peu les pièces du puzzle se mettaient en place.

— C'est exact... Je ne suis pas surprise que mon ex-mari ait eu recours à des procédés illégaux pour abattre le sénateur. C'est un homme amer et seul qui prend plaisir à voir la souffrance d'autrui.

Rafe avait donc raison..., pensa Rhianna. Le juge Stewart avait poursuivi la famille Sutton de sa haine pour se venger de la réussite du sénateur. Karen confirmait, sans le savoir bien sûr, la raison pour laquelle Rafe refusait de l'épouser, se dit-elle ensuite avec un sentiment de nausée. Tant que le juge serait en liberté, Rafe ne l'épouserait pas de peur qu'il ne s'en prenne de nouveau à elle...

Mais le juge l'avait aussi harcelée parce qu'elle était la mère de la fille de Rafe. Son célibat ne l'avait pas protégée et ne la protégerait pas davantage, à l'avenir. Les craintes de Rafe avaient beau être fondées, il utilisait néanmoins le juge comme prétexte pour ne pas l'épouser.

Au même instant, Rafe se leva et arpenta le salon.

— Les motivations de votre ex-mari s'expliquent, mais il nous faut néanmoins des preuves solides...

— Je suis désolée, mais je ne peux pas vous aider...

Rafe s'immobilisa et posa ses mains sur le dossier de son fauteuil.

— Nous devons trouver les billets de banque de la rançon, ou les tableaux...

— Il n'a pas dépensé l'argent, confia Rhianna à Karen.

Elle s'efforçait de penser à la rançon, alors qu'elle aurait voulu secouer Rafe, le forcer à affronter les véritables raisons de son refus de l'épouser.

— Savez-vous où il aurait pu cacher cet argent ou les tableaux ?

Karen secoua la tête.

— Je n'en ai aucune idée...

— Le juge possède-t-il un coffre ? demanda Rafe.

— Je ne pense pas...

Rhianna réfléchit. La rançon devait prendre beaucoup de place.

— A-t-il un coffre chez lui ?

— Pas que je sache... A moins qu'il n'en ait fait installer un depuis notre divorce ?

Rafe tourna une chaise et s'y assit à califourchon.

— Il a un pavillon de chasse ?

— Non, mais nous avons un chalet de montagne. Pourtant, John ne skie pas. Je pensais qu'il y cachait une maîtresse, mais il n'a jamais été intéressé par les autres femmes.

— Alors pourquoi garder ce chalet ? questionna Rhianna, qui se demandait si un jour elle comprendrait les gens riches.

— Le juge l'utilisait pour distraire ses directeurs de campagne. Les factures d'alcool et de cigare auraient pu à elles seules nourrir une famille de quatre personnes pendant un an !

Rhianna devina que Rafe était prêt à se rendre au chalet dans l'espoir d'y trouver la rançon. Mais le juge n'avait pas été inconscient au point de la cacher dans un endroit si facile à trouver. Il avait peut-être brûlé l'argent et les tableaux, qui ne l'intéressaient pas, parce que c'était les terres des Sutton qu'il voulait.

Mais jamais il ne les aurait.

Jamais, se répéta Rhianna.

Elle avait toujours su qu'elle avait le choix. Elle avait espéré que Rafe et elle trouveraient une solution, mais il y avait trop d'embûches…

Elle seule avait le pouvoir d'arrêter le juge. Même si pour y arriver, elle devait tout perdre.

Rhianna dit à Rafe qu'elle avait mal à la tête et lui demanda de la déposer dans un hôtel de son choix à Denver. Bien qu'il soit impatient de se rendre au chalet du juge, il l'accompagna dans sa chambre et demanda au service d'étage de lui apporter de l'aspirine.

— Viens vite t'allonger, lui dit-il ensuite. Je vais te

masser la nuque. Après, tu te sentiras peut-être mieux pour m'accompagner ?

Malgré sa sollicitude, il ne paraissait pas croire à son histoire de migraine. A moins qu'elle ne culpabilise d'avoir pris sa décision seule ? se demanda Rhianna, mal à l'aise. Elle s'allongea sur le lit, ferma les yeux et pressa Rafe de partir :

— Non, vas-y maintenant. Peut-être trouveras-tu l'argent pour payer la mensualité et des preuves pour mettre le juge derrière les barreaux.

— Peut-être…, dit Rafe perplexe. Sinon, Hal Stone nous a fait une offre, à ton père et à moi, pour Sweetness…

— Oh, Rafe ! Vendre ce poulain c'est comme perdre les terres Sutton… Nous ne pouvons pas laisser Stewart gagner ! Pars vite !

Mais le regard de Rafe était indécis.

— Je n'aime pas l'idée de te laisser seule…

— Tout ira bien ! promit-elle, s'efforçant d'être sincère. Vas-y, je t'en prie… Tu n'as que quelques heures devant toi…

— Bon, c'est d'accord

Il lui montra son téléphone.

— Surtout, appelle si tu as besoin de quoi que ce soit.

Elle acquiesça, enfermant son dernier regard dans son cœur.

Rafe hésita sur le pas de la porte.

— Souhaite-moi bonne chance…

Elle leva le pouce.

— Ferme bien derrière moi…, lui dit-il enfin.

Rhianna acquiesça, la gorge serrée. C'était un adieu… Que Rafe n'en soit pas conscient lui facilitait la tâche. Dans quelques heures, plus rien ne serait pareil entre eux… Mais ça n'avait plus aucune importance… Il était fort, sa famille le soutiendrait. Elle savait qu'elle agissait pour le bien de tous.

Sa décision de tourner la page sur Rafe lui donnait la nausée, et elle tremblait comme une feuille. Sa seule consolation ? Son sacrifice épargnerait aux Sutton la perte de leurs terres. Et puis Rafe et son père garderaient Sweetness. Allison ne serait pas non plus privée de son héritage familial, du côté paternel. Sa fille grandirait parmi les Sutton, et avec un père aimant. Car Rhianna avait aussi pris la décision de laisser sa fille à Rafe.

Quand il fut parti, les larmes qu'elle avait contenues coulèrent soudain à flot… Elle les essuya d'une main rageuse. Tant pis, sa décision était prise et irrévocable.

Et applicable *maintenant.*

Rhianna ne se donna pas la peine de verrouiller la porte. Elle refoula ses larmes, emprisonna sa douleur au plus profond de son cœur et décrocha le téléphone. Elle devait agir tout de suite, avant de perdre son courage.

Elle composa le numéro, les mains tremblantes. On décrocha, et son cœur se serra.

— Duncan ?

— Rhianna. Tu as changé d'avis ?

— Oui.

Duncan n'avait même pas pris la peine de la saluer et elle lui avait répondu avec la froideur qui maintenant glaçait tout son être.

Jamais elle ne lui dirait qu'elle acceptait de devenir sa femme par amour pour sa fille et Rafe Sutton, à qui elle ne pouvait reprocher ses incertitudes et ses peurs… N'avait-il pas toujours été honnête avec elle ? Il ne lui avait jamais caché sa répugnance à se marier. Peut-être aurait-il fini par la demander en mariage, mais seulement pour assumer ses responsabilités. Et Rhianna refusait de lier son destin au sien pour de telles raisons. Elle pouvait faire un mariage d'affaires avec Duncan mais pas avec Rafe. De lui, elle voulait un mariage d'amour sinon rien. Si elle acceptait de l'épouser pour des raisons pratiques et administratives, leur affection actuelle pourrait se muer en ressentiment, puis en haine. Mieux valait rompre maintenant et penser à l'avenir de leur fille.

Se marier par intérêt avec Duncan lui était égal. Il ne l'aimait pas, et de toute façon elle doutait qu'il soit capable d'aimer… Il voulait l'épouser seulement par amour-propre, parce qu'il n'acceptait pas l'échec. Il n'avait jamais perdu en affaires, alors il n'allait certainement pas perdre une femme ! Duncan la convoitait comme il avait convoité le Picasso accroché dans son salon ou la Rolls Royce garée à côté de sa Lamborghini. Entre elle et Duncan, il n'y avait aucun sentiment. Une vie sans amour, sans haine non plus, l'attendait. Une fois que Duncan l'aurait gagnée, il se désintéresserait peut-être d'elle. Et alors ?

Rhianna prit une profonde inspiration et se jeta à l'eau :

— Je t'épouse cet après-midi.

Fidèle à lui-même, Duncan ne s'embarrassa pas de questions inutiles. Il promit de faire le nécessaire pour que les formalités administratives et l'acte de mariage soient prêts à temps.

Rhianna ne sut comment elle trouva la force de lui donner le nom de son hôtel et le numéro de sa chambre. Elle lui annonça qu'elle allait commander une robe à la boutique de l'hôtel. Enfin, elle lui demanda de venir avec un juge de paix pour les marier et un chèque pour payer la mensualité des Sutton. Sa seule surprise fut d'entendre Duncan lui préciser qu'elle devrait signer un contrat prénuptial, où elle certifierait qu'il lui avait alloué une somme assez conséquente pour vivre dans l'aisance jusqu'à la fin de ses jours. Libre à elle si elle choisissait de dépenser cet argent pour les Sutton.

Une fois que Rhianna eut donné son accord, elle raccrocha et plongea son visage entre ses mains. Elle surmonterait sa séparation d'avec sa fille et Rafe et sa tristesse face à ce gâchis en fantasmant sur ce bonheur qu'ils n'avaient su saisir. Son sacrifice en valait la peine. Elle en avait l'intime conviction. Alors pourquoi souffrait-elle à ce point ?

Rafe se faisait du souci pour Rhianna. Il avait lu dans son regard vrillé au sien une infinie douleur. L'expression de cette souffrance l'avait plus frappé que si elle lui en avait fait l'aveu. Il répugnait à la laisser seule. Et si elle avait besoin d'un médecin ? Et si elle… mourait ?

Mourir ?

D'où lui venait pareille pensée ? Rhianna était jeune et en bonne santé. Avec deux aspirines, son mal de tête passerait !

Mais une aspirine ne soignait pas un anévrisme…

Non, non, elle irait bien !

Enfin… peut-être.

Rafe fit un effort pour freiner ses angoisses et sortit de l'ascenseur puis traversa le hall de l'hôtel. Il devait se rendre dans le chalet du juge et le fouiller de fond en comble, mais avant toute chose, il devait appeler son père. Zut, la batterie de son cellulaire était à plat.

Rafe l'appela d'une des cabines de téléphone située dans le hall. Le sénateur répondit à la première sonnerie.

— Oui ?

— L'ex-femme du juge Stewart a confirmé qu'il te poursuivait de sa haine depuis longtemps. Apparemment, il te rend responsable de ses échecs politiques et sentimentaux. Il veut se venger de toi, le seul hic, c'est que nous manquons toujours de preuves…

— Mais mes contacts du FBI disent que le juge n'a rien à se reprocher…

Son père semblait frustré mais pas résigné. Il se battrait jusqu'à son dernier souffle pour conserver ses terres.

— On a pu descendre le bétail des alpages ?

— Ça prend du temps…

— Bon, je me rends au chalet du juge…

— Je doute que ce soit une bonne idée. Il pourrait t'y attendre, armé.

— Non, il est au palais aujourd'hui : j'ai déjà vérifié.

— Alors si tu maîtrises la situation… Mais pour l'amour du ciel, fais attention à toi et à Rhianna.

Le sénateur faisait souvent cette prière à ses fils. Rafe s'était déjà demandé s'il ne se sentait pas coupable d'avoir été absent, le soir où sa femme était morte. Le sénateur avait travaillé longuement, ce soir-là, et était rentré trop tard pour lui porter secours. Il évoquait rarement le vide causé par son absence ou la crise cardiaque qui l'avait terrassée pendant qu'elle préparait le dîner, mais il suppliait ses fils de prendre soin de leurs épouses et d'être solidaires entre eux.

Rafe raccrocha. Pourquoi pensait-il à sa mère à cet instant précis ? Parce que son inquiétude pour Rhianna persistait ?

Mais Rhianna n'allait pas mourir. Elle souffrait seulement de migraine.

Le sénateur n'avait jamais su que sa femme avait des problèmes cardiaques, et n'avait donc pu prévenir l'infarctus. Rafe, lui, savait que Rhianna souffrait en ce moment et il pouvait soupçonner le pire.

Une sueur froide le glaça. Malgré son inquiétude, il devait

quitter Rhianna, fouiller le chalet du juge… Il ne lui restait que quelques heures devant lui. Il longea la boutique de l'hôtel et regarda distraitement une employée qui dévêtait un mannequin de sa robe blanche. Par la porte ouverte, il entendit ces mots.

— C'est pour la chambre 567.

La chambre de Rhianna ? Pourquoi s'achetait-elle une robe blanche très chic alors qu'elle avait mal à la tête ? C'était absurde !

Rafe se rua dans la boutique.

— La chambre 567, c'est la mienne. Je monte la robe !

La vendeuse lui sourit.

— Mais le fiancé n'est pas censé voir la robe avant le mariage !

Une robe de mariée ? Que se passait-il ?

Le cœur de Rafe battait de plus en plus fort. Il n'avait pas demandé sa main à Rhianna ! Et puis pourquoi acheter une robe sans l'essayer ?

— Le mariage est à 16 heures. La robe doit être dans la chambre dans une demi-heure. Détendez-vous, monsieur, nous maîtrisons la situation.

Un mariage à 16 heures ? *Aujourd'hui ?* Soudain, Rafe comprit. Rhianna avait simulé la migraine pour ne pas l'accompagner et se marier.

Etait-elle devenu folle ? Rafe n'attendit pas l'ascenseur. Il grimpa les escaliers quatre à quatre, propulsé par une colère croissante.

Il courut dans le couloir, mais s'arrêta devant la porte de leur chambre et perdit du temps à chercher ses clés. Enfin, il entra. Il se sentait trahi, humilié, et très énervé.

Rhianna se retourna et, de surprise, laissa tomber son poudrier. Elle se baissa pour le ramasser.

— Tu as oublié quelque chose, Rafe ?

— Oui : mon invitation à ton mariage !

La colère durcissait sa voix.

— Je me faisais un souci monstre pour ta migraine pendant que tu projetais de me quitter pour en épouser un autre. Tu me dois des explications !

Elle vacilla comme s'il l'avait frappée, mais elle le toisa d'un regard fier.

— Je ne te dois rien du tout !

— Mais qu'est-ce qui te prend ?

Rhianna regarda sa montre.

— Tu ne devrais pas déjà être au chalet du juge ?

Comment pouvait-elle être aussi calme ? Pourquoi avait-elle cet air vulnérable, comme si elle allait se briser en mille morceaux s'il la touchait ?

Toute sa colère rentrée explosa alors que la vérité se faisait jour : la douleur qu'il avait lue dans ses yeux, tout à l'heure, n'était pas due à la migraine, mais à son dilemme intérieur. Elle avait eu du mal à prendre la décision de se marier, qui plus est, sans le consulter. Il souffrit comme si elle l'avait frappé. C'est alors qu'il remarqua ses yeux rouges et gonflés. *Elle avait pleuré.*

Il trouva une seule raison à ses larmes.

— Tu vas épouser Duncan ?

— Oui.

Rafe ne comprenait plus. Comment avait-elle pu tout décider sans en discuter avec lui ?

— Et tu vas me prendre ma fille ?

— Non, je te laisse Allison.

Ces mots l'étonnèrent. Elle les avait prononcés d'une voix désincarnée, mais il savait ce qu'il lui en coûtait. Il pouvait certes douter de son amour pour lui, mais pas de son amour pour leur fille. Rafe se souvenait encore de la joie de Rhianna quand Allison était née. Il l'avait entendue chanter des berceuses et lui souhaiter bonne nuit d'un tendre baiser.

Choqué et troublé, il la regarda. Et soudain, il comprit.

— Tu épouses Duncan parce qu'il a promis de payer nos dettes ? Nos terres ne valent pas un tel sacrifice ! Tu as perdu l'esprit ?

Rhianna s'assit et se remit à se maquiller.

— C'est mieux comme ça. Les Sutton garderont leur ranch. Toi et mon père, vous garderez Sweetness.

— Et Allison ?

— Elle grandira heureuse. Tu es un papa extraordinaire.

— Mais elle a besoin de sa mère.

— Nous avons toujours su qu'elle ne pouvait pas avoir les deux. En restant avec toi, elle gardera aussi son héritage. De toute façon, Duncan ne veut pas d'elle. Elle sera donc mieux avec toi.

Elle avait pensé à tout…

— Et nous deux ?

— Mais il n'y a pas de nous deux, Rafe.

Sa voix chancela, mais s'affermit sur la fin. Rafe ne la crut pas.

— Tu ne m'aimes pas ?

— Je vais de l'avant.

— Tu doutes de mon amour ?

— Possible.

— Alors je vais être clair : je t'aime et tu m'aimes. Nous avons un enfant ensemble. Comment peux-tu épouser un autre homme ?

Rhianna fit un geste vague.

— Si tu voulais te battre pour nous, Rafe, tu serais déjà dans le chalet du juge à la recherche de la rançon. Le juge irait en prison et je n'aurais pas à épouser Duncan.

— Tu sais très bien que je ne partirai pas d'ici tant que tu n'auras pas changé d'avis !

Elle croyait donc qu'il la laisserait épouser Duncan ? Il ne pouvait vivre sans elle. Et il se voyait mal avouer à Allison que ses parents ne s'étaient pas mariés parce que son père s'était comporté comme un lâche !

— Tu ne te débarrasseras pas de moi aussi facilement !

Elle fit une moue.

— Pourquoi veux-tu compliquer la situation, Rafe ? Va-t'en, je vais épouser Duncan.

— J'en doute !

Elle leva les yeux, alarmée.

— Rafe, sois raisonnable…

— Raisonnable !

Il lui prit les poignets et l'obligea à se lever.

— Je ne te laisserai jamais l'épouser. Je ne laisserai pas un autre épouser la femme que j'aime ! dit-il d'une voix douce mais ferme.

14

Comme c'était bon d'être dans ses bras…

Rhianna avait envie de lâcher prise, de se blottir contre lui et de puiser tout le réconfort dont elle avait besoin dans sa force virile. Mais elle ne devait pas, elle devait s'arracher à lui, à son odeur, sa chaleur avant de faiblir…

Elle recula. Loin de ses bras, elle eut aussitôt froid.

— Tu ne me laisseras pas épouser Duncan ? Ça n'est pas à toi de prendre cette décision…

Rafe lui prit la main et l'attira à côté de lui, sur le lit.

— Je n'ai jamais voulu me marier, mais sans savoir pourquoi. Jusqu'à ce que je te rencontre, je n'en cherchais pas la raison.

— Je ne veux plus jamais entendre cette théorie : « Si je t'épouse, je te mets en danger », coupa Rhianna.

— Tu es trop intelligente pour être bernée par ces pauvres excuses. Cela dit, pendant longtemps, j'ai vraiment pensé que quelqu'un en voulait à ma famille. Et je voulais te mettre à l'abri.

Rafe la regarda avec calme mais aussi avec une intensité qui lui fit battre le cœur plus fort.

— Et j'avais raison… Le juge veut détruire ma famille.

— Mais…

— Laisse-moi parler pendant que je le peux !

Rafe lui serra la main, déterminé à parler enfin, après avoir tant reculé devant l'épreuve que cette conversation lui imposait.

— Quand j'avais six ans, je jouais sous la table de la cuisine pendant que ma mère préparait le dîner. Tout à coup, elle est tombée… les oignons dans la poêle ont brûlé. Depuis, je déteste l'odeur des oignons…

— Où étaient tes frères ?

— Dans la vieille écurie, avec mon père. A l'époque, il fallait dix minutes pour aller de l'écurie au ranch.

L'écurie, son havre de paix désormais. Là où il aurait aimé être, ce soir-là…

— Personne n'était donc à la maison ?

Rafe secoua la tête.

— Non. Et moi, je ne savais pas quoi faire… J'ai appelé le 911, et j'ai appelé mon père par la radio du ranch en hurlant. J'étais incapable de quitter ma mère. J'ai essayé de la réveiller, mais je savais déjà que c'était trop tard… Je savais qu'elle était… partie. Mon père est enfin arrivé, et il est reparti à Denver, roulant à tombeau ouvert. Ce furent les instants les plus longs de ma vie… Mais mon père non plus n'a pu la sauver…

Rafe se tut.

— C'est la première fois que je l'ai vu pleurer…, reprit-il, la deuxième fois, ce fut lors de l'assassinat de mon frère aîné. J'ai aussi vu Cam souffrir du décès de sa première femme…

— Tu t'es donc interdit d'aimer…

Il ne répondit pas. Puis soudain, les mots vinrent, rauques :

— Je pensais que si je t'aimais, si je t'épousais, j'allais te perdre aussi…

Comme sa mère, son frère aîné, et sa belle-sœur... Trop souvent témoin de la mort, Rafe était traumatisé. Elle comprit qu'il ne mentait pas sur l'origine de sa peur du mariage.

Elle lui serra la main.

— Je suis toujours là...

— J'en suis heureux... J'ai essayé de refouler mes sentiments pour toi, mais je ne peux pas. Tu comptes trop à mes yeux...

— Mais ta peur de me perdre est complètement irrationnelle, lui dit-elle pour le rassurer.

— Sans doute, mais elle est là... au fond de moi...

Il l'obligea à lui faire face.

— Mais je préfère affronter cette peur et vivre avec plutôt que de te voir en épouser un autre ! martela-t-il.

Sa détermination allégea le poids qui pesait sur les épaules de Rhianna. Le temps soignerait les vieilles blessures... Mais elle n'avait plus le temps d'attendre qu'il guérisse...

— Je suis contente que tu me le dises, mais ça ne changera rien, Rafe...

Il se leva et l'obligea à le regarder.

— Explique-toi.

— Je vais quand même épouser Duncan.

Il étrécit le regard et se raidit, comme s'il se contenait pour ne pas la secouer.

— Pourquoi ?

— Parce que de moi dépend l'avenir de trop de monde. Duncan va rembourser l'hypothèque ..

— Mais tu es plus importante que les terres des Sutton !

— Et avec mon père, tu garderas tes chances d'élever Sweetness, continua-t-elle sans l'écouter.

— Ecoute-moi bien, Rhianna. Quand ton père te savait en danger, il a voulu me vendre Sweetness en échange de la protection qu'il me demandait. Tu penses qu'il vendrait Sweetness en échange de ton bonheur ? Ma famille peut vivre sans ses terres. Mon père convoite la Maison Blanche, et il passe le plus clair de son temps à Washington. Chase et Laura vivront au ranch des Embry. Tyler peut travailler dans n'importe quel ranch ! Et moi, je deviendrai enfin avocat.

— Je ne supporte pas cette idée !

— Et moi, je ne supporte pas l'idée que ma fille grandisse sans sa mère !

Il lui prit la main.

— Et si nous ne perdions pas ce temps à discuter, nous pourrions retrouver la rançon ! Cette conversation est absurde !

Rhianna essaya de se libérer alors que Rafe l'entraînait vers la porte.

— Où m'emmènes-tu ?

Rafe n'eut pas l'occasion de répondre : il venait d'ouvrir la porte tout grand et se retrouvait nez à nez avec Duncan Phillips.

— Désolé, mon vieux, mais ta fiancée a changé d'avis !

Sans laisser à Duncan le temps de riposter, Rafe se rua dans le couloir, Rhianna derrière lui. Mais Duncan réagit vite, et les rattrapa au moment où Rafe poussait Rhianna dans l'ascenseur.

— Que se passe-t-il ? demanda-t-il de son ton méprisant.

Rafe allait parler, mais Rhianna l'en empêcha d'un coup de pied dans le tibia. Duncan était peut-être froid et égoïste, mais il méritait une rupture correcte.

— Je suis désolée, Duncan, mais Rafe préfère perdre le ranch plutôt que de me perdre, moi… De plus, je ne suis pas certaine de vouloir renoncer à ma fille.

Duncan croisa les bras et l'observa de la tête aux pieds.

Sans doute remarqua-t-il ses yeux toujours rouges et gonflés, son maquillage inachevé et ses cheveux en désordre, car il soupira.

— C'est peut-être mieux, finalement... Tu n'aurais jamais fait une épouse convenable, digne de mon statut social...

Rafe se hérissait déjà, mais Rhianna lui donna un nouveau coup et il se résigna à la laisser répondre.

— Tu mérites une autre femme que moi, et je suis désolée pour tout le dérangement...

Une fois arrivés au rez-de-chaussée, tous trois sortirent de l'ascenseur. Etrangement calme, Duncan toucha galamment le bord de son chapeau pour saluer la première jolie femme qu'il croisa dans le hall. Il se remettrait vite de sa déception, apparemment..., se rassura Rhianna, ennuyée de l'avoir manipulé, mais néanmoins soulagée d'échapper à ce mariage.

Rafe lui fit hâter le pas vers la voiture. Il brancha son cellulaire dans le chargeur alors qu'elle consultait sa montre. Ils n'arriveraient jamais au chalet avant ce soir... Le délai pour verser la mensualité serait dépassé... Rhianna monta dans la voiture. Rafe resta silencieux, sans doute laminé et même surpris par ses propres révélations de tout à l'heure.

Elle ne pouvait lui reprocher d'avoir si longtemps refusé de replonger dans un passé si tragique. La question était de savoir s'il surmonterait un jour ses peurs, maintenant qu'il en avait exprimé l'origine. Rhianna n'épouserait jamais Duncan, mais elle voulait que Rafe s'engage plus sérieusement avec elle et sa fille. Elle le voulait pour Allison.

Elle attendrait, elle l'accompagnerait sur cette voie en lui offrant tout son amour et toute sa confiance.

*
* *

A 17 h 50 très exactement, Rafe se gara devant le chalet du juge. Il restait dix minutes avant le délai imparti pour payer. Jamais ils ne pourraient fouiller le chalet en si peu de temps.

Rafe appela son père.

— Nous sommes arrivés, annonça-t-il. Attends la fermeture des banques pour faire un chèque au juge, au cas où nous trouvions l'argent.

Mais s'ils échouaient, le chèque serait sans provision… D'un autre côté, Rafe aurait réussi à gagner du temps pour fouiller le chalet : le chèque devait partir au courrier d'aujourd'hui, et être encaissé demain au plus tard par le juge.

Restait à entreprendre la fouille du chalet. Karen leur avait précisé que le juge cachait une clé dans le troisième cache-pot, à droite de la porte. Rafe la trouva sans peine et entra aussitôt, Rhianna sur les talons. Il désamorça le système d'alarme tandis que la jeune femme retenait son souffle. Si jamais le juge avait changé le code depuis son divorce, la police allait vite être alertée. Mais la veilleuse rouge devint verte, preuve que Rafe avait réussi à désactiver le système d'alarme avec succès.

La nuit tombait toujours tôt en montagne et on ne voyait goutte dans le chalet. Lorsque Rafe alluma la lumière, Rhianna vit une immense cheminée de pierre qui occupait tout un pan du mur. Des sofas de cuir turquoise garnis de coussins multicolores formaient un cadre convivial avec la table de marbre et un tapis de style contemporain. Le parquet de bois brut craqua sous leurs pieds.

— Par où commençons-nous ? demanda Rhianna dans un soupir.

Elle répugnait à quitter Rafe. Même éclairé, ce chalet lui semblait sinistre et lui faisait horreur. Rhianna redoutait de voir le juge surgir à chaque instant, les menaçant d'une arme et les accusant d'être entrés par effraction dans sa propriété.

— Je parie qu'il doit cacher l'argent dans sa chambre, l'espace le plus privé du chalet.

— Il possède peut-être un coffre ?

— Alors il doit être grand ! Deux sacs de toile remplis de billets occupent pas mal de place !

Rhianna suivit Rafe dans une cuisine immaculée.

— Il y a une chose que je ne comprends pas…

— Quoi ?

— Si nous trouvons l'argent, qu'allons-nous faire ?

Rafe observait maintenant le congélateur bien garni.

— Le shérif Demory a dit que nous ne pouvions pas utiliser les preuves devant la Cour si nous les avions obtenues par des procédés illégaux. Et nous n'avons pas le droit d'être ici…

Rafe fouillait parmi une douzaine de poulets congelés, steaks et bacon.

— Je sais.

Il referma le congélateur et passa au garde-manger.

La rançon pouvait difficilement avoir été cachée derrière les provisions qui garnissaient les étagères, mais Rafe regarda quand même partout. Ensuite, ils inspectèrent les escaliers et montèrent au premier étage. Rhianna suivit Rafe dans une première chambre d'amis, découragée.

Elle doutait qu'ils trouvent l'argent, mais elle se sentait obligée d'aider Rafe. Pendant qu'il regardait sous le lit et derrière les tableaux, elle vérifia les tiroirs. Rien.

Pressés, ils passèrent devant les quatre autres chambres d'amis et entrèrent immédiatement dans la chambre du juge, qui couvrait tout le deuxième étage et comprenait un dressing-room, une salle de gym, un bureau et une immense salle de bains. Ils regardèrent dans les valises vides du dressing, et dans le coffre au pied du lit. Rafe vérifia aussi sous les escaliers qui montaient au grenier. Peut-être que les Rovell y avaient été cachés ?

Mais il n'y avait rien.

— Il n'y a pas de cave dans ce genre d'habitation ? demanda Rhianna, désormais très lasse.

— Non. Mais il reste encore les chambres d'amis et le garage à fouiller.

Ne trouvant rien dans les chambres, ils redescendirent. A chaque marche, le découragement de Rhianna croissait. Elle doutait qu'un homme aussi intelligent que le juge ait caché tant d'argent dans son chalet.

Après avoir vérifié la buanderie, l'intérieur de la machine à laver et du sèche-linge, Rafe passa dans le garage. Auto, camionnette et motoneiges… il y avait là tous les jouets d'un homme riche et habitué à pratiquer les loisirs les plus sophistiqués. Pendant que Rhianna vérifiait les véhicules, Rafe ouvrait les sièges des motoneiges. Plusieurs vélos étaient posés contre un ballon d'eau chaude enveloppé de couvertures destinées à le protéger des hivers rudes du Colorado. Mais Rhianna ne vit aucune cachette possible, ni caisses ni poubelles…

Rafe s'approcha des vélos. Rhianna le suivit, soudain épuisée. Elle voulait rentrer au ranch et revoir sa fille tout en répugnant à rentrer les mains vides.

Rafe tâta les couvertures placées autour du ballon d'eau chaude, puis déplaça les vélos. Rhianna les écarta et s'appuya contre le mur.

— Qu'y a-t-il ?

— Ces couvertures, autour du ballon, me semblent bien épaisses.

— Parce qu'il doit faire très froid ici, l'hiver…

— Sans doute, oui.

Rafe regarda derrière une couverture et en sortit une liasse de billets.

Le cœur de Rhianna se mit à cogner dans sa poitrine.

— Tu as trouvé !

— Attends que nous en soyons certains avant de chanter victoire !

De son briquet, il chauffa un billet de cent dollars.

— Si l'encre devient bleue, c'est qu'il s'agit de l'argent de la rançon. Les nombres des séries correspondront à la liste du FBI.

Rhianna retint son souffle. Rafe devait être prudent et chauffer le papier sans le brûler. Le juge pouvait avoir blanchi l'argent en échangeant les billets marqués contre d'autres. Si tel était le cas, tous leurs efforts auraient été vains.

Rafe continuait à tenir le briquet à proximité du billet quand soudain Rhianna poussa un cri :

— Regarde, ça devient bleu !

Elle enlaça Rafe et l'embrassa.

— Tu as réussi !

Il lui rendit son baiser avec une fougue qui lui fit chaud au cœur, puis retira le reste des couvertures et dévoila des liasses de billets.

— Va vite chercher les valises en haut !

Rhianna fronça les sourcils.

— Nous n'allons pas appeler la police ?

Rafe secoua la tête.

— Non : nous avons trouvé cet argent illégalement…

— Alors qu'est-ce que tu vas faire ?

Rafe sourit, triomphant :

— Redonner cet argent au juge !

— Quoi ? Nous allons voler cet argent ?

— Eh oui ! Mais ne te fais pas de souci : il le retrouvera,

demain, quand nous aurons payé notre mensualité. Ironique, non ?

— Mais le juge ne sera pas arrêté pour mon enlèvement ?

Rafe la serra dans ses bras.

— Le juge n'ira peut-être pas en prison, mais il va tout perdre… Son travail, sa réputation et ses amis. Nous allons raconter toute cette histoire à la presse, et il ne pourra pas porter plainte puisque nous disons la vérité.

Rhianna aurait été pleinement heureuse d'avoir démasqué le juge sans la peur de le savoir toujours en liberté. Elle ne trouverait l'apaisement que lorsqu'il serait derrière les barreaux d'une prison…

Rafe rangea les liasses dans les deux valises du juge et les mit dans le coffre de sa voiture. Puis ils repartirent à Denver, car Rafe voulait passer à la banque, en route.

Grâce aux relations de son père, le directeur de la banque l'accueillit alors que son établissement était fermé depuis longtemps.

Deux agents de sécurité prirent les valises et les enfermèrent dans un coffre-fort tandis qu'un journaliste prenait des photos qui illustreraient l'article où seraient relatés les méfaits du juge dès le lendemain. Le sénateur avait fait en sorte que la couverture médiatique de cette histoire soit nationale. Le juge ainsi déshonoré serait forcé de démissionner… Rafe procéda aux formalités administratives nécessaires pour son dépôt, prit Rhianna par la main, puis s'approcha du directeur de la banque :

— Merci de nous avoir reçus en dépit de l'heure tardive, mais je n'ai pas encore terminé. Cela vous ennuie-t-il si nous regardons dans le coffre de la famille ?

Le directeur de la banque hocha la tête.

— Pas du tout.

Il tendit la main.

— Donnez-moi votre clé, s'il vous plaît.

Rafe lui tendit la clé du coffre des Sutton, puis il conduisit Rhianna, soudain curieuse, près de leur coffre. Rafe feignit ne pas remarquer son air interrogateur et ne lui donna aucune explication. La jeune femme ne posa pas de questions, ce dont il lui fut reconnaissant.

Le directeur introduisit sa clé dans une serrure et Rafe introduisit la sienne dans l'autre. Il en retira le coffre et le donna à Rafe.

— Vous pouvez vous installer dans ce bureau.

Rafe tenait toujours Rhianna par la main. Il l'entraîna vers l'espace privé que le directeur venait de lui indiquer. Il ouvrit le coffre et en retira un écrin de velours.

Rhianna regarda l'écrin, puis Rafe, sans dire mot. Sans doute le destinait-il à son père ? Rafe le fourra dans sa poche, puis remit le coffre à sa place, où le directeur le ferma.

Un quart d'heure plus tard, ils se dirigeaient vers un très bel hôtel situé entre Denver et Highview.

Rafe avait choisi l'établissement le plus romantique de la région pour leur soirée, et il espérait que Rhianna se réjouirait. Il avait organisé cette escapade en amoureux, pendant qu'elle se rafraîchissait dans les toilettes de la banque.

L'excitation l'envahit soudain et balaya sa fatigue de ces dernières heures. Il avait envie de boire du champagne et de faire la fête. Il voulait soulever Rhianna dans ses bras et la faire tourner sans fin. Il voulait passer la nuit avec elle sans être travaillé par les angoisses ou les soucis. Il avait doublé le juge Stewart, et bien que ce dernier puisse ne jamais aller en prison, il perdrait son influence et son pouvoir. Et si jamais le juge osait de nouveau menacer les Sutton, Rafe saurait l'en empêcher. Il avait toujours peur pour la sécurité de Rhianna, mais il préférait encore vivre avec elle et ses peurs, que sans elle…

Alors qu'ils roulaient sur l'autoroute, Rhianna inclina la tête avec un petit sourire.

— Tu as une lueur diabolique dans les yeux…

— Ah vraiment ?

— Oui…

Elle croisa les jambes.

— J'imagine que nous ne rentrons pas ce soir ?

— Je suis fou d'impatience…

— De quoi ?

— De t'avoir tout à moi…

Le regard de Rhianna brilla.

— J'ai donc quelque chose que tu désires ? demanda-t-elle d'une voix rauque.

Si elle commençait à l'aguicher, il n'aurait jamais la patience de tenir jusqu'à l'hôtel.

— Plus que tu ne le penses…

— Comme quoi ?

— Toi, ce que tu es…

Rafe se reprocha ces paroles mièvres, mais Rhianna semblait ravie. Elle ressemblait à un chat à qui l'on venait de donner une jatte de crème.

Elle rejeta sa crinière rousse sur ses épaules. L'odeur de son shampoing lui parvint. Il était sensible à tout ce qu'elle était.

Tout en elle le subjuguait : ses lèvres généreuses, son corps splendide et sa personnalité. Il n'oublierait jamais qu'elle avait été prête à sacrifier son propre bonheur à celui de leur fille. L'amour de Rhianna était désintéressé et infini. Le méritait-il ?

— Rafe ? demanda-t-elle soudain, l'arrachant à ses pensées.

— Oui ?

— Qu'est-ce que tu as pris dans le coffre de la banque ?

— Une surprise.

— Pour qui ? demanda-t-elle.

Elle n'avait donc aucune idée des changements qui s'étaient opérés en lui cet après-midi, quand il avait cru la perdre pour de bon ?

Il biaisa :

— Patiente, et tu le sauras bientôt… Voilà, on y est !

— Où sommes-nous ?

— Dans un spa privé… Le propriétaire est un ami de Cam. Le séjour minimum est d'une semaine, mais s'il a un chalet de libre, il laisse la famille l'utiliser. C'est la première fois que je viens…

Quelques minutes plus tard, on les faisait entrer dans leur chalet privé.

— Le dîner vous sera servi dans une demi-heure, leur annonça-t-on.

Rhianna écarquilla les yeux en voyant leur chambre meublée dans le style art déco. Un feu crépitait dans la cheminée. Des vases remplis de fleurs fraîchement coupées embaumaient. Une boîte de chocolats, sur la table, côtoyait une coupe de fruits.

Elle se laissa tomber dans un fauteuil et retira ses chaussures.

— Prem's pour la douche !

Rafe l'aida à se lever.

— On va plutôt la partager.

A sa plus grande surprise, Rhianna découvrit que la salle de bains ne comprenait pas de douche, mais une baignoire avec des jets massants surélevée qui surplombait une baie vitrée qui donnait sur une terrasse. La lune couronnait la montagne.

Pendant que Rhianna allumait les bougies sur le bord de la baignoire, Rafe fit couler un bain. Puis Rhianna éteignit timidement les lumières pour se dévêtir. Rafe se déshabilla à la hâte pour la rejoindre. Sans oublier de sortir le bijou de son écrin.

Il s'assit dans la baignoire et s'approcha de Rhianna.

— Le luxe… Une habitude facile à prendre…, dit-elle.

Il passa un bras derrière ses épaules.

— Tu pourrais t'habituer à moi ?

— Je crois que c'est fait…

Elle inclina la tête, soudain mutine.

— Mais ça n'a pas été facile…

— Vraiment ?

— Tu es si exigeant…

Il posa sa main sur son sein.

Elle se pencha alors vers lui et le caressa rêveusement. Quand elle découvrit à quel point il était excité, elle rit de plaisir.

— Oh ! là, là… tu vas devoir apprendre à te contrôler, mon amour : le dîner va être servi.

Rafe décrocha un téléphone à portée de main et composa la numéro du service d'étage.

— Pouvez-vous nous servir notre repas dans une heure, s'il vous plaît ?

Il raccrocha sans attendre la réponse. Les mains de Rhianna étaient trop occupées à l'explorer. S'il ne la freinait pas, elle ne serait pas prête pour recevoir sa surprise. Il s'agenouilla entre ses cuisses ouvertes. Il attendit, et elle le regarda avec désir et fierté.

Il mourait d'envie de la posséder tout de suite mais refusait de se hâter. Un homme de son âge pouvait se contenir, surtout avec la femme qu'il aimait. Il embrassa Rhianna sur le front, puis sur le nez et le menton.

— Tu me rends folle, lui dit-elle quand il refusa d'approfondir leur baiser.

— J'aime te rendre folle…

Il lui caressa le visage.

— Et je t'aime aussi raisonnable… en colère, heureuse et… tout le reste… Au cas où tu ne l'aurais pas encore remarqué, je suis fou de toi…

— Si, j'ai remarqué…

Elle caressa sa virilité dressée.

— Tu as aussi remarqué que je ne cessais de penser à toi ? Que je ne veux pas cesser de penser à toi ? Tu m'as ensorcelé…

Rhianna se mit à rire.

— Moi, une sorcière ? Je le prends comme un compliment.

— Et je veux que tu deviennes ma femme…

Il laissa tomber la grosse émeraude qui avait appartenu à sa mère entre les jambes de Rhianna.

— Ta femme ? répéta-t-elle. Tu veux… m'épouser ?

— En effet.

Le visage empourpré par l'émotion, elle se pencha et noua ses mains derrière sa nuque.

— Tu en es sûr ?

— Je redoute surtout d'être maladroit. Tu vas dire oui au moins ?

— C'est une bague que tu as jetée dans l'eau ?

— Oui.

— Je pense que tu devrais la retrouver et la glisser à mon doigt…

— Tu acceptes donc ?

Rafe cria de joie et la prit dans ses bras. Mais Rhianna resta appuyée contre la baignoire et reprit la parole d'une voix rauque :

— Je crois que cette bague est tombée à un endroit très, très délicat… et il va te falloir un bon moment avant de la retrouver…

Elle voulait jouer ? Qu'à cela ne tienne, Rafe ne voulait pas bouder son plaisir ! Il prendrait tout son temps pour retrouver le bijou.

15

La cérémonie du mariage battait son plein… Rhianna, radieuse, dansait avec Rafe. Elle riait et son rire allumait son regard de mille lumières. Elle manquait une mesure sur deux parce qu'elle ne cessait d'envoyer des baisers à Allison et au sénateur. Rafe en riait.

Ils étaient heureux. Rhianna habitait avec lui, et son père avait déménagé à Highview. Sweetness tenait toutes ses promesses : ce serait un champion. Les Rovell avaient été retrouvés dans un camion abandonné sur l'autoroute et les Sutton les avaient donnés au musée de Denver au nom de leur mère.

Le juge avait disparu après avoir démissionné, quand le scandale avait fait la une de tous les journaux. La télévision nationale s'était emparée de l'histoire et avait disséqué le caractère du juge de telle façon qu'il était devenu persona non grata… Mais Rafe aurait voulu que justice soit faite. Il voulait que le juge soit en prison pour que sa famille soit enfin en sécurité.

Rhianna le pinça soudain à l'épaule. La douleur l'arracha à ses pensées et le ramena à la musique, aux applaudissements et à sa femme souriante.

Mais son regard resta sérieux.

— Tu as déjà des regrets ? lui demanda-t-elle.

Rafe lui cacha ses inquiétudes pour ne pas gâcher ce merveilleux moment, mais Rhianna ne les devinait que trop bien… Il effleura ses lèvres d'un baiser, puis la fit tourner sur la piste de danse élevée pour l'occasion dans le jardin du sénateur.

— Mon seul regret, c'est de ne pas t'avoir épousée plus tôt…

— On dirait que les garçons Sutton commencent par avoir des enfants, et épousent ensuite les mères de ceux-ci…, le taquina Rhianna.

— Je suis une exception, les interrompit Cam en tapant Rafe sur l'épaule.

Il continua, taquin :

— De toute façon, Alexa dit que je suis un homme exceptionnel.

Rafe laissa son frère danser avec Rhianna.

— C'est parce que tu ne penses pas, tu agis. Un vrai ordinateur !

Rafe n'entendit pas la réponse de Cam, mais elle devait être spirituelle, parce que le rire de Rhianna s'éleva. Il se dirigea vers Allison, souriante dans les bras de son grand-père.

— On dirait que tu maîtrises bien la situation avec ma fille, lui dit-il.

Le sénateur opina du chef.

— J'aime les bébés. Je commence à avoir de la pratique avec les deux enfants de Chase et de Laura, les jumeaux de Cam et maintenant Allison !

Puis le sénateur regarda Tyler, adossé au mur, la main posée sur sa canne.

La fille de l'un des ouvriers agricoles l'invitait à danser, mais il refusait obstinément.

— Toujours à résister…, commenta Rafe.

— Pourvu qu'il ne résiste pas le jour où viendra la femme de sa vie…

Le sénateur serra Allison contre son épaule, sans cesser de regarder Tyler.

— J'espère que je serai encore de ce monde quand il tombera amoureux… Et crois-moi, il sera plus amoureux et obstiné que tous ses frères réunis.

Son père espérait tellement que ses fils soient heureux… Au même instant, Rafe aperçut une femme agent immobilier dans la région qui regardait le sénateur avec insistance. Rafe prit Allison des bras de son père, puis il adressa un clin d'œil à la femme pour lui souhaiter bonne chance et se dirigea vers la piste de danse.

— Allons chercher maman, mon cœur.

Rafe se faufila entre les couples de danseurs et entendit soudain un bruit de chute. Etait-ce un convive qui avait trop bu ? La musique s'arrêta soudain de jouer et des cris de panique s'élevèrent.

Allison toujours dans ses bras, Rafe se fraya un chemin parmi les invités en déroute. D'autres cris l'avertirent qu'il se passait quelque chose de vraiment grave. Il chercha Rhianna du regard, mais ne vit que Laura, à laquelle il confia aussitôt Allison.

Un nouveau cri s'éleva. Rafe se retourna et sentit son sang se glacer dans ses veines. Le juge Stewart tenait Rhianna contre lui et la menaçait d'un couteau. La jeune femme était aussi pâle que sa robe de mariée mais son regard brillait de colère.

Un filet de sang coulait sur sa nuque et tachait sa robe. Rafe s'avança vers le juge.

— Lâchez-la !

Tyler surgit à la droite du juge.

— Vous avez entendu mon frère ? Lâchez-la !

Chase surgit à sa gauche.

— Vous ne voulez pas, en plus, être coupable de meurtre ?

— Ne me dites pas ce que j'ai à faire ! s'écria le juge Stewart, la bouche déformée par un rictus, le regard fou. Tous les Sutton jusqu'au dernier vont mourir grâce aux explosifs que j'ai placés sous la tente !

Le juge était dément. A l'évidence, il n'avait pu supporter sa déchéance.

La peur de Rafe se mua en horreur en voyant la dynamite placée sur le torse du juge. Il avait bel et bien l'intention de faire mourir tout le monde, lui y compris.

Soudain, le sénateur se détacha de la foule.

— C'est moi que tu veux, Stewart. Laisse les autres partir.

Cam laissa échapper un cri de rage et frappa son père au menton. Ce dernier vacilla, mais se reprit et frappa Cam au ventre. Chase se jeta dans la bagarre, suivi par Tyler.

Rhianna comprit que cette diversion, c'était sa chance. Elle força la main du juge qui tenait le couteau, et lui écrasa le pied.

L'initiative de Rhianna permit à Rafe d'agir. Mû par l'instinct, il s'approcha du juge, plus vulnérable maintenant que Rhianna s'était libérée de sa prise. Il pria pour que le détonateur ne déclenche pas une explosion fatale. Il lui décocha enfin un coup de poing avec une immense satisfaction.

Le juge Stewart s'écroula aussitôt. Rhianna se réfugia dans les bras de Rafe. Il la serra contre lui, songeant qu'il avait failli la perdre. Il avait besoin d'elle comme de sa vie. Elle était vivante. Elle allait bien. Et il avait une chance incroyable.

Le shérif Demory s'avança et passa les menottes au juge.

— Cette fois, vous passerez en jugement ! Vous avez lancé des menaces de mort. Vous êtes bon pour la prison. Nous retrouverons aussi vos complices !

Le cœur battant violemment, Rafe examina la nuque de Rhianna tachée de sang, encore incrédule mais soulagé.

— Tu vas bien ?

— C'est juste une égratignure..., dit-elle. Mais je ne peux pas m'arrêter de trembler...

— Qui t'a appris à te battre ? demanda Rafe qui avait bien l'intention d'apprendre à Allison à aussi bien se défendre.

Alors que ses frères et son père s'approchaient d'eux, Rafe serra Rhianna dans ses bras.

— Tout va bien, maintenant. Le juge ne nous causera plus jamais d'ennuis.

Cam essuya la poussière qui maculait le costume de son père. Le sénateur se frotta le menton. Son regard ne quittait pas Rafe et Rhianna.

— J'ai voulu faire diversion, pas provoquer la guerre !

Cam se massa les jointures de la main.

— J'ai toujours su que tu avais une mâchoire en acier ! Et puis, je devais être crédible !

Il se tourna ensuite vers ses frères.

— Et vous, pourquoi m'avez-vous sauté dessus ?

— On ne voulait pas manquer le plaisir d'une bonne bagarre ! répliqua Chase, ignorant sa femme qui fronçait les sourcils alors qu'elle tendait Allison à Rhianna.

Cette dernière sourit aux garçons Sutton.

— En tout cas, merci à vous.

— Voilà à quoi sert la famille..., lui dit Tyler.

Rhianna, soulagée et apaisée, se laissa aller contre Rafe. Il contempla leur fille fièrement. Il ne croyait pas à son bonheur, ce bonheur que toutes deux lui apportaient.

Il les serra plus fort contre lui. Leur avenir était à présent plein de promesses de berceuses et de nuits douces comme des baisers...

JENNA RYAN

Roses mortelles

éditions Harlequin

Titre original : DREAM WEAVER

Traduction française de CAROLE PAUWELS

83/85 boulevard Vincent Auriol 75646 PARIS CEDEX 13.
Service Lectrices — Tél. : 01 45 82 47 47

Prologue

Je ne suis pas fou !

Voilà, c'est dit. Certaines personnes prétendent que je suis cinglé, et ça me met hors de moi.

Mais je n'ai pas envie d'en parler. Sinon, je pourrais faire quelque chose de franchement déplaisant.

Je préfère penser à Meliana Maynard. La belle et exotique Meliana.

Ça fait un petit moment que je la surveille. Je connais ses habitudes, ses goûts, ses petites manies.

Je l'ai regardée courir le long du lac Michigan et dans le parc. Je l'ai vue aussi à l'hôpital. J'adore quand elle porte sa blouse blanche.

Elle a des cheveux d'un noir incroyable, avec des reflets presque bleus sous certains éclairages. Mais ses yeux sont encore plus extraordinaires. Ils sont gris argent, comme le lac un jour de pluie lorsque le soleil tente de percer derrière les nuages.

Je l'aime.

Et je me fiche qu'elle soit mariée à un autre homme.

Ça m'ennuierait s'ils étaient encore ensemble, mais elle l'a quitté, il y a six mois, alors ça va. Enfin, si on veut. En tout cas, elle a retrouvé ses esprits et elle a pris la bonne décision. La seule possible.

Bientôt, nous serons ensemble.

Elle a un corps incroyable. Je lui ai volé de la lingerie. Six pièces, toutes plus jolies et délicates les unes que les autres. Elle aime les dessous sexy. Soie, dentelle... il n'y a que ça dans ses tiroirs.

Il y a aussi beaucoup de photos. Principalement des clichés d'elle le jour de son mariage.

Quand j'ai vu ce type à côté d'elle, j'ai eu envie de déchirer son image, de la réduire en confettis.

C'est bizarre, mais je ne peux pas détacher les yeux de ce scalpel que j'ai dérobé à l'hôpital. Je vois du sang dessus. Je commence à trembler.

Ce n'est pas une femme comme les autres, ma Meliana. Elle est forte.

Je tremble de plus en plus. Il y a du sang partout autour de moi.

Je rêve d'elle depuis des mois. Je me vois avec elle. Nous sommes faits l'un pour l'autre, j'en ai la certitude.

Et pourtant, je m'inquiète. Les mauvais pressentiments me submergent.

Et si elle ne voulait pas de moi ? Si elle me prenait elle aussi pour un fou ? Si elle ne m'aimait pas ?

Et si ce sang que je vois était le sien ?

1

Il allait pleuvoir. L'air était chaud, presque suffocant, comme un dernier rappel de l'été, mais de lourds nuages assombrissaient l'horizon, et la campagne commençait à se couvrir de taches rousses, annonciatrices de l'automne.

Les enfants avaient repris l'école. Les touristes, pour la plupart des couples âgés qui préféraient voyager hors saison, se faisaient rares.

Mais perturbée par la tentative d'effraction qui venait d'avoir lieu chez elle, Meliana Maynard était trop occupée à écouter le récit détaillé que lui faisait son voisin, Chris Blackburn, pour remarquer tout cela.

— Ton alarme s'est déclenchée quand le type a essayé de forcer la porte arrière.

Il pointa le pouce par-dessus son épaule.

— Il a détalé comme un lapin. Les flics sont arrivés en quatre minutes.

Il eut un sourire moqueur.

— On peut dire que c'est une première, pas vrai ? Bref, j'ai sorti mon insigne et je suis entré avec eux, mais je ne crois pas que notre lascar ait dépassé le seuil.

Son sourire s'élargit tandis qu'il posait les mains sur les épaules de Meliana et rapprochait son visage du sien.

— Alors, comment s'est passé ta journée, ma jolie ? Combien de pauvres gens as-tu charcuté ?

— Juste un type avec une balle dans la cuisse. Mais ne compte pas sur moi pour te donner les détails sanglants.

Meliana regarda par-dessus l'épaule de Chris, tandis que deux policiers approchaient.

— Salut Julie.

L'élément féminin du tandem sourit. Elle avait de longs cheveux blonds et raides, une mâchoire carrée, et des yeux noisette pétillants de malice.

— Tu viens vérifier s'il te manque quelque chose ? demanda Julie à Meliana en la tirant par le bras. Ou tu as l'intention de traîner toute la journée avec ce fédéral de malheur ?

— Que veux-tu, répondit Meliana, il se croit obligé de m'apporter son soutien.

Elle se dégagea de l'emprise de Chris et suivit Julie à l'arrière de la maison.

— Qu'est-ce que tu en penses ? Il est rentré ?

— J'en doute. Ça m'étonne toujours que des gens essaient de cambrioler dans les lotissements. Les maisons sont toutes si proches les unes des autres ! Et on sait bien que les voisins passent leur temps à s'espionner. Mais tu es tout au bout de l'impasse, et il a dû penser qu'il pouvait prendre le risque.

Elle tourna soudain la tête.

— Qu'est-ce que tu fiches, Blackburn ?

— Je soutiens une amie, lieutenant Denton, répondit Chris.

Il leva un sourcil, goguenard.

— Ça te pose un problème ?

— J'ai un problème avec la plupart des fédéraux, et avec toi en particulier. Si Mel avait besoin du FBI, ce dont je doute, son mari — qui est aussi ton ancien coéquipier, au cas où tu l'aurais oublié — ferait tout aussi bien l'affaire.

Rentre donc chez toi et regarde l'équipe des Sox se faire battre à plate couture.

Les sourcils de Chris dessinèrent un accent circonflexe.

— Tu n'es pas à la Criminelle ? Pourtant, je ne vois aucun cadavre dans le coin.

— Ça s'appelle de l'amitié, Blackburn. Et même si le concept t'est vaguement familier, tu n'es pas sur ton territoire. Fiche le camp !

Malgré la situation, Meliana ne put retenir un sourire. Julie et Chris étaient sortis une fois ensemble, et ça ne s'était pas vraiment bien passé. Depuis, ils se vouaient une haine féroce.

— Ça suffit, vous deux ! Julie, tu as une idée de l'identité du cambrioleur ?

— Pas la moindre. Le quartier est plutôt tranquille, ces derniers temps.

— Si on excepte les vols de voiture, remarqua Chris dans leur dos.

— Sa voiture est toujours là, non ? rétorqua Julie avec irritation.

Puis elle reporta son attention sur Meliana.

— Je vais faire le tour de la maison avec toi, mais je crois bien que le type a pris la fuite quand l'alarme s'est déclenchée.

— C'est exactement ce que je lui disais avant que tu n'arrives, remarqua Chris d'un ton goguenard.

Meliana leva les yeux au ciel.

— Fiche-lui la paix, Chris. Je vais finir par croire que le mauvais caractère de Johnny a déteint sur toi.

Chris ricana.

— Ça fait un bail que je n'ai pas vu ton ex-mari. Il vit comme un ermite à Blue Lake. La dernière fois que j'y suis allé, il y avait une bière, deux œufs et une vieille plaquette de beurre dans son frigo.

Johnny et elle étaient séparés, pas divorcés, mais Meliana ne prit pas la peine de corriger.

— Il n'est pas à plaindre. Eileen, sa femme de ménage, s'occupe de lui comme si c'était son fils. Dites, vous avez regardé dans la boîte à biscuits ? J'y garde de la monnaie pour les pourboires des livreurs de pizzas.

Julie secoua la tête d'un air désapprobateur.

— Tu te nourris aussi mal que Johnny. C'est un miracle que vous ayez vécu assez longtemps pour vous marier.

— Le miracle, c'est elle qui l'a accompli en lui retirant une balle de la poitrine, remarqua Chris.

— Comme si je ne le savais pas ! Je te rappelle que nous étions amies avant que tu ne fasses sa connaissance.

Pendant qu'ils se disputaient, Meliana fit rapidement le tour du salon.

— Tout a l'air en ordre.

Il en était de même pour la salle à manger, les chambres et les salles de bains. Même sa boîte à biscuits cliquetait de petite monnaie.

— … un billet de dix, et le billet de cinq mâchouillé par le chiot de ma voisine, finit d'énumérer Meliana. Le compte y est. Le seul médicament que je possède, c'est un tube d'aspirine presque vide, et mes bouteilles de vin sont toujours à leur place. Pour moi, le cambrioleur n'a pas eu le temps d'entrer.

— Parfait !

Julie referma son carnet de notes.

— Je vais avoir le temps de rédiger mon rapport et de passer chez moi me changer.

Elle adressa un clin d'œil à Chris.

— J'ai rendez-vous avec un type super canon.

— Qu'est-ce que tu veux que ça me fasse ?

Julie l'ignora.

— Mel, je m'en vais. Si tu te rends compte que quelque chose a disparu, appelle-moi sur mon portable.

Le ciel charriait d'énormes nuages noirs, annonciateurs d'un déluge, et le vent soufflait en rafales de plus en plus violentes, agitant les branches du cèdre planté devant la fenêtre de la cuisine.

L'obscurité prématurée rappela à Meliana le jour de son mariage. La cérémonie avait eu lieu à l'extérieur et tout s'était déroulé à merveille jusqu'à ce qu'un éclair zèbre le ciel. Soudain, des trombes d'eau s'étaient déversées sur les invités avant que quiconque ait eu le temps de se mettre à l'abri.

Quelle que soit la façon dont leur histoire s'était terminée, elle devait admettre que sa relation avec Johnny avait été tout sauf ennuyeuse.

— Qu'est-ce qui te fait sourire ?

Appuyé contre le comptoir central, Chris se mit à jongler avec une orange.

— Tu penses à Johnny ?

Meliana haussa les épaules.

— Je me disais que cet orage, le jour de notre mariage, était peut-être un mauvais présage.

— Ça n'a pas l'air de te bouleverser.

— Je préfère ne garder que les bons souvenirs. Reconnais que ça marchait bien entre nous, au début.

— Jusqu'à ce que Johnny accepte cette mission d'infiltration.

Elle soupira.

— Oui, hélas.

Déposant son sac sur une chaise, elle se dirigea vers l'escalier.

— Il faut que je me change. Je dîne avec le chef du service chirurgie et sa femme.

Chris lui emboîta le pas.

— Tu y vas seule ?

Face à son silence, il eut un claquement de langue réprobateur.

— C'est le genre de chose qui fait mauvais effet, ma jolie. Mais je te rassure tout de suite, je suis libre ce soir.

— Pas moi. Je me suis trouvé un chevalier servant.

— Alors ça, ce n'est vraiment pas gentil ! Tu oses choisir un étranger au lieu d'un ami de longue date et un voisin dévoué qui a toujours été là pour toi, même aux heures les plus sombres ?

— Ecoute, puisque que tu le proposes si gentiment, j'accepte. C'est un rendez-vous arrangé, avec le neveu de la femme de mon patron. Tu n'as qu'à y aller à ma place et dire à ce petit crétin que tu adores les types qui gloussent. Pendant ce temps-là, j'irai courir au bord du lac.

— A la réflexion, je crois que j'ai la migraine.

— Mouais, je m'y attendais un peu.

Meliana se dirigea vers la salle de bains, marqua un temps d'arrêt et revint en arrière.

— Quoi ?

Elle se rapprocha pour observer le tiroir supérieur de sa commode. Il était entrouvert d'un bon centimètre. Or, elle fermait toujours ses tiroirs.

— Mel ? demanda Chris.

Elle inclina la tête.

— Ce tiroir était fermé quand je suis partie ce matin.

Chris suivit son regard.

— Tu crois qu'un voleur aurait dédaigné ton équipement vidéo et ton ordinateur portable pour fouiller dans tes tiroirs ?

— Non, bien sûr. Ce n'est sans doute…

Elle ouvrit le tiroir, se crispa et le referma.

— … rien du tout.

— Ce « rien » me semble être un énorme « quelque chose. »

Chris tira sur les poignées et jeta un coup d'œil à l'intérieur. Puis il tourna un regard surpris vers Meliana.

— Tu gardes des roses avec ta lingerie ?

— Une seule rose, corrigea-t-elle. Blanche, à longue tige et sans épines. C'est la cinquième que je reçois en un mois.

— Je vous ai fait plusieurs barquettes de chili et un grand bocal de sauce tomate, expliqua Eileen Crawford. Vous savez faire cuire des pâtes ? Evidemment. Tout le monde sait faire ça. Bon, j'ai tout mis dans le congélateur avec des étiquettes dessus. Sinon, il y a du lait dans le réfrigérateur, des légumes et de la salade. Et j'ai pris votre pain préféré. Je reviens mardi. Vous pourrez vous débrouiller jusque-là ?

Parfois, Johnny songeait que cette femme lui était envoyée d'une autre planète deux fois par semaine pour tester la patience des Terriens. Eileen faisait le ménage chez les résidents de Blue Lake depuis plus de vingt ans. C'était une femme robuste, avec un léger accent du Maine, des cheveux blonds permanentés, et un toupet monstre.

Jamais il n'avait vu un culot pareil. Et pourtant, il en avait côtoyé des phénomènes !

Mais c'était dans une autre vie, dans un autre monde.

Il essaya de la guider poliment vers le couloir.

— Merci Eileen. Vos petits plats sont délicieux et j'apprécie de dormir dans des draps propres.

Elle fit passer son sac d'une épaule à l'autre.

— Vous êtes bien comme mon Zack. Avec vous, les vêtements restent où ils atterrissent. Au fait, il est venu vous voir ces jours-ci ?

Sans se départir de son sourire figé, Johnny lui prit le bras et la poussa vers la porte.

— Pas depuis une semaine.

— Le shérif a dû s'absenter, ce qui fait que Zack a beaucoup plus de responsabilités que d'habitude, commenta Eileen. Je crois qu'il devait se rendre à Woodstock aujourd'hui pour une affaire importante.

Elle soupira.

— Que voulez-vous, ça fait partie de vos métiers. Quand on a choisi d'être dans les forces de l'ordre, il faut s'attendre à être constamment débordé.

Johnny retint un commentaire narquois. Comment le shérif adjoint d'une ville de mille cinq cents habitants, pour la plupart âgés, pouvait-il être débordé ?

— En tout cas, quand il aura un peu de temps libre, vous devriez aller faire un bowling ou un billard ensemble. Vous êtes tellement casaniers, tous les deux. Tenez, vous ne savez pas le dernier tour qu'il m'a joué ? Il sait que je rêve d'être grand-mère. Et qu'est-ce qu'il fait ? Il sort avec une touriste pendant deux semaines et il la laisse repartir sans même prendre son numéro de téléphone.

— Ce n'était peut-être pas la femme de sa vie.

— C'est ce que vous pensez de Meliana ?

Johnny écarquilla les yeux.

— Pardon ?

Eileen rajusta la bandoulière de son sac sur son épaule.

— Excusez-moi, c'était déplacé. Mais je ne peux pas

m'empêcher de me demander pourquoi un couple aussi charmant que vous deux se retrouve séparé. Votre épouse est un chirurgien réputé, et pourtant elle a soigné plus de genoux écorchés lors de ses séjours parmi nous que le Dr Fell — qu'il repose en paix — durant toute sa carrière. Cette jeune femme est un ange.

Vous voulez parier ? songea Johnny, avec un mélange d'amertume et de regret.

— Elle a ses bons moments, reconnut-il.

— Comment vous êtes-vous rencontrés ?

Oh non ! Eileen avait bel et bien décidé de s'incruster.

— C'est une longue histoire, vraiment très longue. Je vous la raconterai un jour. Mais pour le moment…

Au même instant, le téléphone sonna.

— J'attendais cet appel, prétendit-il. C'est très important.

Eileen lui tapota le bras.

— Allez-y, je connais le chemin.

Johnny lui tourna le dos et s'empressa d'aller décrocher.

— Oui, ici Grant.

— Je sais que tu es là-bas, mais tu devrais plutôt être ici.

Johnny attendit que Eileen soit hors de portée de voix pour répondre :

— Julie ? Comment se fait-il que tu m'appelles à…

Il consulta la vieille pendule murale laissée par l'ancien propriétaire.

— … 8 heures du soir.

— Ta femme a reçu une rose..

Il regarda s'éloigner dans un nuage de fumée la vieille Taurus de Eileen.

— Quoi ?

— En fait, elle en a reçu cinq en quatre semaines. Des roses blanches déposées par un admirateur secret.

Johnny se laissa tomber sur l'accoudoir du canapé.

— Qu'est-ce que c'est que cette histoire ?

— J'en déduis que ton grand ami Chris ne t'a pas appelé ?

— Non.

— Bon, je t'explique. Vers 17 heures, quelqu'un a essayé d'entrer chez vous, enfin chez elle. On suppose que l'alarme a mis le cambrioleur en fuite. Tout avait l'air normal à l'intérieur. Mais après notre départ, Mel a trouvé une rose blanche dans ses sous-vêtements. Elle en avait déjà reçu d'autres, mais c'est la première fois que son intimité est profanée de cette façon. Et puis…

Elle prit une profonde inspiration, et Johnny perçut son inquiétude.

— Il manque de la lingerie. Cinq ou six pièces, dont le bustier qu'elle portait sous sa robe de mariée. Tu vois de quoi je parle ?

Johnny laissa échapper un juron.

— Elle t'a appelée ?

— Oui, mais seulement cette fois-ci. Elle n'avait pas mentionné les autres avant aujourd'hui. Blackburn était avec elle quand elle a ouvert le tiroir, mais je me suis dit — et j'avais raison — qu'il préférerait se couper un doigt de pied plutôt que de t'appeler.

Johnny fouilla sur la table basse pour y trouver ses clés.

— Que vas-tu faire ? demanda-t-il.

— Il n'y a pas grand-chose à faire. Nous avons relevé des empreintes, mais tu sais comme moi que ça ne donnera rien. Nous avons également interrogé ses voisins. Mais apparemment, c'est un quartier où les gens n'aiment pas se mêler des affaires des autres. Tu vas descendre ou pas ?

— Ouais.

Il souleva les coussins du canapé, toujours à la recherche de ses clés.

— Ne dis rien à Mel, d'accord ?

— Je déteste qu'on me demande ce genre de choses. C'est mon amie.

— Justement, c'est pour son bien.

Julie soupira.

— D'accord. Je te donne deux heures avant de cracher le morceau.

— Tu es trop charitable, ma vieille. Ça te perdra.

Il trouva enfin ses clés dans une coupe en céramique, attrapa sa veste, et siffla sa chienne, Shannon.

— Rends-moi un service, tu veux ?

— Quoi ?

— Demande à Mel si elle a reçu autre chose avec les roses.

Il était 21 heures quand Julie sonna chez Meliana.

— Tu l'as appelé, n'est-ce pas ? demanda cette dernière d'un ton bougon.

Julie rougit juste assez pour confirmer ses soupçons.

— Mais pas du tout, protesta-t-elle sans conviction.

— Comme si je ne te connaissais pas !

Elle ouvrit la porte en grand et la fit entrer.

— Alors, il vient ou pas ?

— Sauf s'il a oublié de faire le plein. Avec lui, tout est possible.

— Hé, c'est mon mari. C'est à moi de faire les commentaires ironiques.

Amusée, Meliana regarda son amie traverser le couloir, marquer une pause et regarder avec précaution autour d'elle.

— Chris n'est pas là. Je l'ai envoyé dehors avec ton coéquipier, Rick.

— Dirk.

— Oui, bon. Ils interrogent Mme Feldman. C'est la seule commère du quartier.

— Mes voisins passent leur temps à s'espionner derrière leurs rideaux. Comment se fait-il que les tiens soient aussi spéciaux ?

— Ce sont des bourreaux de travail, levés à l'aube, et jamais rentrés avant 20 heures.

— Et les gamins ?

— Rivés à leurs ordinateurs. Chris a fait le tour. Personne n'a rien vu.

— Bon, écoute, d'après moi, le type n'a pas eu le temps de monter dans ta chambre, voler ta lingerie et détaler avant notre arrivée. Donc soit il s'est introduit dans la maison pendant que tu y étais, soit il connaît ton code.

Meliana eut une moue dubitative.

— Il aurait remis l'alarme en service avant de sortir, pour ensuite la déclencher ?

Julie haussa les épaules.

— Je ne sais pas. Apparemment, il s'agit d'un fétichiste. Tu ne peux pas t'attendre à ce qu'il agisse de façon rationnelle.

Elle commença à monter l'escalier, puis se figea alors que retentissait un bruit assourdissant.

— C'était un coup de tonnerre ?

— Oui. L'ambiance idéale pour un meurtre.

Julie leva les yeux au ciel.

— Toi, tu as besoin de sortir un peu plus.

— Justement, j'avais un rendez-vous arrangé ce soir. C'est sans doute pour ça que je ne suis pas aussi bouleversée par cette tentative de cambriolage que je devrais l'être.

— Tu es aussi cinglée que ton voleur. C'est la commode ?

— Premier tiroir. La rose était posée sur un de mes jupons, soigneusement plié. Dirk l'a prise.

— C'est une fleur de serre ?

— J'ai vu de petites taches de rouille sur les pétales. A mon avis, elle vient plutôt d'un jardin. Ce qui est bizarre, c'est que toutes les épines avaient été coupées.

Les bras de Meliana se couvrirent soudain de chair de poule, et elle les frotta.

— J'espère qu'il n'est pas en train de m'espionner en ce moment.

— C'est généralement ce qu'ils font.

— Ça m'angoisse. J'ai l'impression d'être un insecte sous un microscope.

— Je sais que c'est désagréable.

Julie se laissa tomber sur le lit.

— Tu es sûre que tu m'as tout dit ? Il n'y avait rien d'autre avec les roses ?

— Pas que je sache.

— Ce n'est peut-être que le début d'un scénario plus effrayant.

— Merci de me rassurer.

— Je suis flic. J'essaie de me montrer réaliste.

— Moi aussi. Mais je n'explique pas froidement à la famille de mes patients que je viens d'étriper leur proche.

Elles écoutèrent en silence le mugissement sinistre du vent à travers les branches.

— Andy McRae pense que nous aurons un automne pluvieux, déclara soudain Meliana.

— Et comment le sait-il ?

— C'est lui qui entretient les espaces verts du lotissement.

Elle entendit soudain la porte d'entrée claquer.

— Formidable ! Voilà mon cher mari.

Johnny déboula dans la chambre comme s'il s'attendait à y trouver l'intrus, suivi d'un grand chien roux.

Ravie, Meliana s'accroupit et Shannon se jeta sur elle en aboyant.

— Je ne pensais pas que tu l'aurais amenée.

Lorsqu'il vit qu'il n'y avait que les deux femmes dans la pièce, Johnny se ressaisit et jeta un regard noir à Julie.

— Ça ne fait pas deux heures, dit-il d'un ton accusateur.

— Hé, je n'y suis pour rien !

Elle pointa le doigt vers Meliana.

— Elle a deviné toute seule. Et tu peux t'estimer heureux que Blackburn ne se soit douté de rien. Tu aurais dû lui passer sur le corps avant de pouvoir monter.

— Et je lui aurais fichu mon poing dans la figure.

Meliana ébouriffa les oreilles soyeuses de Shannon.

— J'adore quand les hommes jouent les machos.

Elle enveloppa son mari d'un regard critique.

— Tu ne pourrais pas t'habiller un peu mieux ?

Johnny se rembrunit et baissa les yeux vers sa tenue.

— Qu'est-ce qui ne va pas ?

Sa veste marron était tellement chiffonnée qu'on aurait pu penser qu'il avait dormi avec, son T-shirt rouge avait un accroc et l'ourlet décousu, et son jean était usé jusqu'à la corde.

Meliana soupira.

— Rien, laisse tomber.

Il eut une moue vexée.

— Je n'ai pas vraiment eu le temps de songer à mon apparence quand j'ai sauté dans mon pick-up pour descendre jusqu'ici. La rose est encore là ?

— Elle est partie au laboratoire de la police. Dis donc, tu boites ?

— Eileen Crawford est venue faire le ménage. J'ai trébuché sur le porte magazines.

— Qu'elle avait sans doute remis à sa place. Ecoute, Johnny, ce n'est vraiment pas grand-chose.

Elle avait l'intention de le répéter jusqu'à ce qu'il en soit convaincu.

— Ce n'est qu'un pervers de plus qui aime les roses et les sous-vêtements féminins. Ça n'ira pas plus loin.

— J'aimerais pouvoir te croire.

Il jeta un coup d'œil autour de lui.

— Tu as repeint ?

— Julie m'a aidée.

— La nuance s'appelle crème de noix de coco, précisa cette dernière. On a trouvé que c'était plus reposant que cet orange atroce choisi par l'ancien propriétaire. Il paraît que ça te plaisait, mais il serait temps que tu réalises que nous ne sommes plus dans les années soixante-dix.

— C'est vrai que c'est une couleur un peu datée, renchérit Meliana.

Elle repoussa fermement la chienne qui essayait de sauter sur le lit.

— Non, Shannon ! Un peu de respect pour le couvre-lit blanc de la grand-mère de Johnny.

Elle reporta son attention sur son mari.

— Tu n'avais pas besoin de te déplacer. Le code de l'alarme sera changé demain. Et puis, j'ai un chien.

Il plissa le front.

— Justement, où est Lokie ?

— Chez mon cousin, à Joliet.

— Les gosses vont lui en faire voir de toutes les couleurs.

— Si c'est le cas, Joey aura de mes nouvelles. Mais je ne m'inquiète pas trop, Lokie sait se défendre.

Julie, qui regardait par la fenêtre, fit la grimace.

— Oh non, revoilà Blackburn.

— Avec son ami Ricky, le riquiqui, plaisanta Meliana.

— Il s'appelle Dirk. Et on ne se moque pas de mon coéquipier !

— J'essayais de détendre l'atmosphère.

Obéissant à une soudaine impulsion, Meliana se rapprocha de Johnny et lui passa la main dans les cheveux.

— On dirait que tu as perdu la bataille contre un ventilateur.

Lorsqu'il plissa les yeux — des yeux superbes, elle devait bien le reconnaître — elle laissa retomber sa main.

— Je viens de penser à quelque chose, dit-elle tout à coup. Je ne sais pas si c'est important, mais le blanc est ma couleur préférée.

— Oui, nous le savons, rétorqua Johnny avec agacement.

— Lokie est un samoyède blanc. Je l'ai trouvée attachée sous le porche après ton départ pour Blue Lake, il y a six mois. D'après le vétérinaire, elle devait avoir cinq mois.

— Tu m'as dit que c'était un cadeau.

— En effet. Il y avait un ruban blanc autour de son cou, avec une carte qui disait : « Un chien magnifique pour une femme extraordinaire. Elle s'appelle Lokelani. » Je pensais que les Raymond me l'avaient laissée quand ils ont déménagé. Ils passaient leur temps à recueillir les chiens errants. Et puis j'ai commencé à recevoir les roses, et je me suis posé des questions.

— Tu penses que le type des roses t'aurait offert un chien ? demanda Julie.

Le regard de Meliana passa de l'un à l'autre, de son mari l'agent du FBI, à son amie le lieutenant de police.

— Un chien blanc, des roses blanches…

Elle prit une profonde inspiration.

— Pour votre information, Lokelani signifie « rose céleste » en dialecte hawaïen.

2

Dans le hall, ils croisèrent Chris. Johnny et lui avaient été amis autrefois. Puis Johnny avait été envoyé en mission d'infiltration pendant deux ans et beaucoup de choses avaient changé.

— Je te rappelle qu'il t'a draguée à notre mariage, souligna Johnny, tandis qu'il aidait Meliana à prendre place dans son pick-up. Et il s'est empressé d'acheter la première maison en vente dans notre lotissement quelques semaines après notre emménagement.

— Il aime les plafonds avec poutres apparentes.

— C'est toi qu'il aime.

— Je l'aime bien aussi. Mais ce n'est pas de l'amour, et je lui ai déjà dit une douzaine de fois.

— Chris est capable d'être sourd et aveugle quand ça l'arrange.

Meliana esquissa un sourire.

— Ce qui n'est pas le cas d'une certaine personne dans cette voiture, n'est-ce pas ?

Posant le pied sur le tableau de bord, elle refit son lacet.

— Tu sais où nous allons ?

— Oui. Ce que je ne sais pas, en revanche, c'est pourquoi

nous y allons. Je n'ai aucune confiance en Charlie Lightfoot. Ce type est complètement cinglé. Je n'arrive pas à comprendre comment l'hôpital a pu l'engager comme psychologue.

— Je sais que tu ne crois pas à la voyance, mais on ne risque rien à essayer. Et si ça peut te rassurer, il n'utilise son don qu'en privé, jamais lors de ses consultations. En ce qui me concerne, je suis persuadée que la police ne trouvera rien, et j'ai envie de savoir qui est derrière tout ça, et pourquoi. Il est évident que la couleur blanche signifie quelque chose pour celui qui me harcèle. La pureté, l'innocence, la vertu…

— La virginité.

— Excuse-moi, mais il a un train de retard. Et je n'ai jamais été innocente ni spécialement vertueuse.

— Tu étais la terreur des bases navales.

— La vie sur une base a ses bons côtés. Et je trouvais assez amusant que ma mère ait autant de personnes sous ses ordres. Au fait, tu sais qu'elle est devenue commandant ?

— Tu la féliciteras de ma part. Et comment va ton grand frère ?

— Mark va très bien. Il est en mission à Honolulu. La dernière fois que je l'ai vu, il ressemblait à un mélange de pirate et de gitan, avec ses cheveux longs, ses vêtements noirs et ses anneaux en or aux oreilles.

— Qu'en pense ta mère ?

— Elle n'a pas vraiment apprécié qu'il quitte la marine au bout de quatre ans pour devenir flic. Mais il aime ce qu'il fait.

— C'est un très bon élément. Mon chef de division est prêt à l'intégrer quand il veut.

— Je crois que ça pourrait l'intéresser. Tourne à gauche.

— Je sais encore où vit Lightfoot. Je n'ai pas perdu toutes mes facultés mentales durant cette mission.

Mais il souffrait de troubles de la personnalité probablement irréversibles, et c'est ce qui avait causé leur séparation, songea Meliana avec tristesse.

Elle préféra changer de sujet.

— Charlie fait partie intégrante du quartier, tu sais. L'année dernière, il a rompu avec une femme parce qu'elle voulait l'obliger à déménager. Il aime tellement son appartement !

— Et sa musique sépulcrale, et son encens... Tu sais qu'il a voulu analyser les rêves du capitaine de Mark à notre mariage. Heureusement que le type avait trop bu pour y faire attention.

— Qu'est-ce que tu peux être coincé ! Charlie est un peu extravagant, mais il est loin d'être fou. D'accord, il a peut-être un peu forcé sur les hallucinogènes dans les années soixante-dix, mais quand on aime le orange et le vert avocat, on ne juge pas les autres.

— J'ai grandi avec.

— Et moi, j'ai grandi avec un père qui a détourné les fonds d'une usine d'ananas en conserve, mais ce n'est pas pour autant que je pioche dans la caisse de l'hôpital. Franchement, Johnny, tu es parfois tellement étranglé par tes principes ! Et d'un autre côté, tu peux être complètement à côté de tes pompes. On dirait qu'il y a deux personnes dans ta tête.

— Je sais, ça fait du monde là-dedans.

Il alluma la radio, lui signifiant clairement qu'il n'avait pas envie de poursuivre cette conversation.

Confortablement calée dans son siège, Meliana se laissa bercer par le ronronnement du moteur, tout en contemplant à la dérobée le profil énergique de celui qui était toujours son mari.

Il était vraiment beau. Il l'avait toujours été, dans les bons comme dans les mauvais moments. Ses cheveux blond foncé étaient emmêlés et beaucoup trop longs pour répondre aux standards du FBI. Il avait un visage incroyable, avec des pommettes saillantes et une mâchoire carrée, une bouche dévastatrice, et des yeux d'un gris sombre presque noir. Leurs amis aimaient plaisanter à ce sujet, affirmant que s'ils avaient des enfants un jour et que ceux-ci n'avaient pas les yeux gris, c'est que Meliana aurait été infidèle.

Une telle chose n'aurait jamais pu se produire. Elle avait aimé Johnny de tout son cœur et de toute son âme. Chris l'avait peut-être draguée le jour de son mariage, mais elle ne s'en était pas rendu compte. Elle était si heureuse ce jour-là. D'autant que son père, en liberté conditionnelle après six ans de prison, était présent.

De grosses gouttes d'eau s'écrasèrent sur le pare-brise et Johnny actionna les essuie-glaces.

— L'été est vraiment fini, commenta-t-il. Il commence à faire frais à Blue Lake, et tous les oiseaux sont partis.

— Tu ne t'ennuies pas trop, là-haut ?

— Parfois. Puis je me souviens que ça fait partie de ma thérapie, et je m'efforce de prendre mon mal en patience.

— Et ça marche ?

— A toi de me le dire. Est-ce que j'ai l'air moins stressé ?

— Pour le moment, oui. Mais pas quand tu as déboulé dans la chambre tout à l'heure. Tourne là.

Elle lui indiqua une ruelle sordide. Des escaliers de secours rouillés longeaient des immeubles de briques sales et délabrés. La plupart des fenêtres étaient murées ou occultées, et le crachin renforçait l'impression d'angoisse qui se dégageait des lieux.

— C'est génial, remarqua Meliana. On se croirait dans le décor de *West Side Story*.

— J'ai l'impression que je vais voir débarquer Al Capone, renchérit Johnny. Ou Dracula.

— Ne sois pas rabat-joie !

Elle composa le numéro de son ami sur son portable.

— Debout là-dedans ! annonça-t-elle. Nous arrivons.

Elle jeta un coup d'œil à Johnny.

— D'accord, je vais lui dire.

— Je ne veux rien savoir, protesta Johnny.

— Il a dit que tu ne devais pas te faire d'idées à propos de l'odeur bizarre de la tisane. C'est un mélange d'herbes chinoises.

— Et tu crois ça ?

— Je n'ai pas une nature soupçonneuse. C'est peut-être mon plus gros problème, d'ailleurs.

Charlie pressa trois doigts sur le front de Meliana, qu'il avait au préalable orné d'un bandeau.

— Laissez-moi me concentrer…

Johnny se jura de quitter la pièce s'il se mettait à psalmodier. Ce n'était pas qu'il détestait franchement ce type, mais il se sentait un peu nerveux en sa présence. A vrai dire, la plupart des gens l'agaçaient depuis qu'il avait quitté le service actif et s'était retiré à Blue Lake.

Charlie était assis en tailleur sur un tapis persan aux couleurs fanées. Il portait un T-shirt affichant un symbole de paix, un jean usé et trois anneaux à l'oreille gauche. Ses cheveux, presque aussi noirs que ceux de Meliana, lui tombaient sur les épaules.

Johnny but une gorgée de bière et glissa un regard vers sa femme. Charlie était moitié amérindien, moitié français. Meliana était quant à elle un quart hawaïenne par sa mère, et cent pour cent sublime. Il avait souvent rêvé de ses cheveux quand il était loin d'elle. Ils étaient d'un noir lustré, lisses et très épais. Aujourd'hui, elle les avait coupés. Mais quand ils s'étaient rencontrés, cinq ans et demi plus tôt, ils lui effleuraient la taille.

— Parle-moi des roses, demanda Charlie.

— J'ai trouvé la première il y a quatre semaines, sur le siège passager de ma voiture. La seconde est apparue dix jours plus tard sur mon bureau, à l'hôpital.

Meliana posa sa tasse de tisane sur la table basse et se risqua à mordre dans un biscuit à l'épeautre.

— La troisième était dans mon casier, qui n'était pas fermé — oui, je sais, Johnny, ce n'est pas malin. Et j'ai trouvé la quatrième dans la poche de ma blouse. Il a pu l'y glisser pendant que je faisais mes consultations. Je croise beaucoup de gens dans les couloirs de l'hôpital.

— Des infirmières, des patients, d'autres médecins, dit Charlie d'un air inspiré.

— Et aussi des employés de l'entretien, des visiteurs... Quand je ne suis pas en salle d'opération, j'ai des contacts avec des personnes de toute sorte.

Leurs voix s'étaient fondues dans un brouillard étrange, et Johnny avait l'impression que la pièce se mettait à tourner.

Ce n'était pas bon signe.

Il bloqua les images qui voulaient pénétrer son cerveau et se concentra sur Meliana.

Elle portait un jean délavé, avec une broderie sur la jambe gauche. Son T-shirt jaune pâle, court et ajusté, laissait voir l'anneau d'or qu'elle portait au nombril. Elle l'avait fait percer durant leur voyage de noces à Tahiti. Lui portait un anneau identique à l'oreille gauche.

Seigneur, tout cela lui semblait si loin !

Il pressa la canette de bière sur son front et décida qu'il ferait bien de bloquer *aussi* ce souvenir.

Ils étaient séparés à présent — une tragique conséquence de sa dernière mission.

Il avait changé, et il le savait. Il était très perturbé quand il était rentré, et avait connu des accès de rage incontrôlables. Il avait eu peur de sa propre violence. Peur de faire du mal à Meliana.

Le cauchemar était fini à présent, mais ce qu'il avait vécu durant ces deux années ne cessait de le hanter.

Pourquoi diable avait-il accepté cette mission ?

— Johnny ? Tu es toujours avec nous ?

La voix de Meliana le fit sursauter et il revint à la réalité.

— Désolé. Je pensais aux roses. Quel genre de type peut faire ça ?

— C'est sans doute quelqu'un de solitaire, intervint Charlie. Un adolescent amoureux… Cependant, cette histoire de lingerie va plus loin. On est dans l'obsession, les pensées déviantes.

— Du genre ?

Charlie plissa le front dans un effort de concentration et secoua la tête.

— Je regrette, mais je ne vois rien. Je crois que ce sera tout pour ce soir.

— Ça ne fait rien, affirma Meliana. Merci d'avoir essayé.

— En parlant d'obsession, je viens de penser à quelque chose, dit tout à coup Johnny. Chris Blackburn connaît le code de ton alarme.

— Il fait partie du FBI, répondit Meliana en levant les yeux au ciel.

— Ça ne veut pas dire qu'il n'est pas cinglé. Et nous savons tous les deux qu'il est amoureux de toi depuis des années.

Le regard qu'elle lui lança disait clairement ce qu'elle pensait du sujet.

— Formidable, les enfants, approuva Charlie. N'ayez pas peur d'exprimer ce que vous ressentez. Libérez vos vieilles rancœurs.

— Il nous faudrait plusieurs vies pour ça, marmonna Johnny.

Ignorant sa remarque, Meliana se leva et embrassa Charlie.

— Merci encore.

— Ouais, c'est ça, murmura Johnny.

Comme il emboîtait le pas à Meliana, Charlie le retint par le bras.

— Garde un œil sur elle, vieux. Je n'aime pas les vibrations que j'ai perçues.

De mieux en mieux, songea Johnny.

Il s'engagea dans la cage d'escalier couverte de graffitis et descendit prudemment l'escalier bancal.

La pluie avait cessé. Il retrouva Meliana à la voiture.

— Je ne cherchais pas la dispute, affirma-t-il. Simplement, j'ai un peu de mal à croire que ce type ait un don quelconque. Au mieux, c'est un doux dingue, au pire un charlatan.

Meliana se figea tout à coup.

— Ça alors !

— Quelque chose ne va pas ?

— On dirait, oui.

Elle pointa le doigt vers le pare-brise.

Ecrit à la peinture blanche, en lettres majuscules, on pouvait lire : LAISSE-LA TRANQUILLE !

***

Et si ce n'était pas un simple béguin d'adolescent ?

La question ne cessait de tourner dans la tête de Meliana. Elle l'avait poursuivie dans ses rêves, et perturbée au petit déjeuner. Et voici qu'elle revenait la surprendre en pleine intervention.

Johnny s'était montré inflexible : il passerait la nuit à Chicago. Avant même qu'elle n'ait eu le temps de lui proposer de dormir chez elle, il en avait réfuté l'idée.

C'était franchement ridicule, mais elle comprenait ses raisons et n'avait pas insisté. Finalement, il était allé dormir chez Andy McRae.

Autrefois, Andy possédait une jardinerie. A soixante-douze ans, il était à présent employé par les résidents pour entretenir les espaces verts. Il adorait ce travail et le faisait bien. Il était petit et bedonnant, avec des genoux cagneux et d'énormes lunettes de myope. Meliana l'adorait. Ses cheveux blancs ondulés et son gentil sourire lui évoquaient le Père Noël.

Johnny lui avait dit de crier si elle entendait ou voyait quelque chose. Ce qui incluait Chris Blackburn s'il se présentait à l'improviste.

Les temps avaient changé, songea-t-elle en achevant de suturer l'appendice de son patient. Hier amis, aujourd'hui ennemis.

— C'est fini, dit-elle à l'infirmier qui se tenait à côté d'elle. Cet homme a eu de la chance. Dix minutes de plus, et il risquait une péritonite.

— Plus de chance que vous ne le croyez, répliqua Nick Hohlman. Dix minutes plus tôt, et c'était Welcher qui l'opérait.

— Pardon ? Je croyais que Welcher ne faisait que des consultations de jour.

— Dans un monde parfait, oui. Mais nous avons deux internes en congé maladie et deux chirurgiens en vacances.

Meliana contrôla la respiration de son patient tandis qu'on lui ôtait le masque.

— Qui a programmé ça ?

— Je me le demande. Cet hôpital ne tourne décidément pas rond. Ça vous dit de prendre un café quand nous aurons terminé ?

— Je ne sais pas...

Meliana surveilla les moniteurs.

— Tout a l'air parfait.

Elle remercia son assistant et toute l'équipe.

— J'adore quand une opération se déroule sans ennui.

— L'ambiance musicale y était sûrement pour quelque chose, remarqua une infirmière en déplaçant le chariot des instruments.

Elle sourit sous son masque.

— Heureusement que Nick a pensé à rapporter votre CD d'Ella Fitzgerald. J'ai fait deux opérations avec le Dr Bergson hier. C'est un fou d'opéra. Je vous assure que si nous n'avions pas été en sous-effectif, je me serais inventé une intoxication alimentaire et je serais rentrée chez moi.

Nick ôta le disque du lecteur, tandis que Meliana auscultait une dernière fois son patient.

— Ce type ne mettra pas longtemps à se remettre, pronostiqua-t-elle. Il m'a l'air d'un habitué des clubs de gym.

— S'il vous voit, il risque d'arracher ses fils pour que vous soyez obligée de recommencer, remarqua Nick d'un ton amusé.

Meliana soupira.

— Vous les hommes, vous êtes tellement superficiels !

Elle ôta ses gants et franchit les portes battantes.

— Je ne suis jamais tombée amoureuse d'un médecin

quand j'étais étudiante. Et pourtant deux d'entre eux étaient incroyablement sexy. Ils auraient pu jouer dans un soap-opéra.

Nick se rengorgea.

— On m'a dit que je pourrais être mannequin.

— J'ai des dossiers à mettre à jour. Ça ne vous ennuie pas qu'on remette ce café à un autre jour ?

— Pas de problème.

Il ôta sa toque, libérant des cheveux blonds coupés en brosse. Avec ses yeux bleus, ses traits réguliers, sa peau halée et ses dents d'une blancheur parfaite, il était ce que Julie aurait appelé un beau gosse.

— Mel ?

Elle se tourna en entendant son nom, découvrit Johnny, et sentit sa bonne humeur s'évanouir. Il avait laissé des vêtements chez elle et s'était changé. Son jean noir et son T-shirt blanc étaient propres et dépourvus de plis, pour une fois, même si elle ignorait comment il était parvenu à ce résultat.

— Je vois que tu as réussi à trouver un peigne, dit-elle en guise de bienvenue. Tu connais Nick ? C'est un de nos meilleurs infirmiers.

Le jeune homme tendit la main.

— Enchanté, monsieur. Mel, je suis là jusqu'à 19 heures si vous changez d'avis pour le café.

Johnny le regarda s'éloigner d'un air dubitatif.

— Encore un qui n'a pas su résister à ton charme.

— Ça m'étonnerait. La rumeur dit qu'il est gay.

— Il ne faut pas croire tout ce que tu entends, ma belle. Dis donc, pourquoi fait-il si froid à cet étage ?

— Le climatiseur est déréglé.

— Ça tombe plutôt mal, avec la température qui ne cesse de baisser. D'ailleurs, je prendrais bien un café pour me réchauffer.

— Il y a toujours une cafetière pleine dans la salle de repos des médecins. Et en plus il fait chaud au cinquième.

Elle se dirigea vers l'ascenseur.

— Tu as interrogé les voisins de Charlie ?

— Ça n'a rien donné. Ils sont tous aussi bizarres que lui. Une espèce de vieille cinglée qui vit avec vingt-sept chats dans un deux pièces voulait que je retrouve un de ses maudits félins.

— Ne dis pas de mal d'elle. Je la connais bien. Summer a le cœur sur la main.

— Ce n'est pas l'impression que j'ai eue.

— Oh zut ! s'exclama Meliana, tandis que les portes de l'ascenseur s'ouvraient. Nick a gardé mon CD d'Ella Fitzgerald.

— Il a peut-être l'intention de te le rapporter ce soir à la maison.

— Arrête ton cinéma ! Il est sûrement plus intéressé par toi que par moi.

— Merci beaucoup.

Elle appuya sur le bouton du cinquième étage et lui tapota la joue.

— C'était un compliment.

— Changeons de sujet. J'ai apporté à Julie la carte qui était attachée au collier de Lokie, mais je ne pense pas que la police pourra en tirer quelque chose.

— Ça avait l'air tapé à l'ordinateur. Visiblement, ce type veut rester anonyme. Dis donc, tu ne voudrais pas plutôt que nous prenions le café dans mon bureau ?

— Pourquoi, j'ai l'air mal à l'aise ?

— Je sais que tu n'aimes pas beaucoup les hôpitaux.

— C'est le moins qu'on puisse dire.

Elle appuya sur le bouton du septième étage.

— J'espérais que cette histoire n'était qu'une mauvaise

blague, mais j'avoue que j'ai eu peur hier soir en découvrant l'inscription sur ton pare-brise. Il nous a suivis chez Charlie.

Johnny s'appuya contre la paroi, tandis que la cabine s'élevait lentement.

— C'est moi qu'il voulait avertir, Mel. Pas toi.

— Ça ne me rassure pas pour autant. Et ne me dis pas que tu es entraîné pour faire face à ce genre de situations. Personne n'est jamais vraiment équipé pour affronter un déséquilibré. C'est comme jongler avec une grenade.

Les portes s'ouvrirent. L'air chaud les enveloppa, chargé d'une odeur de lavande.

— C'est mieux que le désinfectant, remarqua Johnny. Comment fais-tu pour supporter ça ? Toutes ces blessures, ces maladies, la mort qui rôde ?

Elle tourna vers la gauche.

— Il faut relativiser et se dire que nous sommes là pour sauver des vies, pour aider les gens à se sentir mieux.

— Et s'ils meurent quand même ?

— Eh bien il faut penser à ceux qui ne sont pas morts grâce à nous.

— Je ne trouve pas ça très encourageant.

Il fronça les sourcils.

— Tu as changé de bureau ?

— J'ai récupéré celui du Dr Morrison quand il a pris sa retraite. Maintenant j'ai une vue sur le lac et une cafetière personnelle, ce qui n'est pas négligeable.

Voyant que Johnny semblait ailleurs, Meliana l'étudia avec attention.

— Tu devrais rentrer chez toi, Johnny.

— Tu crois que je risque de perdre les pédales si je reste trop longtemps à Chicago ?

— Tu sais bien que tu dois éviter le stress, et toutes les situations qui pourraient te rappeler ton travail.

— Ça fait six mois, Mel.

— Tu as été quelqu'un d'autre pendant deux ans, il te faut du temps pour te retrouver.

A huit reprises, elle avait pu le rencontrer brièvement durant cette période, et avait assisté à la détérioration de sa personnalité. Petit à petit, Johnny Grant s'effaçait pour devenir Juan Garcia, un homme froid, dur, violent et manipulateur.

— J'étais...

Meliana lui posa un doigt sur les lèvres et jeta un coup d'œil à son bipper qui venait de sonner.

— Il faut que j'aille au bureau des infirmières. Sers-toi. J'en ai pour quelques minutes.

— Je t'attends.

— Oh, Dr Maynard, vous êtes là !

L'infirmière de garde s'avança jusqu'au guichet.

— L'opération de Mme Lund a été décalée à 15 heures. Et on a déposé ça pour vous à la réception.

Elle lui tendit une enveloppe en papier kraft.

— Il n'y a pas d'adresse d'expédition, remarqua Meliana.

— Au moins, vous pouvez être sûre qu'on ne vous fait pas un procès. Les avocats prennent toujours soin de mettre leurs coordonnées partout. De toute façon, je crois que c'est un coursier qui l'a déposée.

Meliana jeta un coup d'œil vers son bureau. Puis elle prit l'enveloppe et se dirigea vers le solarium.

Deux patients en fauteuils roulants profitaient du maigre

soleil d'automne et des plantes exotiques qui donnaient à l'endroit un petit air de jardin tropical.

Meliana contrôla le tremblement de ses mains avant de décacheter l'enveloppe.

Il n'y avait que son nom dessus. Pas d'adresse, pas de timbre. Venait-elle de l'hôpital ou de l'extérieur ?

Une musique d'ambiance provenait du couloir, mêlée à d'autres bruits, mais elle n'y prêta pas attention, engluée dans une sorte de brouillard.

Son estomac se révulsa quand elle sortit une paire de bas de soie blancs, noués avec un ruban blanc.

— Je crois que je vais changer de couleur préférée, murmura-t-elle, s'attirant le regard curieux d'un des patients.

Elle se tourna vers la fenêtre, prit une profonde inspiration, et lut la carte qui accompagnait cet envoi.

« Accepte cette preuve de mon amour pour toi, Meliana.

» Accepte mon amour.

» Accepte-moi.

» Nous sommes faits l'un pour l'autre. »

3

Johnny rentra à Blue Lake tard dans la soirée. Il avait senti un flot de souvenirs l'envahir, auxquels il se savait incapable de faire face.

Il avait besoin de respirer, de se recentrer sur lui-même et de redonner un but à sa vie.

En réalité, il avait un but. Depuis sa rencontre avec Meliana, son monde se résumait à elle seule. Mais après avoir passé deux ans dans la peau d'un personnage machiavélique et amoral, il avait tendance à s'égarer quelques fois.

Il appela Julie, tandis qu'il se dirigeait vers le nord.

— Meliana me cache quelque chose, dit-il. C'est une bonne actrice, mais je la connais trop pour me laisser abuser.

— Je lui parlerai, promit Julie. Mais ne n'inquiète pas trop. Tu n'es qu'à une heure de chez elle.

— J'y retourne demain. J'avais simplement besoin d'un peu de temps pour réfléchir.

Il mit fin à la conversation et s'enjoignit de garder son calme. Il aurait tout le temps de penser au passé à un autre moment.

Que voulait ce type ? Jusqu'où était-il prêt à aller ? Meliana était-elle réellement en danger ?

Il jeta un coup d'œil dans son rétroviseur. Il aurait dû rester à Chicago. Il aurait dû inviter sa femme à dîner. Il aurait pu aussi la convaincre de s'installer à Blue Lake avec lui.

C'était facile à dire a posteriori, mais pas si facile à faire. Lorsque Meliana était de garde, ou si l'hôpital manquait de personnel, même un bulldozer n'aurait pas pu la pousser hors de la ville.

A son arrivée, la maison était plongée dans l'obscurité. Il ouvrit la porte, entra, et alluma la première lampe qui lui tomba sous la main. Il se dirigeait vers le réfrigérateur pour y prendre une bière quand la lumière mouvante d'un gyrophare déchira la nuit.

Il reconnut la voiture de patrouille, prit deux canettes et se laissa tomber sur le canapé.

— La porte est ouverte, Zack, dit-il à travers l'écran de la moustiquaire.

— J'ai fait le détour par ici en revenant de Woodstock.

Le shérif adjoint Zack Crawford prit la bière que lui tendait Johnny et jeta un coup d'œil autour de lui.

— Soit Meliana est de retour, soit ma mère est passée par là. Je dirais plutôt ma mère.

Johnny appuya la tête contre le dossier du canapé.

— Je suis dans la panade. Elle s'est mise à cuisiner pour moi et à me congeler des plats.

— Elle a besoin de s'occuper de quelqu'un. Je n'ai pas beaucoup été là ces derniers temps.

— Le travail ?

— On peut dire ça. Je prends des cours de secourisme pour devenir ambulancier. Je n'ai pas encore terminé ma formation, mais je vais bientôt pouvoir quitter cet endroit et m'installer en ville.

— Pourquoi ne pas entrer dans la police ?

— Je n'ai pas choisi ce métier, Johnny. J'ai pris ce qui se présentait, et à présent, j'en ai assez de surveiller les bêtises des gosses et de ramener le vieux Riley chez lui quand il a trop bu pour retrouver son chemin.

Puis il ajouta, sur le ton de la confidence :

— Surtout, n'en parle pas à ma mère.

— Elle n'est pas au courant ?

Johnny prit une longue gorgée de bière et secoua la tête.

— Comment tu as réussi à le lui cacher ?

— J'ai menti.

— Il faut parfois savoir employer les grands moyens.

Zack traversa la pièce et se planta devant la baie vitrée. Il avait la même taille et la même corpulence que Johnny, avec de longues jambes musclées et des cheveux blond foncé. Mais la ressemblance s'arrêtait là. Ses yeux étaient verts, et son nez, cassé dans une bagarre au lycée, était légèrement tordu. Il portait les cheveux courts et coiffés en arrière, avait le sourire facile, un mauvais genou et une petite cicatrice sur le côté gauche de la mâchoire.

— Qu'est-ce que tu regardes ? demanda Johnny.

— Je me demandais si on pouvait voir la maison de Tim Carrick d'ici. Mme Willmot, la postière, prétend qu'elle l'a vu se promener nu dans les bois la semaine dernière.

— Tim, c'est le type avec un look de hippie ?

— Tu l'as vu dans le coin ?

— Je le vois tous les week-ends. Grâce au ciel, il est toujours habillé. Il chargeait de vieilles caisses dans son pick-up, dimanche dernier.

— Ce type est vraiment bizarre. On pourrait le prendre pour un fou, mais il est en fait représentant pour une entreprise pharmaceutique. Il paraît que ça marche bien pour lui.

— Il y avait une femme avec lui autrefois. Une sud-américaine, je crois.

— Viviana. En fait, elle est à moitié anglaise, à moitié brésilienne. Elle a quitté Tim il y a un an. Mel la connaît bien. Elle allait souvent chez eux le week-end pour regarder la télé.

— Elle est retournée au Brésil ?

— A Miami, je crois. Tim ne parle jamais d'elle, et tout le monde a trop peur de lui pour lui poser la question. Je t'assure, vieux, je ne serai pas fâché de quitter cet endroit. L'ambiance petite ville de province, j'en ai soupé. Tu as de la chance d'être du FBI, les gens hésitent à se mêler de tes affaires.

Il jeta soudain un coup d'œil à sa montre.

— 22 h 30. Je ferais bien d'y aller si je veux me lever demain matin.

— Tu es de service ?

— Seulement pour quatre heures. Je travaille à mi-temps, maintenant. A un de ces jours, Johnny. Garde l'œil sur Tim.

C'est bien ma chance, songea Johnny. Un voisin nudiste, dont la femme était partie, et qui semblait souffrir d'un dédoublement de personnalité.

Il se leva et se mit à arpenter la pièce.

Il n'aurait pas dû être là. Il avait cédé à un moment de panique et avait pris la fuite. Il pouvait affronter la ville, l'agitation, le bruit — il l'avait fait pendant des années. Mais sa femme l'avait encouragé à partir. Il avait senti la pression croître dans sa tête et avait détalé comme un lapin. Quel trouillard il était devenu !

Il se mordilla la lèvre, chercha sa veste des yeux, puis

poussa un soupir et la décrocha de la patère. Maintenant, il devait trouver ses clés. Si seulement il pouvait se rappeler où il les avait mises ! Il tâta ses poches. Rien.

Il vérifia le dessus du réfrigérateur, fit deux fois le tour de la pièce.

Finalement, il s'assit à son bureau, et vérifia les messages sur son ordinateur portable. Il n'y en avait qu'un. Il cliqua dessus machinalement.

Son sang se glaça dans ses veines lorsqu'il vit le texte apparaître.

Meliana m'appartient.
TOUCHE-LA ET TU ES MORT.

Meliana était chez elle et relisait le dossier d'un patient dont l'opération était prévue pour le lendemain quand elle entendit du bruit à l'extérieur. Surprise, elle vérifia l'heure sur sa pendulette de bureau. 00 h 35.

Elle distingua des voix masculines, et roula son fauteuil jusqu'à la fenêtre pour mieux entendre.

— Tu parles d'une aide, Grant ! Tu restes à peine quelques heures et tu files te mettre la tête dans le sable, en laissant le sale boulot aux autres. Tu es vraiment un fichu égoïste.

— Tu as fini ? demanda Johnny.

Meliana se décida à quitter son bureau.

Shannon la bouscula pour atteindre la porte avant elle, tandis que Lokie, qui lui avait été ramenée dans la soirée, restait à la traîne.

— Trouillarde, dit-elle en ouvrant la porte.

— Pour qui te prends-tu ? éructa Chris, le visage écarlate.

Meliana fit signe aux chiens de rester tranquilles et prit appui contre le chambranle de la porte.

— Tu es chez moi. C'est une violation de domicile, remarqua Johnny d'une voix plus calme que Chris.

Meliana savait qu'il ne crierait pas, à moins que ce ne soit absolument nécessaire.

Chris répondit en le poussant d'une chiquenaude.

— C'est la maison de Mel. Puisque tu as décidé de déménager, tu n'as plus rien à faire ici.

Meliana vit passer dans les yeux de Johnny cette lueur de folie qu'elle ne connaissait que trop et toussota pour attirer leur attention.

— Je suis navrée d'interrompre cette charmante conversation, mais vous seriez gentils de baisser le ton.

— Andy est sourd comme un pot, rétorqua Chris. Et c'est le seul voisin qui habite assez près pour être dérangé.

— Moi, ça me dérange.

— Oui, eh bien j'ai trouvé ton ex qui se planquait dans les buissons.

— Ce n'est pas mon ex, lui rappela Meliana. Johnny a parfaitement le droit de se trouver là.

Ce dernier prit appui contre la rambarde du porche et croisa les bras d'un air satisfait.

— Bien essayé, Chris. Mais dis-lui plutôt ce que tu faisais, toi.

— Je m'assurais qu'il n'y avait pas de rôdeurs dans le coin.

— En étant assis dans le jardin, les yeux braqués sur la fenêtre de la chambre de Meliana ?

Celle-ci le prit par le bras et l'entraîna vers la porte.

— Vous êtes de vrais gamins. Merci de ton initiative, Chris, mais tout va bien. Tu peux rentrer chez toi.

Avant d'obtempérer, il adressa un regard de haine à Johnny.

— Ne crois pas que tu t'en tireras à si bon compte !

Meliana s'accrocha fermement au bras de son mari tandis que Chris s'éloignait.

— Laisse tomber. On t'a confié la mission qu'il voulait et il ne te l'a pas pardonné. C'est idiot, mais ça peut se comprendre. Toi, en revanche, tu n'as à rien à lui reprocher.

— Ah non ? Tu trouves que ce n'est rien de vouloir me voler ma femme ?

— Ne dis pas de bêtises et viens plutôt prendre un café.

— Tu n'étais pas en train de travailler ?

— Je relisais un dossier pour demain, mais ça va, j'ai tous les détails en tête.

Elle tapa dans ses mains pour faire rentrer les chiens et ferma la porte.

— Pourquoi es-tu revenu ?

— Je me sentais lâche d'être parti.

Il s'arrêta sur le seuil de la cuisine et haussa les sourcils.

— Tu as changé les appareils électroménagers.

— Ils étaient à ma grand-mère. Elle voulait absolument que je les récupère après sa mort. Ils sont presque neufs et elle savait à quel point j'aime cuisiner.

— Tu veux dire qu'elle est… ?

Meliana ouvrit la porte du réfrigérateur en inox.

— Elle est morte, il y a un an et demi. J'allais te le dire à la fin de ta mission, et puis…

Johnny grimaça et se passa une main dans les cheveux.

— Je l'aimais bien.

— Je sais.

Il se laissa tomber sur un tabouret.

— C'est trop bête ! J'aurais dû être là.

Meliana sortit une assiette du réfrigérateur, sur laquelle était posé un demi-gâteau à la noix de coco.

— Ne te fais pas de reproches pour quelque chose que tu ne peux pas changer. Personne ne s'attendait à ce que tu viennes, et moi encore moins que les autres. Je savais que tu travaillais pour le FBI quand je t'ai épousé. Et puis, de toute façon, je n'étais pas seule. Mon frère et Julie m'ont accompagnée.

Un silence gêné tomba entre eux tandis qu'elle coupait le gâteau.

— Ecoute, commença-t-elle d'un ton hésitant. Il faut que je te dise quelque chose.

— C'est une bonne ou une mauvaise nouvelle ?

— A toi de voir.

Elle lécha un petit morceau de glaçage qui s'était collé à son pouce.

— Cet après-midi, on m'a livré un paquet à l'hôpital. Il contenait une paire de bas blancs.

Johnny tourna vers elle un regard inquiet.

— Tu l'as donné à Julie ?

— Pas encore. De toute façon, il n'y a sûrement aucune empreinte dessus.

— Où est-il ?

— Dans mon bureau.

Elle marqua une légère pause.

— Il y a une carte.

— Bon sang, Mel !

Elle leva le couteau avec lequel elle venait de couper le gâteau.

— Ne me regarde pas comme ça. Je ne suis pas stupide, et contrairement à ce que tu as l'air de penser, je ne prends pas cette histoire à la légère. Je me demandais simplement à qui je devais en parler en premier.

— Que dit la carte ?

Elle soupira et récita d'un ton monocorde :

— Accepte cette preuve de mon amour pour toi, Meliana. Accepte mon amour. Accepte-moi. Nous sommes faits l'un pour l'autre.

La colère étincela dans les yeux de Johnny.

— Et tu as gardé ça pour toi toute la journée ?

Elle planta son regard dans le sien.

— Oui. Et je te prierais de ne faire aucun commentaire.

Il l'observa longuement, puis soupira et plongea la main dans la poche arrière de son jean.

— J'ai reçu ça, aujourd'hui. Le message a été envoyé d'un cybercafé de la banlieue sud.

Meliana lut le bref message. Il était plus malveillant que le sien, et de ce fait plus angoissant.

— C'est une menace de mort.

Elle jeta un regard inquiet vers la fenêtre, comme si elle s'attendait à ce que quelqu'un les observe.

— Pourquoi faut-il que ça nous arrive à nous ?

— J'y ai beaucoup réfléchi, et je pense que ça pourrait avoir un rapport avec ma mission.

— C'est ridicule ! Si tu penses à une vengeance, il existe des moyens plus directs.

— Pas forcément. Vers la fin, un des types avec qui j'étais en relation commençait à avoir des soupçons à mon sujet.

— Tu crois qu'il t'a démasqué ?

— Jusqu'ici, je pensais que non, mais je peux me tromper.

— Mais pourquoi m'envoyer des roses ? C'est angoissant, bien sûr, mais il y a pire.

— Cet homme est spécial avec les femmes.

— Comment cela ?

Johnny s'approcha d'elle et, d'un geste nonchalant, enroula une mèche de cheveux noirs autour de son doigt.

— Faire naître la peur dans le cœur d'une femme, c'est s'assurer d'exercer sur elle un pouvoir total.

Avant qu'elle n'ait le temps de deviner ce qu'il allait faire, il se pencha pour effleurer ses lèvres d'un baiser.

Sa première réaction fut de le repousser. Elle n'était pas encore remise de leur séparation, et l'embrasser ne ferait que compliquer les choses. Et pourtant, ses lèvres s'entrouvrirent tandis que son corps se fondait contre lui en un élan instinctif.

Ses baisers se firent plus pressants, plus intenses, et elle sentit le désir sourdre au plus profond d'elle-même, tandis que toute pensée raisonnable lui échappait.

Seul Johnny pouvait la faire réagir ainsi. Lui seul pouvait la troubler, l'émouvoir…

Et lui seul avait le pouvoir de la faire souffrir !

Brutalement ramenée à la réalité, elle posa la main sur son torse et sentit que son cœur battait à tout rompre.

— Johnny, arrête, parvint-elle à articuler.

Il obtempéra, au prix d'un effort visible.

Fermant les paupières, il rejeta la tête en arrière.

— Je suis désolé, murmura-t-il.

Puis, il rit doucement et planta son regard dans le sien.

— En fait, non, je ne le suis pas.

Retrouvant son sens de l'humour, elle répliqua :

— Quand ça va trop bien, il faut que nous compliquions les choses.

— C'est de ma faute. Toi, tu n'as rien fait. Tu as simplement…

— Trébuché et cogné tes lèvres.

— On va dire ça. En tout cas, ce qui vient de se passer prouve que j'ai raison de dormir chez Andy.

— Il va adorer que tu rentres à cette heure-ci. J'ai cru comprendre que le sommeil était sacré pour lui.

— Il a eu une contravention l'autre jour parce qu'il avait dépassé son temps de stationnement. Je vais demander à Julie d'arranger ça. Je peux emporter le gâteau ?

Elle hocha la tête, mais le retint avant qu'il ne quitte la pièce.

— Ce n'était pas ta faute, Johnny.

— Ce soir, ou en général ?

— Les deux. Je ne te reproche rien.

— Je sais.

Il lui adressa un regard accablé et crispa les doigts autour du chambranle.

— Mais moi, si.

Elle réussirait à garder le cap, se promit Meliana. C'était ce qu'elle se répétait depuis trois jours chaque fois que son esprit menaçait de l'entraîner vers des territoires dangereux.

Johnny n'avait pas voulu la perturber. Mais comment aurait-il pu en être autrement, quand elle l'aimait si fort que cela en devenait douloureux ? Jamais elle ne pourrait cesser de l'aimer, même s'il était presque devenu un étranger à présent.

Il craignait par-dessus tout qu'elle se mette à avoir peur de lui. Cela ne lui était jamais arrivé, même si elle avait conscience de sa violence contenue…

— Salut ! Tu as une minute ?

Arrachée à ses pensées, Meliana tourna la tête et découvrit Julie sur le seuil de son bureau.

— Bien sûr. Tu as du nouveau au sujet de l'enquête ?

— Pas pour le moment. En fait, je voulais te parler de Sam. Tu ne l'aurais pas vu par hasard ?

Sam Robbins était le demi-frère de Julie. Calme et réservé au point d'en paraître un peu étrange, il possédait l'étonnante capacité de pouvoir mémoriser en quelques secondes une page complète de l'annuaire.

— Il doit être en train de finir de collecter les plateaux-repas, répondit Meliana. Quelque chose ne va pas ?

— Ses migraines deviennent intolérables, et je m'inquiète vraiment pour lui. N'oublie pas que son père est mort d'une embolie cérébrale.

— Je vais essayer de lui obtenir un rendez-vous avec notre neurologue, Elizabeth Truman. En attendant, dis-lui de lire moins. Son cerveau est probablement saturé d'informations.

— Je vais peut-être l'envoyer pêcher avec Johnny. Je ne sais pas pourquoi, mais il est toujours plus calme quand il revient de chez lui. Il doit le considérer comme une sorte de grand frère, je suppose. A propos, il est encore ici ?

— Il a dû retourner à Blue Lake. Une fuite dans la salle de bains du rez-de-chaussée. C'est Eileen qui s'en est rendu compte en venant faire le ménage.

Elle fit un signe de tête vers le couloir.

— Tiens, voilà justement Sam.

— Avec un chariot beaucoup trop chargé, comme d'habitude.

— Ça fait un long trajet pour descendre aux cuisines. Il s'économise un voyage.

— Sam ! le héla Julie.

Il s'arrêta si brutalement qu'il faillit percuter un chariot d'entretien.

— Toujours la tête dans les nuages, marmonna Julie.

— Bonjour, Sam, dit Meliana.

Elle le vit se presser les tempes, sous sa masse de boucles brunes.

— Tu as toujours tes migraines ?

— Oh vous savez, ça va, ça vient.

Un large sourire illumina son visage poupin.

— Julie prétend que c'est dû à mon alimentation. Trop de sucres et de graisses.

Son regard se figea soudain, tandis qu'il fixait la poche de sa blouse blanche.

— Votre pager est en train de sonner.

— Oh, je ne l'avais pas entendu. Tu vois, tu n'es pas le seul à être dans la lune.

Elle les abandonna et se précipita vers le bureau des infirmières.

— Un problème ? demanda-t-elle.

— On a besoin de vous aux urgences, Dr Maynard. Accident de la route, quatre véhicules impliqués, plusieurs blessés.

— J'y vais tout de suite.

Je suis furieux !

Ça fait plusieurs jours que j'ai du mal à me contenir.

Ce n'est pas la faute de Meliana. C'est celle de son ex-mari.

Je l'avais pourtant prévenu de se tenir à l'écart. Il ne m'a pas écouté.

Meliana comprendra. Il le faut.

Je ne sais pas pourquoi elle l'a laissé entrer chez elle. Tout est pourtant terminé entre eux.

Je ne le laisserai pas revenir dans sa vie. Meliana est à moi, maintenant.

S'il s'entête à ne pas vouloir comprendre, je crois que je vais devoir employer les grands moyens.

4

— Je peux vous poser une question personnelle ? demanda Nick à Meliana, au sortir de la salle d'opération.

Celle-ci lui glissa un regard en coin.

— Bien sûr. Mais rien ne dit que je vous répondrai.

— Vous êtes toujours avec votre mari ?

Elle fut surprise de constater à quel point cette question l'affectait.

— Non, nous sommes séparés.

Le visage de Nick s'éclaira.

— J'avais raison. Les vingt dollars sont à moi.

Meliana ne fut pas surprise. Les paris fondés sur les rumeurs étaient monnaie courante à l'hôpital.

— Qui est le perdant ?

— Un type du service administratif. Dites, je suis invité à un week-end de dégustation de vins. Ça vous tente de m'accompagner ?

— Je vais y réfléchir.

Elle appuya sur le bouton d'appel de l'ascenseur et se tourna vers Nick.

— Vous connaissez Sam Robbins ?

— Pas vraiment.

— Mais avez-vous déjà discuté avec lui ?

— Une ou deux fois. Il me fait penser à Forrest Gump. Mais je sais qu'il a fait de brillantes études.

— C'est dommage qu'il gâche son talent à pousser des chariots, commenta Meliana. Espérons qu'il trouvera un jour sa voie.

— Pourquoi me parlez-vous de lui ? demanda Nick. Vous pensez qu'il a besoin de sortir, de voir du monde ? Vous voulez que je l'invite ce week-end ?

— Non, en fait j'aimerais bien savoir comment fonctionne sa mémoire. C'est quand même incroyable ce qu'il est capable de faire, non ?

— Ah, d'accord. Vous voulez que j'interroge mon grand-père.

Il eut une moue dubitative.

— Je ne suis pas sûr qu'il ait la réponse, malgré toutes les études qu'il a faites sur le cerveau humain. Certaines personnes ont des dons qui ne peuvent pas s'expliquer. Comme le Dr Lightfoot et ses visions. Grand-père le prend d'ailleurs pour un charlatan, mais là n'est pas le problème. Je lui poserai la question.

— Merci.

Après avoir salué Nick, Meliana regagna son bureau. Il était presque 19 heures, et elle n'avait pas arrêté depuis 9 heures du matin. Mais elle avait l'habitude et ce n'était pas cela qui lui sapait le moral. Depuis la veille, elle essayait vainement de joindre Johnny à Blue Lake, et elle commençait vraiment à s'inquiéter.

Elle aurait pu appeler Eileen ou Zack, mais s'il avait simplement besoin de prendre un peu de recul, Johnny n'apprécierait pas d'être surveillé.

Elle réfléchit un moment et décida d'essayer une dernière fois. Debout devant son bureau, elle se pencha pour atteindre le téléphone et composa le numéro.

A la vingtième sonnerie, elle poussa un long soupir de frustration et reposa le combiné sur son support.

Où diable était-il passé ?

En colère contre elle-même plus encore que contre Johnny, elle fit le tour du bureau.

Son fauteuil était tourné vers l'ordinateur. Elle le fit pivoter et recula en poussant un petit cri de surprise.

Une rose blanche était posée sur le siège.

Meliana arriva à la maison du lac peu après 21 heures. Il n'y avait qu'une lumière à l'intérieur, celle d'une lampe posée sur une table près de la porte d'entrée.

Elle frappa et attendit.

Aucune réponse ne lui parvint. A côté d'elle, Lokie et Shannon se mirent à aboyer.

— Johnny ? Tu es là ?

— Oui.

La voix venait de derrière elle. Elle pivota sur ses talons et resta médusé par le spectacle qu'il offrait. Couvert de boue et de graisse, il tenait un chiffon entre les mains et semblait à bout de forces.

— Un problème ? demanda-t-elle de son ton le plus innocent.

— Tu veux que je commence par quoi ? Ma voiture, la fuite dans la salle de bains ou l'incendie ?

— Quel incendie ?

Elle retint les chiens par leur collier pour les empêcher de sauter sur Johnny.

— Où ça ? Je ne sens rien.

— Dans le hangar à bateaux.

— Comment ça s'est produit ?

— Le capitaine des pompiers me le dira quand il aura trouvé, ce qui ne devrait pas se produire avant Pâques. En attendant, je pencherais pour un incendie criminel.

Meliana sentit son estomac se nouer.

— Tu ne crois pas que tu dramatises un peu ? C'est peut-être un promeneur qui a jeté un mégot sans faire attention.

— Ou une bombe artisanale.

— D'accord.

Quand il avait cette mine butée, elle préférait ne pas insister.

— Et ta voiture ?

— Les quatre pneus sont dégonflés et le moteur est en panne.

— Là, je veux bien croire à un acte de malveillance.

— A moins que je n'aie eu affaire à un écureuil particulièrement joueur.

— Je n'ose pas te poser la question pour la salle de bains.

Il souffla sur une mèche de cheveux qui lui tombait dans les yeux.

— Ça a pu se produire tout seul. Le plombier était pressé et il s'est contenté d'endiguer le geyser. En attendant qu'il puisse revenir, si toutefois j'ai un jour de ses nouvelles, il m'a recommandé d'utiliser la salle de bains de l'étage.

— Et peux-tu me dire pourquoi ton portable est éteint et ton répondeur désactivé ? Je n'ai pas arrêté de t'appeler depuis hier soir. Je t'ai même envoyé un e-mail cet après-midi.

— Mon portable est mort. Eileen a changé le répondeur de place, je me suis pris les pieds dans le fil, et il s'est cassé en tombant. Et je pense rarement à vérifier mes e-mails. De toute façon, personne ne m'en envoie jamais. Je t'ai appelé deux fois à l'hôpital, mais chaque fois tu étais en train d'opérer. Cela voulait dire que tu allais bien, et je n'ai pas laissé de message.

Réalisant enfin qu'il avait dû se passer quelque chose pour qu'elle cherche aussi désespérément à le joindre, il l'enveloppa d'un regard inquiet.

— Ça ne va pas ? Est-ce que Chris…

Elle balaya la question d'un revers de main.

— Rien de ce genre. Chris s'est absenté jusqu'à lundi.

— Tu parles d'un héros.

— Je n'ai pas besoin de héros, Johnny.

Il fit un pas en avant, s'approchant un peu trop d'elle à son goût.

— J'ai encore reçu une rose. A l'hôpital.

— Je voudrais bien qu'on m'explique comment fait ce type pour se glisser partout sans être vu, grommela Johnny. Car personne ne l'a vu, n'est-ce pas ?

— Non. J'ai interrogé le personnel du septième étage. Personne n'a rien remarqué de suspect.

— Ou il a beaucoup de chance, ou il épie tes moindres faits et gestes. A mon avis, c'est forcément quelqu'un de ton entourage.

— Tu crois aussi que c'est lui qui a mis le feu au hangar et saboté ta voiture ?

— C'est tout à fait vraisemblable.

— C'est un avertissement, Johnny, et il ne faut pas le prendre à la légère. Il vaut mieux que tu restes ici et que tu laisses Julie faire son travail.

— Que veux-tu qu'elle fasse ? Elle n'est qu'un minuscule rouage d'une immense machine. Elle ne pourra pas faire grand-chose, malgré toute sa bonne volonté.

— C'est mon amie.

— Et moi je suis ton mari.

Elle souleva ses cheveux pour laisser l'air du lac lui rafraîchir la nuque.

— Nous sommes séparés, et tu n'es pas censé prendre part à une enquête en ce moment. Tu sais que tu dois rester discret au cas où les personnes qui te connaissent sous l'identité de Juan Garcia chercheraient à te démasquer.

— Tu as parlé à Blackburn, c'est ça ?

— Et alors ? Je m'inquiète pour toi, et c'est tout à fait normal. Tu as l'air d'aller beaucoup mieux depuis quelque temps. Je ne voudrais pas que tu régresses.

— Ça n'arrivera pas.

— Tu n'en sais rien. Juan Garcia fait partie de toi. Tu l'as créé, et pendant deux ans, il est devenu réel. Quand on t'a exfiltré, tu as eu la possibilité de bénéficier du programme de protection des témoins, mais tu n'as rien voulu savoir.

— J'étais persuadé de ne pas avoir été démasqué.

— Mais tu n'en es plus aussi sûr. Ces types cherchent peut-être à se venger. Et quel serait le meilleur moyen ? En me traquant. Ils veulent détourner ton attention sur moi, alors que c'est toi qu'ils veulent en réalité.

Johnny garda le silence quelques secondes. Puis il esquissa un sourire et fit encore un pas en avant.

— Tu as trop d'imagination !

Dangereusement proche d'elle, il tendit la main et suivit du bout des doigts la ligne de sa mâchoire.

— Remarque, ce n'est pas pour me déplaire.

Troublée, elle leva les yeux et l'intensité brutale de son regard la déconcerta.

— Je ne sais pas à quoi tu joues, mais j'ai l'impression que tu oublies les règles que nous nous sommes fixées il y a six mois.

Il se pencha pour effleurer ses lèvres et s'éloigna.

— C'est tout à fait exact.

Elle ne savait pas quoi répondre. Les mots semblaient soudain dénués de sens et seule la sensation impérieuse qui venait de naître au creux de son ventre avait de l'importance.

Elle le saisit par le devant de sa chemise et l'attira vers elle.

— Je te hais, Johnny Grant.

— Moi aussi, répliqua-t-il, avant d'écraser brutalement sa bouche sur la sienne.

Elle l'aurait suivi sans protester jusqu'à la chambre si les chiens ne s'étaient pas soudain mis à aboyer. Deux phares trouèrent l'obscurité, et un Klaxon retentit.

— Un peu de tenue, vous deux, cria Julie par la vitre. Vous avez de la visite.

Etouffant un juron, Johnny tourna la tête et vit deux portières s'ouvrirent.

— Qu'est-ce que tu fiches là, Charlie ?

— Ne t'emballe pas. Je suis tombé sur Julie à l'hôpital, juste après le départ de Mel. Elle m'a parlé des nouveaux rebondissements, et j'ai décidé de l'accompagner.

— Tu n'aurais pas dû te donner cette peine.

— En fait, je cherche un endroit tranquille pour organiser des séminaires de méditation. Ça me paraît idéal, ici.

Il se tourna vers Meliana.

— Tu ne sais pas où je pourrais trouver un hébergement pour une quinzaine de personnes ?

— Il y a deux hôtels dans le coin, mais le mieux serait encore de louer une maison.

— C'est une bonne idée. Pourquoi Johnny est-il aussi sale ?

L'intéressé lui lança un regard dédaigneux.

— Je retourne m'occuper de la voiture, déclara-t-il. Mel vous expliquera.

— Je peux vous dire ce qui s'est passé, mais je ne peux pas l'expliquer, corrigea Meliana.

Penché sur le moteur de sa voiture, Johnny ronchonnait en essayant de trouver la panne quand une voiture s'engagea dans le chemin.

Formidable, songea-t-il. Tout le monde s'était donné rendez-vous chez lui.

— Alors, cette fuite ? demanda Zack par la vitre.

— Colmatée pour le moment. Mais c'est la voiture qui me donne du fil à retordre.

Il referma le capot d'un geste sec et glissa les outils sous son pick-up. Il n'avait pas le courage d'aller les ranger, et de toute façon, il n'était pas prévu qu'il pleuve.

— Fichue journée ! grommela-t-il.

— Je vais peut-être te laisser, proposa Zack. J'étais passé prendre une bière, mais je vois que tu as du monde.

— Mel est là.

Il chercha ses clés dans sa poche.

— Avec des amis de Chicago.

Zack leva la main pour saluer Meliana, qui venait de sortir sur le seuil.

— Comment ça va ? cria-t-il.

— Bien.

Julie apparut derrière elle et lui donna un léger coup de coude. Johnny s'en aperçut et ne put retenir un sourire.

— Tu ferais aussi bien d'entrer, Zack. Ça évitera à Mel de perdre du temps à te persuader.

— D'habitude j'aime bien me faire prier, mais une fois n'est pas coutume. Qui est la blonde ?

— Julie Denton. Lieutenant de police. Célibataire.

— Ma mère va l'adorer.

Au moment où ils atteignaient le seuil, la maison et le jardin furent brutalement plongés dans l'obscurité.

La coupure d'électricité dura quinze minutes. Confortablement assis sur le canapé, à la lueur des bougies, Meliana et Charlie regardaient les trois autres se disputer sur les causes du problème.

Johnny pensait que cela venait de l'installation de la maison, trop vétuste. Zack croyait à une coupure générale sur le secteur du lac, tandis que Julie penchait pour un sabotage.

Une minute après qu'elle eut prononcé le mot, les lampes se rallumèrent, la musique se fit de nouveau entendre, et le chauffage redémarra.

— Tu aimes ce genre d'ambiance, non ? demanda Charlie, tandis que les autres continuaient à argumenter. Je parie que tu adores les films d'horreur.

— J'aime le suspense, reconnut Meliana. Les thrillers psychologiques plutôt que le sang qui gicle dans tous les coins.

— Elle voit du sang tous les jours, commenta Johnny. Ça ne lui fait plus aucun effet.

— Johnny se serait évanoui si je ne lui avais pas administré un calmant quand il s'est fait tirer dessus, remarqua Meliana, comme s'il n'était pas là.

— C'est vrai que tu l'as opéré.

Charlie ôta son pull, maintenant que la température avait remonté.

— J'étais interne, débordée de travail et épuisée, se souvint Meliana. Il était 2 heures du matin, on nous a amené un agent du FBI blessé par balle, et voilà.

— Je ne me serais pas évanoui, protesta Johnny.

— Bien sûr. Au fait, je n'ai même pas fait les présentations. Je ne sais pas si vous vous connaissez tous.

Julie, qui était passée en mode séduction depuis l'arrivée du shérif adjoint, rejeta ses cheveux en arrière et afficha son sourire le plus troublant.

— Zack et moi nous sommes présentés tout seuls.

— Et j'ai rencontré Zack, il y a quelques semaines, précisa Charlie. Nous avons eu un problème à l'hôpital avec votre voisin. Apparemment, il distribuait des échantillons de médicaments aux patients.

— Tim Carrick ?

Meliana posa son verre de limonade sur la table basse.

— Remarque, ce n'est pas vraiment surprenant. Il a dû penser que c'était un bon moyen d'augmenter ses commandes. Si les médicaments plaisent aux malades, ils demanderont à leur médecin de les leur prescrire. A moins qu'il ne s'agisse d'un trafic pour son compte ?

— Je n'en sais rien, reconnut Zack. Il a prétendu qu'il s'était fait voler un carton d'échantillons, et nous n'avons rien pu trouver contre lui. Les patients interrogés ont tous affirmé qu'ils n'avaient rien payé.

Charlie reprit la parole.

— Vous en connaissez beaucoup des voleurs qui vont distribuer gratuitement des médicaments dans les salles d'attente des hôpitaux ?

Il secoua la tête.

— D'après moi, l'ordre vient du laboratoire lui-même.

— Tu en as parlé au directeur ? demanda Meliana.

— Chaque fois que je le vois. Mais bizarrement, il a tendance à m'éviter ces derniers temps.

— Ce qui a mis Charlie hors de lui, expliqua Zack, c'est qu'une de ses patientes a eu des problèmes à cause d'une surdose d'antidépresseurs.

— Le mari a cru que j'étais responsable. Il a menacé de me faire un procès. Finalement, nous avons réussi à savoir comment elle les avait obtenus. J'ai trouvé l'adresse de Carrick, et comme il n'était pas chez lui, je me suis adressé au shérif.

Charlie eut un rire sarcastique.

— Le cher homme était très occupé par un problème de cafards dans les cellules, et il a demandé à Zack de s'en occuper.

— C'est tout à fait Franck, commenta Meliana d'un ton moqueur. Il adore déléguer.

— Il prend sa retraite à la fin de l'année, expliqua Zack.

Ile se tourna vers Julie.

— Si vous cherchez un emploi bien tranquille, c'est l'occasion rêvée. Ni Phil ni moi n'avons l'intention de postuler.

— Pourquoi pas ? demanda Meliana.

— Parce que c'est encore trop de responsabilités pour Phil. Et moi, j'envisage de me reconvertir dans le paramédical.

Julie lui adressa un regard charmeur.

— C'est dommage. L'uniforme vous va tellement bien.

Tandis qu'ils entamaient un flirt en règle, Charlie demanda à voir le dernier e-mail reçu par Johnny, et Meliana fit discrètement signe à ce dernier de la rejoindre dans la cuisine.

— Qu'est-ce que tu en penses ? Ça va marcher entre eux ?

— Possible. A moins qu'Eileen ne s'en mêle.

— Elle veut bien faire.

— Comme ma mère.

— Tu peux la remercier. Si elle ne m'avait pas suppliée de sortir avec toi, je n'aurais peut-être pas osé faire le premier pas.

— Tu as lâchement profité de mon état de faiblesse. Je souffrais le martyre.

— Personne ne souffre après une de mes opérations. Dis plutôt que tu étais gêné parce que j'avais vu ta réaction face à tout ce sang.

— Je croyais que j'allais mourir.

— Je t'avais dit que non.

— Et je me disais « mais qu'est-ce qu'une gamine comme elle peut bien y connaître ? Ils sont tellement à court de personnel dans cet hôpital qu'ils laissent des étudiants de première année jouer avec les couteaux ».

— Les scalpels. Et tu m'as tellement horripilée que j'avais envie de te coudre la bouche.

— Oui, eh bien en tout cas…

Il s'interrompit et se pencha pour regarder par la fenêtre de la cuisine.

— Quoi ?

— Il y a quelqu'un dehors.

Elle retint son souffle.

— Tu es sûr que ce n'est pas un ours ?

— A moins que la dernière mode chez eux soit de porter des vestes à carreaux.

Elle se pencha aussi mais ne vit rien.

— C'était peut-être un gamin.

— En pleine nuit ?

Il se redressa et la prit par les épaules.

— Je veux que tu restes avec nos invités pendant que je vais jeter un coup d'œil dehors.

— Non !

— Mel…

— La p'tite dame a dit non, mon vieux.

Charlie s'avança vers eux et adressa un clin d'œil moqueur à Meliana.

— Et quand elle a décidé quelque chose, je ne connais personne qui puisse la faire changer d'avis.

— Il y a quelqu'un dehors, expliqua Meliana.

— Où ? demandèrent d'une même voix Zack et Julie, qui venaient de les rejoindre.

Johnny leva les yeux au ciel.

— Dans les buissons, près du hangar.

— C'est peut-être Tim, suggéra Zack.

— Il était habillé.

Meliana imagina son voisin poilu et bedonnant dans le plus simple appareil et grimaça.

— C'est au moins une bonne chose.

Charlie était déjà à la porte de derrière.

— Je prends par là, dit-il.

— Et nous passons par-devant, dit Johnny en faisant signe à Zack de le suivre.

Julie alla prendre son arme dans son sac et vérifia le chargeur.

— Dire que je pensais passer une soirée tranquille, pour changer !

— Mauvaise journée ?

— Pas personnellement, mais un de nos patrouilleurs a trouvé le cadavre d'une femme sous un pont. Elle avait été étranglée avec son foulard. Elle était graphiste, vraiment jolie, une petite trentaine, les cheveux blonds. Ça me bouleverse toujours quand je vois ce genre de choses. Je pensais me changer les idées en venant ici, et je dois reconnaître que c'était bien parti. Zack est loin d'être déplaisant à regarder.

— C'est vrai, mais je crois qu'il va falloir remettre cette conversation à plus tard. On nous attend.

Elles sortirent par la porte de la cuisine.

Au dehors, rien ne bougeait, même pas le feuillage. L'eau clapotait sur la rive et les grenouilles coassaient, mais on n'entendait aucun autre bruit.

Meliana laissa Julie passer devant elle. Après tout, elle avait une arme. Soudain, elle entendit un craquement et s'immobilisa.

— Julie, murmura-t-elle.

Pas de réponse.

Elle s'accroupit, respira prudemment et se concentra. Elle entendit un mouvement sur sa gauche. Quelqu'un se déplaçait à travers les buissons.

Elle aurait dû prendre un couteau, songea-t-elle. Elle fouilla le sol à la recherche d'une arme improvisée et trouva une pierre.

Elle avait perdu Julie, n'avait aucune idée de l'endroit où Johnny se trouvait, mais ne voulait pas bouger au cas où le type aux roses — cela ne pouvait être que lui, n'est-ce pas ?— guettait le bon moment pour l'attaquer.

Il était tout à fait possible qu'il l'ait suivie jusque-là. Pourquoi pas ? Il avait déjà fait un certain nombre de choses bizarres. Comme lui voler de la lingerie…

Elle attendit trente secondes. Le coassement des grenouilles semblait de plus en plus fort à mesure que le temps s'écoulait.

Elle entendit des feuilles bruisser. Il y avait quelqu'un derrière elle.

Avant qu'elle n'ait eu le temps de réagir, un bras la ceintura, tandis qu'une main venait se poser sur sa bouche.

5

La panique s'empara de Meliana… et disparut une seconde plus tard.

Elle mordit la main posée sur sa bouche et profita de l'effet de surprise pour se dégager.

— Tu viens de me faire vieillir de dix ans, espèce d'idiot ! rugit-elle.

Johnny se massa le côté de la main.

— Je ne voulais pas que tu cries, c'est tout.

— Je ne crie jamais.

Elle brossa les brindilles et les feuilles accrochées à son jean.

— Tu l'as trouvé ?

— Non.

Ils entendirent alors des branches craquer, puis la voix d'un jeune homme retentit.

— On ne faisait de mal à personne, Zack. Nous avons tous les deux seize ans. C'est assez vieux pour que vous nous fichiez la paix.

Un couple d'adolescents apparut entre les arbres, suivi de Julie et Zack.

— Voilà vos intrus, dit ce dernier.

— Il n'a pas de veste à carreaux, murmura Johnny pour le seul profit de Meliana.

Puis il éleva la voix afin de se faire entendre.

— Vous n'auriez pas vu quelqu'un rôder autour de la maison ?

— On avait autre chose à faire, rétorqua le garçon, goguenard.

La jeune fille parut hésiter.

— Je crois que si.

Comme son petit ami la regardait d'un air moqueur, elle releva le menton.

— Si c'est vrai ! Il y avait un homme avec un bonnet noir et une chemise de bûcheron. Il avait une pelle ou quelque chose comme ça dans la main. Il est passé pas loin de nous, et je crois qu'il allait vers la maison. Mais bon, je ne l'ai pas surveillé, non plus.

Meliana regarda autour d'elle.

— Où est Charlie ?

— Par ici.

Plié en deux à l'entrée de la clairière, les mains sur les cuisses, ce dernier essayait de reprendre son souffle.

— J'ai eu un mauvais pressentiment, et je suis retourné à la maison. Rassurez-vous, les chiens vont bien, et rien n'a brûlé.

— Mais ? insista Meliana.

— Il y a deux voitures dans le lac.

C'était sans doute la pire nuit de sa vie, songeait Meliana deux heures plus tard.

De retour à la maison, Julie avait trouvé un message alarmant sur son répondeur. Son frère s'était fait attaquer dans les couloirs de l'hôpital, peu avant de quitter son service, et il avait le poignet foulé.

— Je n'ai rien entendu, expliqua Sam à Johnny, qui avait décidé de rentrer en ville avec les autres. Je comptais la vaisselle à l'office quand on m'a poussé brutalement dans le dos. J'ai heurté une étagère métallique en tombant, et voilà. Je suis vraiment désolé, mais c'est tout ce que je peux vous dire.

— Mel, tu as vérifié ton bureau ? s'inquiéta Julie.

— Tout est à sa place. Mais nous aurons tout le temps d'en reparler demain. Sam est fatigué et tu devrais le raccompagner chez lui.

— C'est une bonne idée, approuva Johnny. D'ailleurs, je crois que nous ferions tous aussi bien de rentrer.

Mais dans l'ascenseur, Meliana changea subitement d'avis.

— Je meurs de faim, déclara-t-elle. Que dirais-tu de manger chinois dans le parc ?

— Nous ne sommes pas à Hawaii. Il y a un brouillard épouvantable, et il ne doit pas faire plus de dix degrés.

— Petite nature ! Dans ce cas, allons chez Addifah. Rien de tel qu'un peu de dépaysement pour lutter contre la grisaille.

Il leur fallut une demi-heure pour se rendre au restaurant, situé à la périphérie sud de la ville.

A 1 heure du matin, et après la journée de travail particulièrement chargée qu'elle avait connue, Meliana aurait dû être épuisée. Elle se sentait au contraire étrangement en forme.

— Que penses-tu des jeunes ? demanda Johnny, une fois qu'ils se furent installés à une table.

— Le garçon était ennuyé, la fille embarrassée, mais c'est normal compte tenu de la situation. L'histoire du type avec une pelle est intéressante. Il cherchait peut-être des truffes.

— Bien sûr ! Et comme il n'a rien trouvé, il a décidé de jeter les voitures dans le lac pour se défouler.

— Ça n'a pas dû être facile de pousser la tienne avec les pneus à plat.

— Au contraire. Le terrain est en pente et ça a dû lui faciliter la tâche.

— Et Sam ?

Johnny joua avec son verre.

— Je ne sais pas. Je ne vois pas qui aurait pu vouloir l'attaquer.

— C'est peut-être tout simplement un effet de la pleine lune. Il est prouvé que les agressions et les comportements anormaux sont en augmentation à ce moment-là.

— Je croyais que c'était des ragots de bonne femme. Et que se passe-t-il pour les gens qui naissent durant la pleine lune, comme toi ?

— Je suis née pendant une éclipse lunaire, ce qui est exceptionnel.

— Tout comme toi.

— N'essaie pas de me faire du charme. Ce soir, je n'ai pas le courage de lutter.

— Voilà une information tout à fait intéressante. Tu veux danser ?

— Qu'est-ce que tu veux faire sur une musique comme ça, à part une danse du ventre ?

— Je n'ai rien contre. Mais nous ne sommes pas obligés de suivre la musique. Un peu d'audace, que diable !

Il lui tendit la main, et elle se leva de mauvaise grâce. Tandis que les bras de Johnny se refermaient autour d'elle, elle se raidit, prenant soin de maintenir entre eux le plus de distance possible.

— Détends-toi, lui murmura-t-il à l'oreille. Oublie un peu ce qui s'est passé cette nuit.

— Parce que toi, tu en es capable ?

— Résoudre les problèmes fait partie de mon travail. Le tien, c'est de recoudre les gens.

— Comme le Dr Frankenstein.

Ils esquissèrent quelques pas, sous le regard mi-étonné, mi-réprobateur des trois autres clients.

— Mais dis donc, dit soudain Meliana, je pense à quelque chose… C'est peut-être quelqu'un que j'ai soigné. Le blanc symbolise aussi la médecine.

— C'est une idée. En tout cas, ça ne coûte rien de vérifier les dossiers de tes patients.

— J'ai fait aussi quelques interventions à la clinique de Blue Lake pendant ta mission.

— Ils sont informatisés ?

— Je crois, oui. De toute façon, ils ont forcément un système de fichiers pour les patients. Qu'est-ce que tu fais ?

Ecartant d'une main ses cheveux, il laissa courir ses lèvres sur son cou.

Le cœur battant à tout rompre, elle retint son souffle, troublée par son odeur et par son souffle chaud sur sa peau.

— Johnny…

Il fit taire ses protestations d'un baiser. Si ce n'est qu'elle n'avait pas vraiment envie de protester.

Il la dévorait tout entière, corps et âme. Elle était incapable de raisonner quand il l'embrassait. D'abord venait la sensation, violente et dévastatrice, puis le besoin désespéré de lui.

Emprisonnée dans le cocon de sensualité qu'il tissait autour d'elle, elle ferma les yeux et frémit quand il traça le contour de ses lèvres du bout de la langue, avant de goûter, d'explorer sa bouche avec une audace renversante.

La façon dont ils évoluaient au rythme lent de la musique, étroitement enlacés, dépassait les limites de la décence, mais elle s'en moquait. Plaquée contre lui, elle ondula le bas du corps, jusqu'à ce qu'il pousse un gémissement et rejette la tête en arrière.

— Ce n'est pas fair-play, Mel.

Son cœur battait à tout rompre. Elle pouvait à peine respirer.

Ils se trouvaient dans un endroit public, pour l'amour du ciel ! Mais au bout du compte, s'en souciait-elle vraiment ?

Un sourire moqueur étira ses lèvres.

— C'est toi qui as commencé, Grant, murmura-t-elle contre ses lèvres.

Puis elle eut pitié de lui et s'écarta.

Il avait l'air en état de choc, probablement rattrapé par ses vieux démons. Une vague de tristesse envahit alors Meliana. Pauvre Johnny. Combien de temps encore durerait ce dédoublement de personnalité ?

Elle lui prit la main et le ramena à leur table.

— Essaie de te détendre, lui conseilla-t-elle. Toute cette histoire n'est peut-être pas aussi dramatique que tu le croies.

— Ma voiture et celle de Zack sont dans le lac.

— Je sais, mais d'après Julie, c'est le dernier jeu à la mode chez les petits délinquants. Cinq voitures ont été jetées dans le port de Chicago la nuit dernière.

— Et Sam ?

— Il a pu trébucher et penser qu'on l'avait poussé. Avec ses migraines, il est sujet à des pertes d'équilibre.

Leur commande arriva : un assortiment de plats colorés et épicés.

— Tu le crois vraiment ? demanda Johnny quand le serveur se fut éloigné.

— Qui pourrait en vouloir à Sam ?

— Je ne sais pas. Il a peut-être vu quelque chose sans en comprendre l'importance, ou il s'est trouvé sur le passage de notre homme.

— Mais il n'y avait rien dans mon bureau.

— Justement. Sam a peut-être obligé le type à changer ses plans.

— Ecoute, ce ne sont que des suppositions. Il n'y a rien de concret dans tout ça.

Elle tendit la main vers l'un des plats pour se servir et suspendit son geste.

— Et si ce type s'attaquait aux hommes qui m'entourent, simplement par jalousie ? Tu crois que Charlie est en danger, lui aussi ?

— Lightfoot est assez grand pour se débrouiller tout seul. C'est pour toi que je m'inquiète.

— Je sais me défendre.

— En cas d'attaque frontale, je veux bien l'admettre. Mais imagine que ce soit quelqu'un de ton entourage. Quelqu'un en qui tu as toute confiance.

— Qui ?

— Blackburn, par exemple.

Ils sont ensemble. Je les ai vus. Ils se sont embrassés. Elle l'a touché.

Je n'y comprends plus rien.

Pourquoi, Meliana ?

Tu n'as pas lutté. Tu ne l'as pas repoussé. Tu t'es laissée embrasser.

Il faut que je me calme. Je n'arrive pas à penser. Il y a trop d'idées qui se bousculent dans ma tête.

Ils ne m'ont pas vu. Ils n'ont aucun moyen de savoir qui je suis. Ils seraient bien surpris, d'ailleurs, s'ils savaient.

Bon, il faut que je réfléchisse.

Il faut que je fasse quelque chose pour régler le problème.

Meliana décida de changer son programme et de travailler le dimanche. Cela permit à Johnny de regagner la maison du lac, et lui offrit quant à elle une diversion bienvenue.

Sam allait bien. Il reprit son travail le lundi. Les voitures de Zack et Johnny furent sorties du lac. Il n'y eut pas d'autres roses.

Dès mardi, elle retrouva son rythme de travail habituel et sa tranquillité d'esprit.

Elle dîna avec Julie, refusa deux invitations à dîner de Chris, courut dans le parc, et survécut à une fête organisée pour la naissance du bébé d'une amie.

Cette réunion de jeunes mamans l'avait épuisée émotionnellement et, de retour chez elle, elle se changea et sortit faire un jogging dans le quartier en compagnie de Shannon et Lokie.

Il commença à pleuvoir avant qu'elle n'ait eu le temps de regagner la maison. Génial, songea-t-elle en levant les yeux vers le ciel dépourvu d'étoiles. Elle allait avoir des traces de pattes de chiens partout sur sa moquette blanche.

— Mel !

Elle était tellement absorbée dans ses pensées qu'elle faillit tomber.

— Hé, attention !

Chris la rattrapa à la dernière minute. Il était trempé et à bout de souffle.

Elle secoua la tête d'un air réprobateur, tout en sautillant sur place.

— Visiblement, ce n'est pas la grande forme, Blackburn. Je croyais pourtant que les fédéraux étaient capables de courir le marathon sans transpirer ni s'essouffler.

Il reprit sa respiration.

— Ça dépend dans quel service on est. Je fais beaucoup de paperasses en ce moment, et je n'ai pas le temps d'aller à la salle de sport.

La pluie s'amplifia soudain, se transformant en déluge.

— Il vaudrait mieux rentrer, dit-il.

Meliana fit un signe de tête et remonta en courant l'allée qui menait à la maison. Elle était chez elle, en train de retirer ses chaussures de sport, lorsque Chris la rejoignit.

— Sage, dit-elle à Lokie, qui commençait à grogner.

Shannon s'était pour sa part laissée tomber dans un coin. Elle leva mollement la tête vers Chris mais ne broncha pas. Lokie aboya une fois et alla se coucher près de sa nouvelle compagne canine.

Meliana prit des serviettes dans le placard et, toujours aussi amusée par le manque de ressort de Chris, se mit à frictionner la fourrure blanche et duveteuse de Lokie.

— J'ai entendu dire que tu as passé beaucoup de temps avec Johnny, ce week-end, déclara soudain Chris.

Comment pouvait-il le savoir ? Meliana releva la tête, l'air interrogateur.

— D'accord, je l'avoue, j'ai parlé à Julie. J'ai dû lui tirer les vers du nez, mais j'ai fini par apprendre ce que je voulais.

Il leva les sourcils d'un air entendu.

— Depuis que cette histoire d'admirateur secret a commencé, vous avez de nouveau l'air de bien vous entendre, tous les deux. Tu ne trouves pas qu'il y a quelque chose de bizarre dans ce soudain rapprochement ?

— Tu n'es pas sérieux.

Elle le dévisagea un moment, entre amusement et stupéfaction.

— Tu ne crois quand même pas que Johnny est derrière tout ça ?

— Il veut que tu lui reviennes.

— C'est ridicule. Comment oses-tu penser ça de ton ami, ton ancien coéquipier, celui qui t'a sauvé la vie plusieurs fois ?

— La question n'est pas là.

— Je ne peux pas te laisser dire ça. Tu le connais aussi bien que moi. Johnny, c'est…

Elle chercha le mot juste.

— … Johnny.

— C'est aussi Juan Garcia, un homme qui a côtoyé les pires malfrats pendant deux ans. Il est allé très loin, Mel, beaucoup plus loin que ce qu'on attendait de lui. On ne ressort pas de là indemne.

— Je sais. J'ai vu le résultat.

— Tu n'as peut-être pas tout vu. Ses troubles de la personnalité sont peut-être beaucoup plus graves qu'on ne le croit. Tu ne vas pas me dire qu'il ne se conduit pas étrangement depuis cette histoire de roses.

— Je ne vois pas ce que tu veux dire.

— Tu as reçu Lokie il y a six mois, non ?

— Et alors ?

— Ça correspond à la date de votre séparation.

— Et ?

— Johnny s'en va, tout est fini. Et, hop, un chien apparaît providentiellement.

A présent exaspérée, Meliana finit d'essuyer les pattes de Lokie.

— Tu es complètement fou. Je connais suffisamment

Johnny pour savoir qu'il est incapable de faire ça. Même après ce qu'il a vécu.

— Pourquoi vous êtes-vous séparés, dans ce cas ?

— Ça ne te regarde pas. A ton tour, Shannon. Allez, debout, paresseuse.

La chienne remua la queue et se leva. Meliana commençait à essuyer son pelage quand elle remarqua une enveloppe blanche sur laquelle l'animal s'était couché.

— Qu'est-ce que…, murmura-t-elle.

Elle ramassa l'enveloppe, la retourna, et leva un regard inquiet vers Chris.

— Elle n'est pas timbrée.

Il se tourna vers la porte et observa la trappe en laiton destinée au courrier.

— Quelqu'un a dû la jeter de toutes ses forces dans l'ouverture.

— Mouais…

Elle prit sur elle et ouvrit l'enveloppe.

Il y avait des photos à l'intérieur.

Elle ne les toucha pas et les fit glisser sur la console de l'entrée.

Six clichés s'étalèrent sur le plateau de marbre.

— Bon sang…

Chris se pencha au-dessus d'elle.

— Quand ont-elles été prises ?

Il semblait en colère. Meliana soupira.

— Récemment. Chez Addifah.

— Et vous avez osé vous comporter comme ça là-bas ? Les autres clients ont dû être choqués.

— Eh bien…

Elle se servit d'un stylo pour détacher du lot le sixième cliché à demi masqué par les autres.

Tout son corps se raidit, tandis qu'une boule d'angoisse se formait dans sa gorge, l'empêchant de parler.

Chris se pencha un peu plus.

— La photo a été retouchée. Je te vois, mais Johnny a disparu.

— Oui, dit-elle d'une voix étranglée. On l'a… effacé.

6

Johnny était entouré d'hommes au sourire de glace pressant le canon de leurs armes sur sa gorge. L'obscurité dansait autour de lui telle une vague mortelle. Une main crochue l'entraînait vers un abîme.

Il avait besoin d'air.

Il devait trouver un moyen de retourner chez lui avant d'oublier qui il était.

Il se trouvait dans une petite pièce confinée. Peut-être à Miami. Quelqu'un criait en espagnol. Un autre jurait en anglais.

Il avait mal à la tête.

Le manque d'air embrumait son cerveau. Il voyait des roses, des messages de menaces, s'étalant comme des graffitis sur un mur de briques sales. Il entendait des murmures.

Une main se posa soudain sur sa bouche. La rose blanche devint énorme.

Il devait prévenir Meliana, mais il ne pouvait pas parler. Il ne savait pas où il était.

Il ne pouvait plus respirer.

Il se réveilla en poussant un cri.

— Du calme, Johnny. Ce n'est que moi.

La voix lui était familière. Il se laissa retomber contre l'oreiller et se massa les tempes.

— Qu'est-ce que tu fiches dans mon cauchemar ?

— Redescends sur terre, mon vieux.

Mark, le frère de Meliana, lui donna une tape sur le bras pour l'inciter à bouger.

— Il y a quelqu'un qui rôde dans le jardin avec une lampe torche.

Johnny pressa les doigts sur ses paupières.

— Il a une veste à carreaux ?

— Je n'ai vu qu'une silhouette et le faisceau d'une lampe.

Johnny s'obligea à s'asseoir. Son rêve le poursuivait, provoquant chez lui une forte sensation de nausée.

— Que fais-tu là, Mark ?

— Julie m'a appelé.

— Logique. Quelle heure est-il ?

— 3 heures du matin.

Penché à la fenêtre, il scruta l'obscurité.

— Je ne vois plus rien. Il a dû filer.

— Les bois sont malheureusement ouverts à tout le monde, soupira Johnny. Je ne peux pas clôturer mon terrain à cause de certaines personnes qui se font un malin plaisir à venir rôder autour de la maison.

Il baissa les yeux et vit qu'il s'était endormi tout habillé.

— Tu ne devrais pas être chez Meliana ? demanda-t-il à Mark.

— Si j'avais débarqué chez elle à cette heure-ci, je crois qu'elle se serait inquiétée. Mais je suis passé devant la maison. Tout avait l'air tranquille.

Après un silence, il ajouta :

— Julie m'a dit que tu étais rentré depuis quelques jours. Je suppose donc que la situation s'est arrangée.

— Disons que notre homme fait une pause. Mais je suis sûr que ça ne durera pas.

Il alluma la lampe de chevet, cilla pour s'accoutumer à la lumière et observa son visiteur.

Meliana lui avait dit que son frère ressemblait en ce moment à un croisement entre un pirate et un gitan, et elle avait raison.

— Je croyais que tu étais en mission, remarqua-t-il.

— Nous n'en sommes qu'au début de l'opération. Je peux me permettre de m'évader quelques jours.

— Tu as de la chance.

Johnny se leva, chancela et chercha son équilibre.

— Ton café est meilleur que le mien. Tu ne voudrais pas nous en faire un ? Pendant ce temps-là, je t'expliquerai ce qui se passe.

— Julie m'a déjà tout dit. Ce que je veux, c'est ton analyse de la situation.

Etait-il vraiment en mesure d'analyser quoi que ce soit ? se questionna Johnny. Son instinct lui disait que c'était dangereux. Mais pouvait-il encore se fier à son intuition ?

Au moment où il descendait l'escalier, il reconnut au bruit du moteur le vieux pick-up de Tim Carrick.

— C'est probablement mon voisin que tu as vu dans le coin. Il est tout le temps en train d'aller et venir, de jour comme de nuit.

— Tu as sans doute raison, répondit Mark en haussant les épaules. Parle-moi de Mel. A ton avis, qui est derrière toute cette histoire d'admirateur secret ?

Le visage de Chris s'imposa à son esprit, mais il garda cette pensée pour lui.

— Peut-être un patient qui serait tombé amoureux d'elle, suggéra-t-il.

— C'est vague.

— Je sais.

Il se traîna jusqu'à la cuisine en se massant le front. Sa femme lui manquait terriblement, et il n'avait pas envie d'y penser.

— Tu as l'air déprimé, remarqua Mark. Tu as essayé de parler avec ce psychologue qui travaille avec Mel ?

— Surtout pas ! Je n'ai aucune confiance en lui.

— Pourquoi n'essaies-tu pas d'arranger les choses avec Meliana ?

— Qui te dit que je n'ai pas essayé ?

Le sol était froid sous ses pieds. Il n'avait pas envie de parler de son mariage pour le moment, pas même avec le frère de Meliana.

— Ecoute…

Il se cogna le pied dans une chaise, jura, et se pencha pour vérifier l'état de ses orteils.

S'il ne l'avait pas fait, réalisa-t-il plus tard, le projectile qui avait fait voler en éclats la fenêtre de la cuisine l'aurait atteint en plein visage.

Le vacarme lui fit relever la tête. Il plissa les paupières, essayant de discerner quelque chose dans l'obscurité.

— Tu vois quelque chose ? demanda-t-il à Mark.

— Non.

Johnny baissa les yeux et trouva le projectile. Il reconnut le bruit familier d'un chargeur repoussé dans son logement.

— Range ça, dit-il à Mark. Ce n'est pas la peine de fouiller les bois. Nous avons essayé à cinq la semaine dernière, et nous n'avons rien trouvé.

Mark remit l'arme dans son holster.

— Qu'est-ce qu'il a lancé ?

— Une pierre.

Johnny s'accroupit et détacha le papier fixé autour avec un élastique.

— Les menaces se précisent.

Il tendit le message à son beau-frère pour qu'il puisse le lire.

SI TU LA TOUCHES ENCORE, JE TE TUE.

— Mark est ici ? A Blue Lake ? Mon propre frère est venu te voir avant même de me rendre visite ?

Meliana eut un sourire moqueur.

— J'ai toujours su que vous étiez plus proches que vous ne vouliez l'admettre. Où est-il ?

— En ville, avec le shérif adjoint.

Meliana sentit sa bonne humeur s'évanouir.

— C'est à propos de ce qui s'est passé hier soir ?

Elle accepta le café que lui tendait Johnny.

— Ce n'est pas à toi de faire ça ? reprit-elle.

— Je n'avais pas très envie de parler à Zack. Et puis j'ai reçu un appel de Julie et je savais que tu n'allais pas tarder à venir. Qu'est-ce que c'est que cette histoire de photos ?

Meliana lui expliqua brièvement, en omettant de signaler la présence de Chris à ses côtés quand elle les avait découvertes.

— Pourquoi ne m'as-tu pas prévenu ?

— Parce que tu m'avais dit d'appeler Julie s'il se passait quelque chose.

— Ça ne t'empêchait pas de me tenir au courant.

— Pour que tu t'inquiètes et que tu enfreignes toutes les limitations de vitesse d'ici à Chicago ? Voyons, Johnny !

Julie a fait des copies et m'a autorisée à te les montrer. Sur l'une d'elles, ton image a été effacée. Maintenant, il menace ouvertement de te tuer. Il n'y a plus de doute possible, tu es plus en danger que moi.

— Pour le moment, peut-être. Mais demain, tout peut changer.

Elle y avait pensé et ne put réprimer un frisson.

— Tu crois qu'il va s'attaquer à moi ?

— Comment le savoir ? Il s'agit visiblement d'un déséquilibré. Pour le moment, on peut supposer qu'il est amoureux de toi. Mais le jour où il comprendra qu'il n'a aucune chance…

Il posa soudain la main sur son bras.

— Quelles sont tes relations avec Tim Carrick ?

La question la surprit. Elle le regarda avec désapprobation, et il laissa retomber sa main.

— Je connaissais surtout sa femme. Viviana avait un tempérament explosif, et je me suis toujours demandé ce qu'elle faisait avec un homme comme lui. Il me fait penser à un gnome poilu.

— Il est aussi peu civilisé à Chicago qu'ici ?

— Disons qu'il a souvent tendance à oublier les bonnes manières.

— C'est-à-dire ?

Elle but une gorgée de café et regarda le fond de sa tasse.

— Je suis toujours un peu mal à l'aise quand il a ce regard fixe.

— Qu'est-ce qu'il regarde ?

— Les seins des femmes, évidemment.

L'expression médusée de Johnny la fit éclater de rire.

— La plupart des hommes font ça. En général, ils sont plus discrets que Tim, voilà tout. C'est un fardeau que nous, les femmes, sommes obligées de supporter. La plupart se contentent de faire comme si elles n'avaient rien remarqué. Moi, j'adore leur faire une réflexion pour le plaisir de les voir se décomposer.

— Je ne te savais pas aussi sadique.

— C'est mérité.

Johnny se mit à tapoter du bout des doigts sur la table, et elle posa la main sur la sienne pour le faire cesser.

— Tim est un peu bizarre, mais je ne crois pas qu'il m'enverrait des fleurs ou qu'il volerait ma lingerie.

— Tu l'as déjà soigné à la clinique de Blue Lake ?

— Une fois, pour une brûlure au bras.

— Comment se l'était-il faite ?

— En allumant sa cheminée, je crois. Arrête de te faire des idées. Il vit ici, pas à Chicago.

— Il y va toutes les semaines.

— Comme beaucoup de gens de Blue Lake, y compris Zack et le shérif.

Le regard de Johnny tomba sur les photographies.

Elle vit la frustration se peindre sur son visage, et devina sa nervosité à la façon dont il se tenait.

— Ce type nous suit partout.

— Ne commence pas, Johnny.

— A quoi ? A m'inquiéter ? C'est déjà fait depuis la semaine dernière.

Il se leva soudain et se mit à faire les cent pas.

— Ecoute, c'est décidé, je m'installe à Chicago avec toi.

— C'est inutile. Mark sera là.

— Et Chris aussi.

— Tu deviens pénible, Johnny. Chris n'y est pour rien. Il n'a pas besoin de tous ces subterfuges. Il m'a demandé ouvertement de sortir avec lui des dizaines de fois.

Johnny tourna brusquement la tête.

— Et j'ai refusé, ajouta-t-elle avant qu'il n'ait le temps de parler.

Elle n'avait pas un tempérament irritable, mais sa patience était à bout.

— De toute façon, nous sommes séparés. Chris peut m'inviter sans marcher sur tes plates-bandes.

— Il t'a embrassée ?

Elle éclata de rire.

— Tu plaisantes ?

Elle l'observa et retrouva son sérieux.

— Apparemment non, tu ne plaisantes pas.

Se souvenant des accusations de Chris, elle se radoucit.

— Non, il ne m'a pas embrassée. Et si tu tiens à le savoir, il ne m'intéresse pas. Voilà. Tu es content ?

— Je ne le serai pas tant que le type aux roses traînera dans la nature.

Puis, après quelques instants de silence, il demanda :

— Comment va Sam ?

— Bien. Il a repris le travail.

Elle s'interrompit et fit un effort de réflexion.

— Nous sommes bien vendredi ?

— Je ne sais pas.

Johnny semblait tellement fatigué qu'elle eut soudain envie de le prendre dans ses bras. Au lieu de quoi elle le guida vers le canapé et s'assit à côté de lui.

— Un des infirmiers, Nick — tu l'as rencontré — fait une fête chez lui demain soir. J'ai envie d'y aller. Ça te dit de m'accompagner ?

— Pour tenir la chandelle ?

— Johnny…

Elle lui prit le menton pour l'obliger à tourner la tête vers elle et planta un baiser rageur sur ses lèvres.

— Tais-toi.

L'automne avait repris ses droits avec virulence. L'après-midi fut orageuse, laissant planer la menace d'une tornade en provenance du lac Michigan.

Meliana laissa Johnny et Mark la convaincre de regarder un DVD avec eux.

Julie arriva à l'improviste, demanda des nouvelles de Zack, puis se lança dans une conversation professionnelle animée avec Mark.

— Voilà un couple bien assorti, remarqua Johnny en allant prendre des bières dans le réfrigérateur. Zack est trop tranquille pour elle.

Meliana retira du four un plateau de minifeuilletés à la saucisse.

— On parle bien du Zack que je connais ?

— Qu'est-ce que tu veux dire ?

— Quand nous étions à l'école ensemble, ce type était un fauteur de troubles, à la limite de la délinquance.

— Ce n'est pas ce que dit Eileen.

— Parce que c'est sa mère. Elle ne le voit pas tel qu'il est.

— Mais il est quand même devenu shérif adjoint.

— Uniquement parce que Owen Franck en avait assez de l'arrêter pour des délits mineurs Il a pensé que Zack avait besoin d'une figure paternelle forte et d'un projet professionnel.

Johnny écarquilla les yeux.

— Comment sais-tu tout ça ?

— Il faut croire que j'inspire confiance. Les gens adorent me raconter leur vie. Remarque, le shérif Frank est bavard comme une pie. Bref, tout ça pour dire que Zack est tout à fait capable de tenir tête à Julie. Comme toi ou Mark. Ou Chris.

Elle lui mit un feuilleté dans la bouche pour briser toute tentative de protestation, et remarqua :

— C'est bizarre, je viens de me rendre compte que je suis entourée de flics.

— La plupart des gens trouveraient ça rassurant.

— En tout cas, ça n'a pas l'air de faire peur à mon admirateur.

Elle inclina la tête sur le côté et se mordilla la lèvre.

— C'est peut-être un flic, lui aussi.

C'était la chose à ne pas dire. Surtout après avoir mentionné le nom de Chris.

Johnny passa le reste de la soirée à faire la tête, et si Mark n'avait pas été là pour faire la conversation, elle se serait terriblement ennuyée.

Samedi, Meliana alla courir dans le parc avec son frère.

— Tu sais que Johnny t'aime toujours, n'est-ce pas ? demanda-t-il, tandis qu'ils faisaient une pause pour s'étirer les muscles.

Meliana plia le genou et tira sa jambe derrière elle.

— Je sais beaucoup de choses sur Johnny. Mais c'est ce que je ne sais pas qui me pose un problème.

— Il n'est plus lui-même, je le reconnais, mais je suis certain qu'il s'en sortira.

Elle répéta l'exercice avec l'autre jambe.

— Tu en sais plus que tu ne veux le dire sur ce qui s'est passé durant sa mission.

— Nous avons parlé, reconnut Mark. Mais ne me demande pas de trahir sa confiance. Je ne veux pas me retrouver dans ce genre de situation.

Parce qu'elle avait vécu cela elle-même et le comprenait, Meliana soupira et changea de sujet.

— Tu connais Chris Blackburn ?

— Le fédéral qui t'a draguée le jour de ton mariage ?

Exaspérée, elle resserra sa queue-de-cheval.

— Tu as aussi parlé de ça avec Johnny ?

— Ce n'était pas la peine. Je l'ai vu faire. Nous n'étions pas tous aussi rêveurs que toi, ce jour-là. Un peu plus tard, je l'ai retrouvé dans un coin, ivre et en train de froisser des pétales de fleur.

Meliana, qui continuait à faire des étirements, s'arrêta net.

— Quel genre de fleurs ?

— Je ne sais pas. Les fleurs qui se trouvaient là pour la décoration. Des roses, des orchidées... Je ne crois pas que ça ait un rapport avec ce qui se passe aujourd'hui. Il était simplement en colère.

Meliana détecta tout à coup un mouvement de l'autre côté de la rue.

— On continue à courir ? proposa-t-elle.

— Tu te sens d'attaque pour un autre tour du parc ?

— D'accord.

Elle s'élança et fit un effort pour ne pas tourner la tête vers Chris, qui les observait par la fenêtre de son salon, à moitié dissimulé derrière son rideau.

*
* *

— Tu es sûre que tu peux inviter quelqu'un ? demanda Julie.

Elle vérifia sa coiffure dans le miroir de la chambre de Meliana et sourit, visiblement contente du résultat.

— Nick ne dira rien ?

— Au contraire, il sera ravi. Il organise régulièrement des soirées dégustation avec ses amis. Ce soir, ça se passe chez lui. Il paraît qu'il a une cave exceptionnelle.

— Quelle chance !

Meliana enfila un pantalon noir.

— Son grand-père est à la fois un psychiatre reconnu et un grand amateur de vins, expliqua-t-elle. Nick sait que son choix professionnel l'a déçu, et je pense qu'il cherche d'une certaine façon à se faire pardonner.

— J'ai entendu parler du Dr Hohlman. C'est un esprit brillant.

— Charlie est loin de partager cet avis.

Meliana enfila un pull noir décolleté en V et remarqua :

— Ton portable sonne.

Julie prit la communication tandis que Meliana rejoignait Mark et Johnny au rez-de-chaussée.

— Je ne vois pas pourquoi vous perdez votre temps à regarder ce match, dit-elle en prenant la télécommande des mains de Johnny. Les Yankees gagnent toujours.

Mark finit sa bière.

— Ne joue pas les rabat-joie.

Elle s'empara de la canette de Johnny, encore à moitié vide.

— C'est très mauvais de mélanger la bière et le vin. Tu veux gâcher la soirée ou quoi ?

— Une soirée dans la famille Adams, dit-il en laissant courir son regard sur elle. Jolie tenue, Mel. Le noir te va bien. Nick va être impressionné.

— Pas si nous sommes en retard.

Julie les rejoignit, l'air embarrassé.

— Je dois vous abandonner. On manque d'officiers ce soir, et le cadavre d'une femme vient d'être découvert près de la gare.

Mark se leva.

— Mel, ça t'ennuie si je…

Il fit un signe de tête vers Julie.

— Tu sais…

— Mais non, affirma-t-elle. Bien sûr que non.

Lorsqu'ils furent partis, Meliana se laissa tomber à côté de Johnny sur le canapé.

— Tu as toujours envie de sortir ?

Il plongea les yeux dans son décolleté.

— A moins que tu aies une meilleure idée.

Elle se rapprocha de lui et pressa sa poitrine contre son bras.

— J'ai beaucoup d'idées, dit-elle avant de lui effleurer les lèvres d'un baiser. Mais je ne sais pas si ça résoudra nos problèmes.

Il sourit contre sa bouche.

— Tu t'aventures sur un terrain dangereux. Si je ne te connaissais pas aussi bien, je pourrais croire que tu es sérieuse.

Parce que ce n'était que du bluff — plus ou moins — elle l'embrassa une dernière fois et se leva.

— Charlie y va uniquement pour nous. Ce ne serait pas très élégant de nous défiler. D'autant que le grand-père de Nick risque d'être là.

— Lightfoot est assez grand pour affronter seul un vieillard pontifiant.

Meliana leva les sourcils.

— Tu connais le Dr Hohlman ?

— Non, mais je t'ai entendu en parler avec Charlie, et j'ai cru comprendre qu'il ne l'appréciait pas outre mesure.

— Disons qu'ils n'ont pas la même approche de la médecine. Hohlman fait partie des scientifiques purs et durs qui récusent le paranormal, les médecines douces... Charlie a l'esprit plus ouvert. Quoi qu'il en soit, il est très amusant de les voir s'affronter.

— Tu as un mauvais fond, Mel.

— Je sais.

Elle lui adressa un sourire éblouissant et lui jeta sa veste.

— Ma mère serait fière de moi.

Je ne peux pas rester assis là, dans le noir, toute la nuit. Il faut que je parte, ou je vais finir par me faire repérer.

Je n'arrête pas de voir Meliana avec lui. Ils sont ensemble en ce moment, et j'ai peur de ce que cela signifie.

J'ai encore plus peur de ce que je pourrais faire.

Je tremble. Je vois du sang partout.

J'ai volé un scalpel à Meliana. Et je sais que je vais devoir m'en servir.

Mon Dieu, faites que je ne lui fasse pas de mal...

7

— Une rose blanche pour le vin blanc, une rouge pour le vin rouge.

Un sourire chaleureux aux lèvres, très à l'aise dans son rôle d'hôte, Nick tendit les fleurs à Meliana.

— Et pour les hommes, j'ai prévu des œillets.

Une sensation de froid, qui n'était pas seulement due à la température de la cave à la superbe architecture en arcades, envahit Meliana.

Allons, essaya-t-elle de se convaincre, il n'y avait aucune raison de paniquer.

— Quelle idée originale, remarqua Johnny d'un ton doucereux. Comment y avez-vous pensé ?

— Ça vient de mon père. Il a rencontré ma mère à une dégustation de vins et l'a séduite en lui faisant livrer des roses tous les jours. Ensuite, il a pensé que cela donnerait une touche distinctive à leurs réceptions. Trente ans après, c'est devenu une tradition familiale.

Percevant la tension qui régnait entre eux, Nick les regarda tour à tour.

— Quelque chose ne va pas ? Vous êtes allergiques, peut-être ?

— Non, pas du tout, affirma Meliana. C'est une idée charmante.

— C'est aussi ce que pense mon père. Mon grand-père, en revanche, trouve cela grotesque.

Il tendit deux œillets à Johnny.

— Je suis ravi que vous ayez pu venir, monsieur Maynard.

— Grant, corrigea Meliana.

— Bien sûr. Je suis navré.

Nick jeta un coup d'œil vers la porte, rajusta son col et sourit.

— Excusez-moi. Infirmière chef en vue.

Un sourire crispé aux lèvres, Meliana le regarda s'éloigner.

— Ne le dis pas, Johnny ! murmura-t-elle.

Il ne put cependant s'empêcher de faire un commentaire.

— Ça ne peut pas être une coïncidence.

— Bien sûr que si, voyons.

— Qui est au courant, à l'hôpital ?

— Personne.

Elle soupira.

— Enfin, pas à ma connaissance. Mais il se peut qu'il y ait eu des fuites. Tu sais comme la rumeur se propage sur les lieux de travail.

— Je crois que je vais aller dire deux mots à ce cher Nick.

Elle songea à l'arrêter, puis décida qu'il valait mieux le laisser faire. Il n'allait pas utiliser la force contre Nick. Enfin, elle l'espérait…

— Hé, Mel. Tu es très en beauté ce soir, mais tu sembles contrariée.

Charlie passa un bras autour de ses épaules.

— Qu'est-ce qui ne va pas ?

Elle tendit la rose blanche à son vieil ami.

— Que penses-tu de ça ?

— Rien de spécial, a priori. J'ai entendu dire qu'il s'agissait d'une tradition familiale. Mais à ta place, je jetterais un œil sur les serres de l'illustre Dr Hohlman. Elles sont remplies de roses blanches.

— Que voulait Lightfoot ?

Johnny rejoignit Meliana au moment où un des invités entraînait Charlie à l'écart.

— Il t'a fait un de ses petits numéros de voyance ?

— Non. Mais je m'en vais.

Johnny la retint par le bras.

— C'est vraiment une tradition qui dure depuis trente ans. Nick m'a montré des photos des réceptions organisées par ses parents. Elles sont encadrées et accrochées au fond de la pièce, si tu veux les voir.

— Je m'en fiche. Je veux partir.

— Mais c'est ridicule, voyons.

— Tu changeras peut-être d'avis quand tu sauras que le Dr Hohlman a pour passion les roses blanches.

— Beaucoup de gens en ont dans leur jardin, à commencer par Andy, ton voisin, la mère de Julie et Eileen Crawford.

Elle le regarda d'un air soupçonneux.

— Ce n'est pas toi qui viens de me dire que tu ne croyais pas aux coïncidences ?

— Je n'y crois toujours pas, mais je voulais te rassurer.

— Donc tu penses que nous pouvons faire confiance à Nick, ou pas ?

— J'aurais tendance à dire oui.

Elle soupira et balaya du regard la cave bondée.

— Tu sais, s'il n'y avait que les roses, je pourrais me sentir flattée. Mais fouiller dans ma lingerie, c'est assez violent. Et puis maintenant, il te menace toi, il t'efface d'une photo…

Elle secoua la tête.

— J'ai l'impression qu'il sombre dans la folie.

— Oui, ça tourne à l'obsession.

Johnny jeta un coup d'œil par-dessus l'épaule de Meliana et grimaça.

— Ne serait-ce pas l'infâme Dr Hohlman ?

Après avoir regardé dans la même direction, Meliana répondit :

— Le seul et unique.

Elle eut un sourire ironique.

— Il va se ruer sur Charlie dès qu'il va l'apercevoir. Et tu peux me croire, ça va faire des étincelles.

— La soirée risque d'être plus amusante que prévue.

Charlie ne chercha pas à s'esquiver. Au contraire, il rajusta son bandeau et fonça vers son rival, la main tendue.

— Cher confrère !

— Lightfoot.

Elliot Hohlman fit claquer ses gants de cuir dans sa paume. Il n'avait pas ôté son manteau, et ne prendrait probablement pas cette peine.

— Je vois que mon petit-fils nous a organisé une attraction ce soir. Allons-nous lire dans le marc de café ? Faire tourner les tables ? A moins que vous ne captiez les vibrations du vin lui-même. Il paraît que chaque bouteille raconte une histoire.

— De même que le comportement, docteur. Le vôtre parle haut et fort à chacun de nous.

— Oh, voyons, vous ne pouvez vraiment pas faire mieux que ça ? Insulter un vieil homme, ça manque singulièrement de panache. Touchez un objet. Dites-nous tout sur son passé, les événements auquel il a assisté, son destin… Prenez mes gants, si vous voulez. Ils ont baroudé autant que moi.

Le murmure des voix autour d'eux cessa complètement. Chacun dans la cave surveillait l'échange entre les deux hommes. Beaucoup étaient embarrassés, mais le plus gêné était Nick, dont le séduisant visage avait pris une couleur cramoisie.

Charlie croisa le regard de Meliana et lui fit signe de lui tendre la rose blanche. Elle hésita puis s'exécuta.

— Très jolie, dit Charlie.

Il huma les pétales.

— Pas d'odeur.

Il leva la rose et la fit tourner entre ses doigts.

— Ça vient de vos serres, docteur ?

Les yeux d'Elliot Hohlman pétillèrent d'ironie.

— A vous de me le dire. C'est vous le voyant, Lightfoot.

Charlie passa les doigts le long de la tige.

— Quelques épines…

— Tout le monde peut le voir, rétorqua Hohlman. Faites un effort… *docteur.*

Il en fallait plus pour déstabiliser Charlie, qui fit un clin d'œil à Meliana.

— Le sol manque d'azote. Les pétales sont un peu fragiles. Les feuilles…

Il s'interrompit et son expression changea, comme s'il entrait en lui-même.

— Quelqu'un s'est coupé l'index droit. Je vois une goutte de sang. Il fait chaud, humide… c'est un endroit confiné. Je sens de fortes émotions.

Nick se précipita soudain vers lui et lui prit la rose des mains.

— Ça suffit, maintenant, dit-il en se tournant vers son grand-père. Le Dr Lightfoot est mon invité. C'est une dégustation de vin, pas une bataille d'ego ou une arène de cirque.

Le vieil homme toisa Charlie d'un air méprisant.

— Vous êtes un charlatan, Lightfoot. Si une rose a des épines, il est logique que quelqu'un se pique le doigt. Il n'est pas nécessaire d'être voyant pour en arriver à une conclusion aussi élémentaire.

— Grand-père, je vous en prie, murmura Nick entre ses dents.

Après un dernier claquement de gants au creux de sa paume, Elliot Hohlman exécuta un demi-tour empreint d'une rigueur toute militaire et quitta la cave, les épaules raides et le menton levé.

Il sembla à Meliana que tous les invités poussaient un soupir de soulagement. Dès le lendemain, cette histoire ferait le tour des couloirs de l'hôpital.

Elle observa discrètement Nick, qui semblait bouleversé. Elle le vit prendre sur lui, grimacer un sourire, et inviter ses amis à s'approcher des tables de dégustation.

— Dr Maynard, je suis désolé, dit-il lorsqu'elle le rejoignit. J'aimerais pouvoir dire que ce comportement est exceptionnel, mais ce n'est malheureusement pas le cas. Mon grand-père a toujours été invivable.

— Et pourtant, il me semble qu'il est marié depuis près de soixante ans, intervint Charlie.

— Soixante et un. Ma grand-mère est une sainte. Je suis réellement navré, Dr Lightfoot. J'espère que vous n'êtes pas trop contrarié.

Charlie lui donna une tape amicale dans le dos.

— Pas du tout. La contrariété ne sert qu'à vous donner des ulcères.

*
* *

Après la réception, ils finirent la soirée dans un bar situé non loin du domicile de Charlie.

— Qu'y a-t-il avec cette rose ? demanda Meliana après qu'ils eurent passé la commande. J'ai bien vu que tu avais senti quelque chose.

— Dis-moi d'abord quelles sont tes relations avec Nick.

— Nous travaillons ensemble, mais nous ne sommes pas vraiment amis. Il est intelligent, efficace, et apprécié de tous.

— Tu es sortie avec lui ?

— Avec Nick ?

La question l'amusait plus qu'elle ne la choquait.

— Sûrement pas.

Elle prit un bretzel et commença à le grignoter.

— Il est trop jeune. Pas seulement en âge, mais aussi dans sa manière de se comporter. De toute façon, je ne crois pas qu'il s'intéresse aux femmes.

— Il te dévorait des yeux, ce soir.

Elle s'assit au fond de son siège et réfléchit à cette remarque.

— Il aime observer, que ce soit les gens ou les choses. C'est probablement pour cela qu'il est un assistant aussi précieux. Il remarque les détails qu'un chirurgien débordé pourrait éventuellement laisser passer.

Johnny intervint.

— Quoi ? Un chirurgien peut laisser passer des détails ?

Elle refusa de sourire.

— Le mot clé est « éventuellement », Johnny.

— Tu n'as pas dit que tu étais débordée et épuisée le jour où tu m'as opéré ?

— Oui, mais moi je suis l'exception. Continue, Charlie. Quel est le lien entre Nick et la rose ?

— J'ai senti du désir. Un désir profond et douloureux.

— Venant de Nick ?

— Il t'a donné la rose, non ? Et il avait un pansement sur l'index.

— Nick ? Non, je n'y crois pas ! Enfin, je te crois, mais… Nick ?

Elle fronça le nez d'un air dubitatif.

Johnny étira les jambes, passa le bras sur le dossier de la banquette, et se mit à jouer machinalement avec les cheveux de Meliana.

— Tu te rappelles ce que tu as dit hier au sujet des mères qui ne voient pas leur enfant comme il est ?

— Nick n'est pas mon fils.

— Non, mais c'est un peu ton petit protégé.

Meliana leva les yeux au ciel.

— N'importe quoi !

Johnny préféra changer de sujet. Observant Charlie avec un mélange de doute et de curiosité, il demanda :

— Tu as senti autre chose derrière ce désir ?

— Tu veux dire comme de la colère, du ressentiment ? Désolé de te décevoir, mais la seule hostilité que j'ai perçue, c'est celle d'Elliot Hohlman.

— Avec lui, tout est forcément noir ou blanc, remarqua Meliana. Je crois savoir qu'il a commencé sa carrière dans l'armée, ce qui explique son comportement rigide. Personnellement, j'aime avoir une perception des choses plus variée, plus colorée.

— Et pourtant, ta couleur préférée est le blanc, dit Johnny.

Il enroula une mèche de ses cheveux autour de ses doigts.

— Intéressante anomalie.

— Il n'y a rien d'étrange dans mes préférences.

Elle leva la main vers Charlie, en guise d'avertissement.

— Et toi, n'essaie pas de m'analyser. Julie m'a dit que tu avais associé ses problèmes avec les hommes au besoin excessif qu'avait sa mère de tout contrôler et à l'immaturité de son père.

— C'est la conclusion qui s'imposait.

— Pour elle, peut-être. Mais moi, je n'ai pas de problèmes avec mes parents.

— Nous avons tous des problèmes avec nos parents. Certains sont plus graves que d'autres, voilà tout. Pourquoi as-tu choisi la médecine ? Tu aurais pu épouser un riche médecin et te la couler douce.

— Je voulais être médecin, Charlie, pas en épouser un. Regarde ma mère.

— C'est là où je voulais en venir.

— Il s'agit d'une comparaison positive. Je ne cherchais pas à la blâmer. Ma mère est belle, elle est commandant dans la marine, et pourtant elle a épousé un homme qui a mal tourné.

— Elle veut dire que dans sa famille les femmes sont plus fortes que les hommes, traduisit Johnny.

— Pas plus fortes. Considérablement plus fortes. Et maintenant, si ces messieurs les machos ont fini de disséquer ma vie de famille, j'aimerais en revenir à mon admirateur secret. Quelle que soit la façon dont on aborde le problème, il est évident qu'il représente une menace sérieuse

— L'obsession est quelque chose de très particulier, expliqua Charlie. Tous ceux qui développent une fixation ont une personnalité changeante. Ils apparaissent comme équilibrés, aimables, bien intégrés dans la société, mais ils peuvent aussi se détacher de la réalité quand cela sert leurs desseins.

— En d'autres termes, ce sont des caméléons, remarqua Johnny d'un ton morose. Comme moi.

— Tu l'es devenu par obligation professionnelle, corrigea Meliana. Mais ce n'est pas ta nature profonde.

— C'est facile de se perdre, Mel.

Il se passa une main dans les cheveux.

— Ça peut arriver à tout le monde.

— Enfin, Johnny, il n'y a aucune comparaison possible entre toi et celui qui m'envoie les roses !

Elle aperçut soudain une silhouette à l'autre bout de la salle et se pencha pour mieux voir.

— Mark ?

Elle agita la main pour attirer son attention.

— Que fais-tu ici ?

— Je cherche Johnny.

Il repéra une chaise libre, l'apporta à leur table et demanda sans préambule :

— Tu es ivre ?

— Pas encore.

— Modesta Perrine.

Johnny retint son souffle quelques secondes.

— Quoi ?

— Tu ne te souviens pas d'elle ?

— Bien sûr que si ! C'était mon contact à Miami.

Meliana sentit son sang se glacer dans ses veines. Elle jeta un coup d'œil à Charlie, qui paraissait soucieux.

— Quand l'as-tu vue pour la dernière fois ?

— Il y a huit mois.

— Donc elle n'est pas venue à Chicago pour te rencontrer ?

— Elle est ici ?

— Elle l'était jusqu'à hier. Son corps a été découvert ce soir dans une ruelle. Quelqu'un lui a tranché la gorge et l'a jetée dans une benne à ordures. D'après le légiste, elle a été tuée ailleurs, probablement hier soir, et abandonnée là ce matin.

Johnny laissa échapper un juron et prit la main de Meliana.

— Vous étiez proches ? demanda-t-elle, en entrelaçant ses doigts aux siens.

— Pas plus que ça. Je crois qu'elle avait de la famille ici. Elle leur rendait peut-être visite. En tout cas, elle n'a pas cherché à me contacter.

— Tu as une idée de qui aurait pu faire ça ? demanda Mark.

— Je ne vois qu'une personne. Notre cible. Enrique Jago.

C'était compliqué et terrifiant. Si Meliana avait été sujette aux maux de tête, les événements de cette soirée lui auraient procuré la migraine du siècle. Heureusement, trente minutes de yoga suffirent à lui faire évacuer son stress.

Julie l'avait rejointe après avoir quitté son service à minuit, tandis que Johnny et Mark s'étaient rendus au bureau du FBI. Chris n'était pas chez lui — Johnny s'en était assuré avant de partir — et Charlie avait regagné son antre, en promettant de se concentrer sur le cas de Nick.

— C'est vraiment un crime odieux, remarqua Julie. Tu ne la connaissais pas, je crois ?

— Je n'avais jamais entendu parler d'elle.

Meliana versa de l'eau dans la bouilloire électrique.

— Tu veux que je te dise quelque chose d'affreux ?

— Tu es jalouse d'une morte, devina Julie.

— Horriblement jalouse. Et je n'arrive pas à penser à autre chose. J'imagine Johnny au lit avec une bombe sexuelle rousse, dans un hôtel de Miami…

Julie prit deux tasses dans le placard.

— Elle était brune, les cheveux courts, petite, environ quarante-cinq ans. Avec quelques rondeurs bien placées, elle aurait pu être séduisante, mais je n'ai vu qu'un corps émacié et maladif. Je pense qu'elle avait dû se laisser rattraper par ses vieux démons.

— C'est bizarre, mais je n'éprouve rien pour cette femme. Pas la moindre compassion.

Gênée, Meliana chercha un réconfort dans le regard de son amie.

— Est-ce que ça fait de moi une mauvaise personne ?

Julie renonça à chercher des biscuits et se tourna pour la prendre dans ses bras.

— Allons, Mel, ne dis pas n'importe quoi. Tu vis une situation difficile, tu as le droit de ne pas savoir où tu en es.

Elle s'écarta et lui pinça la joue.

— Même si le moment n'est pas vraiment bien choisi.

Meliana se laissa aller contre le réfrigérateur.

— J'espère que la couverture de Johnny n'a pas été détruite, et que le meurtre de son contact n'a rien à voir avec sa mission.

— Ses supérieurs en savent probablement plus que nous. Si Modesta consommait, elle devait probablement dealer aussi. Elle a collaboré avec le FBI pendant un temps, mais quand l'argent a cessé de rentrer, il a bien fallu qu'elle trouve une solution.

Meliana regarda son amie déposer les sachets de thé dans les tasses et verser l'eau par-dessus.

— J'aimerais en savoir davantage sur ce que Johnny a vécu durant cette période.

— Pourquoi ne lui poses-tu pas la question ? Je suis sûre qu'il te le dirait.

— Je sais. Il a voulu le faire quand il est rentré, mais j'ai vu à quel point ça le perturbait. J'ai préféré attendre, lui laisser prendre du recul. Je me suis dit qu'il me parlerait quand il serait prêt. Finalement, nous nous sommes repliés sur nous-mêmes, jusqu'à devenir incapables de communiquer.

— Je me suis rendu compte qu'il y avait des tensions entre vous.

— Tout le monde le voyait. Vers la fin, nous ne pouvions plus nous parler sans que ça dégénère.

— Il t'a menacée physiquement ?

— Non, mais j'ai vu de la violence en lui, de la colère, de la frustration. Il avait du caractère avant sa mission, mais il n'était pas sujet aux sautes d'humeur. Il n'était jamais sombre, neurasthénique…

— Juste un peu ténébreux.

— C'est bien, non ?

Elle eut un sourire attendri.

— J'aime les hommes mystérieux.

Julie ajouta une cuillère de miel dans son thé et souffla dessus.

— Tu avais peur de lui ?

— De temps en temps. Mais ça ne durait jamais. Parfois, j'avais l'impression d'être face à un inconnu.

Elle appuya les coudes sur le plan de travail.

— Il faisait des efforts pour se remettre dans le bain, mais il n'était plus l'homme que j'avais épousé.

— Et vous vous êtes séparés. Johnny est donc parti vivre à Blue Lake. Mais apparemment, la donne a changé aujourd'hui. Quelles sont les nouvelles règles du jeu ?

— Il n'y a pas de jeu. Pas de plan. Qu'est-ce que tu veux comme biscuits ? Céréales ou pépites de chocolat ?

— Pépites de chocolat.

Julie jeta un coup d'œil par la fenêtre et grimaça en voyant que la pluie recommençait à tomber.

— Quel temps !

Elle but une gorgée de thé, avant de reprendre la conversation.

— Allez, Mel ! Tu peux me le dire. Vous allez vous remettre ensemble ?

Meliana émietta pensivement son biscuit.

— Je n'en ai aucune idée. Je l'aime — je n'ai d'ailleurs jamais cessé de l'aimer — mais je ne sais pas si je peux vivre de nouveau avec lui. Les derniers temps, c'était vraiment l'enfer.

Elle soupira.

— Depuis deux mois, les choses ont l'air de s'améliorer. J'en suis ravie, mais...

Elle haussa les épaules.

— Je préfère prendre chaque jour comme il vient et ne pas me poser de questions.

Elle but une gorgée de thé.

— Et toi ? Comment vont les amours ?

Julie essaya de donner discrètement un morceau de biscuit à Lokie, mais Meliana s'en aperçut.

— Le chocolat est mauvais pour les chiens. Et tu vas leur donner de mauvaises habitudes. Je ne veux pas qu'ils mendient à table.

— Oui, mon adjudant !

— Alors, ta vie amoureuse ?

— Bof. Depuis Blackburn, c'est plutôt morne. J'ai un petit espoir du côté de Zack, et je ne dirais pas non à Mark.

— Comme la plupart des femmes de Hawaii.

Meliana tourna soudain la tête vers la porte, alertée par un bruit.

— On n'a pas frappé ?

— Non, c'est la pluie sur les carreaux. Dis, nous ne serions pas mieux dans le salon ?

En passant devant la baie vitrée, Julie ne put s'empêcher de jeter un coup d'œil de l'autre côté de la rue.

— Blackburn est rentré. Je ne vois de la lumière que dans le grenier. Qu'est-ce qu'il fiche là-haut ? Il se suspend à la charpente avec les chauves-souris et pleure son grand amour perdu ?

— Laisse tomber, Julie. Je vais finir par croire que tu es amoureuse de lui.

— Plutôt mourir !

Shannon apparut sur le seuil du salon et se mit à aboyer.

— Tu t'es déjà promenée trois fois aujourd'hui, lui rappela Meliana. Nous ne sommes pas à Blue Lake, et je n'ai aucune envie de courir sous la pluie.

La chienne aboya de nouveau.

— Je crois que ton discours ne l'a pas convaincue, remarqua Julie. Si tu essayais un non ferme et sans appel ?

— Je n'ai pas envie de la disputer. Elle est trop mignonne. Regarde ces grands yeux implorants. Il pleut, Shannon. Et il fait froid. On ne sort pas.

Le setter trotta vers elle, prit le bas de son T-shirt entre ses dents et tira dessus.

— Qu'est-ce qu'il y a, ma belle ? Il y a quelqu'un dehors ?

La chienne l'entraîna vers la porte, lâcha son T-shirt et aboya de nouveau.

A la fois étonnée et inquiète, Meliana regarda dans le judas et ne vit personne. Elle fit tourner les verrous, décrocha la chaîne de sécurité et ouvrit la porte.

— Il y a quelque chose ? demanda Julie en essayant de voir par-dessus son épaule.

Les yeux rivés sur son paillasson, Meliana ne répondit pas.

Julie la fit s'écarter et découvrit une boîte blanche fermée par un ruban de la même couleur.

— Ne touche à rien, dit-elle. Je vais chercher des gants.

Elle alla fouiller dans la cuisine et revint quelques instants plus tard.

— Voilà. Maintenant, laisse-moi faire…

Julie détacha le ruban avec précaution, souleva le couvercle, et écarquilla les yeux.

— On dirait un soutien-gorge.

Elle le souleva par une des bretelles, exposant les bonnets de soie réduits en lambeaux.

— Ou ce qu'il en reste.

8

Il avait tailladé le soutien-gorge de Meliana — avec un cutter, à ce qu'il semblait. Il la surveillait, la jugeait, commençait à la terroriser.

Johnny ne savait pas comment réagir face à cette menace grandissante.

Et il était tout aussi perdu en ce qui concernait la mort de Modesta Perrine. Avait-elle un lien avec lui ? Ses supérieurs n'avaient pu lui fournir aucune réponse. Ils voulaient qu'il disparaisse. Ils avaient également proposé de mettre Meliana à l'abri si elle le souhaitait.

Il avait passé deux jours à rencontrer des tas de gens — des fédéraux, des officiers de police… Personne ne savait ce que Modesta faisait à Chicago, et il avait fini par renoncer.

Meliana était déjà partie à l'hôpital lorsqu'il revint chez elle. Son téléphone portable sonna au moment où il insérait la clé dans la serrure, et il grimaça en voyant apparaître à l'écran le nom d'Eileen Crawford. Ce n'était pas à elle qu'il avait envie de parler.

— C'est encore cette maudite fuite, dit-elle. Zack m'aide à éponger, mais il ne peut pas rester plus longtemps, et le plombier est sur répondeur.

Il avait envie de dormir, réalisa Johnny en s'asseyant sur

le perron. De dormir et de ne pas se réveiller avant que ce cauchemar ait pris fin.

— Je vais venir, Eileen. En attendant, faites pour le mieux.

— Tim Carrick possède une pompe. Je peux envoyer Zack la lui emprunter.

— Oui, merci. Et si vous arrivez à joindre le plombier, dites-lui que je suis prêt à payer le double s'il règle définitivement ce problème.

— D'accord.

Johnny mit fin à la communication et composa le numéro de Julie.

Qui répondit à la première sonnerie.

— Où es-tu ? demanda-t-il.

— Devant mon ordinateur, en train de taper des rapports. Et toi ?

— En route pour Blue Lake. Une nouvelle fuite. J'espère être rentré avant le retour de Meliana, mais je voulais te parler de Modesta Perrine.

— Des suspects ?

— On suit la piste de Jago. S'il m'a démasqué, il a peut-être voulu se débarrasser d'elle pour m'envoyer un avertissement.

Il entendit un bip, consulta son écran, et dit :

— Mel essaie de me joindre. Je te laisse. Garde un œil sur l'affaire Perrine, d'accord ?

— Bien sûr.

Il prit l'appel de Meliana et se dirigea vers le vieux pick-up qu'il avait emprunté à Andy, sa propre voiture étant toujours en réparation.

— Oui, Mel. Tu vas bien ?

— Je suis entre deux opérations. Des nouvelles ?

— Au sujet de la mort de Modesta, non. Mais je dois

retourner à Blue Lake. Il y a encore eu une fuite. Tu veux venir éponger avec moi ?

Elle rit, et ce son résonna délicieusement à son oreille.

— J'aimerais bien, mais ma patiente m'attend.

— Je ne vais peut-être pas rentrer tôt.

— Moi non plus. Ecoute, nous n'avons qu'à nous retrouver à 21 heures chez Nino.

— Le restaurant à Evanston ?

— J'adore ce qu'on y mange.

— C'est très isolé.

— Justement, c'est ce qui fait tout son charme.

Il jeta un coup d'œil à la montre poussiéreuse qu'Andy avait fixée au tableau de bord avec de l'adhésif.

— D'accord. Je te retrouve là-bas.

Meliana ne découvrit la rose qu'en se garant devant chez Nino. Elle avait jeté sa veste sur le siège passager sans y prêter attention.

— Pas de panique ! dit-elle à voix haute.

Elle sortit sur le parking, enfila sa veste, et plongea dans l'habitacle pour attraper son sac.

Comme elle se redressait, une main s'abattit sur son épaule.

Elle sentit son sang se glacer dans ses veines et faillit se mettre à hurler.

— Qu'est-ce que tu fiches par ici ? demanda une voix familière.

Elle relâcha son souffle et se tourna lentement.

— Tu m'as fait une de ces peurs, Chris ! Ce n'est vraiment pas drôle.

Elle ajusta la bandoulière de son sac sur son épaule et ferma la voiture.

— Tu m'as suivie ?

Il lui adressa un sourire charmeur.

— Tu me croirais si je te disais le contraire ?

Il regarda ostensiblement autour de lui, et fit mine de s'étonner.

— Tiens, tu n'es pas avec tes chiens de garde ?

— Canins ou humains ?

— Les deux. Laisse-moi deviner. Julie travaille et ton ex est parti se réfugier dans sa caverne.

— Nous sommes toujours mariés, Chris.

Son assurance vacilla, mais il se ressaisit très vite.

— Mais le divorce n'est qu'une question de temps, n'est-ce pas ? Tu ne peux pas croire sérieusement qu'il va redevenir comme avant.

— Ecoute, je n'ai pas envie de discuter de ça avec toi.

Elle s'avança vers l'entrée.

— J'ai eu une dure journée et j'ai envie de me détendre.

— Avec Johnny ?

Elle fit brusquement volte-face.

— Avec qui je veux ! Et si par hasard il s'agissait de Johnny, c'est moi que ça regarde.

Il ne la suivit pas et attendit qu'elle soit à la porte pour crier :

— Je tiens à toi, Mel. Je ne voudrais pas qu'il t'arrive du mal.

Elle sentit un frisson d'angoisse courir sous sa peau. Pourquoi se sentait-elle aussi mal à l'aise, soudain ?

Elle refoula cette impression et revint lentement vers lui.

— Ecoute, je sais ce que tu attends de moi, mais ce n'est

pas possible, Chris. Nous sommes amis, et nous ne serons jamais rien d'autre.

Il soupira, puis s'obligea à sourire.

— Tu ne m'apprends rien que je ne sache déjà. Mais il est toujours permis de rêver, non ? Et pour ton information, je ne t'ai pas suivie. J'ai passé la journée à Evanston. Nous travaillons sur l'enlèvement d'une fillette de huit ans, dont les parents se disputent sauvagement la garde. Nous suspectons les grands-parents maternels.

C'était plausible, et elle décida de le croire.

— Je peux t'offrir un verre en attendant ? proposa-t-il.

— Rien qu'un verre ?

— Parole de scout.

Meliana jeta un coup d'œil à sa montre.

21 h 45 et Johnny n'était toujours pas là.

Inquiète, elle plongea la main dans son sac, attrapa son portable et composa le numéro de la maison du lac.

Chris la regarda se mordiller la lèvre et refermer le clapet du téléphone d'un air dépité.

— Il dort peut-être.

— Et il n'entend pas le téléphone situé à côté du lit ?

— Il s'est peut-être assoupi sur le canapé.

Elle lui jeta un regard glacial et essaya de nouveau. Elle mit fin à l'appel après la cinquième sonnerie.

— Nous pourrions commander, suggéra Chris.

— J'avais prévu de dîner avec Johnny, pas avec toi.

Au bout de cinq minutes, elle essaya le portable de Johnny. Tandis qu'elle comptait mentalement les sonneries, elle surprit le sourire moqueur de Chris.

— Pas de chance, on dirait.

Meliana balaya du regard la pièce pleine de monde.

— Pas pour le moment, mais je suis quelqu'un de très persévérant.

— Tu ne m'apprends rien.

Il posa la main sur son bras, en un geste amical.

— Ecoute, je n'aime pas la façon dont les choses évoluent entre nous. Nous sommes amis depuis six ans, et cela signifie beaucoup pour moi. Je ne vais pas te mentir et te dire que je ne suis pas jaloux de Johnny, mais je respecte ton choix. Et ça m'ennuie de te voir inquiète comme cela. Si tu veux, je peux appeler le bureau local du FBI.

— Merci, mais ce n'est pas la peine. Je réessayerai un peu plus tard. Dis-moi plutôt ce que tu sais sur Enrique Jago.

— Il est vicieux, vindicatif, et puissant dans certains cercles.

— Ce n'est pas très rassurant. Où vit-il ?

— Il se partage entre New York, Miami et Carthagène.

— Tu crois qu'il a tué Modesta Perrine ?

— C'est probable. Pourquoi elle et pas Johnny ? Je ne peux pas te répondre. Maintenant, essaie de te détendre. Il arrivera quand il arrivera.

Meliana décida d'appeler un autre numéro. Cette fois, elle eut une réponse à la troisième sonnerie.

— Crawford à l'appareil.

— Bonsoir, Zack. C'est Mel.

— Hé, salut ma jolie ! Quoi de neuf ?

— Je cherche Johnny. Tu sais s'il est encore à Blue Lake ?

— Il est parti il y a environ trois heures de ça. Je l'ai vu prendre la direction du sud, vers la route 90.

— C'est son chemin habituel.

Elle se mordilla la lèvre.

— Bien, merci. Je passerai peut-être dans la semaine. Ça dépend de mon planning.

— Viens avec ta copine Julie. A bientôt.

Meliana raccrocha et expliqua la situation à Chris.

— Il a peut-être eu un accident. Je vais partir à sa rencontre.

Chris finit sa bière d'un trait.

— Je viens avec toi. On prend ta voiture.

Le problème, songea Meliana, c'est qu'il y avait une rose blanche sur le siège passager de sa voiture.

— Je conduis. Je connais les raccourcis que prend Johnny.

Chris ouvrit la portière, vit la rose, et leva vers elle un regard surpris.

— Pas un mot, dit Meliana. Ce n'est pas la peine que tu cherches à m'effrayer. Je fais très bien ça toute seule.

Chris prit la rose d'une main, et de l'autre mima un mouvement de fermeture au-dessus de ses lèvres. Puis il se laissa tomber sur le siège.

Sa réaction soulagea Meliana.

Jusqu'à ce qu'elle démarre et le voie commencer à arracher les pétales un à un.

Les voitures défilaient, mais pas une ne s'arrêtait.

Malheureusement pour Johnny, les quatre-vingt dix minutes qu'il avait passées à chercher la source de la panne n'avaient produit rien d'autre qu'un certain nombre de jurons très inventifs et une coupure à la main. La batterie de son portable était déchargé — ce qui n'avait rien d'inhabituel —, et il s'était cogné deux fois la tête contre le capot.

La morale de cette histoire, décida-t-il, était qu'il ne

fallait jamais emprunter une voiture à une personne de plus de soixante-dix ans.

Il donna un coup de pied dans le pare-chocs cabossé et ouvrit la portière. Il eut un doute en regardant le tableau de bord. La jauge indiquait que le réservoir était à moitié plein. L'aiguille n'était-elle pas exactement au même endroit quand il était parti ce matin ?

— Je te déteste ! cria-t-il à la voiture.

Puis il passa en revue les possibilités qui s'offraient à lui.

Elles n'étaient pas nombreuses. Il pouvait rester assis là et attendre qu'un bon Samaritain s'arrête, ou marcher pendant deux kilomètres jusqu'à la prochaine station-service.

Tandis qu'il réfléchissait, une voiture s'arrêta de l'autre côté de la route.

Lorsqu'il vit Meliana en sortir, sa première réaction fut de courir vers elle et de l'embrasser.

Puis il aperçut Chris Blackburn, et un brusque élan de jalousie l'envahit.

Que faisaient-ils ensemble ?

Meliana se jeta dans ses bras, indifférente à la graisse qui maculait ses vêtements.

— Pourquoi ne m'as-tu pas appelée ? demanda-t-elle.

Puis, en parfaite synchronisation avec lui, elle répondit :

— Plus de batterie.

Elle secoua la tête avec une petite moue amusée.

— Je vais t'acheter six autres téléphones, afin que tu en aies un pour chaque jour de la semaine.

— Il oubliera quand même de les recharger, remarqua Chris.

— Qu'est-ce qu'il fait ici, celui-là ?

— Je l'ai rencontré sur le parking de chez Nino, expliqua

la jeune femme. Il était dans le coin. C'est du sang, sur ta chemise ?

— C'est possible. Je me suis coupé la main sur la tête de distribution.

Avant qu'elle n'ait eu le temps de parler, il ajouta :

— Pas de points de suture ! Et pour ceux que ça intéresse, je suis en panne d'essence.

Il se tourna vers Chris.

— Qu'est-ce que tu fichais chez Nino, Blackburn ?

— J'allais dîner. J'avais besoin d'une pause, figure-toi. Je ne suis pas comme toi, j'ai besoin de travailler pour vivre. Tu sais, le genre de travail rébarbatif que tu n'as jamais été obligé de faire.

Meliana posa une main sur le torse de son mari.

— Ne réponds pas, Johnny.

— Ce n'était pas mon intention.

Il saisit sa main, et déposa un léger baiser sur le bout de ses doigts.

— Il se trouve que j'ai beaucoup mieux à faire, expliqua-t-il.

L'adossant contre la portière du pick-up, il se pressa contre elle en prenant sa bouche avec fièvre.

Meliana ne retrouva ses esprits qu'en entendant Chris s'éloigner en faisant crisser rageusement les pneus de sa voiture.

S'écartant de Johnny, elle lui donna un coup de poing dans l'estomac.

— Tu es démoniaque.

— Et Blackburn, alors ?

Parce qu'elle en avait envie, elle l'embrassa une dernière fois et s'écarta.

— Ça suffit.

— Pourquoi ? On pourrait faire l'amour dans la voiture d'Andy avant que ton super héros ne revienne.

— Si toutefois il revient. Tu n'arrêtes pas de le chercher, et un jour il pourrait…

— Quoi ?

— Je ne sais pas. Te provoquer en duel, par exemple.

— C'est illégal.

— Ça l'a toujours été. Mais ça n'a jamais empêché les gens de le faire par le passé.

Elle lui caressa doucement la mâchoire.

— Qu'y a-t-il exactement entre vous ? Je sais que ce n'est pas uniquement à cause de moi. J'ai senti que vous étiez en conflit quand il t'a amené à l'hôpital avec cette balle dans l'épaule. Il semblait t'en vouloir d'avoir été blessé.

Johnny soupira.

— C'est compliqué.

— Traduction, il y a une femme derrière tout ça.

— C'est vrai. Mais pas comme tu le crois. Tu te souviens de Maxine ?

— Ta cousine d'Indianapolis ?

Il hocha la tête.

— Elle est venue à Chicago avec des amis, environ un an avant que nous nous rencontrions. Chris a eu une brève aventure avec elle.

— Typique.

— Tu trouves ça normal ?

— Non, mais la plupart des hommes sont comme ça.

— Je ne faisais pas équipe avec lui depuis très longtemps, et je ne le connaissais donc pas très bien. J'ai découvert plus tard qu'il avait une fiancée à Atlanta.

— Ah.

— Qu'est-ce que ça veut dire ?

— Rien de spécial. Je ne crois pas beaucoup aux relations longue distance. Je suppose que Chris n'avait pas jugé bon de parler d'elle à Maxine.

— Non, mais il s'est vanté auprès de tous nos collègues de coucher avec Maxine. C'était quand même ma cousine !

— Qu'est-ce que tu as fait ?

— Je lui ai cassé la figure, évidemment. Et puis je suis parti à la recherche de Maxine.

A en juger par son expression, cela n'avait pas été une expérience plaisante. Meliana crut deviner ce qui c'était passé.

— Elle était avec un autre homme.

— Ken Magister. Son nom te dit quelque chose ?

— Evidemment. Il est juge au tribunal de grande instance, et fervent défenseur des valeurs familiales. Je comprends que ce soit compliqué.

— C'est une call-girl, lâcha-t-il d'un ton laconique. En tout cas, elle l'était à cette époque-là.

— Tu veux dire que Chris la payait ?

— D'après elle, oui. Mais il a toujours nié. De toute façon, ce n'était pas le problème. C'était ma cousine, et il s'était vanté de ce qu'elle lui faisait au lit à des types avec qui je travaillais. Je ne pouvais pas laisser passer ça. C'était une question d'honneur familial.

Meliana rejeta la tête en arrière et observa un instant les étoiles.

— Vous les hommes, vous êtes tellement susceptibles sur certains points, et tellement complaisants sur d'autres… Je comprends pourquoi tu en veux à Chris, mais je ne suis pas Maxine. Et je ne suis pas intéressée. D'accord ?

Le sourire qui étira ses lèvres était hésitant, mais au moins il souriait.

— D'accord. Fin de l'histoire.

— Tu es un bon cousin, Johnny.

Elle posa les mains sur ses épaules tandis qu'il l'attirait de nouveau vers elle.

— Tu es aussi très sale.

— Toi aussi ! Tu n'as pas regardé ton pull.

Cela avait été un cachemire crème, autrefois. A présent, ce n'était plus qu'un chiffon noirâtre.

Elle dissimula un sourire.

— Non seulement tu deviens une mauvaise habitude, mais en plus tu me coûtes cher, Johnny Grant.

— Dans ce cas, tu vas devoir essayer de te débarrasser de moi, murmura-t-il. Mais je n'ai pas l'intention de te faciliter la tâche.

Et pour appuyer cette déclaration, il l'embrassa fiévreusement.

Elle l'a embrassé !

Elle semblait terriblement contente de le revoir.

Tu ne peux pas faire ça, Meliana. Tu n'es plus à lui. Tu m'appartiens. Pourquoi ne veux-tu pas le comprendre ?

Je ne te croyais pas aussi stupide. Je t'ai pourtant envoyé un avertissement. N'importe qui aurait compris le message.

Johnny n'a plus aucun droit sur toi. Tu n'es plus sa femme.

Cette horrible scène m'a fait trembler de la tête aux pieds. J'ai été obligé de m'arrêter sur le bord de la route.

Il y a du sang dans ma tête. Celui de Johnny. Le tien aussi, si tu ne changes pas de comportement.

Je rêve de toi tout le temps, même quand je suis éveillé. Je t'aime, Meliana. Je t'aime et il faut que tu sois à moi. D'une façon ou d'une autre.

J'ai une de tes nuisettes de soie blanche pliée dans ma poche. Ton parfum est dessus. Quand je la porte à mon visage, je t'imagine la portant pour moi.

Les tremblements sont si violents que je ne peux plus les contrôler. Le scalpel que je viens d'utiliser pour la déchirer a glissé et je me suis entaillé la cuisse.

Il y a du sang sur la soie blanche. Mon sang sur ta nuisette.

J'ai envie de hurler. J'ai envie de faire mal à quelqu'un.

Ecoute-moi Meliana. Tu vas m'obéir. Sinon, le sang qui coulera la prochaine fois ne sera pas le mien.

9

— Tiens, Julie, voici mes clés, dit Meliana en entrant dans l'appartement de son amie.

Elle remarqua son demi-frère, affalé devant la télévision.

— Bonjour, Sam.

Julie prit les clés et les rangea dans un tiroir.

— Tu pars longtemps ?

— Je ne resterai à Blue Lake que quatre jours, mais j'aurais besoin que tu ailles arroser mes plantes.

— Vous allez pêcher ? demanda Sam. J'ai pris trois truites la dernière fois que j'y suis allé.

— Tu peux venir si tu veux, proposa Meliana. Comment vont tes migraines ?

— Je n'en ai plus depuis quelques jours. J'ai arrêté de lire, comme vous l'avez dit. Je peux venir quand ?

— Dès vendredi soir, si tu veux.

— Demande à Zack de surveiller le coin, recommanda Julie. Et soyez prudents.

— Oui, maman, ironisa Meliana.

Puis elle ébouriffa les cheveux de Sam.

— A bientôt.

— Ne pêchez pas tous les poissons avant que j'arrive. Et ne…

Le jeune homme cilla, dodelina de la tête, puis son regard se perdit au loin, comme s'il entrait en transe.

— Sam ? Que se passe-t-il ?

Meliana lança un regard surpris à Julie.

— Sam ?

Ses yeux se posèrent sur elle, fixement. Avant qu'elle n'ait eu le temps de prévenir son geste, il lui saisit le poignet avec une force surprenante.

— Qu'y a-t-il, Sam ? insista Meliana.

— Ne… Ne…

— Ne quoi ?

Elle remarqua qu'il avait les pupilles dilatées, et se demanda s'il se droguait.

— Tu as pris quelque chose ? Des médicaments ?

Il resserra les doigts autour de son poignet.

— Ne mangez pas…

— Ne mangez pas quoi ? demanda Julie, le visage décomposé.

Il tourna la tête et regarda par la fenêtre.

— Ne mangez pas de fruits.

— Il n'y a pas de fruits dans la maison, Mel, crois-moi.

Cette dernière lança à Johnny un regard exaspéré.

— Comment peux-tu ne pas avoir au moins des oranges ?

— Estime-toi déjà heureuse que j'aie du lait.

— Il a largement passé la date de péremption.

Elle inspecta le contenu des placards et soupira.

— Tu te nourris vraiment très mal. Il faut absolument que nous fassions quelques courses.

Il s'accroupit à côté d'elle.

— Dis-moi un peu, si nous achetons des fruits à l'épicerie, nous pourrons les manger ?

Meliana s'assit sur ses talons.

— C'est bizarre. On aurait que Sam était en transe.

Johnny grimaça.

— S'il s'était agi de quelqu'un d'autre, j'aurais dit qu'il te faisait un numéro. Mais il est trop candide pour s'amuser à te faire peur.

— Il a l'air candide, mais il a un QI de 185.

Elle se releva et frotta ses genoux.

— Quand Eileen revient-elle ?

— Demain. Elle a été trop occupée avec la fuite pour faire le ménage.

— Ça se voit.

— C'est une maison de vacances, Mel. Tu es trop exigeante.

— En d'autres termes, ce n'est pas la peine de laisser les chiens dans la véranda. Ils peuvent mettre leurs pattes sales partout.

— Eileen ne s'est jamais plainte d'avoir à passer la serpillière derrière Shannon.

— Evidemment ! Elle est payée à l'heure.

Amusée, elle retira un paquet d'une étagère.

— Des pruneaux ?

Johnny haussa les épaules.

— Ma mère m'a rendu visite, il y a trois mois.

— Eh bien, ils sont durs comme des cailloux. Et puis ce sont des fruits. Donc, je les jette.

Elle continua son inspection des placards.

— Je me demande pourquoi Sam a réagi comme cela.

J'en ai discuté avec Julie, et c'est apparemment la première fois que ça lui arrive.

— C'est peut-être Charlie qui déteint sur lui.

Elle lui lança un regard faussement outré par-dessus son épaule.

— Un peu plus de largesse d'esprit, s'il te plaît.

Le regard de Johnny balaya la vaste pièce et vint se poser sur la photo de mariage posée sur la cheminée.

— Ça semble loin, non ?

— C'est vrai. Je ne t'ai vu que six fois en deux ans, mais à la fin, ça me faisait bizarre de te rencontrer. Tu étais comme un vieil ami avec qui je n'avais plus grand-chose en commun.

— Je pensais à toi jour et nuit, Mel. Tu n'as jamais quitté mon esprit.

— J'étais aussi dans la tête de Juan Garcia ?

Elle vit à son expression qu'il comprenait ce qu'elle voulait dire.

— J'étais Juan Garcia en public. Il le fallait. Ce n'était qu'un rôle pour obtenir ce que nous voulions.

— Le démantèlement d'un réseau criminel.

— Oui.

— Quel qu'en soit le coût.

Elle aurait pu en dire plus, mais elle s'obligea à se taire.

— Pardon. C'était injuste. Je savais ce que ton travail impliquait, dès notre première rencontre. Les premiers mots de Chris ont été que tu avais été blessé par une prostituée.

— Qui faisait partie d'une vaste opération de trafic de stupéfiants. J'ai croisé la mauvaise personne au mauvais moment. Ce que je n'ai jamais compris, c'est comment elle a su que je me trouvais dans cette ruelle.

Meliana pouvait presque voir tourner les rouages de son cerveau.

— N'y pense plus.

— C'est moi qui étais exposé, Mel. Chris était tranquillement dans le club.

— Il ne l'a pas payée pour faire ça, tu le sais. Il a risqué sa vie pour te sauver.

En tout cas, c'était ce que Chris avait prétendu lorsqu'il s'était présenté aux urgences.

— Je sais que tu ne l'estimes pas beaucoup. Et il est vrai qu'il n'a pas que des bons côtés. Mais il n'est pas vicieux à ce point.

Elle s'avança, passa les bras autour de sa taille et leva vers lui un regard interrogateur.

— A ton avis, qu'est-ce que nous pourrions bien faire maintenant ?

— Rattraper le temps perdu ?

— Oh, je viens d'avoir une idée, dit-elle d'un air mutin. Prends un papier et un crayon, Grant, je vais te dicter la liste des aliments de base que toute bonne ménagère se doit d'avoir dans ses placards.

Ils firent tellement d'achats à la supérette locale qu'il fallut vingt bonnes minutes à la caissière pour tout facturer, d'autant que son arthrite — ainsi qu'elle se plut à l'expliquer en détail — s'était réveillée, et que rien de ce qu'on lui avait donné à la clinique ne faisait effet.

— Tim m'a proposé des pilules, mais j'ai refusé. Ça me paraît dangereux de prendre des médicaments sans l'avis d'un médecin. Et puis, allez savoir ce qu'il y a là-dedans.

Il est bizarre ce type-là. En plus, il paraît qu'il va ouvrir un camp de nudistes chez lui.

— L'information est à prendre avec le plus grand sérieux, expliqua Johnny, pince-sans-rire. Elle vient de Mme Wilmot, la postière.

Meliana renchérit, l'air grave.

— Alors là, évidemment.

La caissière remonta ses lunettes sur son nez, d'un air pincé.

— Ce n'est pas illégal de se promener en public sans vêtements ? Vous qui travaillez pour le gouvernement, vous devez bien savoir ça.

— Sans doute. Mais ce n'est pas de mon ressort de faire respecter cette loi. Dis donc, Mel, tu as pris des barres de céréales ?

— Trois paquets de quatre. Quel genre de médicaments Tim vous a-t-il proposé, Agnès ?

— Je n'ai pas demandé. Je me suis contentée de refuser. Vous serez à la clinique, demain, docteur ?

— Bien sûr ! Toujours fidèle au poste. Vous voulez que je jette un œil à vos mains ?

— Oh, merci. C'est vraiment gentil de votre part.

— Tu as pris des fruits ? remarqua Johnny.

Il fouilla dans le reste des achats.

— Quatre variétés différentes.

— Ces fruits ne présentent aucun danger. D'ailleurs, nous ne savons pas vraiment ce que Sam voulait dire.

— J'ai aussi des douleurs dans les genoux, se plaignit Agnès.

— Je serai à la clinique à partir de 9 heures, promit Meliana. Johnny, tu veux bien payer ? Je vais commencer à charger la voiture.

Elle le laissa avec Agnès, dont les yeux pétillaient de curiosité.

— Quoi ? dit-il.

— Rien du tout. Ça fait 128,90 dollars.

— Nous ne sommes pas ensemble.

Elle sourit de toutes ses dents.

— Bien sûr que non ! Qui pourrait penser une chose pareille ?

Avec un soupir, Johnny plongea la main dans la poche arrière de son jean et en sortit son portefeuille. Voyant qu'il était à court de monnaie, il fouilla les poches de sa veste. Il y trouva une tablette de chewing-gum, un billet de vingt dollars, et un bristol blanc de la taille d'une carte de visite.

Il paya Agnès, lut la carte et grinça des dents.

— Quelque chose ne va pas ? s'inquiéta la caissière. Monsieur Grant ?

Johnny lui répondit sans détacher les yeux de la carte.

— Rien d'important.

Il remit la carte dans sa poche et essaya de se rappeler quand il avait porté cette veste pour la dernière fois.

— Vous ne vous sentez pas bien ? Vous êtes tout blanc.

Il esquissa un sourire.

— Si, ça va. Merci. Qu'est-ce que c'est que ça ?

— Votre monnaie.

Il la prit et se dirigea vers la porte.

— Vous ne prenez pas vos marchandises ? cria Agnès.

— Je reviens.

Il prit Meliana par le bras, alors qu'elle revenait vers le magasin.

— Qu'est-ce qu'il y a ? Tu n'as pas de quoi payer ?

Il lui tendit la carte.

— J'ai trouvé ça dans la poche de ma veste.

Il dut reconnaître qu'elle avait les nerfs solides. Elle n'eut pas un frémissement tandis qu'elle lisait le message.

JE VAIS VOUS TUER.
TOUS LES DEUX.

— Qui as-tu appelé, exactement, Mel ?

La maison du lac était pleine de monde. Il avait fallu dix minutes à Johnny pour localiser Meliana dans la cuisine.

— Je n'ai parlé qu'à Mark.

— C'est donc lui qui a battu le rappel des troupes et a invité tout ce monde ?

— Je suppose. Tu devrais être content. Il n'y a aucun risque que nous soyons tués dans cette foule.

— Il ne faut jurer de rien, marmonna-t-il.

Les deux dernières nuits avaient été un enfer. Il avait monté la garde, son arme posée sur la table de nuit, et s'était efforcé de comprendre à qui ils avaient affaire.

Quel genre d'homme pouvait en l'espace de quelques jours passer de l'envoi de fleurs aux menaces de mort ? Un déséquilibré, avait-il conclu. Une personne totalement déconnectée de la réalité.

Il s'était inquiété pour Meliana lorsque celle-ci avait insisté pour se rendre malgré tout à la clinique. Par deux fois, il y avait fait un saut et constaté qu'elle était débordée de travail. La salle d'attente était remplie de patients, et l'endroit était peut-être finalement plus sûr pour elle que la maison.

Cela les avait amenés à aujourd'hui, vendredi. Il était au téléphone avec un agent fédéral de New York quand les invités avaient commencé à arriver. Julie et Sam étaient parmi les premiers. Ils furent suivis presque aussitôt de

Mark et Charlie. Apparurent ensuite des collègues de l'hôpital, dont Nick Hohlman. Cinq minutes après le groupe le plus important, composé de voisins et de villageois, Chris Blackburn avait fait une arrivée discrète. Zack et le shérif Franck fermaient la marche.

Tout le monde avait apporté de la nourriture, à l'exception de Mark.

— Je ne connais presque personne, se plaignit Johnny.

— Ce n'est pas grave, riposta Meliana. C'est quand même plus agréable d'organiser une petite fête que de se morfondre dans la maison en se demandant si un psychopathe nous observe.

Revenant du jardin, Julie entra dans la cuisine.

— Sam a allumé le barbecue, Johnny. Tu veux bien t'occuper des steaks ? Les invités commencent à avoir faim.

— J'y vais, proposa Zack.

Julie se tourna vers Meliana, l'air dépité.

— Une de tes amies médecins a mis le grappin sur Mark.

— Blonde ou rousse ?

— Blonde.

— C'est Laura. Elle est mariée. Johnny, tu veux bien aller voir ?

— C'est comme si c'était fait.

Il prit une bière dans le réfrigérateur et se dirigea vers le salon.

Toute cette agitation lui donnait mal à la tête, même s'il admettait que Meliana avait raison. Il y avait une certaine sécurité dans la multitude.

— Quelqu'un a vu Mark ? demanda-t-il à la cantonade.

Charlie hocha la tête.

— Il essayait de se libérer de Laura Whelen, la dernière fois que je l'ai vu.

— Je suis supposé lui venir en aide.

Charlie posa sa guitare contre le dossier du canapé.

— Je t'accompagne. Il commence à faire chaud là-dedans.

Ils se frayèrent un chemin à travers la véranda, emplie de monde.

— Qui sont tous ces gens ? demanda Johnny. Je n'en reconnais même pas le tiers.

— Ce sont pour la plupart des habitants de Blue Lake. Mais je ne suis pas sûr qu'ils aient tous été invités.

Johnny remarqua Betty Hooper, la directrice de la clinique. Elle avait détaché ses cheveux, roulé le bas de son pantalon, et affichait un généreux décolleté dans un haut ajusté vert acidulé. Pas mal pour une femme de presque soixante ans, songea-t-il.

— Je ne les vois pas, dit-il, tandis qu'ils s'avançaient dans le jardin.

Charlie gloussa.

— Tu séduirais un homme au grand jour ?

— J'aime à penser que je n'aurai jamais à séduire un homme, riposta Johnny, amusé. On essaie les bois ?

— Bonne idée.

Johnny s'époumona.

— Mark ? Mark ?

Il ne s'attendait pas vraiment à une réponse, et fut surpris d'entendre la voix de son beau-frère venant des buissons, sur sa gauche.

— Johnny ? Tu peux me donner un coup de main ?

Les yeux de Charlie pétillèrent de malice.

— Intéressant.

Ils trouvèrent Mark sous un imposant érable, un genou à terre dans les feuilles mortes. Une femme vêtue de blanc était adossée contre le tronc.

— Allez, Laura.

Mark tira sur sa main.

— Il faut vous lever, maintenant. Nous devons rentrer.

Elle ricana et laissa rouler sa tête sur le côté.

— Pas envie. Trop fatiguée.

— Laura ?

Johnny s'accroupit devant elle.

— Mel voudrait que vous rentriez, d'accord ?

Elle fit un effort pour relever la tête.

— Où est-on ? C'est toi, Charlie ?

— En personne. Nous devons te ramener à la maison.

— D'accord.

Elle se tourna vers Mark.

— Vous allez devoir me porter.

— Qu'est-ce que vous êtes venus faire par ici ? demanda Johnny, tout en aidant Mark à hisser Laura sur son dos.

— Elle avait besoin d'air.

— Tu parles, marmonna Charlie. Il n'y aurait pas aussi une bouteille à rapporter ?

Mark préféra ignorer la remarque.

— Ça va, Laura ? demanda-t-il.

Sa réponse lui parvint étouffée et indignée.

— Je pensais que vous alliez me porter dans vos bras.

Johnny finit d'inspecter les alentours.

— Mark préfère le style homme des cavernes.

— Bon sang, ce que tu es drôle ! s'exclama ce dernier. Si tu la portais pendant que je m'occupe des blagues ?

Johnny esquissa un sourire et s'écarta pour laisser Charlie prendre la tête du convoi.

Comme ils approchaient de la maison, Mark commença à donner des signes de fatigue, et Johnny soutint les jambes de Laura.

— Tu es trop bon, ironisa Mark. Aide-moi à la déposer sur le perron.

Meliana franchissait la porte, tenant un plateau rempli de hamburgers, quand Johnny croisa son regard et lui fit signe de venir.

Elle parut surprise de découvrir son amie affalée sur le perron, le dos contre la rambarde.

— Que s'est-il passé ? demanda-t-elle aux trois hommes.

Mark haussa les épaules.

— Aucune idée. Elle allait bien quand nous sommes partis nous promener.

— Elle est mariée, tu sais.

— Tes informations ne sont pas à jour. Elle est en instance de divorce.

— Vraiment ?

Meliana parut déçue. Elle s'agenouilla et souleva la paupière de Laura.

— Les pupilles sont rétrécies et la respiration faible.

Elle tourna la tête vers Mark.

— Elle a pris quelque chose ? Des médicaments ?

— Pas à ma connaissance.

— De l'alcool ?

— Non.

— Pourquoi êtes-vous sortis ?

— Elle voulait parler. J'ai trouvé qu'elle avait l'air triste.

Johnny s'accroupit près de Meliana.

— Quelque chose ne va pas ?

— Je n'aime pas la façon dont elle respire. Ses lèvres et le bout de ses doigts sont bleus, et son pouls est faible.

Elle se redressa.

— Il faut l'emmener à la clinique. Que quelqu'un aille chercher Ronnie à l'intérieur.

— J'y vais, proposa Charlie.

Tandis que Meliana essayait de réveiller Laura, Johnny fit signe à Julie d'éloigner les quelques curieux qui commençaient à venir voir ce qui se passait. Il ignorait que Sam était derrière lui jusqu'à ce qu'il entende son hoquet de surprise.

— Ça va, Sam. Rentre avec les autres.

Mais les yeux du jeune homme étaient fixés sur Laura, écarquillés d'angoisse.

— J'avais dit à Meliana de ne pas le faire.

Sa respiration devint saccadée, tandis que sa voix montait dans les aigus.

— Je ne pensais pas que ça arriverait à quelqu'un d'autre.

Il se mit à triturer ses cheveux en gémissant.

Johnny eut alors l'impression qu'un courant d'air glacial l'enveloppait. Il saisit Sam par le bras et le secoua.

— Pas maintenant, d'accord ?

— Oui.

Sam laissa retomber ses mains et baissa la voix.

— Oui. Bien sûr.

Il dévisagea longuement la femme évanouie sur les marches puis, d'un ton dénué d'émotion, murmura :

— Elle n'aurait pas dû manger de fruits.

10

Laura reçut les premiers soins à la clinique de Blue Lake. Ronnie Lord, une des internes invitées à la réception, supervisa la procédure avec Meliana.

Elles conclurent que Laura avait absorbé une quantité massive d'héroïne, et décidèrent de la transférer à Chicago.

Elle s'en sortirait. Meliana n'avait aucun doute à ce sujet. La question était de savoir comment elle avait été droguée.

— Je suppose qu'elle n'en consomme pas habituellement, remarqua Johnny, tandis qu'ils regagnaient la maison.

Meliana regarda le désordre qui régnait un peu partout. Il flottait encore dans l'air l'odeur de la viande carbonisée que Zack avait oubliée sur le gril dans la confusion.

— Ce n'est pas le genre de Laura. Elle a toujours mené une vie très saine.

Elle remarqua sur la table basse un saladier contenant du raisin, et l'emporta dans la cuisine.

— Il faut faire analyser tous les fruits qui se trouvent dans la maison.

Mark, qui était arrivé juste derrière eux en compagnie de Julie, demanda des éclaircissements.

Meliana expliqua. Julie se massa le front. Johnny se mit à faire les cent pas.

— Laura mangeait une pomme quand nous sommes sortis, se souvint tout à coup Mark.

— Des pommes ? J'en ai acheté à la supérette.

Johnny se précipita vers le réfrigérateur et ouvrit le bac à légumes.

— Il y en a cinq. Combien en avais-tu acheté ?

— Six, mais j'en ai mangé une dans la voiture.

— Plusieurs des invités ont apporté de la nourriture, remarqua Julie.

Elle se dirigea vers la fenêtre et observa ce qui se passait dans le jardin.

— Sam est en train de jouer avec les chiens. Vous voulez que je lui demande de nous rejoindre ?

— Il s'est déjà expliqué, répondit Meliana. Il prétend que les mots ont jailli dans sa tête et qu'il s'est contenté de les répéter.

Elle se tourna vers son frère.

— Quel genre de pomme mangeait Laura ?

— Je ne sais pas. Elle était rouge, je crois. Laura a dit qu'elle était farineuse, et elle en a jeté la moitié par terre pendant que nous marchions.

Meliana regarda Johnny, dont les lèvres s'étirèrent en un léger sourire.

— Laisse-moi deviner. Tu veux que je la retrouve.

— Pourquoi pas ? Mark pourra t'aider.

— Génial ! répondit Mark, en remontant la fermeture de son blouson. Quelqu'un a vu Charlie ?

— Il est dehors, probablement en train de fumer bien qu'il prétende qu'il a arrêté.

— Vous savez quoi, je vais y aller avec Mark, proposa Julie. Un peu de marche me fera le plus grand bien. Pendant ce temps-là, vous n'aurez qu'à rassembler tous les fruits qui se trouvent dans la maison. Zack et le shérif ont l'intention de revenir ou pas ?

— Une bagarre a éclaté au Lakeside Bar et Zack a été appelé, expliqua Meliana. Il risque d'en avoir pour un moment.

— Et le shérif ?

— Il est probablement dans son lit, en train de dormir à poings fermés, répondit Johnny. Jamais d'heures supplémentaires pour le shérif Frank.

— Ça ne risque pas d'arriver à Chicago, marmonna Julie en se dirigeant vers la porte. Bonne chance, vous deux.

Meliana sentit monter un hurlement dans sa gorge. Non parce qu'elle était en colère, mais parce qu'elle avait besoin d'extérioriser toute la tension qui s'était accumulée au cours de la journée.

Et parce que — idiote qu'elle était — elle n'avait pas vérifié la nourriture qui était entrée chez elle.

Et peut-être aussi parce que la maison était sens dessus dessous et qu'elle détestait le désordre.

— Laura va s'en sortir, Mel.

Johnny se tenait derrière elle. Elle pouvait sentir la chaleur de son corps se communiquer au sien.

Elle prit une profonde inspiration, dévorée par l'envie de se fondre en lui.

Deux mains se posèrent doucement sur ses épaules, et le souffle chaud de Johnny caressa ses cheveux, tandis qu'il se penchait pour lui embrasser la nuque.

— Elle est jeune et forte, et Ronnie et toi avez fait du bon travail.

— Je sais. Mais je me sens responsable. Les gens ont apporté de la nourriture, et je n'y ai pas fait attention. Même si je ne prenais pas l'avertissement de Sam au sérieux, j'aurais dû vérifier.

Elle soupira.

— Enfin, ce n'est pas en se lamentant que cela changera les choses. Nous ferions mieux de rassembler les fruits, comme Julie nous l'a demandé.

— Ce n'est pas si pressé.

Les mains de Johnny glissèrent le long de ses bras, puis il encercla sa taille, la plaquant contre lui.

— Ça va leur prendre un temps fou de trouver une demi-pomme dans le noir.

Il lui mordilla doucement l'oreille.

— Nous pourrions faire des quantités de choses avant leur retour.

— Je ne vois pas de quoi tu parles. Et… hum… je ne crois pas que tu devrais faire ça.

— Quoi ?

— M'embrasser dans le cou.

— Tu as la peau douce. Une vraie peau de pêche.

— En parlant de ça, nous sommes supposés…

Il fit courir ses lèvres le long de la courbe qui menait à son épaule.

— Quoi ?

Elle n'en savait plus rien. Toute pensée s'était évanouie de son esprit.

— Le sexe ne résoudra pas nos problèmes, Johnny.

— Cela ne les aggravera pas non plus.

— Peut-être que si.

— Tu m'as manqué, Mel. J'ai envie de te faire l'amour.

Le moment était mal choisi, mais elle réalisa qu'elle s'en moquait.

Elle laissa ses paupières se fermer et se concentra sur les sensations exquises que lui procuraient les lèvres de Johnny tandis qu'elles exploraient son cou et ses épaules.

A elle aussi, il avait manqué.

Ses mains s'arrondirent autour de ses seins. Elle soupira et prit appui contre lui.

Décidément, le moment était vraiment mal choisi. Ils n'étaient pas seuls.

Mais elle avait envie de lui.

Son regard se posa machinalement sur une petite table placée sous la cage d'escalier.

Elle ne réagit pas immédiatement.

Mais soudain, elle se crispa.

— Johnny ?

— Mmm.

— Non, attends. Tu dois…

Elle s'écarta afin de pouvoir lui prendre le menton et orienter son regard dans la bonne direction.

— Regarde.

— Eh bien quoi ? Ce sont des pommes.

— Un grand saladier de Red Delicious. Et elles sont disposées en pyramide, de sorte qu'on prenne automatiquement celle du dessus.

Ils s'approchèrent lentement de la table, conscients de ce que leur attitude pouvait avoir de ridicule. Qui prendrait autant de précautions pour observer un saladier de pommes ?

— Il vaut mieux ne toucher à rien avant le retour de Julie, suggéra Johnny. En attendant, essayons de trouver s'il y en a d'autres.

Il secoua la tête.

— Franchement, qui aurait l'idée d'apporter des fruits à une fête entre amis ?

— Un adepte de la vie saine, suggéra Meliana.

Elle regarda le saladier et frissonna.

— Ou quelqu'un de très mal intentionné.

Tout en fouillant la maison, ils essayèrent de se rappeler qui avait amené quoi. Julie s'était chargée des chips, Charlie de la viande. Sam avait pour sa part apporté des sodas — et quelque chose dans un sac. Meliana n'avait pas demandé de quoi il s'agissait et n'avait pas l'intention de le faire. Elle n'allait quand même pas soupçonner ce pauvre Sam.

— Et Zack ? demanda-t-elle. Tu te rappelles ce qu'il a apporté ?

— Des beignets. Deux douzaines.

— Vraiment ? Je n'en ai pas vu un seul.

— Tant pis pour toi. Ils étaient délicieux. J'ai vu ton ami le chirurgien avec un gigantesque bol de salade de pommes de terre.

— Il s'appelle Lawrence, et c'était une salade de pâtes. Eileen avait apporté les hamburgers et sa fameuse sauce barbecue. Le shérif Franck…

Elle plissa le front.

— Je n'en ai pas la moindre idée. Je suis presque sûre qu'il est venu les mains vides, ce vieux radin. Mais il devait y avoir autre chose. J'ai vu plein de sacs de victuailles dans la cuisine.

— Ils venaient de magasins de Chicago ?

— Pour la plupart. C'est important ?

— Ça pourrait.

Johnny fit rouler sa tête sur ses épaules pour dénouer les muscles de son cou.

— Je n'arrête pas de penser à la carte que j'ai trouvée dans ma poche. J'ai porté cette veste en ville plusieurs fois.

Meliana regroupa diverses variétés de fruits sur le comptoir de la cuisine.

Les questions tournoyaient dans sa tête.

A quel moment Chris était-il arrivé ? Avait-il apporté quelque chose ?

Epuisée, elle se laissa tomber sur le canapé. Lorsque

Johnny vint prendre place à ses côtés, elle appuya la tête sur son épaule.

— Je la portais la dernière fois que j'ai vu Chris, déclara-t-il soudain.

Sans raison, Meliana éclata de rire.

Il lui fut bientôt impossible de s'arrêter. Les larmes coulaient sur ses joues. Elle dut se redresser et reprendre son souffle.

— Je suis désolée, dit-elle dans un hoquet. Mais cette situation est tellement absurde !

Elle s'efforça de retrouver son calme. Il n'y avait vraiment rien de drôle dans tout cela. L'empoisonnement de son amie ne prêtait pas vraiment à rire. Pas plus que les menaces de mort lancées à l'égard de Johnny.

— Il faut que ça cesse, déclara-t-elle. Ou nous prenons ce type sur le fait, ou nous essayons de rassembler les pièces du puzzle pour découvrir qui il est.

Johnny esquissa un sourire.

— Dit comme ça, ça a l'air simple. Mais nous avons déjà longuement réfléchi à la question, et nous n'avons toujours pas le moindre indice. Nous avons affaire à quelqu'un de très intelligent.

— Et de dangereux. Laura aurait pu mourir. Ce serait probablement arrivé si elle avait mangé toute la pomme.

Elle se mordit la lèvre.

— Elle devait m'être destinée. Une pomme empoisonnée… C'est comme dans *Blanche Neige et les sept nains*.

— Ne me dis pas que nous devons chercher une méchante sorcière.

— Qui sait ?

Elle se leva. Il fallait qu'elle se passe un peu d'eau fraîche sur le visage.

— Je reviens, dit-elle.

Elle entendit Sam qui sifflait les chiens dans le jardin. Charlie devait être en train de méditer sous la véranda. Si seulement il pouvait avoir un flash et leur dire de qui il s'agissait ! Hélas, pour le moment, il ne semblait pas en mesure de les aider.

Elle se brossa les cheveux, les noua en queue-de-cheval, et se rafraîchit.

Elle revenait vers la chambre quand son portable sonna. Au même moment, le téléphone de la maison se déclencha. Elle laissa Johnny prendre la communication en bas et répondit sur son portable.

— Meliana ? demanda une voix d'homme qu'elle ne reconnut pas.

— Oui, répondit-elle d'un ton hésitant.

Un silence se fit, et elle frissonna.

— Je vous écoute, dit-elle plus fermement.

— Tu es encore avec lui.

Elle sentit son estomac se nouer.

— Qui êtes-vous ?

— Je sais qu'il est là. Pourquoi l'as-tu laissé revenir ?

— Ce n'est pas ce que vous croyez.

— Je t'ai vu l'embrasser.

Son cœur battait si fort qu'elle avait l'impression que l'homme, à l'autre bout du fil, pouvait l'entendre.

— Vous êtes à Blue Lake ? demanda-t-elle.

— Je suis toujours avec toi.

L'intonation s'était faite plus douce, presque charmeuse.

— Tu es la femme dont j'ai toujours rêvé. Ma femme idéale.

Il redevint agressif.

— Enfin, c'est ce que je croyais. Mais tu m'as déçu, Meliana. Tu étais tout pour moi. Mon plus beau rêve. Nous aurions pu être ensemble, toi et moi. Je t'aurais traitée comme une reine.

— Pourquoi moi ?

— Je te l'ai dit. Tu étais mon idéal. Mais tu m'as trahi.

— Qu'allez-vous faire ?

Il ricana.

— C'est déjà fait.

— Vous avez empoisonné une pomme.

— J'ai empoisonné comme j'ai été empoisonné. Mais ce n'est pas fini. Ecoute-moi bien, Meliana. Quelqu'un va mourir bientôt. Très bientôt. Tu ne sauras pas quand ni où, ni de quelle façon. Mais sache une chose. Ce ne sera pas rapide. Ce ne sera pas charitable. Et ce ne sera pas joli à voir.

Meliana n'avait pas envie de repenser aux menaces qu'elle avait reçues, et encore moins de les répéter. Elle dut pourtant en parler à Johnny, qui appela immédiatement Zack, avant de mettre Julie et Mark au courant. Julie prévint alors ses supérieurs, tandis que Mark, qui avait réussi à trouver la demi-pomme jetée par Laura, décidait de rentrer à Chicago afin de pouvoir faire examiner le fruit dès l'ouverture du laboratoire. Charlie, qui n'avait pas de voiture, en profita pour se faire raccompagner.

— Il y a au moins un point positif, remarqua Julie. Maintenant, la police est de ton côté.

— D'accord. Et que prévoient-ils de faire ?

— Eh bien, malheureusement, pas grand-chose pour le moment. A moins que le FBI ne décide d'intervenir. Mais tout le monde est au courant et garde les yeux ouverts.

— Je ne suis pas sûre que cela nous servira à grand-chose. Ce cinglé semble avoir un plan bien précis.

— En tout cas, c'est ce qu'il dit. Mais nous ne savons pas s'il a vraiment tout planifié depuis le début ou s'il improvise. Quoi qu'il en soit, je ne pense pas qu'il s'en prendra à Johnny. Il sait qu'il appartient au FBI. Non seulement Johnny fait bien son travail, mais il a beaucoup d'amis à l'agence, et ces types-là savent se serrer les coudes.

— J'espère que tu as raison.

Meliana regarda sa montre.

— Mon Dieu, il est vraiment 1 heure du matin ?

— Oui. Et je passe le reste de la nuit ici. Je rentrerai à Chicago demain pour voir quelle marge de manœuvre m'accorde mon capitaine.

— Merci pour tout, Julie. Tu es toujours là quand il faut.

Cette dernière haussa les épaules.

— Il faut bien que les amis servent à quelque chose.

Elle attrapa un sachet de bretzels, déchira l'emballage, et se laissa tomber sur le canapé.

— Tu sais, Sam se sent terriblement coupable. Il pense que s'il n'en avait pas parlé, l'empoisonnement n'aurait pas eu lieu.

Elle soupira.

— Je le trouve tellement bizarre, parfois. Il n'est pas attardé, et pourtant il est incapable de manger ses céréales le matin sans faire couler du lait sur son menton. Neuf fois sur dix, il confond sa droite et sa gauche. Donne-lui par contre un problème mathématique ou une liste de mots à apprendre par cœur et il te fait ça en quelques secondes.

— Il a un don.

Tandis que Julie se levait pour prendre un soda dans le réfrigérateur, Meliana prit le sachet de bretzels et l'observa sous toutes les coutures.

— Il paraît que Thomas Edison était incapable de nouer ses lacets, remarqua-t-elle.

Elle passa les doigts le long de la soudure du sachet.

— Et j'ai toujours entendu dire que la frontière était mince entre le génie et la folie.

Julie revint s'asseoir.

— J'espère que tu ne fais pas allusion à ton cinglé d'admirateur. Tu peux être sûre qu'il n'y a pas la moindre trace de génie chez lui.

— Non ! Ne fais pas ça, s'écria Meliana en voyant Julie tendre la main vers le sachet.

— Pourquoi ?

Meliana désigna l'endroit de la soudure.

— Tu vois ça ?

— Non, quoi ?

— Il y a deux soudures. Ce sachet a été ouvert et refermé.

11

Après avoir jeté le contenu des placards et du réfrigérateur avec l'aide de Julie, Meliana alla se coucher, à bout de forces, et dormit jusqu'à 14 heures. Elle prit une douche rapide, se rendit à la clinique et passa les quatre heures suivantes à écouter les témoignages de sympathie des patients.

Agnès passa la dernière.

— Votre mari et vous devez vous serrer les coudes, docteur. Toute la ville ne parle que de ce qui vous est arrivé. Ma petite-fille a vécu à peu près la même chose quand elle était au lycée, ici, à Blue Lake. Quelqu'un lui envoyait des fleurs, des chocolats, puis de la lingerie. Elle était si bouleversée que sa mère a appelé le shérif Frank. Il a fallu joliment insister pour qu'il envoie son mollasson d'adjoint surveiller la maison de ma fille pendant cinq nuits d'affilée.

Meliana l'écoutait d'une oreille distraite, tout en rédigeant son ordonnance.

— Et il a attrapé le responsable ?

— Pensez-vous ! Il a bien vu quelqu'un qui rôdait dans le jardin, un petit bonhomme grassouillet, mais il l'a laissé filé. Enfin, après ça, il n'y a plus eu de problèmes. Je suppose qu'il a eu la peur de sa vie.

Meliana détacha la feuille de son ordonnancier et la tendit à Agnès.

— Un comprimé trois fois par jour, au moment des repas, dit-elle.

— Merci, docteur. J'espère que la police arrêtera celui qui vous fait toutes ces misères.

— Moi aussi.

Johnny croisa la vieille dame sur le seuil. Elle enfonça son index dans son torse et dit d'un air grave :

— Vous allez me la surveiller de près, vous m'entendez ? J'ai apporté un panier plein de bonnes choses que je vous ai préparées moi-même.

L'expression d'Agnès se radoucit et elle lui tapota la joue.

— Je vous trouve encore un peu pâle. Mangez donc un peu de ma soupe au raifort, ça va vous requinquer.

— Ça a l'air très tentant.

Johnny attendit que la porte se referme entre eux et ajouta, avec un clin d'œil à l'attention de Meliana :

— Autant que de se faire écorcher vif.

— Et si nous allions plutôt au restaurant ? proposa Meliana.

— Ici ?

— A moins que tu n'aies envie de faire l'aller retour Chicago-Blue Lake en pleine nuit. J'ai promis d'ouvrir la clinique quelques heures demain, étant donné que j'ai passé la plus grande partie de la journée à dormir.

— Tu es vraiment généreuse.

— En fait, c'est de la culpabilité. Et tu n'as pas répondu à ma question. Mamma Mia ?

— Les meilleures pâtes de la ville.

— Les seules pâtes de la ville ! Et il se trouve que c'est juste à côté, ce qui, tu l'avoueras, est plutôt pratique.

Elle ôta sa blouse et l'accrocha à la patère.

— Donne-moi cinq minutes.

Johnny était au téléphone quand elle revint et arborait une expression soucieuse. Il mit fin à la communication et enfouit son portable dans sa poche.

— C'était un de mes amis de Chicago. Celui qui a appelé quand tu parlais avec ton admirateur. D'après un de nos informateurs, Enrique Jago est dans le collimateur d'une bande de Colombiens. Ils éliminent ses hommes un à un, après avoir essayé de leur faire dire où il se trouve.

— Je croyais qu'il était à Miami.

— Ses avocats y sont. Mais apparemment, Jago est en cavale. Je pencherai pour le Brésil. En tout cas, ça veut dire qu'il n'a pas donné l'ordre d'abattre Modesta Perrine.

— Parfait !

Devant l'air étonné de Johnny, elle haussa les épaules.

— Enfin, tu comprends ce que je veux dire. Si ce n'est pas lui qui a fait tuer cette pauvre femme, cela signifie qu'il ne cherche pas à te retrouver.

— Et qu'il ne t'a pas envoyé les roses.

— Tu y croyais vraiment ?

— Non. Mais dans mon métier, j'ai appris qu'il ne fallait négliger aucune possibilité.

— Que va-t-il se passer, maintenant ?

— Nous devons attendre les résultats des analyses faites sur la nourriture, et en particulier sur la pomme et le sachet de bretzels.

Meliana prit les clés dans son sac, fit passer Johnny devant elle et verrouilla la porte de la clinique.

— C'est le genre de choses à te couper l'appétit, non ? Au fait, tu as pris le panier d'Agnès ?

— Oui. Et je peux te dire qu'il pèse une tonne. Qu'est-ce qu'il y a là-dedans ?

— Elle ne l'a pas dit et je n'ai pas posé la question.

Elle fit soudain un signe de tête vers le carrefour.

— Regarde ! Ce n'est pas le pick-up de Tim Carrick ?

Le véhicule passa devant eux, les phares en veilleuse. Son plateau était rempli de caisses métalliques. La chemise largement ouverte sur son torse velu, Tim avait visiblement poussé à fond le chauffage dans la cabine.

— Quelqu'un sait-il vraiment où est passée Viviana ? demanda Johnny.

— Elle l'a quitté, c'est tout. Il ne l'a pas enterrée dans sa propriété, ou découpée en morceaux pour la placer dans ces vieilles caisses. Et si Mme Wilmot l'a vu nu, c'est probablement parce qu'il allait nager. Le chemin qui va de sa maison au lac est visible depuis Shoreline Road, et c'est justement la route qu'elle emprunte pour aller chez Agnès.

— Je vois que tu as une explication à tout. Et que fais-tu de tous ces trucs qu'il trimballe dans son pick-up ?

— C'est très simple. Il a acheté la maison à un vieil original de quatre-vingt treize ans qui a passé toute sa vie à accumuler des objets et des meubles. Des vieilleries, comme les appelait Viviana.

Johnny l'observa avec suspicion.

— Tu viens d'inventer tout ça ?

— Qui sait. Mais si ça peut t'aider à te détendre, pourquoi ne pas y croire ? En tout cas, je ne pense pas que Tim soit mon admirateur.

— Il n'était pas à la réception.

— Pas à notre connaissance.

— Merci de m'aider à me détendre.

— Bon, il n'était pas à la réception.

Elle l'embrassa sur la joue.

— Ça va mieux ?

— Pas vraiment, mais nous pourrons y remédier ce soir.

Oh non ! songea Meliana. Pas s'il lui restait une once de bon sens.

Johnny mit le panier dans le coffre de sa voiture nouvellement réparée, la verrouilla, et s'assura que leur table chez Mamma Mia donnait sur la rue.

C'était terrible, songea Meliana, de faire preuve d'une telle paranoïa.

Malgré ses efforts pour entretenir la conversation, le repas se déroula dans une ambiance tendue. Johnny toucha à peine à ses plats, mais but plusieurs verres de vin.

Tandis qu'ils attendaient le dessert, Meliana laissa son regard courir sur les clients. Un couple se leva, libérant la vue sur le fond de la salle. Elle vit alors Eileen Crawford et le shérif Franck, serrés l'un contre l'autre sur une banquette.

— Ça alors !

Johnny, qui s'apprêtait à porter son verre à ses lèvres, suspendit son geste.

— Quoi ?

— On dirait…

Meliana se démancha le cou pour mieux voir.

— Un dîner en amoureux.

Johnny jeta un coup d'œil et eut un petit claquement de langue désapprobateur.

— Eileen a le même âge que ma mère. Et Franck est un vieux débris.

Il mima un frisson de dégoût.

— Je ne veux même pas y penser.

— Puritain ! le réprimanda Meliana. Moi, je trouve ça attendrissant. Eileen est encore très jolie.

— Et Frank est affreux.

— Ce n'est pas qu'une question d'apparences. Oh ! Il vient de l'embrasser.

— Arrête de les regarder, Mel.

Il tamponna sa serviette sur ses lèvres.

— En tout cas, je comprends mieux pourquoi Zack veut quitter Blue Lake.

— Je ne crois pas que ce soit uniquement à cause de sa mère. L'atmosphère des petites villes est parfois pesante. Au fait, tu savais qu'il était sorti avec Alicia Ross ?

— La petite-fille d'Agnès ?

— Apparemment.

— Et c'est une information importante ?

— Alicia ne sortait qu'avec des voyous. Et tu sais quoi ? Elle avait un admirateur secret quand elle était au lycée.

— Intéressant !

— Je ne pense pas qu'il s'agissait de Zack.

Johnny esquissa un sourire.

— Est-ce que j'ai dit ça ?

— J'ai l'impression que tu suspectes tout le monde. Quoi qu'il en soit, Agnès m'a dit qu'ils avaient aperçu l'homme en question. Il était petit et grassouillet. C'est une description qui pourrait s'appliquer à Tim Carrick, maintenant que j'y pense.

— Qu'est devenue Alicia ? J'ai cru comprendre qu'elle n'habitait plus ici.

— Elle s'est disputée avec sa mère et elle est partie terminer ses études à Decatur. Je crois qu'elle vit à Chicago, maintenant.

Amusée, Meliana se redressa et tira sur son T-shirt.

— Dis-moi, j'ai l'impression que tu ne communiques pas beaucoup avec les villageois.

— Je dis bonjour, je leur souris…

— Ce n'est pas la même chose que d'engager la conversation. Tu es supposé parler de tout et de rien, montrer de l'intérêt, poser des questions…

— Je gagne ma vie en questionnant les gens. Je n'ai pas envie de le faire pendant mon temps libre.

Elle soupira.

— Je renonce. Que dirais-tu de faire une balade le long du lac ? C'est une belle soirée d'automne, avec des étoiles plein le ciel. Nous pourrions faire des vœux impossibles, boire trop de vin sans avoir à nous soucier de prendre la voiture pour rentrer…

— C'est tentant.

Il lui caressa les lèvres du bout du pouce, glissa les doigts sous son menton.

— Si tu veux le savoir, je n'ai pas fait l'amour depuis…

Elle posa la main sur sa bouche pour le faire taire.

— Je ne me suis jamais posé la question.

Elle grimaça.

— Enfin, je suis comme tout le monde. J'ai eu mes petites crises de jalousie en pensant à ce que tu pourrais être obligé de faire. Mais, tout au fond de moi, je savais que tu trouverais un moyen d'y échapper.

Il esquissa un sourire.

— J'ai dû faire preuve d'imagination, mais je m'en suis toujours sorti.

— Et si tu me faisais une démonstration de ton talent ?

Elle se pencha jusqu'à frôler sa bouche.

— Disons que tu es en mission, et que je suis une informatrice dont les révélations sont capitales pour ton enquête. Je te veux. Tu es un homme très sexy. Tu as une bouche superbe, et je suis sûre que tu sais faire des tas de choses avec tes mains. Que pourrais-tu faire pour me dissuader ?

— C'est facile.

Il effleura ses lèvres d'un baiser.

— Chaque fois que la situation devenait embarrassante, j'abattais ma carte maîtresse.

— C'est-à-dire ?

Il eut un sourire ironique.

— Je laissais entendre qu'une terrible blessure de guerre avait porté atteinte à ma virilité.

De retour à la maison du lac, Meliana resta un moment sous le porche à contempler la sombre étendue d'eau. Des lambeaux de brume flottaient le long du rivage, donnant à l'endroit un caractère fantomatique.

Quand ils avaient acheté la maison, il leur arrivait souvent de nager nus la nuit. C'était avant l'arrivée de Tim Carrick, et bien après que le vieux monsieur qui habitait là fut couché.

Ils faisaient l'amour sur un croissant de sable protégé par la végétation, et comme isolé du monde par d'immenses blocs de roche. Johnny l'appelait la crique des amoureux.

Elle se demanda s'il y pensait encore. S'il lui arrivait parfois d'aller s'y promener.

Elle entendit de la musique derrière elle, tandis que la porte s'ouvrait. Le plancher vibra sous les pas de Johnny. Elle ne put retenir un frisson quand il posa les mains sur ses épaules.

Une tension presque palpable envahit alors l'atmosphère. Tous les sentiments qu'elle niait farouchement depuis leurs retrouvailles, les questions qu'elle se posait, resurgirent avec force.

Elle savait ce qui allait se passer, et elle tremblait comme si c'était la première fois.

Ce moment, combien de fois l'avait-elle imaginé ?

Combien de fois son image était-elle venue hanter ses nuits, attisant jusqu'à l'insupportable le désir qu'elle avait de lui ?

Mais que se passerait-il ensuite ? Leur relation s'était apaisée. Ils étaient parvenus à une sorte de connivence amicale, sans colère, sans disputes. Seraient-ils capables de réparer les dégâts et de restaurer cette entente ?

D'un autre côté, était-ce vraiment ce genre de relation qu'elle voulait pour eux ?

Elle balaya ces pensées, pivota sur ses talons et l'agrippa par le devant de sa chemise.

— Tu as intérêt à être prêt, Johnny.

Son avertissement fit naître un sourire narquois sur ses lèvres.

— Je suis prêt depuis mon retour.

Elle ne devait pas trop attendre de ces retrouvailles, se promit Meliana. Etre de nouveau avec Johnny, le sentir en elle, lui suffirait. Elle savait que ce ne serait plus pareil, qu'elle n'éprouverait plus le même plaisir.

Mais il l'attira plus étroitement contre lui, et elle eut l'impression de se consumer tout entière dans la violence et la passion de cette étreinte.

Au diable les ambitions modestes !

Prenant son visage entre ses mains, elle répondit à cette

soif dévorante, à cette urgence presque désespérée qu'elle sentait dans son baiser.

Johnny laissa échapper un gémissement rauque qui acheva d'aiguillonner son désir. Elle avait envie de lui arracher ses vêtements, de lui faire l'amour sur le plancher du porche.

Mais la menace qui planait sur eux ne s'effaçait jamais très longtemps de son esprit.

Brutalement rappelée à la réalité, elle s'écarta.

— Il va nous voir, Johnny. Je ne veux pas qu'il nous regarde.

— S'il nous observe en ce moment, le mal est déjà fait.

Il l'embrassa encore une fois et la souleva dans ses bras.

Plaquée contre son corps dur et vigoureux, blottie dans sa chaleur, son odeur enivrante, elle posa ses lèvres fiévreuses au creux du cou de Johnny.

Elle entendit sa respiration changer de rythme et se sentit basculer sur le canapé.

Il éteignit la lampe en s'allongeant sur elle. Ou peut-être la fit-il tomber de la table.

La pièce au silence feutré devint alors un monde à part qui n'appartenait qu'à eux.

Elle rejeta la tête sur l'accoudoir tandis qu'il remontait le bas de son T-shirt sans manches et lui effleurait délicatement les seins.

— Le noir te va décidément très bien, Mel. Surtout la dentelle noire.

Il adorait la lingerie noire. Il lui en avait offert beaucoup durant les premiers mois de leur mariage. Chaque fois qu'il la déshabillait, elle éprouvait une fierté teintée de défi à s'offrir ainsi à son regard brûlant, savourant le pouvoir qu'elle exerçait sur lui.

Elle adorait le rendre fou.

Ses lèvres se refermèrent sur la pointe d'un sein, humectant le bonnet du soutien-gorge. Le frottement de la dentelle, délicieusement irritant, ajoutait aux sensations magiques que faisait naître cette caresse. Mais elle avait hâte d'être vraiment nue sous ses mains.

Ce soir, il n'y aurait pas de barrière entre eux, même sensuelle.

Elle pensait qu'elle aurait voulu prendre son temps. Mais Johnny lui avait trop manqué pour qu'elle s'autorise à la patience.

Les ongles d'une main plantés dans son épaule, elle glissa l'autre entre eux et trouva à tâtons la boucle de sa ceinture.

— Tu es bien pressée, remarqua-t-il, d'un ton vaguement amusé.

— Encore plus que tu ne crois.

Elle enfouit son visage dans le col ouvert de sa chemise et lui mordilla l'épaule, tandis que ses doigts bataillaient avec la fermeture du jean.

Enfin, elle recueillit dans sa main la preuve virile de son désir. Il n'y avait rien d'étrange, rien d'incongru. Seulement une envie plus forte que tout. C'était comme s'ils ne s'étaient jamais quittés.

Devant son impatience, un petit rire échappa à Johnny.

— Pas de précipitation ! Ça fait trop longtemps que j'y pense, et je veux que ce moment soit inoubliable.

Il la caressa longuement, attisant jusqu'à l'insupportable le désir qu'elle avait de lui. Ses mains et ses lèvres étaient partout sur elle.

Parcourue d'un violent frisson de plaisir, elle s'arqua contre lui, sentant gronder en elle un torrent en furie.

La main glissée entre ses cuisses remonta sur ses hanches. Elle le sentit entrer doucement en elle. Pendant quelques secondes, elle fut incapable de respirer. Puis elle reprit son souffle et l'air fut comme du feu dans ses poumons.

Surprise par la lenteur de ses mouvements, elle murmura à son oreille :

— Laisse-toi aller. Fais ce que tu veux, mais ne sois pas doux. Ne sois pas tendre.

Le jour va se lever, et je suis toujours là. Je me sens vidé, sans aucune énergie.

Je n'en manquais pas au début, mais plus ma colère se calme, moins je me sens la force de finir le travail.

Je vais rentrer chez moi et dormir. Ça m'aidera peut-être.

Je ne vais pas penser à elle. Bientôt, elle ne sera plus là. Tout sera terminé.

Je brûlerai tout, et ce sera la fin de mes rêves.

Ce n'est pas juste. Je n'ai pas demandé ça. Tout est de sa faute. Il lui suffisait de me remarquer.

Je n'ai jamais voulu de son amitié. Ne peut-elle pas le comprendre ? Non, bien sûr, elle ne peut pas. Parce qu'il l'a aveuglée. Et elle l'a laissé faire.

Il ne faut pas que je me fasse d'illusions. Elle est aussi coupable que lui.

J'ai terriblement mal à la tête, comme si on me plantait des couteaux dans le crâne. Il n'y a rien à faire contre ça.

Mes mains sont poisseuses de sang.

Je me demande ce que ça me fera de les serrer autour du cou de Meliana.

12

Meliana avait deux opérations programmées pour le mardi, à Chicago. Julie avait suggéré qu'elle les annule, mais rien n'aurait pu l'empêcher d'exercer ce métier qui était toute sa vie. Pas même la défection imprévue de Nick.

Au sortir de la salle d'opération, elle prévint l'infirmière en chef :

— Je suis dans mon bureau, si on a besoin de moi. Et j'irai voir le patient en salle de réveil avant de partir.

Elle remarqua Nick, affalé sur une chaise dans le couloir.

— Ça ne va pas mieux ?

Il passa les mains sur son visage enfiévré.

— Je crois que c'est la grippe. Je suis vraiment désolé de vous avoir fait faux bond. Je n'étais pas sûr de ne pas m'effondrer avant la fin.

Elle lui tapota l'épaule.

— Ne vous inquiétez pas pour ça. Vous devriez rentrer chez vous.

— J'aimerais bien.

Il lui adressa un sourire piteux.

— Mais mon grand-père donne une réception ce soir, et je suis obligé d'y aller.

Il chercha son regard.

— Je suis désolé pour l'autre jour. Nous nous amusions tellement bien jusqu'à ce que Laura mange cette pomme.

— On n'arrête pas de me parler de ça. Est-ce que tout le monde est au courant à l'hôpital ?

— Pratiquement. Mais je n'y suis pour rien.

— Ce n'est pas grave.

Elle lui adressa un sourire complice.

— Amusez-vous bien à la réception.

En entrant dans son bureau, Meliana vérifia son fauteuil, s'attendant à y trouver une rose. Lorsqu'elle vit qu'il était vide, elle relâcha son souffle.

Pour le moment, tout allait bien.

Mais alors qu'elle se penchait pour taper son mot de passe sur son ordinateur, elle remarqua une enveloppe blanche.

Sur laquelle il était simplement écrit : « Ouvre-moi. »

Elle resta immobile pendant quelques secondes. Le laboratoire du FBI avait découvert que les bretzels étaient saupoudrés d'arsenic. L'analyse des fruits n'avait quant à elle rien donné.

Mais il ne s'agissait pas de nourriture, cette fois. Peut-être était-ce tout simplement une blague, ou un message publicitaire. A dire vrai, elle en doutait.

Il n'y aurait probablement pas d'empreintes. Il n'y en avait jamais. Mais elle enfila quand même des gants pour soulever le rabat de l'enveloppe et sortir son contenu.

Elle avait passé une grande partie de sa vie à travailler sur le corps humain. Elle avait vu du sang, des blessures impressionnantes, des tumeurs… Et pourtant, rien ne l'avait préparé à l'horreur qu'elle découvrit sur cette photo.

Elle oublia de déglutir, oublia presque de respirer. C'était insupportable, et pourtant, elle ne pouvait détacher les yeux du cadavre de cette femme atrocement mutilé.

Les jambes en coton, elle se laissa tomber sur son siège.

L'inconnue tenait quelque chose de blanc dans la main.

Et elle lui ressemblait.

Elle était assise sur le large appui de fenêtre, les yeux perdus dans le vague, lorsque Johnny entra en trombe dans son bureau.

— C'est moi, dit-elle d'un ton étrangement dénué d'émotion. C'est une référence symbolique, mais c'est moi. Il a tué cette femme parce qu'il voulait me tuer, moi.

— Mel !

Il la prit par les bras, et l'obligea à le regarder.

— Tu n'y es pour rien.

— Regarde-la, et ose me répéter ça.

— Je t'en prie, Mel, parle-moi. J'ai besoin d'être sûr que tu vas bien.

— Si je devais m'effondrer, je l'aurais fait il y a un quart d'heure quand j'ai ouvert l'enveloppe.

Elle prit une profonde inspiration, rejeta la tête en arrière, et contempla le plafond.

— Partout où je regarde, je vois le visage de cette femme. Ce qu'il lui a fait est épouvantable. Ce n'est pas un simple meurtrier. C'est un monstre.

Tout en étudiant la photo, Johnny composa le numéro de Julie.

— Où es-tu ? demanda-t-il lorsqu'elle répondit.

— Je passe la porte du bureau de Mel dans cinq secondes. Raccroche.

Il la vit apparaître aussitôt, suivie d'un jeune officier au visage poupin.

— Mel, ça va ? demanda la jeune femme.

— Oui. La photo est sur mon bureau. Je n'ai touché à rien.

Julie secoua la tête.

— Quelle horreur ! J'ai vérifié en venant, cette femme ne figure pas sur les registres. Ce qui signifie que si elle est quelque part dehors, personne ne l'a encore trouvée.

— Si elle est quelque part dehors ? Tu veux dire que la photo pourrait être truquée ?

— Ne t'emballe pas trop vite, lui conseilla Johnny.

Julie étudia l'arrière-plan.

— C'est bizarre, mais ce mur me paraît familier.

Meliana rejoignit son amie près du bureau et s'obligea à regarder une fois de plus la photo.

Soudain, elle pointa le doigt au-dessus de la tête de la victime.

— Je connais ce graffiti. C'est le côté gauche d'un symbole de paix.

Julie plissa le front.

— On en voit partout, non ?

— Peut-être. Mais regarde mieux ces briques noircies, pleines de défauts.

— Mais oui ! s'écria Johnny. C'est près de l'immeuble de Charlie.

— Il s'agit du mur d'une ancienne brasserie, expliqua Meliana. Le bâtiment sert d'entrepôt, aujourd'hui.

Julie se tourna vers le jeune officier et lui donna l'adresse.

— Demandez qu'on y envoie une patrouille.

Puis elle reporta son attention sur Meliana.

— Comment cette photo est-elle arrivée ici ?

— Pas par le bureau des infirmières, ni par aucun autre circuit. Il a dû la déposer lui-même.

— Quand ?

— N'importe quand après 10 heures. J'ai enchaîné deux opérations, et je ne suis pas repassée au bureau depuis.

— Bon, je crois que je vais aller poser quelques questions à notre ami Charlie, décida Julie.

— Je sais ce que tu penses, mais Charlie n'aurait jamais tué quelqu'un dans sa cour, protesta Meliana. Il n'aurait jamais tué quelqu'un tout court, d'ailleurs. Mais s'il devait le faire, ce serait loin de chez lui. C'est ce que nous ferions tous.

— A condition que nous ne soyons pas totalement cinglés, objecta Julie. Tu dois avouer que le cerveau de ce type a quelques ratés.

— Charlie n'est pas un assassin.

— Je sais. C'est la nervosité qui me fait réagir comme ça.

Tandis que Mel s'éloignait pour prendre son manteau sur la patère, Johnny se pencha à l'oreille de Julie.

— Tu ne trouves pas que cette femme ressemble à Meliana ?

— Je suis toujours dans la pièce, Johnny, intervint cette dernière. Le choc n'a pas affecté mes excellentes capacités auditives.

— J'essayais de ne pas t'inquiéter, chérie.

— Je ne suis pas inquiète. Je suis terrifiée.

— Bon sang, je n'arrive pas à y croire !

Charlie semblait aussi déconcerté que Meliana.

— Comment cela a-t-il pu se produire en bas de chez moi, sans que je ne remarque rien ? Le coroner estime qu'elle est là depuis 2 heures du matin. Je suis parti à 8 heures.

— Il y avait d'autres voitures sur le parking, elles devaient faire écran, expliqua Julie.

Meliana prit la main de son ami.

— N'oublie pas qu'il pleuvait, et que tu devais dormir debout, comme d'habitude. Il n'est pas invraisemblable que tu n'aies rien vu.

— Admettons.

Il ôta son bandana et secoua la tête.

— C'est quand même fou. Comment réagit Johnny à tout cela ?

— Il a l'air de tenir le coup.

Meliana frotta ses bras qui se couvraient de chair de poule.

— Tu trouves que cette femme me ressemble ?

Charlie hésita.

Avant qu'il n'ait eu le temps de répondre, Johnny les rejoignit.

— Ton frère devrait suivre le programme d'entraînement du FBI, Mel. Il a remarqué un détail que la police avait négligé.

— Lequel ?

— Le soutien-gorge qu'elle portait était trop grand pour elle.

— Ce n'était pas le sien ?

Il lui opposa un regard impassible.

— Il était boueux et couvert de sang, mais sous les taches, il était blanc.

Meliana s'efforça de ne pas céder à la panique.

— Quoi d'autre ?

— Elle tenait dans la main un jupon blanc roulé en boule.

— On connaît son nom ?

— Pas encore.

— Il a laissé des indices, cette fois ?

Johnny secoua la tête.

— Mais il y a un message.

— Au cas où nous n'aurions pas compris le lien, je suppose ?

Elle avait envie de hurler, mais trouva la force de demander calmement :

— Que dit-il ?

Il la prit dans ses bras, et enfouit brièvement le visage dans ses cheveux.

— Je suis désolé, Mel. Tu ne devrais pas avoir à vivre tout ça.

— Dis-moi ce qui est écrit sur ce mot.

La repoussant à bout de bras, il chercha son regard et murmura :

— Tu es la prochaine.

Quelqu'un la suivait.

Elle se mit à courir dans les couloirs, déboucha dans la salle d'opération.

Elle entendait quelqu'un respirer. Elle se boucha les oreilles, mais le bruit s'amplifia.

Elle courut vers la salle de réveil. Tout avait l'air calme.

Jusqu'à ce que les lumières s'allument.

Elle entendit un bruit derrière elle, essaya de se retourner. Quelqu'un lui appliqua un masque sur le visage. Elle tenta de se débattre, de crier. Mais son agresseur était plus fort qu'elle et…

Et il chuchotait son nom.

— Mel, réveille-toi. Ce n'est que moi.

Elle ouvrit les paupières et distingua une silhouette. Elle ressemblait à celle de son rêve. Mais elle savait que cet homme ne lui ferait jamais de mal. Jamais il ne chercherait à l'étouffer.

Mais alors, pourquoi avait-elle tant de mal à respirer ?

Elle repoussa la main plaquée sur sa bouche et avala une bouffée d'air.

— Tu es fou ?

— Chut ! Il y a quelqu'un en bas.

Meliana cessa de se débattre et tendit l'oreille.

— Je n'entends rien.

Quinze secondes plus tard, un bruit mat lui fit tourner la tête.

— C'est devant.

Johnny hocha la tête, posa un doigt sur ses lèvres, et se leva pour enfiler son jean.

Le cœur battant à tout rompre, Meliana se mit à envisager les pires scénarios. Elle entendit Johnny vérifier son arme et se hâta de s'habiller.

— Reste derrière moi, dit-il. Et si je te dis de plonger, obéis.

Dans le couloir, elle l'empêcha de se cogner contre la console. Au passage, elle prit un œuf en pierre que son frère lui avait rapporté d'Hawaii. Elle pourrait toujours s'en servir comme projectile.

Elle n'avait pas la moindre idée de ce qui avait pu causer le bruit car la porte était fermée. En tout cas, c'était ce qui lui semblait du haut de l'escalier. Par ailleurs, l'alarme ne s'était pas déclenchée. Avait-elle oublié de la mettre ?

Elle vit soudain une ombre en dessous d'eux et tapota le dos de Johnny.

Il se tourna et lui tendit sa seconde arme. Elle la prit et en pointa le canon par-dessus la rampe. Puis elle attendit, pendant que Johnny descendait les marches, aussi discrètement qu'un chat.

Le silence s'éternisa, puis elle entendit des bruits de bagarre, des gémissements étouffés.

Pourquoi utilisait-il ses poings ?

Soudain, elle comprit. Elle relâcha son souffle et appuya sur l'interrupteur.

Penchée au-dessus de la rampe, elle aperçut Chris, étendu sur le sol. Un genou enfoncé dans son estomac, l'avant-bras bloqué sous son menton, Johnny l'empêchait de se relever.

— Qu'est-ce que tu fiches ici ? demanda-t-il d'un air furieux.

Chris essaya de se débattre. En vain.

— C'est bon, je me rends.

Il toussa.

— Mel, dis à ton crétin de mari de me lâcher.

Meliana posa les bras sur la rampe.

— Johnny ?

— Réponds d'abord, Blackburn.

— Je manque d'air.

— Johnny, insista Meliana.

Il desserra sa prise, mais ne s'écarta pas.

— C'est tout ce que tu peux espérer pour le moment, remarqua Meliana. Alors, on peut savoir ce que tu fais chez nous en pleine nuit ?

— J'ai vu quelqu'un dehors.

— C'est drôle, j'étais sûr que tu allais dire ça, rétorqua Johnny. Essaie de trouver mieux.

— Je vous assure que c'est vrai.

Il toussa de nouveau.

— Je ne suis pas venu pour te faire du mal, Mel, je te le jure. Et toi, Grant, arrête de jouer les machos et laisse-moi me relever.

Johnny regarda Meliana.

— Tu le crois ?

— Je suppose que oui. De quoi ce type avait-il l'air, Chris ?

— Je n'ai vu qu'une silhouette.

Chris lança un regard mauvais à Johnny tandis qu'il se relevait.

— Ce n'était qu'une forme. Dans les buissons, devant l'entrée.

Subitement, le téléphone sonna. C'était tellement inattendu que personne ne bougea. Qui pouvait bien appeler à 2 heures du matin ?

Meliana finit par se ressaisir et dévala l'escalier. Elle décrocha juste une seconde avant que le répondeur ne s'enclenche.

Elle dut se boucher l'oreille pour entendre la femme à l'autre bout de la ligne. Plus arrogant que jamais, Chris s'était lancé dans une offensive verbale en règle.

Une minute plus tard, Meliana passa devant eux pour prendre ses bottes et son imperméable dans le placard.

— Que se passe-t-il ? demanda Johnny.

— Une urgence à l'hôpital. C'est une des infirmières, Emily. Elle est enceinte de sept mois, et elle fait une hémorragie. Le placenta s'est décollé de la paroi de l'utérus. Il faut pratiquer une césarienne.

— Tu es le seul médecin disponible ?

— Elle m'a demandée.

Elle enfila ses bottes pieds nus. Elle avait des chaussettes dans son casier à l'hôpital.

— Tu vas me conduire, dit-elle à Johnny. Mes clés de voiture sont là-haut, dans mon sac.

— Ma chemise aussi.

— Sa pression sanguine diminue, et le bébé est en danger.

Elle a quarante-six ans. C'est sa première et probablement sa dernière grossesse.

— D'accord.

Johnny prit sa veste dans le placard.

— Ferme tout derrière nous, dit-il à Chris. Et mets l'alarme.

Il remonta son col.

— Nous n'avons pas besoin d'un autre intrus ce soir.

La circulation était fluide à 2 heures du matin. C'est sans doute pour cette raison que Meliana remarqua le phare derrière eux. Un phare unique, qui les suivit jusqu'à l'hôpital.

Elle regarda plusieurs fois derrière elle.

— Tu as vu ?

— Oui, répondit calmement Johnny. Je vais t'accompagner à l'intérieur, et je verrai ce que je peux faire.

Une infirmière du bloc opératoire l'attendait dans le couloir.

— Johnny, préviens la sécurité, commença Meliana.

Elle s'interrompit en voyant qu'elle parlait aux murs.

— Vite, docteur, la pressa l'infirmière.

Elle devait mettre son inquiétude de côté pour le moment.

Johnny savait comment faire son travail.

Il était temps pour elle de faire le sien.

13

Le bébé était en avance de deux mois et dix jours, et la mère avait perdu beaucoup de sang. Meliana ne savait pas comment rassurer la famille d'Emily. Elle se contenta de leur dire la vérité. La mère et l'enfant étaient tous deux dans une situation critique.

Elle détestait cet aspect de son travail.

Plus tard, elle passa voir comment allait Emily, et constata qu'il y avait une légère amélioration. Le bébé, une petite fille, avait été placé en couveuse.

— Qu'en pensez-vous ? demanda l'infirmière. Cinquante-cinquante ?

Meliana regarda la minuscule poitrine de l'enfant se soulever et retomber sous l'impulsion de l'oxygène envoyé dans ses poumons.

— Ses chances s'améliorent à chaque heure qui passe.

Emily sourit.

— C'est ce que je ne cesse de répéter à la famille.

Mais Meliana se dirigeait déjà vers la porte. Le service des prématurés l'émouvait toujours terriblement.

— Je dois vous dire que votre mari est au sixième, l'informa l'une des infirmières de l'étage. Le message est : je l'ai perdu. Je ne sais pas si ça vous dit quelque chose.

— Malheureusement, si.

Elle trouva Johnny dans la salle d'attente. Il grignotait des chips en regardant un vieux dessin animé.

— Ça s'est bien passé ? demanda-t-il.

— Il est trop tôt pour le dire. Ecoute, il faut que je repasse au bureau. Tu m'accompagnes, ou tu préfères rester là ?

— Je viens.

Il jeta son sachet de chips vide et son gobelet de soda et la suivit vers les ascenseurs.

— Je hais ces machins, dit Johnny. Ça sent le désinfectant, ça grince dans tous les sens et on a l'impression que ça ne bouge pas. En plus, il y a assez de place pour y faire tenir trois cadavres.

— Essaie de ne pas penser à ça.

Elle se mordilla lèvre.

— Ecoute, Johnny, le moment n'est peut-être pas bien choisi, mais il faut que je te dise quelque chose.

— A propos de notre homme ?

— Non. Avant lui. Ça remonte à un an…

Les lampes se mirent soudain à clignoter et elle s'interrompit pour tendre l'oreille.

— Tu n'as pas entendu un claquement ?

— Je n'entends que ça, des claquements, des grincements et des sifflements, quand je monte dans une de ces machines infernales.

— Tu n'es pas claustrophobe, pourtant.

— Non, je déteste seulement les ascenseurs d'hôpitaux.

Il pressa de nouveau le bouton du septième étage.

— Surtout quand ils ne bougent pas.

— Essaie de taper sur la paroi, suggéra Meliana.

— Je n'ai pas pour habitude de maltraiter les appareils mécaniques. Surtout quand je suis dedans et à leur merci.

Soudain, les lampes s'éteignirent, puis se rallumèrent.

Pour la première fois, un frisson d'appréhension courut le long de la colonne vertébrale de Meliana. Elle tendit la main et appuya sur le six. La cabine tressauta et commença à descendre lentement.

— Ce n'est pas normal, dit-elle. Ces ascenseurs sont entretenus avec la plus grande rigueur.

— Pas tant que ça, on dirait.

— Nous sommes au quatrième, annonça Meliana, les yeux rivés sur le panneau lumineux. Je suppose qu'il vaut mieux que cela nous arrive à nous plutôt qu'à un patient cardiaque.

— Sans commentaire.

— Détends-toi et profite de la balade.

— Nous aurions mieux fait de prendre l'escalier.

— Tu ne dirais pas ça si tu avais passé quatre heures debout à opérer.

— Comment se fait-il que nous continuions à descendre ?

Elle l'avait remarqué aussi. Le panneau indiquait qu'ils venaient d'atteindre le troisième étage.

— Il s'arrêtera obligatoirement au rez-de-chaussée, dit-elle.

Johnny soupira.

— Je fais souvent ce genre de cauchemar où je suis coincé dans un ascenseur devenu fou.

— Que se passe-t-il quand il s'arrête ?

— J'ai tendance à me réveiller avant.

— Alors tu vas peut-être vouloir te réveiller maintenant parce que nous venons juste de dépasser le rez-de-chaussée.

— Il y a quelque chose en dessous ?

Elle appuya sur tous les boutons, sans provoquer la moindre réaction.

— Où crois-tu que nous emmenions les personnes qui meurent ici ?

— Ah, d'accord !

La cabine heurta le sol avec un bruit mat.

— Nous y voilà justement.

Les portes s'ouvrirent, comme pour souligner son propos.

— Ce n'est pas si mal, affirma-t-elle, bien que ce ne soit pas son endroit favori dans l'hôpital.

Il lui jeta un regard écœuré.

— Médicalement parlant, il ne peut pas y avoir pire.

Il sortit son arme et passa devant elle tandis qu'ils s'engageaient dans un couloir mal éclairé.

— Nous sommes à la morgue, bon sang !

Elle avait envie de lui dire que ce n'était rien. Mais comment l'aurait-elle pu alors que la peur lui nouait le ventre ?

C'était stupide. Elle était déjà venue là des dizaines de fois. Evidemment, c'était toujours elle qui l'avait décidé…

— Nous devenons paranoïaques, Johnny. Il ne s'agit pas d'un piège. Il y a trois escaliers. Et des gens qui travaillent là. Des vivants.

— Tu vois beaucoup de vivants dans le coin ?

— A cette heure-ci, c'est encore l'équipe de nuit. Et il est vrai qu'il n'y a pas beaucoup d'employés. Mais nous ne sommes pas seuls.

Cependant, le bruit de leur pas résonnait étrangement tandis qu'ils se dirigeaient vers l'escalier le plus proche.

L'esprit de Meliana fut soudain envahi par des images de la morte.

Tout à coup, elle en fut certaine : son admirateur était là, quelque part. Probablement en train de les observer.

Leur avait-il tendu un piège ? Avait-il trafiqué l'ascenseur ?

Ils continuaient à avancer avec précaution. L'accès à l'escalier ne se trouvait plus qu'à quelques mètres.

Elle entendit un bruit sur la gauche et pivota. Une porte s'ouvrit et un homme sortit. Il avait une blouse blanche, les cheveux noirs, et à peu près la même stature que Johnny. En les apercevant, il ouvrit la bouche comme pour parler, puis se figea.

Johnny jura, poussa Meliana sur la gauche, et rattrapa l'homme tandis qu'il basculait vers l'avant.

— Couche-toi, cria-t-il, avant de tirer vers la cage d'escalier.

Meliana vit un filet de sang couler du torse de l'homme. Elle rampa jusqu'à lui, prit son pouls.

Il n'était pas mort.

Elle se cramponna à cette idée.

Puis elle regarda autour d'elle. Où était passé Johnny ?

Une balle heurta l'un des montants métalliques de la porte. Une autre fit exploser la vitre.

Meliana écarta la blouse de l'employé et chercha la blessure. L'homme bougea les lèvres, mais aucun mot n'en sortit.

Elle ne pouvait rien faire, sauf être à ses côtés quand il rendrait son dernier souffle.

Une autre balle siffla, un peu plus loin, cette fois. Elle ferma les paupières du mort.

Deux nouvelles balles ricochèrent contre les murs. Johnny riposta une fois. Elle entendit un claquement et le vit revenir vers elle.

— Il est dans l'ascenseur. Ça va ?

— Moi oui, mais on ne peut pas en dire autant de lui.

Il accorda à peine un regard à l'homme.

— Viens. On va prendre l'escalier.

*
* *

Ils n'atteignirent pas le rez-de-chaussée à temps pour intercepter leur agresseur. Etonnamment, personne ne l'avait vu sortir de l'ascenseur.

Il n'était nulle part entre le deuxième et le septième étage. Et il n'était pas non plus, Dieu merci, songea Meliana, dans son bureau. Tandis que l'infirmière de garde alertait la sécurité et que Johnny passait les couloirs au peigne fin, elle appela Julie.

Son amie répondit à la troisième sonnerie.

— Comment ça, il y a un mort à l'hôpital ? Ecoute, je viens de me réveiller et je ne comprends rien à ce que tu me racontes.

— Il a été tué, Julie ! Dans la morgue. Par le fou qui me harcèle.

— Ah…

Il n'était pas difficile de deviner que Julie faisait un effort pour mettre de l'ordre dans ses pensées.

— Attends-moi. Je suis là dans un quart d'heure.

Il lui fallut en définitive plus de trente minutes pour arriver, et quand elle apparut enfin elle était accompagnée de sept agents en uniformes. Elle salua Sam, qui tournait autour de Meliana comme un animal effrayé depuis qu'il avait pris son service quelques minutes plus tôt, et entraîna son amie à l'écart.

— J'ai dû passer au poste faire le point avec mon capitaine, expliqua-t-elle. Nous avons eu les résultats sanguins de la morte. Comme tu le sais, il y avait du sang partout, y compris sur le jupon qu'elle tenait dans la main.

Meliana la dévisagea, s'attendant à plus d'informations.

— Et ?

— Il n'y avait pas que son sang dessus.

— Tu veux dire…

Meliana avait peur de formuler sa pensée.

— Le sang d'une autre victime ? Ou peut-être celui du tueur ?

D'une certaine façon, cela l'aidait d'envisager cette hypothèse.

— Il pourrait s'être coupé, suggéra-t-elle.

Julie eut une moue dubitative.

— Peut-être. Mais le deuxième échantillon que nous avons relevé était ancien.

— Cela ne me rassure pas. Tu veux dire qu'il aurait pu tuer quelqu'un d'autre, dans les jours précédents ?

— Nous n'écartons aucune possibilité.

L'attention de Julie fut soudain détournée par quelque chose.

— Qu'y a-t-il, Sam ?

Meliana tourna la tête et découvrit Sam, les cheveux emmêlés, les vêtements en désordre. L'espace d'un instant, elle crut qu'il allait pleurer. Puis une lueur de haine traversa son regard.

— Un des agents de sécurité a bousculé mon chariot, et tout est tombé.

— Quand ?

— Maintenant, devant le bureau de Meliana. Je me suis mis en colère quand il m'a bousculé.

Meliana écarquilla les yeux.

— Toi, tu t'es mis en colère ?

— Il a dit que c'était ma faute. Mais non !

Il fit un bond en arrière quand Julie voulut lui toucher le bras.

— Je ne suis plus un enfant, Julie. J'en ai assez que tout le monde me traite toujours comme si j'étais un attardé mental.

— Qu'est-ce que c'est que cette pagaille ? lança Charlie d'un ton guilleret en entrant dans la pièce.

Il s'arrêta, étudia la situation, et demanda d'un air innocent :

— Il y a un problème ?

— Plus qu'il n'en faut, répondit Meliana.

Elle intercepta une aide-soignante et lui demanda d'appeler le service de nettoyage.

— Sam ? dit-elle avec douceur.

Les mains dans les poches, il affichait un air buté et refusa de croiser son regard.

— Personne ne croit que tu es stupide.

Il se dandina d'un pied sur l'autre et regarda sa sœur, avant de tourner la tête vers Meliana.

— Je dois m'excuser ?

— D'avoir été bousculé ?

Meliana sourit.

— Je pense que ce serait plutôt le contraire.

— Oui, mais j'ai, disons… un peu protesté, vous voyez.

Julie eut du mal à masquer son étonnement.

— Tu l'as bousculé aussi ?

— Pas exactement. Je l'aurais plutôt… disons… frappé.

— Sam a frappé un agent de sécurité !

Johnny semblait impressionné.

— Bien joué ! J'aurais aimé voir ça.

Meliana afficha un air horrifié.

— Tu plaisantes ? Il n'avait pas à faire ça. Et en plus, ça ne lui ressemble pas.

— Et alors ? Il sort enfin de sa coquille, voilà tout.

— Julie est inquiète.

— Julie ne vit que pour s'inquiéter. C'est son métier, et c'est aussi son passe-temps.

Meliana sourit, bien qu'elle ne fût pas d'humeur particulièrement joyeuse.

— Quelle heure est-il ?

— 14 h 30. Je suis épuisé, et toi aussi.

— Merci de me le rappeler.

— Je ne fais que souligner l'évidence.

— Merci encore. Tu as le don pour me remonter le moral.

Elle reporta son attention sur l'écran de son ordinateur, et son envie de plaisanter s'évanouit.

— L'employé de la morgue s'appelait Ron Lockwood. Il y travaillait depuis six ans. Il avait trente-deux ans, était marié et père de trois enfants.

Elle ferma les yeux et se massa le front.

— C'est affreux.

— Je sais, mais nous ne pouvons rien y changer. Tu l'as dit toi-même, nous avons affaire à un monstre. La vie d'un homme ne signifie rien pour lui, et c'est ce qui le rend encore plus dangereux.

— Tu as vu quelque chose ?

— J'ai senti le désinfectant. Mais à part ça, je poursuivais un fantôme.

— Donc, il connaît bien les lieux.

— Ou il a eu de la chance.

Meliana prit un crayon sur son bureau et se mit à jouer avec.

— Il faut que je te dise quelque chose.

Johnny sentit la peur lui nouer l'estomac

— C'est ce que tu voulais déjà me dire dans l'ascenseur ? A propos de ce qui s'est passé, il y a un an ?

— Je croyais que tu n'écoutais pas.

— Je n'avais pas envie d'entendre. Ce n'est pas la même chose.

Elle l'observa entre ses cils baissés.

— Tu as cru que j'avais eu une liaison, c'est ça ?

— Non, mais j'avais peur que tu aies rencontré quelqu'un qui te plaisait suffisamment pour que l'envie de me tromper te traverse l'esprit.

Elle lui adressa un sourire rassurant.

— Ce n'est pas ça du tout.

Johnny sentit un immense soulagement l'envahir.

— De quoi s'agit-il, alors ?

Elle passa les doigts sous ses yeux, en un geste qui trahissait sa fatigue.

— J'étais enceinte, Johnny. J'ai perdu le bébé.

Il ne réagit pas. Il ne parvenait plus à penser. Son corps et son esprit étaient paralysés.

— Quand j'ai… Quand c'est arrivé, je ne savais pas où tu étais. Je ne voulais pas prendre contact avec tes supérieurs, et je me suis dit que je m'en sortirais toute seule. En fait, je n'ai jamais vraiment réglé la question. J'ai tout enfoui, et j'ai continué à avancer. Quand ta mission s'est terminée, j'y ai repensé. Je voulais te le dire, mais tout allait si mal entre nous…

Elle soupira.

— J'ai pensé que le bon moment finirait par arriver. Finalement, ça s'est encore aggravé. Après notre séparation, il n'y avait plus aucune raison que je te le dise.

Il retrouva sa voix, mais il ne pouvait toujours pas faire un geste.

— Il n'y avait pas de raisons de me le dire ? Enfin, Mel, c'était mon enfant. J'avais le droit de savoir.

— Je ne voulais pas de ta sympathie. Ou de ta colère. Je ne voulais pas que tu te fasses des reproches, et j'en avais assez de m'en faire à moi-même. Je voulais que tu redeviennes

Johnny Grant. Je m'étais promis de te le dire si tu retrouvais ta véritable personnalité.

Il écarquilla les yeux.

— Donc, tu crois que je suis de nouveau Johnny Grant ?

— Qu'en penses-tu ?

Il avait envie de s'approcher d'elle, de la toucher, de lui dire combien il était désolé. D'un autre côté, il ne pouvait s'empêcher de lui en vouloir. Elle aurait dû le lui dire plus tôt. Mais peut-être aurait-il dû se rendre compte que quelque chose n'allait pas. En trente-cinq ans d'existence, jamais il ne s'était senti aussi désorienté.

Le téléphone sonna, lui évitant de répondre.

— Docteur Maynard, annonça Meliana.

Il la vit se détendre.

— Salut, Julie.

Elle ne dit rien pendant quelques secondes, puis regarda dans sa direction.

— Oui, d'accord. Non, je… nous partons. Johnny est là. Oui, nous serons prudents. Non, je n'ai pas vu Sam. Merci, Julie. A plus tard.

Johnny leva les sourcils d'un air interrogateur.

— Il y a du nouveau ?

— La morte a été identifiée. Elle s'appelle Elena Torrence. Elle était chirurgien-dentiste. Elle est née et a grandi à Chicago, mais sa famille est originaire d'Hawaii.

14

Avec tout ce qui s'était passé ces derniers jours, Meliana avait complètement oublié le gala de charité de l'hôpital qui devait se tenir vendredi soir.

— Je viens avec Zack, et je serai habillé en vert, expliqua Julie tandis qu'elle inspectait la penderie de Meliana.

Elle poussa un cri de satisfaction et décrocha une robe de velours rouge de son cintre.

— Elle est parfaite. Tous les hommes auront les yeux plongés dans ton décolleté, et tu pourras en profiter pour leur extorquer de généreuses donations.

— Je n'ai pas envie d'être sexy, protesta Meliana.

Elle posa la robe devant elle et s'observa d'un air pensif dans le miroir.

— J'ai parlé du bébé à Johnny.

— Tu as bien fait. Ça te fera un poids en moins sur les épaules.

— C'est à l'Académie de police qu'on vous apprend à être aussi compatissants ?

Julie haussa les épaules.

— Ce sont des choses qui arrivent, Mel. Je sais que ce n'est pas facile, mais tu n'y es pour rien.

Elle changea de sujet avec une insouciance déconcertante.

— Je t'emprunte tes escarpins et ton sac argentés. Au fait, où est Johnny ?

— Je ne sais pas. Il avait des choses à faire.

— Il veut t'emmener à Blue Lake, je me trompe ?

— Il pense que je serai plus en sécurité là-bas, mais je n'en suis pas sûre. Zack nous a dit qu'un homme s'était fait tuer, il y a deux nuits de ça, en essayant de voler une station-service sur la route 90.

Julie ne fit aucun commentaire.

— Eileen veut que je vienne dîner chez elle, la semaine prochaine, dit-elle soudain. Elle pense que je devrais me présenter au poste de shérif. J'avoue que ça me tente assez.

— Vraiment ? Et qu'envisage-t-elle pour Zack ?

Julie gloussa.

— Elle le voit probablement maire. Zack affirme qu'elle a beaucoup d'imagination.

— Je crois qu'il y a quelque chose entre elle et le shérif.

— Zack serait ravi si c'était vrai. Elle est un peu… envahissante par moments.

— C'est une personne très dévouée. Sans elle, je ne sais pas comment Johnny aurait fait pour se débrouiller.

— Elle est un peu comme une seconde maman pour lui.

— A la place de Zack, je ne me plaindrais pas. Elle est vraiment adorable.

Meliana releva ses cheveux, s'observa dans le miroir, grimaça et les laissa retomber sur ses épaules.

— Attachés ou pas ? demanda-t-elle à Julie.

— Si j'étais toi, je ferais un chignon. Tu as de belles

épaules, autant les mettre en valeur. Dis donc, est-ce que Johnny a un smoking ?

— Dans le placard de gauche. Il est toujours dans la housse du teinturier.

— Ça va être une belle soirée, non ?

— Je ne sais pas si je te l'ai dit, mais Chris sera là. Ainsi que Nick Hohlman et son grand-père. Et n'oublions pas le plus beau, notre cher ami Charlie.

— De mieux en mieux. J'adore quand ça tourne au pugilat.

L'hôtel situé sur Michigan Avenue était spécialisé dans les événements de ce genre et avait déployé des trésors de luxe et d'élégance. Le cristal étincelait, la porcelaine déployait ses couleurs précieuses sous les lumières tamisées, et les compositions florales étaient un enchantement pour les yeux. Le champagne coulait à flot, et le repas avait été élaboré par l'un des meilleurs chefs de Chicago. Le thème choisi était les années quarante. Un certain sens de l'apparat dominait, mais la cause restait claire : réunir des fonds pour le service pédiatrique de l'hôpital.

Meliana estima qu'il devait y avoir près de cinq cents invités. Les tables rondes drapées de lin blanc avaient été disposées tout autour de la piste de danse. A la demande des organisateurs, le placement était libre, exception faite d'une vingtaine de notables et célébrités locales qui occupaient les places d'honneur.

En d'autres circonstances, cela aurait pu être une excellente soirée. Meliana aimait les bonnes causes, à condition qu'elle n'ait pas à faire de discours. Elle aimait également se mettre sur son trente et un. Ses amis étaient là, ainsi que de nombreux collègues. Elle était venue avec Johnny — et elle ne se rappelait pas à quand remontait leur dernière soirée de gala. Elle aurait aimé que son frère soit là aussi, mais les repas à cinq cents dollars l'assiette n'étaient pas sa tasse de thé.

— Je croyais qu'il était venu à Chicago pour te surveiller, remarqua Julie, quand le nom de Mark fut cité.

Meliana but une gorgée de champagne.

— Crois-moi, il me surveille. Il appelle, il envoie des e-mails, il rappelle… Il sait aussi que Johnny a retrouvé ses marques et que je peux compter sur lui. Et puis, s'il n'a pas encore compris que je sais me débrouiller toute seule, alors ce n'est pas vraiment mon frère.

Julie hésita devant les petits-fours, et choisit le plus coloré.

— Blackburn est venu accompagné.

Sans aucune gêne, elle pointa le doigt dans sa direction.

Meliana attendit qu'un groupe de journalistes se déplace pour apercevoir le couple.

— Est-ce que je la connais ? Son visage me dit quelque chose.

Julie lui tapota la joue.

— Prends un miroir, Mel. On dirait ta sœur jumelle.

Meliana sentit un frisson courir sous sa peau.

— Elle a les cheveux noirs, mais la ressemblance s'arrête là.

— Elle a les yeux clairs — plutôt bleus que gris, mais ce n'est qu'un détail. Elle est grande, mince, pas aussi jolie que toi, mais je suis peut-être de parti pris. Et, contrairement à toi, elle est prétentieuse.

Cette remarque fit sourire Meliana.

— Comment peux-tu savoir ça ?

— Elle a la lèvre supérieure retroussée, comme si elle venait de repérer une odeur de chou farci. Je suppose qu'elle est du FBI, au bas de l'échelle — peut-être dans l'administratif, et elle se cherche un papa gâteau. Cette soirée regorge de types pleins aux as, et Chris lui en a ouvert les portes.

— Mais tu es peut-être de parti pris, remarqua Meliana d'un ton ironique.

Julie leva son verre.

— Bien vu, Dr Maynard !

Elle se tourna vers le buffet et prit un autre canapé.

— Où est passé Johnny ?

— Il fouille la salle. Et Zack ? Je croyais que tu étais venue avec lui.

— Il s'est fait harponner par un type qu'il connaît. Je les ai abandonnés. J'ai horreur de ces gens qui parlent du bon vieux temps avec des trémolos dans la voix.

— Mel !

Chris agita le bras pour attirer son attention, puis il s'avança vers elle, entraînant sa cavalière dans son sillage.

— Méliana, Julie, je vous présente Bianca Foley. Elle dirige le service des statistiques, mais elle a fait aussi un peu de terrain avant ça.

La jeune femme esquissa un sourire qui ressemblait à une grimace. Lorsqu'elle parla, Meliana distingua dans sa voix un léger accent espagnol.

— Chris m'a beaucoup parlé de vous, Dr Maynard. Votre mari est là ce soir ?

Meliana jeta un coup d'œil à Chris et nota son expression morose.

— Oh, il est quelque part dans les parages. C'est quelqu'un d'insaisissable. Un peu soupe au lait parfois, mais il se soigne. Pour tout dire, il n'aime pas se sentir piégé.

Chris baissa les yeux vers ses chaussures, Bianca fit

bouffer ses cheveux, et Julie dissimula un fou rire en se tournant vers le buffet.

Avec un sens parfait de la mise en scène, Johnny choisit ce moment précis pour se glisser à côté de Meliana.

— Tout a l'air en ordre, déclara-t-il.

— Bonsoir, Johnny.

Le visage de Bianca s'éclaira cette fois d'un vrai sourire.

— Ça fait longtemps.

— Vous vous connaissez ?

Meliana adressa à Johnny un regard lourd de sous-entendus.

— Quelle coïncidence !

— Il s'appelait Juan Garcia quand nous nous sommes rencontrés, expliqua Bianca, imperturbable. Nous avons travaillé très peu de temps ensemble.

— Bianca jouait le rôle d'une prostituée, expliqua Johnny.

— Quelle surprise ! marmonna Julie entre ses dents.

Puis elle éleva la voix pour demander :

— Quelqu'un a-t-il vu Zack ?

— Derrière vous, lieutenant Denton.

Très séduisant dans son smoking, Zack tendit à Julie une coupe de champagne et la débarrassa de son verre vide.

— J'ai manqué quelque chose ?

Julie haussa les épaules.

— Rien d'important. Chris nous a présenté son amie, et Johnny s'apprêtait à inviter Meliana à danser.

— Effectivement, déclara Johnny.

Il adressa un regard de défi à Chris et prit Meliana par la main.

Elle le suivit mais lui pinça le bras dès qu'ils furent hors de porté de vue.

— C'était grossier.

— Quitter un nid de frelons, ce n'est pas grossier. C'est du bon sens.

— Je n'étais pas embarrassée.

— Je n'ai pas dit ça. Je voulais seulement éviter que ça dégénère avec Blackburn.

Meliana jeta un coup d'œil par-dessus son épaule.

— Il est déçu.

— Tant mieux. Ça me donne l'avantage.

— Seigneur ! Vous faites vraiment la paire.

Elle se laissa attirer plus étroitement contre lui, et rejeta la tête en arrière.

— Parle-moi un peu de Bianca.

— Elle ne s'est jamais remise de son échec au concours de Miss Univers. Son père travaille pour le FBI dans le Missouri. Il lui a trouvé un emploi à Chicago. Le fait qu'elle ait accompagné Chris ce soir prouve qu'elle a un goût exécrable en ce qui concerne les hommes. Et non, je n'ai pas dû prétendre que je couchais avec elle quand j'étais en mission.

Meliana se refusa à sourire.

— Est-ce que j'ai posé la question ?

— Pas à voix haute, mais je l'ai lue dans tes yeux.

— Tu n'es pas très doué pour déchiffrer les émotions, Johnny. Ce qu'il y a dans mes yeux, c'est de l'inquiétude. Tu trouves qu'elle me ressemble ?

— Peut-être un peu.

— Et crois-tu que mon admirateur est là ce soir ?

La main de Johnny se crispa sur sa taille.

— C'est possible.

— Réfléchis deux secondes, Johnny.

Il la fit taire d'un baiser.

— Ça n'a pas forcément de rapport. Pour moi, Chris est

venu avec Bianca dans l'espoir de me piéger et de me placer en porte-à-faux vis-à-vis de toi. Il ne faut pas en déduire qu'il est notre homme.

Il lui adressa un clin d'œil complice.

— Tu vois, je fais des progrès. Si ça continue, je vais finir par dire du bien de lui.

Meliana ne se dérida pas.

— Il n'empêche que ça pourrait mal tourner.

Johnny la fit virevolter avec un enthousiasme que le rythme lent de la musique ne justifiait pas.

— Mais non ! Il y a trop de monde pour qu'il tente quelque chose. Et elle ne te ressemble pas autant qu'Elena Torrence. Tu n'as pas à t'en faire, je t'assure. Ce n'est qu'une mauvaise blague de la part de Blackburn.

Meliana se força à se détendre. Ce n'était pas difficile. Danser avec Johnny était toujours magique. Il sentait merveilleusement bon. Et si Zack était séduisant dans son smoking, Johnny était renversant de sensualité.

— Désolé de vous interrompre, dit Charlie en leur tapant sur l'épaule. Nous devons parler. Pas ici. Suivez-moi et ne vous faites pas remarquer.

— Aïe !

Julie donna un coup de coude dans le dos de Charlie.

— Tu marches sur mon pied, Lightfoot.

Elle et Zack s'arrêtèrent de danser.

— Pourquoi ne doivent-ils pas se faire remarquer ? demanda-t-elle.

Charlie soupira.

— C'est raté, on dirait. Passez par la porte du fond, ajouta-t-il à l'égard Meliana et Johnny.

— Ils n'ont peut-être pas besoin de compagnie, suggéra Zack.

— Tant pis ! répondit Julie. Ils vont en avoir.

Meliana esquiva un couple qui dansait en faisant de grands gestes.

— Evitons de nous suivre en file indienne, dit-elle. On pourrait croire que nous voulons démarrer une chenille.

Charlie ouvrit la marche vers le couloir qui menait aux toilettes, adoptant une attitude excessivement prudente qui, loin de l'effet recherché, risquait au contraire d'attirer l'attention sur eux.

— Qu'as-tu de si important à nous dire ? demanda Meliana.

— J'ai eu une vision.

— Qu'est-ce que tu as vu ? demanda Johnny, avec un étrange intérêt de la part de quelqu'un qui répétait à qui voulait l'entendre qu'il ne croyait pas à toutes ces balivernes.

— Il y avait une pièce. Peut-être un grenier. L'air y était étouffant. J'ai senti un parfum — un peu comme le tien, Mel. Il y avait des bougies blanches allumées.

Julie prit la main de Meliana.

— Ça commence à me faire peur.

Charlie s'apprêtait à poursuivre quand une tête blonde couverte d'épis apparut dans l'entrebâillement de la porte.

— C'est une réunion privée ? Je vous ai vu partir comme des conspirateurs.

Zack rajusta son nœud papillon.

— Vous savez quoi, Nick ? — c'est bien Nick, n'est-ce pas ? On va aller se prendre une bière et les laisser discuter tranquillement.

Le visage affable de Nick se rembrunit tandis que Zack essayait de le pousser dehors.

— Quelqu'un d'autre a été empoisonné ? Mel, vous allez bien ?

— Oui, ça va. Tout le monde va bien. C'est une vieille

histoire entre nous, Nick. Vous n'avez aucune raison de vous inquiéter.

— Votre ami Chris vous cherche.

— Dites-lui que nous sommes partis, répondit Johnny.

— Mais… Bon, d'accord, ça va, je m'en vais.

Nick céda aux efforts réitérés de Zack pour le faire sortir, grommela entre ses dents et disparut.

— Chris ne va pas tarder à rappliquer, prophétisa Julie. Viens-en aux faits, Charlie.

— Donc, j'ai vu des bougies blanches, et des photos de Meliana un peu partout.

— Je ne sais pas si je dois me sentir flattée, remarqua l'intéressée.

— J'ai senti autre chose. Du poison, des armes, une longue mèche de cheveux.

Meliana croisa les bras autour d'elle comme pour se protéger d'une menace.

— Les miens ou ceux d'Elena ?

— Je n'en sais rien. J'ai reçu ces images par bribes. Je ne peux même pas les situer dans le temps.

Ils entendirent un bruit de l'autre côté de la porte. Johnny l'entrouvrit, scruta le couloir plongé dans l'obscurité et secoua la tête.

— Quoi d'autre, Charlie ?

— Il y avait une balle.

Johnny écarquilla les yeux.

— J'ai vu une balle sur une table. Elle était posée sur une photo de Mel, juste à la hauteur du cœur.

Il la regarda avec gravité.

— Ou je me suis laissé emporter par des sensations erronées, ou votre homme s'apprête à frapper son dernier coup.

15

Meliana était profondément bouleversée, même si elle avait conscience que sa terreur n'était fondée sur rien d'autre qu'une vision. Elliot Hohlman et ses distingués confrères auraient été scandalisés s'ils en avaient entendu parler, mais elle ne pouvait s'empêcher de croire son ami.

Le reste de la soirée se déroula dans une sorte de brouillard, où ses pieds semblaient peser des tonnes et le temps obéir à un rythme différent.

Johnny ne la quitta pas une seconde. Julie oublia le champagne et passa à l'eau gazeuse. Si elle n'avait pas cru aussi fort au projet défendu par les organisateurs, Meliana aurait quitté la soirée juste après la révélation de Charlie.

— Chris ne cesse de rôder autour de la pièce comme un vautour, remarqua Johnny. Et Bianca semble tellement s'ennuyer qu'elle pourrait s'endormir.

Meliana savait que Julie gardait un œil sur elle, mais elle vit très peu son amie. Nick insista pour danser avec elle. Charlie traîna de-ci, de-là, observa la foule et discuta avec des personnes qu'il connaissait, dont la plupart ne s'attendaient pas à ce qu'il porte un smoking.

La température avait monté de plusieurs crans. Meliana

s'éventa avec une serviette en papier. Puis elle prit le poignet de Johnny et regarda sa montre.

— Il est plus de minuit. Je crois que personne ne nous en voudra si nous levons le camp.

— J'aperçois Charlie. Et Julie. Allons voir s'ils veulent s'en aller.

Julie ne demandait pas mieux.

— J'ai les pieds en compote. Décidément, je ne me ferai jamais aux talons aiguilles. En plus, pour ce que ça m'a servi de faire des efforts !

Elle secoua la tête en faisant la grimace.

— Cette réception est un vrai fiasco.

— Je suis désolée, Julie.

Meliana posa la main sur le bras de son amie.

— Je sais que tu pensais t'amuser.

— Tu n'y es pour rien, répondit Julie en haussant les épaules. De toute façon, j'ai l'habitude que mes soirées se terminent mal. Vous n'avez qu'à y aller. Et prenez Charlie avec vous. J'ai promis une danse à Nick, puis j'essaierai de mettre la main sur Zack pour qu'il me raccompagne. Enfin, j'espère. La dernière fois que je l'ai vu, notre shérif adjoint dansait un fox-trot avec la cavalière de Chris. Enfin, quand je dis qu'il dansait, je devrais plutôt dire qu'il gesticulait n'importe comment.

Meliana regarda autour d'elle.

— Où est Chris ?

— Bonne question. Quand j'aurai la réponse, je te le ferai savoir. Hum, Mel…

Elle prit son amie par le bras.

— Je sais que le moment est mal choisi pour te demander un avis médical, mais c'est à propos de Sam.

— Que lui arrive-t-il ?

— Son comportement est de plus en plus étrange. Maintenant, il dit qu'il n'arrive plus à dormir.

— On appelle ça de l'insomnie.

— Oui, mais ce qui est étrange, c'est que la nuit il est pris d'une frénésie de rangement et de ménage. Une vraie tornade.

— Il a peut-être un problème d'hyperactivité. Tu devrais l'inciter à consulter.

— Il ne veut pas. Il prétend que tout va bien. Je ne sais plus quoi faire.

Johnny les rejoignit.

— Voici ton étole, Mel. J'ai dit à Charlie que nous allions le déposer chez lui.

Julie embrassa son amie.

— Je t'appelle demain. Soyez prudents tous les deux.

Charlie était au téléphone quand ils le rejoignirent sur le perron de l'hôtel.

— La cause est louable, dit-il après avoir raccroché. Mais ce genre de soirée, ce n'est vraiment pas mon truc.

— Ce sont les vêtements, expliqua Meliana.

Elle drapa son étole sur ses épaules, tandis que le valet allait chercher le 4x4 de Johnny.

— On se sent différent dans une tenue plus formelle.

Johnny se pencha vers Charlie.

— Elle veut dire que la cravate te coupe la respiration et que la ceinture façon corset restreint tes mouvements. Ah, voilà la voiture. Je te conseille de te recroqueviller sur ton siège, Mel.

— Je pourrais peut-être me coucher sur le plancher, pendant que tu y es, suggéra-t-elle, pince-sans-rire.

— Combien a coûté ta robe ?

— Plus que tu n'es prêt à l'entendre.

Il plaqua un baiser sur ses lèvres.

— Dans ce cas, contente-toi de te recroqueviller sur ton siège.

C'est ce qu'elle fit. Pas parce qu'il le lui avait demandé, mais parce qu'elle ne cessait de penser à la balle que Charlie avait vue.

— Comment repérer un déséquilibré ? se demanda-t-elle à voix haute. Ça peut être n'importe qui dans mon entourage.

— C'est forcément quelqu'un que tu connais, affirma Johnny.

— Je pensais à quelqu'un de proche, pas à un patient.

Elle lui pinça le bras.

— Et arrête de penser à Chris.

— Je n'y pense pas.

— Bien sûr que si ! Tu as ce drôle d'air chaque fois que tu penses à lui. Ce n'est pas notre homme. Au pire, il serait capable de m'avoir envoyé les roses, mais nous n'en sommes plus là. Ce type a tué des gens. Des innocents.

Elle remarqua qu'il regardait dans son rétroviseur.

— Il y a quelqu'un derrière nous ?

Elle tourna la tête, mais ne vit rien.

— Déformation professionnelle, répondit-il.

Les rues se rétrécirent tandis qu'ils approchaient du quartier sud. La voiture roula dans des nids de poule boueux, dont l'un était si profond qu'une gerbe d'eau vint frapper la vitre de Meliana.

Elle poussa un petit cri et posa une main sur son cœur.

— Si j'avais hérité des problèmes cardiaques de mon grand-père, je serais morte.

— Tu as un cœur magnifique, dit Charlie. Personne n'y logera une balle.

— J'aimerais en être aussi sûre que toi.

Elle s'adressa à Johnny.

— On monte cinq minutes ?

— Je vais vous faire ma tisane spéciale, proposa Charlie.

— Comment résister à une telle offre ? ironisa Johnny.

Il balaya le parking du regard et ouvrit sa portière.

— Sors par ici, Mel. Ton côté est trop exposé.

— Dans ce cas, pourquoi ne t'es-tu pas garé de façon à ce que je sois du côté du mur ? Tu crois que c'est facile d'enjamber le levier de vitesse avec une robe comme celle-ci ?

— Je crois que je vais adorer le spectacle.

Il posa les mains autour de sa taille, la souleva et l'attira vers lui.

— Je t'ai dit que j'aimais bien cette fente jusqu'en haut de la cuisse ?

— Au moins cinq fois.

Une fois sur pied, elle lissa sa robe sur ses jambes.

— Charlie, qu'est-ce que tu trafiques derrière ?

— J'ai fait tomber mon portable.

— Je suis surpris que tu en aies un. Je croyais que tu détestais la technologie.

— Oui, mais c'est parfois bien pratique.

Il descendit de voiture, et fit sauter ses clés dans sa main.

— Attention aux trous.

Meliana ne put s'empêcher de regarder le mur contre lequel le corps d'Elena Torrence avait été appuyé, telle une poupée désarticulée.

L'esprit ailleurs, elle mit le pied dans une ornière et se tordit la cheville. Elle se serait probablement étalée de tout son long si Johnny ne l'avait pas rattrapée.

Ce fut sans doute ce qui leur sauva la vie.

Avant que Johnny n'ait eu le temps de se redresser, une

balle siffla au-dessus de leur tête. Elle heurta une brique et ricocha sur le côté.

Johnny se coucha sur elle. Charlie plongea derrière le 4x4.

Une seconde balle frappa le mur. Une troisième fit exploser la vitre avant de la voiture.

Johnny se redressa prudemment.

— Tu vois quelque chose ? demanda Charlie.

— Non, répondit-il. Mais je crois qu'il se cache derrière les poubelles.

— Sers-toi de ton téléphone, dit Meliana.

— Quoi ? Ah, oui. Les secours.

— Essaie d'abord Julie.

Charlie obtempéra, puis il secoua la tête.

— Elle a éteint. J'appelle le 911.

Deux autres coups de feu déchirèrent le silence. Cette fois, Johnny riposta.

Meliana s'agrippa à la jambe de son pantalon. Il n'était pas question qu'il se lance à l'assaut de leur assaillant. Non qu'elle s'attende à ce qu'il commette un acte aussi stupide, mais il avait le sang chaud. Et même s'il était entraîné à se contrôler, on ne savait jamais ce qui pouvait arriver.

Son esprit fonctionnait à plein régime. L'homme les avait-il suivis depuis la réception ? A moins qu'il n'ait deviné où ils allaient et les ait devancés. Pourquoi utiliser de nouveau ce parking ? Pourquoi impliquer Charlie ?

Le silence retomba. Une minute, puis deux, puis trois s'écoulèrent.

Meliana leva les yeux vers les appartements.

— Tes voisins ne sont pas curieux, Charlie.

— Il y a souvent des coups de feu dans le coin. Il vaut mieux ne pas s'en mêler.

Meliana frissonna et releva prudemment la tête.

— Nous ne pouvons pas rester ici toute la nuit.

Le hurlement des sirènes monta dans la nuit tandis que les voitures de police se rapprochaient.

— Je crois que ça va s'arranger, dit Charlie.

Johnny désigna à Meliana un étroit passage entre les immeubles.

— Il a dû filer par là.

Je suis tellement en colère !

Non, ça va plus loin que ça. Je pourrais vous mettre en pièces de mes propres mains, réduire vos corps en bouillie. Je vous hais tellement. Oui, même toi, Meliana.

Ce soir, je n'ai pas réfléchi. Il fallait que je fasse quelque chose. Vous étiez ensemble et je ne pouvais pas le supporter.

Tu m'as trompé, Meliana. Tu t'es de nouveau donnée à lui.

Mais ça ne durera pas.

C'est fini, tu m'entends. Johnny va mourir, et puis ce sera ton tour. Tu crois que la fille a souffert ? Ha, ha ! Ce n'est rien comparé à ce que tu vas ressentir. A la fin, tu me supplieras de t'achever. Tu me demanderas de tirer en plein cœur.

Et c'est ce que je ferai.

Je ferai exploser ton cœur et tes rêves, comme tu l'as fait avec moi.

— C'était un cauchemar et je n'ai pas envie de le revivre.

Meliana dépassa Julie et pressa le pas dans le couloir, mais son amie s'entêta.

— Rien qu'un petit détail, Mel. Tout a de l'importance.

Meliana fit brusquement volte-face.

— Ecoute, j'en ai déjà parlé avec ton capitaine et deux types du FBI qui m'ont presque fait plus peur que l'agresseur. Puis j'en ai parlé à toi, à ma mère, à mon frère et encore à toi, à trois reprises. Je t'ai tout dit.

Julie lui prit la main.

— J'essaie seulement de t'aider.

— Je sais, et je t'en remercie. Tout le monde veut m'aider, mais personne n'y arrive.

— Ne t'en fais pas. Il finira par commettre une erreur. Les gens comme lui en font toujours. Zut !

— Quoi ?

— Ça vibre.

Elle décrocha son portable de sa ceinture.

— Denton. Où ? Ouais, j'arrive.

— Encore un problème ? demanda Meliana après qu'elle eut raccroché.

— Un homicide. Il faut que j'y aille. Mais ça m'ennuie, j'aurais voulu vérifier que Sam allait bien.

— Je m'en occupe.

— Il est de plus en plus bizarre. J'ai besoin de savoir ce qui se passe.

Meliana hocha la tête.

— Passe à la maison, ce soir. Mark est de retour. Enfin, temporairement. Il a un rendez-vous à New York demain, mais il ne veut rien me dire.

— Interroge Johnny. Il est sûrement au courant. Bon, à tout à l'heure, Mel.

Meliana se dirigeait vers son bureau quand on l'interpella.

Elle ralentit le pas mais ne s'arrêta pas complètement.

— Qu'y a-t-il, Nick ? demanda-t-elle en lui jetant un coup d'œil par-dessus son épaule.

— J'organise une nouvelle soirée de dégustation.

— Formidable. Dites, vous n'auriez pas vu Charlie ?

— Il est au troisième. Il anime une thérapie de groupe, ou je ne sais quoi. Alors, pour la réception…

— On en reparlera plus tard, d'accord ?

Elle pressa le pas vers l'ascenseur.

C'était sans doute grossier, mais elle n'avait pas envie de faire la conversation.

Lorsque son téléphone sonna, elle jeta un coup d'œil à l'écran et, pour la première fois depuis vendredi, sentit son humeur s'alléger.

— Oui, Johnny, je suis toujours vivante.

Elle bifurqua vers le solarium et prit place dans un confortable fauteuil.

— Tu es en ville ?

— Je suis au cœur même de l'hôpital, via l'ordinateur. Je viens d'éplucher la liste de tes patients. Jusqu'à présent, tout semble normal.

— Regarde aussi les urgences. Nous avons des cas de patients instables tous les jours, et j'y ai fait beaucoup de remplacements ces derniers temps.

— Je suis dessus. Comment va Charlie ?

— Toujours égal à lui-même. Un concentré de sérénité.

— Julie est avec toi ?

— Elle a dû partir. Un homicide.

— Et Mark ?

— Il donne des migraines à l'administration en mettant son nez dans les dossiers du personnel.

Elle plissa le front.

— C'est ton téléphone qui bipe ?

— Non, c'est le tien. Je termine et je te retrouve dans une heure, d'accord ?

— O.K.

Elle prit le deuxième appel.

— Salut, Julie. Quoi de neuf ? Tu ne peux pas déjà être sur la scène du crime.

— C'était inutile. Le cadavre a été identifié. Mon capitaine est en train d'appeler le FBI en ce moment même. C'est la jeune femme qui accompagnait Chris au dîner de vendredi. Bianca Foley.

— Explique-moi.

Johnny prit Julie par le bras et l'entraîna à l'écart. Le poste de police grouillait de monde. Il y régnait une odeur de transpiration, de tabac froid et de café qui lui donnait envie de vomir. Un agent du FBI avait été tué. Les fédéraux et les flics étaient donc contraints de coopérer. Personne n'appréciait ce genre de situation, et Johnny moins que les autres.

— Tu es là comme agent, ou en tant que mari de Mel ? demanda Julie.

Elle versa du café dans un mug ébréché et le lui tendit.

— C'est vraiment mauvais.

— Le café, ou l'enquête ?

— A toi de voir. Et réponds à ma question.

— Laisse tomber l'animosité, Julie. On parle de la vie de Mel. Je ne supporterai pas qu'il lui arrive quelque chose. On m'a dit que Foley avait été abattue.

— D'une balle entre les yeux. Elle sortait d'un taxi. Elle devait retrouver une amie pour dîner.

— Des témoins ?

— Quatre. Mais les versions se contredisent. Nous n'avons rien pu en tirer.

— Et l'amie en question ?

— Elle était déjà dans le restaurant, elle n'a rien vu. La trajectoire de la balle suggère que l'homme venait à sa rencontre quand il a tiré.

Johnny but une gorgée de café et grimaça.

— Il faut combien de temps pour une opération de l'appendicite ?

— Tu m'en poses de ces questions ! Si j'avais su, j'aurais regardé un peu plus assidûment la série *urgences.*

Elle lui posa la main sur le bras.

— Ne t'inquiète pas pour elle.

Elle grimaça en entendant sonner son téléphone de bureau.

— Qu'est-ce qu'il y a encore ? marmonna-t-elle.

Elle décrocha et aboya :

— Denton.

Johnny s'écarta et en profita pour passer un appel. Mark répondit à la première sonnerie. Il avait rejoint Mel à l'hôpital et tout était calme.

— Il y a vraiment des jours où tout va de travers, déclara Julie en claquant le combiné sur son support. On vient de repêcher un type dans la rivière, près de Polk.

— Excuse-moi, mais ça n'a rien d'inhabituel.

Elle se massa le front.

— Ou bien j'ai besoin de vacances, ou il est temps que je quitte la ville.

— Tu devrais réfléchir à la possibilité de remplacer le shérif Frank.

— Figure-toi que j'y ai pensé. Sam adore cette idée.

— Comment va-t-il ? Mel m'a dit qu'il avait des problèmes.

Julie soupira.

— Il est de plus en plus bizarre. Par moments, il est abattu, déprimé. Et parfois il ne tient plus en place. Et puis, il devient très agressif. Je ne le reconnais plus.

— Je ne sais pas quoi te dire. Quand ce cauchemar sera terminé, amène-le à Blue Lake. Nous irons pêcher ensemble et peut-être qu'il me fera des confidences entre hommes.

Il n'y avait pas grand monde dans les couloirs du septième étage. Il se dirigea vers le bureau de Meliana, et colla son oreille à la porte.

Pas un bruit. Elle devait être partie.

Il prit la clé qu'il avait volée quelques mois plus tôt et l'inséra dans la serrure.

Rien ne se produisit.

Il fit une nouvelle tentative. Tourna la clé dans tous les sens, secoua la porte.

Toujours rien.

Ses doigts se crispèrent sur la poignée.

Elle avait fait changer la serrure. Il ne pouvait pas entrer.

Une rage sourde l'envahit. Il fit un effort de réflexion. Son regard se tourna vers le bureau des infirmières.

Et un sourire de satisfaction étira ses lèvres.

16

— Mark prend l'avion tout à l'heure.

Meliana sortit un plat de lasagnes du four, le saupoudra de parmesan et le remit sous le grill.

— J'ai dû le menacer des pires représailles, mais il a fini par accepter de s'en aller.

Derrière elle, Johnny passa les bras autour de sa taille, et enfouit son visage dans ses cheveux.

— Il t'aime, Mel, c'est normal qu'il s'inquiète pour toi. Et ce n'est pas la peine de me menacer. Je reste.

— Tant mieux.

Après quelques secondes de silence, elle reprit, d'un air grave :

— Tu as interrogé les témoins du meurtre de Bianca ?

— Oui, mais ça n'a rien donné. Le capitaine de Julie et un de nos agents vont refaire un interrogatoire poussé. On verra bien.

Il souleva ses cheveux et fit courir ses lèvres sur sa nuque.

— Je ne me plains pas, mais pourquoi te donnes-tu autant de mal pour le repas ?

Elle rit.

— C'est un peu plus difficile que d'ouvrir une boîte de

conserve, mais ce n'est quand même pas le bout du monde. Eileen doit être ravie quand tu viens à Blue Lake. Elle aime tellement cuisiner.

— Nous pourrions nous y installer définitivement.

— Mais, et l'hôpital ? Ton travail ?

— Le trajet n'est pas si long que ça. Et tu pourrais aussi prendre la direction de la clinique. J'ai entendu dire que le poste était à pourvoir.

— Je ne sais pas… C'est un énorme bouleversement.

— Julie est bien prête à changer de vie.

— Non. Elle ne fait que rêver, mais ça n'ira pas plus loin. Elle aime trop la ville pour aller s'enterrer à la campagne.

— Et toi ?

— Laisse-moi le temps d'y réfléchir.

Une épaisse nappe de brouillard recouvrait le port de Chicago. Le lac Michigan semblait avoir totalement disparu. Les vols au départ de O'Hare étaient suspendus et tous les accès routiers étaient saturés. Il fallut à Johnny presque deux heures pour conduire Meliana à l'hôpital.

— Pourquoi tiens-tu tellement à y aller ? demanda-t-il d'un ton bougon, tandis qu'ils s'arrêtaient à un feu.

— Parce que c'est mon métier, et que mon patient compte sur moi.

— Julie a bien prévu de placer un agent en uniforme devant la salle d'opération ?

— Mais oui. Je te l'ai déjà dit. Et toute la sécurité est mobilisée autour de moi. Je vais finir par me prendre pour une star du rock.

— Tu as une très jolie voix. Sous la douche.

— J'y penserai si jamais j'envisage de me reconvertir.

Mais pour le moment, la chirurgie me va très bien. Le feu est vert. Où dois-tu retrouver Julie ?

— Chez sa mère. Elle m'a dit que c'était plus pratique qu'au poste de police. Elle a copié les enregistrements audio des dépositions des témoins et veut me les faire écouter.

Johnny s'arrêta devant l'hôpital et l'embrassa longuement.

— Sois prudente.

— Je ne sais pas ce qui se passe dans la tête de ce type, dit Julie en ouvrant la porte à Johnny. Je ne suis même pas sûre de savoir ce qui se passe dans la mienne. Je suis terrifiée pour Mel, et inquiète au sujet de Sam. Je suis cernée par les fédéraux, et mon capitaine insiste pour que je collabore avec eux.

— Comment se fait-il que tu aies les copies ici ?

— J'ai demandé à un agent de me les déposer en chemin. Vu que j'ai passé la nuit à assister au repêchage d'un corps dans la rivière, je suis de repos ce matin. J'ai de la chance, non ?

Johnny se passa une main dans les cheveux et regarda autour de lui.

— Ta mère ne jette jamais rien ?

— Malheureusement non. Et Sam est comme elle.

Elle regarda sa montre.

— Je me demande où il est passé. Il va être en retard à l'hôpital.

Elle éleva la voix tandis qu'ils traversaient la maison.

— Sam ?

Elle entra dans la cuisine, désigna les enregistrements sur la table, et ouvrit la porte de derrière.

— Sam ?

Ils entendirent du vacarme dans le fond du jardin. Johnny tenta de distinguer quelque chose dans le brouillard.

— C'est un abri de jardin ?

— Oui. Ma mère l'utilise pour faire ses boutures. Des vagabonds s'y étaient réfugiés une année pendant que nous étions en vacances. Ils y sont restés une semaine avant que mon oncle ne les découvre.

— Tes voisins n'ont rien remarqué ?

— Ils pensaient que Sam faisait du camping avec des amis.

Une porte claqua non loin de là.

— Soit c'est la porte du garage des Dawson, soit, il y a quelqu'un dans le cabanon. Je vais y jeter un œil.

Julie sortit son arme et avança avec prudence. Lorsqu'elle posa la main sur la poignée de la porte, celle-ci tourna sans difficulté.

— Ce n'est pas bon signe, murmura-t-elle. Ça devrait être fermé.

Elle recula et donna un coup de pied dans la porte.

— Police ! Sortez de là.

Elle attendit quelques instants avant d'ajouter.

— Sam ? C'est toi ?

— Tu crois qu'il cherche à nous éviter ? demanda Johnny.

— Je n'en sais rien. C'est bizarre.

Elle tâtonna sur le côté droit de la porte.

— Où est ce fichu interrupteur ?

Elle le trouva enfin et une lueur blafarde se diffusa. Une longue table de rempotage était fixée contre l'un des murs, et des pots de terre cuite s'entassaient un peu partout, au milieu des outils, des sacs de terreau et autres engrais.

— Je ne vois aucun sac à dos ou déchets de nourriture. Ce ne sont pas des vagabonds.

— Il y a un pot cassé au bout de la table.

Johnny se pencha pour ramasser les morceaux.

— C'est sans doute le bruit que nous avons entendu.

— Bon, eh bien le mystère est réglé. C'est probablement un rat qui l'a fait tomber. Sortons de là. Sam est sans doute en train de prendre sa douche, ce qui explique qu'il ne nous ait pas entendus.

Voyant que Johnny inspectait le sol, elle plissa le front.

— Qu'est-ce que tu fais ?

Il ramassa quelque chose et le lui montra.

— Regarde ce que je viens de trouver.

Julie écarquilla les yeux.

— Des épines de roses ! s'exclama-t-elle, médusée.

— Salut, Mel.

En entendant son nom, Meliana mit fin à sa conversation avec l'un de ses collègues et tourna la tête.

— Oh, bonjour Sam.

— Vous montez ?

— J'ai besoin de me reposer cinq minutes.

Il esquissa un sourire.

— Oh, alors ça tombe bien.

Il lui tendit un petit paquet, fermé par du raphia.

— Une patiente m'a donné ça. Ses parents l'ont rapporté de France, mais elle n'aime pas le café et m'a dit que je pouvais le prendre.

— Et comme toi non plus tu n'aimes pas le café, tu as pensé à moi.

Elle huma le paquet.

— Hum… Ça sent vraiment bon. Merci, Sam.

Elle esquissa un pas vers l'ascenseur et se ravisa.

— Au fait, Johnny voudrait que je passe un peu de temps à Blue Lake avec lui. Si ça te dit de venir… Vous pourriez aller à la pêche.

— Euh… Oui. D'accord. A plus tard, Mel.

Meliana regagna son bureau, posa le paquet de café sur un meuble et se laissa tomber sur son siège. Elle vérifia ses e-mails et sourit en découvrant un message de Julie lui demandant de la rappeler. C'était toujours plus agréable qu'une menace de mort.

Tandis qu'elle décrochait le combiné, elle vit que l'un de ses tiroirs était entrouvert.

Elle tourna les yeux vers la porte, songeant à alerter l'agent en faction dans le couloir.

Puis elle secoua la tête, persuadée qu'elle se faisait des idées, prit une profonde inspiration et ouvrit le tiroir.

Son sang se glaça.

On lui avait de nouveau déposé une rose.

Quelques heures plus tard, Meliana faisait les cent pas dans le salon de Julie, les mains dans les poches de sa veste.

— Je ne peux pas croire que Sam soit capable de faire du mal à quelqu'un. Surtout à une personne qu'il connaît.

— Nous avons trouvé des roses blanches dans la serre, des épines dans la poubelle et des lames de rasoir dans le cabanon du jardin, expliqua son amie d'un ton désespéré.

Johnny se massa la nuque et tourna la tête vers le couloir.

— Par où veux-tu que nous commencions, Julie ?

— J'ai déjà fouillé sa chambre, et je n'ai rien trouvé. Le

FBI doit nous envoyer un autre agent. Je préférerais qu'il s'occupe de l'extérieur. Je sais qu'avec vous la maison ne sera pas mise à sac. Quant à moi, il faut que je trouve Sam avant que quelqu'un d'autre ne mette la main dessus. Je vous appelle dès que j'ai du nouveau.

Meliana la serra dans ses bras.

— J'ai l'impression que tout est de ma faute.

— Pourquoi ? Parce que tu l'obsèdes ? Tu n'y es pour rien. Et lui non plus d'ailleurs. Je suis persuadé qu'il prend des médicaments, ou autre chose.

On frappa à la porte. Julie se redressa et esquissa un sourire.

— Ce doit être le type du FBI.

Elle ouvrit la porte et se figea.

— Ce n'est pas vrai !

— C'est mon supérieur qui m'envoie, dit Chris. Je n'ai rien demandé.

Johnny serra les dents. Meliana eut envie hurler. Décidément, les choses allaient de mal en pis.

— Vas-y, dit-elle à Julie. On s'occupe de tout.

Julie lança un regard noir à Chris et tendit ses clés à son amie.

— Surtout, qu'il reste dehors. Je ne veux pas qu'il mette ses sales pattes dans mes affaires.

— Tu peux compter sur nous, affirma Johnny. D'ailleurs, je vais l'accompagner dehors pour être sûr qu'il ne se trompe pas de chemin.

Meliana les laissa se débrouiller et monta au premier étage. La maison était en désordre, remplie de meubles et de bibelots inutiles. Visiblement, la mère de Julie aimait les collections absurdes. C'était un peu la même chose chez Sam, constata-t-elle en ouvrant la porte de sa chambre, à cette différence près que celle-ci était rangée au cordeau.

Elle passa en revue la chambre d'amis et la salle de bains attenante et ne remarqua rien d'anormal. Elle se consacra ensuite au bureau, qui semblait être le domaine réservé de Sam.

Tout était rangé en piles bien nettes. Les papiers, les livres, les magazines, les DVD… Même ses stylos étaient alignés dans le même sens, parallèlement à l'écran de l'ordinateur.

Elle vérifia les tiroirs et le placard. Elle hésita, puis alluma l'ordinateur. Comme elle s'y attendait, il avait codé l'accès à ses fichiers. Julie devrait faire appel à un expert.

Johnny passa tout à coup la tête dans l'embrasure de la porte.

— Tu as trouvé quelque chose ?

— Je me suis coincé les doigts dans un tiroir, mais à part ça, rien d'intéressant. C'est l'antre d'un surdoué, pas celui d'un criminel.

— Nous n'avons pas encore terminé dehors. Est-ce qu'il y a un grenier ?

— Je crois qu'on y accède par le cellier situé derrière la maison. C'est probablement fermé.

Elle lui lança le trousseau que Julie lui avait confié.

— Bonne chance pour trouver la clé.

Puis elle soupira et jeta machinalement un coup d'œil par la fenêtre.

— Tu crois vraiment que Sam a le profil d'un tueur ?

Johnny entra dans la pièce, lui prit la main et y déposa un baiser.

— Comment savoir ? Certaines personnes sont très douées pour donner le change.

Meliana ne pouvait toujours pas y croire, et ce fut sans enthousiasme qu'elle termina de fouiller le bureau après le départ de Johnny.

Elle ouvrit un carton, s'attendant à y trouver des dossiers archivés, et découvrit avec surprise quatre flacons contenant un liquide marron.

Elle en prit un, lut l'étiquette, et se sentit envahie par la nausée.

— Oh, Sam… Mon Dieu ! Mais comment as-tu pu faire ça ?

17

— Des stéroïdes ?

A l'autre bout de la ligne, Julie était médusée.

— Mais enfin, Mel… Tu es sûre ?

— Malheureusement oui.

— Il m'a toujours juré qu'il ne se droguait pas.

— C'est plus compliqué que ça. Il s'agit d'un composé à base de testostérone, vendu sur ordonnance. Et ces flacons sont commercialisés par la société pharmaceutique qui emploie Tim Carrick.

— Quelle ordure ! Mais je ne vais pas laisser passer ça, tu peux me croire.

— Tu as tout à fait raison.

— Alors c'est de là que proviennent ses troubles du comportement ?

— Absolument. Et les effets psychologiques secondaires sont également radicaux. Les consommateurs finissent par devenir aussi dangereux pour eux-mêmes que pour les autres. Il faut absolument que tu le trouves, Julie. Je ne sais pas quand il a commencé à en prendre, mais les symptômes vont s'aggraver.

— Je m'en occupe.

— Tu as besoin d'aide ?

— Tu m'as déjà beaucoup aidée. Et de toute façon, je ne suis pas seule.

— Tu es avec ton coéquipier ?

— Mieux que ça. Je suis avec un charmant…

Un grand fracas l'interrompit.

— Qu'est-ce que c'était ?

Meliana n'en avait aucune idée. Le bruit était venu de l'arrière de la maison.

Elle entendit un cri, puis un autre son qui ressemblait à celui du verre cassé.

— Je vais voir ce qui se passe, dit-elle à Julie. Je te rappelle.

Des bruits de lutte lui parvinrent tandis qu'elle se dirigeait vers le fond du couloir.

Elle se hâta de monter à l'échelle qui menait au grenier et entendit des voix masculines. L'une était celle de Johnny. L'autre semblait appartenir à un adolescent.

Elle passa la tête par la trappe et vit que Johnny avait un genou à terre. Il regardait vers le fond du grenier.

Elle suivit son regard, et fut sidérée par la scène qui s'offrait à ses yeux.

Dos au mur, jambes écartées pour assurer son équilibre, Sam tenait à deux mains une batte de base-ball, et l'agitait d'un air menaçant. Son visage était écarlate, et les veines de son cou saillaient à chaque mot prononcé.

— Je ne voulais faire de mal à personne. Je voulais seulement que Meliana sache ce que je ressentais pour elle.

Johnny devina qu'elle était là, mais ne regarda pas dans sa direction.

— Meliana sait ce que tu ressens, et elle ne t'en veut pas.

Sam leva la batte, prêt à frapper.

— Tout le monde est en colère, hurla-t-il. Ils sont tous après moi. Ce n'est pas juste.

Il fit un pas en avant.

— Je lui ai donné les roses, mais c'est tout. Je…

Il éclata en sanglots, et Meliana se décida à intervenir.

— Sam, tout va bien, je t'assure. Pose cette batte et parle-moi.

Il regarda autour de lui, l'air égaré.

— Où est Julie ?

— Elle te cherche.

— Vous voyez ? Je vous l'avais bien dit. Tout le monde m'en veut.

Johnny se redressa lentement.

— Ce n'est pas vrai, Sam.

— Ne me mentez pas ! hurla-t-il.

— Personne ne te ment, dit Meliana en s'approchant avec précaution. Ce sont les stéroïdes qui te font réagir comme ça. Ce n'est pas toi. Nous le savons.

— Allons, dit Johnny d'un ton conciliant, donne-moi cette batte.

— Johnny !

Le cri impatient de Chris, venant du jardin, déclencha quelque chose chez Sam. Le visage déformé par la rage, il se mit à battre l'air avec sa batte.

Meliana fit un bond en arrière, mais essaya néanmoins de le raisonner.

— Sam, je t'en prie…

Johnny lui fit signe de le laisser partir.

Sam se précipita vers l'échelle et dégringola les barreaux.

Meliana attendit qu'il ait atteint le palier avant de tirer Johnny par la manche.

— Il faut le suivre.

— Certainement pas !

— Mais…

— Il est armé et dangereux. Appelle Julie.

Il sortit son arme et, voyant qu'elle ouvrait la bouche pour protester, déclara :

— Pas de commentaires ! Je ne me mêle pas de ton travail, alors laisse-moi faire le mien. Appelle Julie et reste là.

Le visage furieux de Chris apparut à travers la trappe.

— Que se passe-t-il, bon sang ? Sam a essayé de me frapper avec une batte.

Meliana composa le numéro de Julie.

— Sam prend des stéroïdes, expliqua-t-elle en attendant que son amie décroche. C'est notre voisin à Blue Lake qui les lui fournit.

— Bravo ! ironisa Chris quelques instants plus tard, tandis qu'il fouillait le jardin avec Johnny. Tu as un trafiquant qui vit juste à côté de chez toi, et tu ne remarques rien. Moi qui croyais que tu avais de l'instinct !

— Si je suivais mon instinct sans me poser de questions, tu serais un homme mort depuis longtemps, Blackburn.

Ils continuèrent leurs recherches en silence pendant quelques minutes.

— Tu vois quelque chose ? demanda Chris.

— Il n'y a pas d'empreintes ni de branches cassées. Sam connaît bien les lieux. Il s'est probablement glissé à travers un trou dans la clôture.

— Tu sais où il a l'habitude de traîner ?

— Julie le sait.

— Tu es sûr qu'elle fera tout ce qu'il faut pour le trouver ?

Johnny lui jeta un coup d'œil agacé.

— Je n'ai jamais rencontré quelqu'un d'aussi méfiant que toi. Elle va nous le ramener, j'en suis persuadé.

— Mouais.

Tandis que Chris, visiblement peu convaincu, refaisait le tour du jardin, Johnny regagna la maison, où Meliana l'attendait pour fouiller la cave.

— Je passe le premier, dit-il.

Son attitude chevaleresque fit sourire Meliana.

— Je t'en prie. Je ne crois pas qu'il soit là. La porte grince, et je l'aurais entendu s'il l'avait ouverte.

Il valait mieux cependant en avoir le cœur net.

Johnny ouvrit la marche, le long d'un escalier aux marches bancales et à travers une série de toiles d'araignée. Il n'y avait aucune trace de Sam nulle part, ni la moindre indication qu'il soit passé par là.

— J'ai parlé à Julie…

Tandis qu'ils regagnaient le rez-de-chaussée, Meliana se passa une main dans les cheveux pour en ôter les éventuels fragments de toiles d'araignée.

— Elle a l'intention de fouiller le quartier maison par maison jusqu'à ce qu'elle le trouve.

— Tu n'as pas proposé que nous l'aidions ?

— En fait, elle a suggéré que nous quittions la ville. D'après elle, il ne nous suivra pas.

— Qu'en penses-tu ?

— Elle se trompe peut-être. La consommation massive de dérivés de testostérone peut pousser certaines personnes à commettre des meurtres. J'ai eu l'occasion de voir des cas particulièrement inquiétants aux urgences.

— Pourquoi a-t-il fait ça ?

— Charlie pourrait te répondre mieux que moi. Sam a toujours été timide et un peu étrange. Il n'est pas ce qu'on peut appeler un gringalet, mais il a une silhouette assez fine. Peut-être a-t-il voulu gagner de la masse musculaire.

— Je n'ai pas remarqué qu'il s'était étoffé.

— Moi non plus, mais il porte toujours des vêtements très larges. Et puis, sa principale motivation était peut-être de se sentir mieux dans sa peau. Le problème, c'est que la sensation de bien-être éprouvée au début ne dure pas.

— D'où les sautes d'humeur.

Johnny regarda autour de lui.

— Je crois que Julie a raison, nous devrions y aller. Nous ne servons pas à grand-chose ici. Et je crois que le fait de nous voir perturbe Sam plus qu'autre chose.

— Mouais…

Devinant qu'elle était préoccupée, Johnny lui prit le menton et l'obligea à le regarder.

— Il y a un problème ?

— Tu crois vraiment qu'il avait une sorte de béguin pour moi ?

Il soupira et glissa la main derrière sa nuque.

— Ça va plus loin que ça. Des gens sont morts.

— Je sais. Mais je n'arrive toujours pas à croire qu'il soit pour quelque chose dans ces meurtres.

— Et pourtant, j'ai trouvé des éléments troublants dans le grenier.

— C'est-à-dire ?

— Des photos de toi, des poèmes, un masque chirurgical, un morceau de notre gâteau de mariage, et une…

— Laisse-moi deviner. Une rose blanche ?

— Séchée et étiquetée. Elle vient de ton bouquet de mariée.

*
* *

Ils arrivèrent à Blue Lake vers 23 heures, ce qui n'était pas trop tôt aux yeux de Meliana, compte tenu de l'après-midi qu'ils venaient de passer. Johnny sortit de la voiture la nourriture qu'ils avaient achetée à Chicago, tandis qu'elle s'occupait des chiens et des bagages.

En descendant de la chambre, elle fit courir ses doigts le long de la rampe.

— Eileen n'est pas venue depuis un moment, on dirait. Je croyais qu'elle devait faire le ménage même en ton absence.

— Elle est peut-être trop occupée avec le shérif Franck.

— Ne sois pas sarcastique ! Ça pourrait arriver.

— Dans une autre galaxie.

Il claqua la porte du réfrigérateur.

— Ton portable est chargé ?

— En permanence. C'est toi qui oublies toujours tout.

— Uniquement ce qui n'est pas important.

Meliana se dirigea vers la fenêtre et jeta un coup d'œil dans le jardin.

— Avec tout ce brouillard, on se croirait dans un film d'horreur. Même avec le porche éclairé, on ne voit rien, à part quelques branches qui se balancent.

— Estime-toi heureuse que nous ayons l'électricité.

— Je suis très heureuse.

Elle soupira.

— Enfin, autant qu'on puisse l'être en ces circonstances.

Ils terminèrent de ranger la cuisine en silence, puis Meliana se servit un verre d'eau et s'assit.

— Au fait, j'ai découvert pourquoi Nick était toujours accroché à mes basques, ces derniers temps.

— Laisse-moi deviner… Son grand-père doit se faire opérer et il veut que tu t'en occupes.

Meliana eut un petit rire.

— Il faudrait qu'il trouve autre chose que des soirées de dégustation de vin pour me convaincre. Non, ce n'est pas ça. Tu te souviens que Charlie disait avoir ressenti du désir en tenant la rose que Nick m'avait offerte ?

Johnny grimaça.

— Si je devais me souvenir de tout ce que dit Lightfoot…

— Eh bien, il se trouve que Nick éprouve des sentiments pour une certaine personne qui travaille à l'hôpital, et il essayait de trouver le courage de me demander de la prendre dans mon équipe.

— C'est aussi simple que ça, alors ?

— Nick m'a tout avoué avant l'opération d'aujourd'hui. Il s'agit de Ronnie. Elle l'a aidé à préparer les roses pour la soirée. D'où l'impression de désir ressentie par Charlie.

— Eh bien, voilà au moins un mystère résolu.

— Et la preuve que le don de Charlie est bien réel.

— Je n'irai pas jusque-là, objecta Johnny. Il peut tout aussi bien s'agir d'une coïncidence.

Meliana soupira.

— Décidément, je crois que je ne te ferai jamais changer d'avis sur ce sujet.

Elle termina son verre et se leva pour aller le rincer à l'évier.

— C'est bizarre, mais j'ai l'impression que toute cette histoire n'est pas terminée.

— Je ne vois pas Sam nous suivre jusqu'ici.

— Moi non plus.

— Est-ce qu'il conduit ?

— Pas souvent et pas très bien, mais il a son permis. Et

la voiture de son père est toujours dans le garage. Julie la prend de temps en temps et elle roule encore bien.

— Donc il a un moyen de transport. Ce n'est pas très rassurant.

Il tourna soudain la tête.

— Qu'est-ce que c'était ?

— Je n'ai rien entendu.

— Ce n'était pas un bruit. J'ai vu une lumière.

Elle esquissa un sourire.

— Si c'est Tim Carrick, tu as ma permission pour l'abattre.

Johnny s'approcha de la fenêtre et tenta de distinguer quelque chose dans le brouillard.

— Ne t'en fais pas pour Carrick, dit-il. J'irai voir le shérif Franck demain dès la première heure.

Son expression soucieuse fit frissonner Meliana.

— C'était des phares ou une torche ?

— Je ne sais pas.

— Je n'ai pas entendu de moteur.

— Avec le bruit que fait ce vieux réfrigérateur, on n'entendrait même pas un tracteur.

Quelques secondes s'écoulèrent, et Meliana commençait à se dire que Johnny avait rêvé, quand elle aperçut une ombre.

— Tu as raison. Il y a quelqu'un dehors. J'ai vu du mouvement.

Il se posta à côté d'elle, joue contre joue.

— Tu as vu quoi, exactement ?

— Quelqu'un à pied, avec une torche.

Il jura.

— Johnny…

Elle posa la main sur son torse.

— N'y va pas.

— Tu préfères attendre tranquillement qu'il vienne nous attaquer ici ?

— Je savais que tu allais dire ça.

Elle se dirigea vers son portable qui sonnait, reconnut le numéro de Julie et décrocha.

— Mel ? Tu es saine et sauve ?

Son amie semblait très agitée.

— Je n'en sais rien, dit-elle en scrutant le brouillard. Quelqu'un rôde autour de la maison. Tu as trouvé Sam ?

— Pas encore.

— Est-ce qu'il sait se servir d'une arme ?

— Euh…

— Ça veut dire oui, n'est-ce pas ? C'est toi qui lui as appris ?

— Seulement pour s'amuser. Tu sais, quand on s'entraîne sur des boîtes de conserve… Ecoute, personne ne l'a vu par ici. J'ai bien peur qu'il soit à Blue Lake. Enfermez-vous à double tour, éteignez les lumières. Je serai là dans une heure maximum. Et surtout, si Sam essaie de vous attendrir, ne croyez pas un mot de ce qu'il vous dira.

Je suis là, Meliana.

Est-ce que tu peux me voir ? M'entendre ? Me sentir ?

J'ai pris avec moi le bustier que tu portais sous ta robe de mariée. Tu vas le porter pour moi, comme tu l'as porté pour Johnny le jour de votre mariage. Tu t'en souviens, je pense.

Tu étais si belle dans ta longue robe blanche.

Mais les apparences sont souvent trompeuses, n'est-ce pas ?

Je sais très bien de quelle façon tu me regardais. Tu

voulais que je t'aime. Ou bien était-ce un jeu ? Les autres femmes aiment flirter, mais je croyais que tu étais différente. Je croyais que tu m'aimais aussi.

Je ne tremblerai pas cette nuit. Je suis plus furieux que jamais.

Je vais mettre fin à ce mauvais rêve. Et quand ce sera fini, tu seras morte dans ma tête.

Tu seras morte pour de bon.

Johnny alla plus loin qu'il n'en avait eu l'intention.

Il inspecta le ponton, puis s'enfonça dans le bois. Il passa devant l'arbre où ils avaient trouvé Laura la nuit où elle avait été empoisonnée. Il emprunta ensuite le chemin où ils avaient surpris les deux adolescents en train de flirter. Pour finir, il traversa la clairière où il avait aperçu l'homme avec la veste à carreaux.

Il savait comment se déplacer en silence, même dans un environnement rural. Il gardait les yeux et les oreilles en alerte, et son arme prête à faire feu.

Il y avait quelqu'un dans les parages. Toutes les dix secondes environ, il entendait craquer une brindille ou rouler un caillou sous un pas.

Lorsqu'il entendit le son se rapprocher, il s'accroupit derrière un buisson, bien que ce ne soit pas vraiment utile. Le brouillard était comme un rideau ondoyant, et s'il ne pouvait pas voir son poursuivant, celui-ci ne pouvait pas le voir non plus.

Etait-ce Sam ?

Il leva son arme vers le ciel et balaya la zone du regard. Il était allé pêcher avec ce gamin. Il avait regardé des matchs de base-ball avec lui. Sauf que Sam n'était plus un gamin, à présent.

Un buisson remua sur la gauche. Johnny pivota et dirigea son arme dans cette direction.

— Ne bougez pas ! cria-t-il.

Puis il tira lorsqu'il aperçut un éclat métallique.

Meliana accorda soixante secondes à Johnny avant de prendre le téléphone.

Shannon se mit à aboyer et Lokie, sentant le danger, lui poussa la jambe.

— Pas question, les chiens. On ne sort pas.

Elle écouta la sonnerie s'égrener, puis une voix enregistrée lui répondit.

Evidemment, ça ne répondait pas au bureau du shérif ! Après 22 heures, il fallait laisser un message et la personne de service vous rappelait… à supposer qu'elle ait la bonne idée d'écouter le répondeur.

Elle laissa un court message et raccrocha violemment.

— Génial ! dit-elle aux chiens. Il ne faut vraiment pas que ce soit urgent.

Elle composa un autre numéro.

— Désolée, shérif Franck, murmura-t-elle tout en écoutant s'égrener les sonneries. Vous allez devoir vous lever et m'écouter.

Il lui fallut un moment avant d'avoir le shérif au bout du fil. Il grommela, marmonna, et décida finalement de sacrifier une partie de sa nuit de sommeil.

— Verrouillez toutes vos portes, fut la dernière chose qu'il lui dit avant de raccrocher.

Elle secoua la tête et prit les chiens à témoin.

— Je vais finir par croire que tous les flics de la région me prennent pour une idiote. Même vous, vous penseriez à fermer les portes si un tueur vous traquait.

Sauf qu'elle ne risquait rien pour le moment. C'était Johnny qui courait un danger.

Elle se précipita vers le placard où il rangeait son arme de secours. Elle vérifia qu'elle était chargée, tapota la tête de Shannon, et la poussa hors du passage.

— Gardez la maison, dit-elle aux deux chiens.

Puis elle prit une profonde inspiration et s'avança sous le porche.

Un éclair de lumière transperça alors le brouillard.

Quelques instants après, Zack apparut au pied du perron.

Soulagée, Meliana enfouit l'arme dans la poche de sa veste.

— Tu as eu mon message, ou est-ce le shérif qui t'a appelé ?

— J'ai récupéré ton message pendant que je patrouillais sur Lakeshore Road. Que se passe-t-il ? Où est Johnny ?

— Il a vu quelqu'un dehors et il est sorti.

Elle rejoignit Zack dans le jardin.

— Nous pensons que Sam est derrière tout ça. Les roses, les pommes empoisonnées…

Zack grimaça.

— Je ne le vois pas dans ce rôle-là, affirma-t-il.

Mais il sortit son arme par mesure de précaution.

— Qu'est-ce qui te fait croire que ça pourrait être lui ?

— Il prend des stéroïdes, aimablement fournis par Tim Carrick.

— Hum…

Zack détourna le regard.

— Je ne voudrais pas t'inquiéter, mais j'ai aperçu une voiture sur le bas-côté pendant que je montais ici.

Meliana réfléchit. Le beau-père de Julie avait acheté une Buick deux ans avant sa mort.

— C'était une grosse berline gris clair avec le pare-chocs arrière embouti ?

Les sourcils de Zack se rejoignirent en une ligne soucieuse.

— Non, c'était une Camaro rouge, avec un toit ouvrant.

Meliana sentit son pouls s'accélérer.

— Tu es sûr ?

— Certain. Pourquoi ?

Un vent de panique s'empara d'elle, tandis que deux pensées s'imposaient.

Johnny était quelque part dehors, à la merci du tueur.

Et Chris Blackburn possédait une Camaro rouge.

18

— Lâche ton arme, Blackburn ! cria Johnny. Je suis meilleur tireur que toi.

Un long silence précéda la réponse de Chris.

— Tu peux toujours courir, Grant ! C'est toi qui vas lâcher ton arme, ou je tire.

Où ça ? se demanda Johnny. On n'y voyait rien avec ce brouillard.

Il baissa légèrement son arme.

— Qu'est-ce que tu fiches par ici ?

La réponse de Chris vint de sa droite.

— Je te cherchais, mon cher ami. Je me doutais bien que je te trouverais en train de rôder dans le coin. Je t'ai soupçonné dès le début. Tu n'as pas supporté la séparation, je me trompe ? Tu ne pouvais pas admettre qu'elle ne t'aime plus. Alors tu as trouvé un moyen pour qu'elle ait besoin de toi.

Il marqua une pause. Puis, n'obtenant aucune réaction, il insista.

— Allez, avoue que c'est toi. De toute façon, tu ne pourras pas…

Un cliquetis le fit taire.

— Jette ton arme à terre, articula Johnny d'un ton farouche.

Il pressa le canon de son revolver sur la nuque de Chris.

— N'essaie pas de jouer au plus malin. Pas de gestes brusques.

Il se tint sur ses gardes tandis que son ancien coéquipier se débarrassait de son arme.

A force de travailler avec lui, il était capable de deviner ce qu'il pensait, sa façon de réagir, et il n'avait absolument aucune confiance en lui.

— Lève-toi, dit-il. Doucement.

Chris ne bougea pas.

— Qu'est-ce que tu vas faire si je n'obéis pas ? Tu vas me coller une balle dans la tête ? Vas-y ! Si tu tiens à finir ta vie en prison, ne te gêne pas.

— Tu voudrais que je te laisse me tuer ?

— Je reconnais que c'est une idée qui me plaît assez.

— Debout, Blackburn !

Mais avant qu'il n'ait eut le temps de réagir, Chris pivota, le saisit par les genoux, et le plaqua violemment à terre.

Cela faisait déjà quelques minutes que Zack s'était enfoncé dans les bois, et malgré ses recommandations, Meliana brûlait d'envie de l'imiter.

Comment aurait-elle pu rester tranquillement à l'abri pendant que l'homme qu'elle aimait risquait sa vie ?

Elle regarda par la fenêtre de la cuisine, puis entrouvrit la porte. Le brouillard était de plus en plus dense et on n'y voyait pas à un mètre.

Elle entendit Lokie pleurnicher derrière elle et pensa à Sam. La chienne l'adorait. Avait-elle perçu sa présence ?

Ses doigts se crispèrent machinalement sur l'arme enfouie au fond de sa poche.

Quelque chose la chiffonnait, une impression bizarre qu'elle ne parvenait pas à formuler. Toute cette histoire n'avait aucun sens. Etait-ce Sam, le tueur, ou bien Chris ?

Un coup de feu déchira soudain le silence.

Meliana se crispa.

Qui avait tiré ? Chris ? Sam ?

A moins que ce ne soit Johnny qui ait fait feu.

Et s'il était blessé ?

Les secondes s'étirèrent, mettant les nerfs de Meliana à rude épreuve.

Au moment où elle sentait qu'elle allait s'effondrer, deux phares trouèrent le brouillard.

— Docteur ? cria bientôt une voix qu'elle reconnut sans peine. Vous êtes là ?

— Par ici, shérif.

Tandis qu'il avançait dans la lumière du porche, elle vit qu'il était plus inquiet que contrarié, ce qui ne lui ressemblait guère.

— Vous n'êtes pas blessée ?

Il la prit par le bras pour l'inspecter.

— Je vais bien. Mais je crois que Johnny est en danger.

— Johnny ? Où est-il ?

— Par là.

Elle fit un geste vague en direction des bois.

— Avec Chris Blackburn, Zack, et peut-être Sam.

— Que dites-vous ?

L'air plus préoccupé que jamais, le shérif retourna à sa voiture, en éteignit les phares et s'empara d'une puissante lampe torche.

Ce fut alors que Meliana réalisa ce qu'elle cherchait confusément à formuler depuis quelques minutes.

— Il n'y avait qu'un phare, murmura-t-elle.

*
* *

— Lâche-moi, Grant, haleta Chris. Je n'arrive plus à respirer.

Johnny, qui n'avait eu aucun mal à prendre le dessus dans la bagarre, desserra légèrement le bras qu'il avait passé autour du cou de son ancien coéquipier.

— Reprends depuis le début, Blackburn, et explique-moi pourquoi tu t'es donné la peine de venir jusqu'ici.

Chris essaya de se débattre. En vain.

— Je suis venu t'arrêter avant qu'il ne soit trop tard.

— Trop tard pour quoi ?

— Pour tuer Mel.

— Quoi ?

— J'ai parlé aux témoins de l'assassinat de Bianca. L'un d'eux s'est souvenu de quelque chose.

— Lequel ?

— Celui qui était ivre mort. Depuis, il a retrouvé ses esprits et nous a appris qu'il avait parlé à l'assassin.

— Quand ?

— Le soir de la mort de Bianca et aujourd'hui même.

Johnny saisit Chris par les cheveux et lui tira brutalement la tête en arrière.

— Mais de quoi diable parles-tu ?

— Je parle de toi. Le type nous a donné une description de l'assassin. Et figure-toi qu'il te ressemble comme deux gouttes d'eau.

Elle avait vu une voiture avec un seul phare. Et c'était celle de Zack. Elle l'avait vaguement remarqué lorsqu'il était arrivé tout à l'heure mais ne s'en était pas préoccupée plus que cela.

— Holà ! Doucement, docteur, supplia le shérif, à bout de souffle. Ne courez pas comme ça.

Agacée par son manque d'endurance, Meliana s'arrêta et revint sur ses pas, suivie de Shannon, qu'elle avait finalement décidé de prendre avec elle.

— Allons, shérif, faites un effort. Johnny est en danger de mort.

Owen Franck sortit un grand mouchoir de sa poche et s'épongea le front.

— Vous êtes sûre que vous ne dramatisez pas ?

— Je ne sais pas. Je peux me tromper bien sûr. Mais mon instinct me dit qu'il va se passer quelque chose.

— Vous ne vous trompez pas, Meliana.

Surprise, elle tourna la tête et vit une femme surgir du brouillard, le visage décomposé par le chagrin.

— Cela fait un moment que j'ai des soupçons, mais je ne voulais pas vraiment y croire.

Elle renifla et essuya son visage baigné de larmes.

— Mon fils a un problème. Je crois qu'il n'a plus toute sa tête.

— Que se passe-t-il, Eileen ?

La pauvre femme se mit à trembler de la tête aux pieds.

— Il va vous tuer tous les deux.

Johnny était tenté de se défouler sur Chris, mais il prit sur lui.

— C'est à ça que tu occupes ton temps ? Tu essaies de me faire passer pour un assassin ?

— Juste retour des choses, mon vieux. C'est bien ce que tu pensais de moi, non ?

— Je ne suis toujours pas persuadé du contraire.

— Même chose pour moi.

Cette conversation ne les mènerait nulle part, Johnny en avait conscience. Et pourtant, il était réticent à libérer Chris.

— Tu préfères croire un alcoolique plutôt que moi ?

Il eut un petit claquement de langue réprobateur.

— Tu me déçois, vieux.

Soudain, quelque chose craqua tout près d'eux.

— Qu'est-ce que c'était ? demanda Chris.

Johnny le fit taire d'une tape sur la tête.

Rien ne bougeait. Pourtant, il se passait quelque chose, Johnny en était certain. Chris n'était pas le tueur, lui soufflait son instinct, même si cela lui faisait d'une certaine façon plaisir de le croire.

Se pouvait-il que ce soit Sam ? Même si toutes les preuves les orientaient dans cette direction, il en doutait. Il avait toujours su que le jeune homme avait des sentiments pour Meliana, mais ce n'était rien d'autre qu'un innocent béguin d'adolescent.

Il entraîna son ancien coéquipier vers la gauche.

— Qu'est-ce que le témoin a dit, exactement ?

— Que le tueur ressemblait au fédéral à qui il avait parlé. Puis il a ri et a remarqué que ça devait être chouette d'avoir ce genre de pouvoir.

— Celui de se cacher derrière son insigne, je suppose.

— Hé, tu ne serais pas le premier.

— C'est exact.

Il tendit l'oreille, à l'affût du moindre bruit.

— Couvre-moi, dit-il.

— Je ne peux pas, grinça Chris entre ses dents. Tu m'as fait jeter mon arme.

— Et tu n'as pas de solution de rechange ?

Incrédule, Johnny tendit le bras derrière lui pour attraper le second revolver passé dans sa ceinture.

Une branche craqua. Il tourna la tête et resta pétrifié.

Zack appuyait le canon de son arme sur la nuque de Chris. Malgré la fraîcheur ambiante, il transpirait à grosses gouttes.

Et il affichait un sourire ignoble.

— Je suis désolée, répéta Eileen tandis qu'elle s'efforçait de suivre la cadence imposée par Meliana. J'aurais dû dire quelque chose, vous faire part de mes soupçons. Mais c'est mon fils. Je pensais qu'il s'agissait d'une crise passagère.

Meliana marqua une pause.

— C'est un meurtrier, Eileen.

Elle rajusta sa prise sur la laisse de Shannon, qui tirait de toutes ses forces pour la faire avancer.

— Il a tué deux femmes et un employé de la morgue.

Mais il ne tuerait pas Johnny. Elle se l'était promis.

Ils arrivèrent bientôt à une intersection. La chienne s'arrêta et colla sa truffe au sol.

— Vous croyez qu'elle va le trouver ? demanda le shérif.

— Je l'espère. C'est Johnny qui l'a dressée, pas moi.

Elle lui jeta un coup d'œil par-dessus son épaule tandis qu'ils reprenaient leur course.

— Comment se fait-il que personne n'ait rien remarqué plus tôt au sujet de Zack ?

— C'est un dissimulateur né, expliqua le shérif. C'était un

enfant odieux, et un adolescent agressif et pervers. J'ai cru que si quelqu'un lui donnait sa chance, il pourrait changer. C'est ce qu'il nous a fait croire, mais il n'a fait que devenir plus mauvais encore.

Tout à coup, un coup de feu résonna dans la nuit.

Meliana s'immobilisa si brusquement que le shérif la heurta, manquant les faire tomber tous les deux. Un peu plus loin en arrière, Eileen s'arrêta en haletant.

— Ça venait des bois près de chez Carrick, dit Meliana.

Il y eut un autre coup de feu.

Sans réfléchir, elle s'élança dans cette direction.

— Désolé les gars.

Les ombres qui dansaient sur le visage de Zack lui donnaient l'expression grotesque et terrifiante d'un masque de carnaval.

— Ça vous fiche la trouille, hein ? Tant mieux. J'adore voir des fédéraux prétentieux faire dans leur froc.

Il enfonça un peu plus le canon de son arme dans la nuque de Chris.

— Comment tu te sens, Blackburn ? Il paraît que toi aussi tu en pinces pour Meliana. Je suis de tout cœur avec toi, mon pauvre vieux. Elle va te réduire en pièces. C'est ce qu'elle a fait avec moi et avec ce pauvre crétin de Sam.

Son expression était celle d'un dément.

— Pose tes armes, Johnny. Elles ne te serviront à rien. Un faux mouvement, et je fais exploser la cervelle de ton cher ami. Ça risque de tacher un peu. Mel ne va pas aimer ça. Elle est très soigneuse, notre petite Meliana. Tu te souviens du coup de couteau que j'ai pris, il y a quelques années ? Eh bien, on ne voit même plus où elle m'a recousu. Trente-six points de suture, et pas une cicatrice.

Son ton, vaguement attendri quelques instants plus tôt, se durcit de nouveau.

— Je t'ai dit de jeter tes armes, Grant.

Johnny soutint son regard, mais il fit retomber ses bras de long de son corps, et laissa les revolvers glisser à terre.

Le sourire de Zack revint sur ses lèvres tandis qu'il se penchait vers l'oreille droite de Chris.

— Tu vois, c'est toujours ton ami. Moi, à sa place, je t'aurais laissé mourir. Un rival de moins.

Il ricana.

— Mais ça ne fait rien, parce que je vais tous vous tuer. Toi d'abord, puis Johnny, et puis mon trophée.

Johnny avait les muscles tendus à l'extrême. Puisqu'il allait mourir de toute façon, pourquoi ne pas essayer de désarmer ce malade ?

Il devait trouver un moyen de sauver Meliana. Coûte que coûte.

— Ça mouline dans ta cervelle, hein, Johnny ? Tu te dis que tu peux m'avoir, que tu es plus rapide que moi. Mais tu sais quoi ? Tu te trompes. Tu es plus rapide que ce gros lard, c'est sûr, mais même Sam pourrait l'esquiver. Et d'après ce que j'ai vu, le gamin est un idiot fini.

— Tu étais au courant pour Sam depuis le début, n'est-ce pas ?

— Il fallait être aveugle pour ne rien remarquer.

— Tu t'es servi de lui.

— Je me suis servi de ses roses.

— C'est toi qui as mis une rose dans ses sous-vêtements, le jour où nous avons cru que notre maison avait été cambriolée ?

Une colère folle transparut dans le regard de Zack.

— *Sa* maison, Johnny. Soyons clairs sur ce point. Tu ne faisais plus partie du tableau. Oui, j'ai mis la rose dans son tiroir, après avoir pris ce qui m'intéressait. Sam l'avait laissée sur le paillasson. Je me suis contenté de la déplacer.

— Et l'alarme ? demanda Johnny.

Zack éclata de rire.

— Facile. J'ai garé ma voiture de l'autre côté de la rue, et j'ai utilisé des jumelles pour voir quel code tapait Meliana.

— Pourquoi l'avez-vous désamorcée ? demanda Chris.

— Bonne question, Blackburn. Je t'avais vu rôder autour d'elle, comme le chien que Sam lui a offert. J'ai eu envie de te donner un os à ronger. Mais tu n'as rien compris. Tu as commencé à t'énerver et à t'en prendre à Johnny. Du moins, c'est ce que m'a raconté Julie. Sortir avec elle était un vrai casse-tête. C'est vrai, quoi, je ne pouvais pas être partout. Déjà que j'ai ce fichu job à mi-temps ici.

— Donc, les cours de secourisme, c'était un mensonge ? demanda Johnny.

— Oh, j'ai commencé à les suivre, mais j'ai abandonné au bout de quelques semaines. Ce n'était vraiment pas mon truc. Et de toute façon, Meliana m'aurait aimé quel que soit mon travail. C'est vrai, Johnny, tu ne connais rien à la médecine et tu t'évanouis à la vue d'une seringue. Si elle a pu aimer un trouillard comme toi, elle aurait pu m'aimer aussi.

Il grimaça.

— En tout cas, ça devait se passer comme ça. Et puis, il a fallu que tu viennes à sa rescousse, et mon plan a échoué.

Johnny remarqua qu'il transpirait de plus en plus et qu'il s'était mis à trembler. Il était visiblement anxieux. C'était peut-être le moment d'agir.

Zack surprit son regard et resserra la pression de ses doigts autour de la gâchette.

— N'y pense même pas. Un geste et je m'arrange pour que tu ne puisses plus jamais avoir d'enfants.

— Quelle importance puisque tu vas me tuer de toute façon ?

— Ça s'appelle la douleur. Je veux que tu souffres. C'est important pour moi.

Il passa le revers de sa main au-dessus de sa lèvre supérieure.

— Je vais peut-être te laisser vivre un peu, finalement. J'ai quelque chose pour Meliana dans ma poche, et je voudrais qu'elle le porte avant que je la tue. Et ce serait encore mieux si tu pouvais voir ça.

— Mais si tu te débarrasses de moi, tu n'auras pas besoin de la tuer, non ? Je serai sorti de sa vie et elle sera toute à toi.

Apparemment, c'était ce qu'il ne fallait pas dire.

Les dents serrées, Zack pointa son arme sur la tempe de Chris.

— Tu crois que c'est un jeu ? Pas du tout. Tu as tout gâché. Sa vie, son mariage. Tu l'as abandonnée pendant deux ans. Elle venait à Blue Lake chaque fois qu'elle le pouvait. Tu n'étais pas là, et c'est auprès de moi qu'elle cherchait du réconfort. Puis tu es revenu. Mais tu n'étais plus qu'un étranger pour elle. Elle t'a chassé et j'ai cru que mon tour était venu. Mais je n'ai pas eu cette chance. Tu es revenu t'immiscer dans sa vie, et tu l'as empêchée d'être heureuse avec moi.

De grosses gouttes de sueur coulaient sur son visage.

— Je voulais qu'elle te mette dehors. J'en rêvais. Mais elle ne l'a pas fait. Et alors, j'ai compris ce qu'elle était vraiment. Pas ma belle et douce Meliana mais une sale garce comme toutes les autres.

Johnny chercha le regard de Chris, qui battit discrètement

des paupières. Zack était très agité, il ne contrôlait plus rien. C'était le moment ou jamais d'intervenir.

— C'est fini, Johnny. Meliana m'a brisé le cœur et je vais briser le sien. Mais avant…

Il écarta son arme de la tête de Chris et la pointa sur Johnny.

Celui-ci plongea sur le côté et fit une roulade au sol. Chris profita de l'effet de surprise pour se libérer.

Pris de court, Zack trébucha vers l'arrière. Il poussa un cri choqué et recula de quelques pas.

Soudain, il aperçut un mouvement dans le brouillard.

Un sourire cruel étira ses lèvres.

Il visa, et fit feu.

19

Dans sa chute volontaire, Johnny parvint à s'emparer d'un de ses revolvers. Il se redressa juste à temps pour voir Zack tirer. Il sut que la balle avait touché sa cible en entendant un cri de douleur.

Un cri de femme.

Il pensa à Meliana et devint fou. Il se jeta sur Zack, faisant valser l'arme du shérif adjoint et perdant la sienne dans le même geste. Zack grogna comme un ours en cage. Levant le genou, il manqua de peu l'entrejambe de Johnny.

Chris hurla.

— Lâche-le. C'est trop risqué.

Mais Johnny n'écoutait rien. Il venait de remarquer Meliana à l'entrée de la clairière. Elle était à genoux, et pliée en deux par la douleur.

Son poing droit heurta la mâchoire de Zack. Celui-ci tituba et bouscula Chris avant de finir contre un arbre. Ses yeux se posèrent sur le sol, quelques pas plus loin, et il plongea.

— Johnny, le revolver !

Le cri d'alerte de Meliana le dérouta. Il relâcha son attention à peine quelques secondes, mais cela suffit à Zack pour ramasser l'arme et asséner un violent cou de coude dans l'estomac de Chris, qui avait courageusement essayé d'intervenir.

Zack se redressa, les deux bras tendus, faisant face à Johnny.

— Tu es mort, Grant.

Du coin de l'œil, Johnny vit que Chris avait l'air sonné.

— Je sens que ça va me plaire, siffla Zack entre ses dents.

— Zack, attends ! cria Meliana. Regarde-moi.

— Je t'aimais, dit Zack sans tourner la tête. J'aurais fait n'importe quoi pour toi. Je serais devenu celui que tu voulais. Mais c'est lui que tu as choisi.

Percevant un mouvement sur le côté, il eut un claquement de langue agacé.

— Bouge un cil, Blackburn, et je fais sauter la tête de ton ami.

— Tu le feras de toute façon, rétorqua Chris.

Mais il resta où il était.

— Zack, insista Meliana. Regarde-moi, je t'en prie.

La respiration de Zack se fit haletante. Il prit le bustier blanc de Meliana dans sa poche et le lui lança.

— Je voulais que tu le portes pour moi avant de te tuer. Il était dans ton tiroir avec ta jarretière de mariée. J'ai des photos de toi à ton mariage. De toi et de lui. Parfois…

Il serra plus étroitement les mains autour de son arme.

— Parfois, je plisse les yeux très fort et l'image de Johnny se brouille pour devenir la mienne. Nous avons un air de ressemblance, n'est-ce pas, Meliana ? Mais seulement de loin.

Il eut un sourire épouvantable.

— Devine lequel de nous deux va disparaître. Tu vas me regarder tuer l'homme que tu aimes, ma chère Meliana.

Il ricana.

— Tu as déjà vu mourir une personne à laquelle tu tenais ?

— Oui, répondit-elle d'une voix douce. Et toi ?

— Je ne t'aime plus. Plus maintenant.

— Regarde-moi, Zack. Rien qu'une minute. Regarde-moi, s'il te plaît.

— Je ne t'aime… Oh non !

Il avait jeté un bref coup d'œil par-dessus son épaule, presque machinalement, ne s'attendant pas à découvrir une silhouette étendue près de Meliana.

C'était l'ouverture qu'attendait Johnny. Il arracha l'arme des mains de Zack et le fit tomber à terre.

— Maintiens ses jambes, ordonna-t-il à Chris, tandis que Zack essayait de se débattre.

Puis, utilisant sa ceinture, il lui noua les mains dans le dos.

— Mel, ça va ? cria-t-il, en vérifiant une dernière fois la solidité de ces menottes improvisées.

— Oui.

Il se leva, vacilla un peu, et se mit à courir vers elle.

— Dieu soit loué, tu n'es pas blessée, dit-il en la prenant dans ses bras.

Il inonda son visage d'une pluie de baisers.

— Je croyais qu'il avait tiré sur toi.

Meliana le serra de toutes ses forces contre elle.

— Je croyais que ça lui ferait quelque chose.

— Quoi ?

Johnny repoussa les cheveux qui lui tombaient sur le visage. Toute son attention était concentrée sur elle.

— Zack l'a tuée, dit-elle dans un sanglot. Il a tué sa mère.

Le chemin du retour fut interminable. Zack grommela et pesta mais ne dit rien de cohérent. Chris pointait une arme sur lui, tandis que Johnny et Meliana marchaient quelques pas derrière.

— Qu'est-il arrivé au shérif Franck ? demanda Johnny.

Meliana soupira.

— Il a trébuché sur un caillou et s'est tordu la cheville. Il s'est arrêté un moment pour se reposer.

— Oui, ou bien il a fait semblant pour ne pas avoir à affronter Zack.

— C'est possible, reconnut Meliana. Il savait que Zack avait des problèmes, mais n'a jamais voulu s'en mêler. Enfin, il va rester avec Eileen jusqu'à ce que l'ambulance arrive, c'est déjà ça. Pauvre femme ! Elle ne méritait pas de mourir ainsi. Je me sens responsable. J'aurais dû l'empêcher de venir avec nous.

— Ecoute, je suis désolé pour elle, vraiment désolé. Je l'aimais bien. Mais ce n'est pas moi qui ai pressé la détente. Ni toi. Le seul responsable, c'est Zack.

— Elle savait qu'il ne tournait pas rond.

— Ce qui explique le dîner avec le shérif Franck.

— Oui. Elle n'avait que de vagues soupçons jusqu'à ce qu'elle trouve le courage de fouiller chez lui. Elle m'a raconté ce qu'elle a vu. Tout était exactement comme l'avait décrit Charlie : les bougies blanches, les photos partout…

Elle frissonna.

— Mon Dieu, je suis soulagée que ce cauchemar soit terminé.

Johnny marqua une pause et, l'attirant dans ses bras, déposa un tendre baiser sur son front.

— Moi aussi, Mel. Moi aussi.

20

Julie ne tenait pas en place. Meliana en avait le tournis à force de la regarder virevolter dans la pièce.

— Sam n'a rien fait, répéta son amie, abasourdie. Je n'arrive pas à y croire. Il va bien. Enfin, il m'a quand même menti. Il affirmait ne rien prendre d'illégal.

— Il croyait peut-être qu'il s'agissait d'un médicament, étant donné qu'il a eu ces produits par le biais de Tim Carrick, et que celui-ci fournit les pharmacies…

— C'est juste. Mais Sam nous doit quand même des explications.

Meliana se laissa retomber contre le dossier du canapé.

— C'est lui qui m'a donné les roses et Lokie. C'est un grand soulagement pour moi, tu peux me croire. Zack a intercepté certaines des roses et les a utilisées pour servir ses plans tordus.

Julie eut une grimace de dégoût.

— Seigneur, je n'arrive pas à croire que je l'ai laissé m'embrasser.

— N'y pense plus.

— Comment veux-tu que je fasse ? Ce n'était déjà pas une expérience géniale, mais là ça devient carrément flippant.

— Parlons d'autre chose. Si j'ai bien compris, tu étais avec Mark cette nuit.

— Ce n'est pas du tout ce que tu t'imagines. Son vol a été annulé à cause du brouillard, et il a gentiment proposé de m'aider à chercher Sam. D'ailleurs, je t'ai dit que j'étais en compagnie d'un homme charmant.

— Je croyais que tu parlais de Zack.

Julie eut un frisson à cette idée.

— Et dire que j'ai songé sérieusement à troquer ma vie citadine pour un paisible travail ici ! Au fait, où sont-ils tous passés ?

— Ils sont chez Carrick, en train de lui lire ses droits, je suppose.

Julie se décida enfin à s'asseoir et tira une photo de sa poche.

— Tu reconnais ce type ?

Meliana étudia son visage et secoua la tête.

— Je devrais ?

— Il s'appelle David Ronson. Il est allé à l'école avec Zack. Nous l'avons rencontré au bal de charité, l'autre soir.

— Le vieil ami dont tu n'avais pas envie d'écouter les souvenirs.

— Eh bien, j'avais tort. D'après sa femme, Ronson avait bu et il s'est mis à parler de leurs anciens forfaits. Ils siphonnaient l'essence dans les voitures de leurs voisins, volaient de l'alcool et des cigarettes. Quant à… Zack…

Visiblement, elle avait du mal à prononcer son prénom, remarqua Meliana, qui ne la comprenait que trop.

— Il a terrorisé une fille dont il ne pouvait pas obtenir ce qu'il voulait.

— La petite-fille d'Agnès ? Alicia.

— Exactement. Zack sortait avec elle, mais elle refusait de coucher avec lui. Alors il a décidé de lui faire peur. Il rôdait dans son jardin la nuit, jetait des cailloux dans ses fenêtres, la harcelait au téléphone… enfin, les trucs habituels.

— Il traquait sa propre petite amie.

D'une certaine façon, Meliana n'en était pas surprise.

— Ça fait des années que sa folie couvait. Comment avons-nous fait pour ne pas nous en rendre compte ? demanda-t-elle.

— Nous n'avions aucune raison de soupçonner une telle chose.

— Il devait bien y avoir des signes. Eileen et le shérif ont choisi délibérément de les ignorer, mais en tant qu'étrangers impartiaux et observateurs avertis, nous aurions quand même pu remarquer quelque chose.

— Que veux-tu que je te dise. C'était un bon acteur.

— C'est aussi la théorie de Johnny.

— Hum… Mel…

Julie tapota la photo de David Ranson.

— A propos de ce type…

— Tu crois que si tu avais pris le temps de l'écouter, tu aurais compris plus vite la véritable nature de Zack.

Meliana pressa gentiment le bras de son amie.

— Ça n'aurait rien changé. Zack aurait trouvé un moyen de t'écarter pour que tu n'entendes pas ses confidences.

— Tu ne comprends pas, Mel. Il l'a tué et il a jeté son corps dans la rivière. Je ne l'ai pas reconnu quand nous l'avons repêché car il était très amoché. J'étais en train de chercher Sam quand Roney m'a appelé pour m'avertir qu'ils l'avaient identifié. Dès qu'il a dit son nom, j'ai paniqué.

Elle se massa les tempes.

— Je ne savais plus quoi penser. Sam, Zack… vers qui devaient se porter nos soupçons ?

— Sam ne m'a jamais paru crédible en tueur, tu sais.

Elles gardèrent le silence pendant un moment.

— Et maintenant, que va-t-il se passer entre Johnny et toi ? demanda soudain Julie.

Meliana rejeta la tête en arrière et soupira.

— Tu seras la première à le savoir… quand nous serons nous-mêmes fixés.

Johnny et Mark ne revinrent à la maison qu'à 6 heures du matin. Le brouillard commençait à se dissiper, mais quelques nappes flottaient encore autour du lac.

Mark serra sa sœur dans ses bras et monta se coucher dans le bureau de Johnny, où le canapé avait été déplié.

— Julie est dans la chambre d'amis, expliqua Meliana à Johnny. Sam va bien. Il a fini par appeler sa sœur et elle lui a tout expliqué pour Zack et les roses qu'il avait détournées. Sam a affirmé qu'il n'avait pas l'intention de me faire peur. Il voulait simplement que je sois heureuse — et les fleurs rendent les femmes heureuses.

— Et Lokie ?

— Apparemment, les chiens nous rassurent.

Elle sourit en regardant Lokie et Shannon qui dormaient paisiblement sur le tapis.

— Quand ils sont bien dressés, ajouta-t-elle.

Johnny passa une main dans ses cheveux en bataille.

— Elle finira par s'assagir. C'est une question de dressage.

— Tu oublies que j'ai grandi avec des chats. Le dressage n'est pas un mot qui fait partie du vocabulaire félin.

— Et l'histoire des fruits empoisonnés ? Il s'est expliqué là-dessus ?

— Ça reste un mystère. Je ne te parlerai pas de prémonition, je sais que tu restes complètement fermé à cette idée.

Nous mettrons donc cela sur le compte du hasard, ou de la coïncidence.

Elle se dirigea vers la cuisine, ouvrit le réfrigérateur et prit une cannette de soda.

— A part ça, tout est réglé pour Zack. Et le reste ?

— Oui.

Johnny prit appui contre le plan de travail.

— Zack est à la prison de Blue Lake, en attendant son transfert en ville. Tim — vêtu de sa veste à carreaux préférée — est dans la cellule voisine, attendant d'être poursuivi pour vol, fraude et trafic. Et la pauvre Eileen, comme tu peux t'en douter, a été confiée à la morgue.

Meliana s'approcha de lui et réarrangea une mèche de ses cheveux.

— Zack a dit quelque chose à son sujet ?

— Pas vraiment. La dernière fois que je l'ai vu, il était recroquevillé sur la couchette de sa cellule et tremblait comme un damné.

— Tu es allé chez lui ?

— Brièvement. C'est un vrai capharnaüm. Des photos, des articles de journaux, des souvenirs…

— Quel genre de souvenirs ?

— Des choses qu'il t'a volées, ainsi qu'à ses autres victimes.

Meliana frissonna et serra les bras autour d'elle.

— Il y en a eu d'autres, à part Bianca et Elena ?

— Nous n'en savons rien pour le moment. En tout cas, une chose est sûre, il ne tuera plus personne.

Ils regagnèrent le salon et prirent place sur le canapé.

— Tu sais que Mark a fait une demande pour intégrer la police de New York en tant que tireur d'élite ? demanda Meliana.

— Vraiment ? Je crois que mon chef aimerait lui parler

avant qu'il ne prenne sa décision. Le Bureau a besoin de types comme lui.

Meliana ne put retenir un sourire.

— Vous êtes tous tellement machos ! A croire que vous fonctionnez aussi aux stéroïdes. Au fait, vous avez réussi à trouver un terrain d'entente, Chris et toi, au milieu de ce cauchemar ?

— Oui. Nous allons nous tenir à bonne distance l'un de l'autre.

— Quelle surprise !

Johnny passa un bras autour de ses épaules et approcha son visage du sien.

— Dis-moi un truc. Tu trouves que Zack me ressemble ?

Cette fois, elle rit de bon cœur.

— Pour ce qui est de la silhouette et des cheveux, oui. Mais pour l'expression du visage et le sex-appeal, pas du tout.

— Alors tu ne l'aurais jamais confondu avec moi ?

— Les dires de ce témoin t'ont vraiment bouleversé, hein ? Chris m'en a parlé, expliqua-t-elle en voyant son regard surpris.

Puis elle se pencha et lui embrassa le bout du nez.

— Non, Johnny. Je ne l'aurais jamais confondu avec toi. Soit ton témoin souffrait de cataracte, soit il y avait beaucoup de brouillard à Chicago ce jour-là.

— Ou bien l'alcool a rongé le peu de neurones qu'il lui restait.

— C'est possible.

Elle jeta un coup d'œil vers Lokie qui bâillait et s'étirait.

— Dis-moi, ça te dirait de dresser ma jolie chienne blanche ?

Johnny lui effleura la tempe d'un baiser.

— Il faudrait que je passe beaucoup de temps avec elle pour obtenir un résultat satisfaisant.

— Je ne vois pas comment faire autrement.

Il rejeta la tête en arrière pour mieux voir son visage.

— Ça ne te pose pas de problèmes ?

Elle commença à déboutonner sa chemise.

— Je te rappelle que nous sommes mariés.

— Séparés.

— Parce que tu as insisté. Moi, je n'étais pas d'accord.

— Je voulais éviter de saccager davantage notre relation.

Elle fit glisser sa chemise sur ses épaules et enfouit son visage au creux de son cou.

— C'est du passé, Johnny. Tu es complètement redevenu toi-même.

— Et j'ai bien l'intention de le rester. C'en est fini des missions d'infiltration. Deux ans sans toi, c'était beaucoup trop long.

— A qui le dis-tu !

Elle laissa ses mains descendre jusqu'à la ceinture de son jean.

— Tu sais ce qui va se passer, samedi prochain ? demanda-t-elle, persuadée qu'il avait oublié.

— On fêtera notre quatrième anniversaire de mariage.

Il effleura ses lèvres.

— Ça correspond à quoi ? Les noces de bois ?

— Peu importe. Moi, je pensais aux Canaries. Le soleil, le surf… le sexe.

Un sourire retroussa les lèvres pleines et bien dessinées de Johnny.

— C'est un plan qui me convient tout à fait. Dès demain, je m'occupe des billets, de la crème solaire et des lunettes noires.

— Tu as intérêt à tenir tes promesses, Grant.

— Tu as ma parole.

Il traça du bout des doigts la ligne de ses lèvres.

— Mais tu n'as pas que ça. Tu as aussi tout mon amour. Je t'aime, Mel. Pas un instant je n'ai cessé de t'aimer.

Avec un sourire, elle posa les lèvres sur la légère cicatrice marquant l'endroit où la balle était entrée dans son épaule cinq ans plus tôt.

— Moi aussi, je t'aime, Johnny.

Le 1er avril

Black Rose n°10

Dangereuse amnésie - Debra Webb

Depuis l'accident de voiture qui l'a rendue amnésique, Katherine Roberston ne sait même plus qui elle est. Ayant trouvé refuge chez un certain Jack Raine, elle ne peut se départir d'un sentiment de peur, inextricablement lié à cet homme. Un homme à la fois séduisant et inquiétant, qui semble avoir bien des secrets à cacher...

A la place d'une autre - Debra Webb

Le jour où, sans être vue, elle assiste aux meurtres de son patron et d'Ann, sa meilleure amie, Kelly Parker est terrifiée. Car elle comprend très vite que c'est *elle* qui était visée. Persuadée que les tueurs vont s'apercevoir de leur erreur, Kelly décide de remettre son sort entre les mains de Trent Tucker, un privé aussi séduisant qu'énigmatique...

Black Rose n°11

Le lac des secrets - Harper Allen

Le jour où Cord Hunter, l'homme qu'elle a quitté quelques mois auparavant, vient lui demander de protéger Lisbeth, une petite fille de cinq ans dont les parents ont été assassinés, Julia Stewart ne peut faire autrement que d'accepter. Elle doit dès lors faire équipe avec Cord, qu'elle n'a en vérité jamais cessé d'aimer...

Chimères - Laurey Bright

A la mort de son père, Camille cherche à en savoir plus sur cet homme qu'elle n'a jamais vraiment connu. Arrivée sur l'île de Mokohina, où il vivait, elle fait la connaissance de Rogan Broderick, qui lui apprend que son père avait découvert la piste d'un trésor avant de disparaître dans des circonstances étranges. Troublée par le charme de Rogan, Camille hésite pourtant à croire à ce qui ressemble à un rêve de marin...

Black Rose n°12

Un témoin gênant - Tess Gerritsen

En portant secours à un inconnu qui prétend avoir découvert un dangereux complot, Catherine ignore encore que celui-ci va l'entraîner dans une folle cavale pour tenter de semer les tueurs lancés à ses trousses. Des tueurs qui, après avoir assassiné la meilleure amie de la jeune femme, s'en prennent à deux innocentes portant, comme elle, le nom de Catherine Weaver...

BLACK ROSE

Le 1er mars

Noir secret - Brenda Novak • N°280

A neuf ans, Grace a été victime des désirs pervers de son beau-père. Puis il a disparu sans laisser de trace. La suspicion et les rumeurs ont alors envahi la petite ville de son enfance... Mais aujourd'hui, Grace est prête à tout pour briser la malédiction qui pèse sur sa vie. Même s'il lui faut pour cela exhumer un passé douloureux, fait de crimes et de rancœurs.

Le lien du sang - Jennifer Armintrout • N°281

Belle. Et immortelle... Une seule goutte de sang a fait d'elle un vampire, une femme assoiffée de sang, condamnée à vivre dans l'ombre. Elle a quinze jours pour décider de son destin : rejoindre Nathan, l'homme qui l'a initiée à sa vie d'immortelle. Ou succomber au désir fatal qui la pousse vers Cyrus, le démon dont le sang coule dans ses veines... Quinze jours pour combattre le mal... ou se soumettre à jamais.

Erreur fatale - Merline Lovelace • N°282

Ancien membre des services secrets, Cleo North s'en est toujours voulu de n'avoir pu empêcher le meurtre de son amie Debra. D'autant que la version officielle du crime passionnel lui a toujours paru douteuse. Pour elle, le dossier reste ouvert. Et elle entend bien, avec l'aide de Jack Donovan, son ancien collègue, approfondir l'enquête et réparer l'erreur fatale dont elle s'accuse...

Mort sous hypnose - Dinah MacCall • N°283

En trois semaines, six jeunes femmes se donnent la mort sans raison apparente. Or, deux éléments troublants rapprochent ces disparitions soudaines, invalidant la thèse du suicide : juste avant de mettre fin à leurs jours, toutes les victimes ont reçu un appel téléphonique, dont aucun témoin ne connaît la teneur. Toutes ont aussi participé aux mêmes séances d'hypnose... exactement comme leur amie Virginia Shapiro qui, ayant appris leur décès, vit dans l'angoisse d'être la prochaine victime...

Une vie volée - Metsy Hingle • N°284

Après la mort de sa mère, Laura découvre la vérité sur sa naissance : elle n'est pas, comme elle l'a toujours cru, la fille de Richard Harte, fou amoureux de sa mère et mort au front avant sa naissance, mais l'enfant illégitime d'un certain Andrew Jardine, riche bourgeois de la Nouvelle-Orléans, qui ne l'a jamais reconnue. Seule avec ses questions et ses peurs, tourmentée par le secret de ses origines, Laura n'a plus qu'une idée en tête : trouver ce qui a détruit l'amour de ses parents, et fait basculer son propre destin...

Lady Mystère - Kat Martin • N°285

Londres, 1804.

Pour protéger sa jeune soeur de la lubricité de leur beau-père, lady Victoria Temple décide de fuir avec elle à Londres où, pour survivre, toutes deux n'ont d'autre choix que de se faire engager comme domestiques chez le duc de Brant. Ce dernier s'intéresse d'emblée à Victoria, dont le charme piquant l'intrigue et le séduit. Il lui fait une cour assidue à laquelle la jeune femme, bien que secrètement troublée, s'interdit de succomber. Elle ne peut pas, ne doit pas, baisser la garde. Car si le duc venait à découvrir leur véritable identité, les conséquences seraient terribles...

Secrets et mensonges - Debbie Macomber • N°144 *(réédition)*

Désireuse de faire le point sur sa vie, Lindsay Snyder revient à Buffalo Valley où, enfant, elle a passé ses vacances. Un secret de famille hante sa mémoire, et elle n'a de cesse de découvrir ce que sa grand-mère a toujours cherché à lui cacher. Mais à son arrivée, elle trouve la petite ville bien changée : boutiques fermées, quartiers désertés... Loin de la décourager, ce voyage au pays de son enfance se révèle un véritable pari sur l'avenir – y compris sur son destin de femme...

Titres non disponibles au Québec.

Composé et édité par les
éditions Harlequin
Achevé d'imprimer en février 2007

par

LIBERDÚPLEX

Dépôt légal : mars 2007
N° d'éditeur : 12695

Imprimé en Espagne